KB274503

말리 만만세

말귀 만만세

모결솔 장편소설

큰나무

끔찍한 형편일 때, 나는 공주라는 생각을
있는 힘껏 하면서 자신에게 말한다.
"난 공주야!"
그렇게 하면 얼마나 현실을 잊게 되는지
여러분은 상상도 못할 것이다.

— 《소공녀》 프랜시스 호지슨 버넷

프롤로그

띠롱.

6층에서 엘리베이터 문이 열리더니 남자 하나가 내렸다. 그는 휘청거리며 몇 걸음을 걷다가 갑자기 벽에 찰싹 붙어 섰다. 아마도 희미한 조명과 후끈한 실내 온도가 술기운을 확 퍼지게 한 것 같았다.

7…… 8……

그는 손바닥에 찍찍이라도 붙인 것처럼 벽을 짚고 한 발 한 발 내딛으며 혀 꼬부라진 소리로 룸 넘버를 읽어나갔다.

"구백…… 육! 에이……, 움직이지 좀 마!"

마침내 609호실 문 앞에 선 그가 게슴츠레한 눈을 치뜨며 숫자에 대고 삿대질을 했다. 그러더니 카드 키를 꺼내들고 허리를 구부렸다. 자기 딴에는 성조준하려고 부진장 애를 썼지만 메트로놈처럼 흔들리는 몸 때문에 카드 키는 번번이 엉뚱한 곳만 찍어댔다. 그러다가 그는 갑자기 키홀더가 불쑥 올라오기라도 한 것처럼 움찔 허공을 긋고 나서 투덜거렸다.

"헉! 우이씨."

비틀대던 그가 중심을 잡기 위해 문에 몸을 기대다가 그대로 나동그라졌다. 그가 엎어진 곳은 복도가 아니라 분명히 룸 안쪽이었다. 문은 잠겨 있지 않았던 것이다.

"히히, 바부, 바부."

자기 이마를 때리며 히죽거리던 그가 머리로 문을 닫고 엉금엉금 기어 들어갔다.

퀸 사이즈 침대 위에는 한 사람이 벽에 바싹 붙어 잠들어 있었다.

"문도 안 잠그고, 고마워. 송 대리."

그가 윗도리를 훌러덩 벗어던지자 곧 울퉁불퉁한 근육이 나타났다. 바지를 벗기 위해 갈지자로 용을 쓰던 그가 침대 위에 벌러덩 드러눕더니 두 다리를 버둥거려 간신히 침대 아래로 차 던졌다. 이번에는 엉덩이를 높이 쳐들고 트렁크 팬티를 끌어내리던 그가 옆자리를 흘깃 살피고는 고개를 흔들며 다시 끌어올렸다.

"히히, 안 돼, 안…… 크르릉!"

그는 희미하게 중얼거리더니 곧 코를 골기 시작했다.

지독하게 더웠다. 목까지 꽉 채워진 단추를 확 뜯어버렸다. 그래도 별로 시원하지는 않았다. 갈증까지 점점 더 심해졌다. 목구멍이 가뭄 든 논바닥처럼 갈라지는 것 같았다. 비라도 왔으면, 그러나 하늘에 걸린 태양은 여전히 노랗게 작열하고 있었다. 주위를 둘러봐도 보이는 건 온통 모래사막뿐이었다.

얼마나 걸었는지도 모른다. 아까부터 끊임없이 걷고 있었다.

푸르릉, 푸우, 크르릉, 쿵…….

천둥소리가 분명했다. 야호! 드디어 비가 오려나 보다. 어서 마구 쏟아져주었으면. 하늘을 향해 입을 활짝 벌렸다. 그러나 고개만 점점 아파올 뿐 입으로는 물 한 방울 들어오지 않았다. 하늘은 여전히 눈부시게 쨍쨍

했다. 땡볕을 고스란히 받아낸 얼굴이 불붙은 것처럼 화끈거렸다.

크르릉, 푸우…….

젠장! 마른천둥인가? 안 되겠다, 우물이라도 파야지. 무엇으로 파지? 무슨 연장이 없을까? 머리 위에서 대롱거리는 야자수가 눈에 들어왔다. 그래! 저거라도 따서 목을 축이자. 펄쩍 점프하며 두 팔을 쭉 뻗었다.

쿵!

"아악! 아야!"

손끝에 닿은 야자수가 돌처럼 딱딱했다. 무지하게 아팠다. 눈물을 찔끔 흘리며 눈을 번쩍 떴다. 만세 부르듯 뻗친 두 주먹이 침대 머릿돌에 껌처럼 붙어 있었다.

사막이 아니었다. 여기는 남이섬 리조트, 창대 건설 리조트 팀과 옥도 프로젝트 워크숍 중이었다. 어둠 속에서 눈을 깜박이며 겨우 정신을 수습하던 말리가 이번에는 공포에 가위눌렸다.

크르릉, 푸우, 컹…….

꿈속에서 들었던 그 천둥소리가 바로 옆에서 들려왔기 때문이다. 누군가 낯선 인간이 바로 옆에 있다! 분명히 좌의정은 아니었다. 그럼 얘는 어디 간 거야? 설마 벌써 토막 내버렸나? 누군가 말리의 심장을 돌덩이 같은 북채로 쿵, 쿵 두드리는 것 같았다. 당장 멈추게 하지 않으면 금방이라도 가슴을 뚫고 튀어나올 것 같았다.

'최말리, 침착하자. 치한은 분명히 잠들었어. 코고는 소리 들으면 몰라? 아니야. 쇼인지도 몰라. 그는 지금 거짓 코골기를 하면서 날 관찰하고 있는지도 모른다고! 왜? 무엇 때문에? 그거야 나도 모르지! 아무튼 자연스럽게 굴어야 해. 그를 당황하게 만들면 더 위험할지도 몰라.'

하던 짓도 멍석 깔아주면 못한다더니 평소에 의식하지 않던 숨쉬기도 억지로 하려니까 무지 힘들었다. 무의식중에 자꾸 옆으로 돌아가려는 눈알을 다잡는 것도 고역이었다. 숨쉬기가 고르지 못한 탓인지 눈알까지 막 튀어나오려고 했다. 덜덜 떨리는 이 사이에 급히 혀를 끼웠다가 몇 번이나 잘라먹을 뻔했다. 우이씨! 숨 막혀 죽나, 들켜 죽나 이판사판이다!

말리는 잽싸게 옆으로 눈알을 굴렸다. 홀딱 벗은 맨어깨가 보였다. 반사적으로 자신의 옷 앞섶을 더듬었다.

'오 마이 갓!'

브래지어는 덜렁 위로 올라가 있는 데다 넣어둔 패드도 없어졌고, 그녀의 일급비밀인 절벽 가슴이 적나라하게 노출되어 있었다. 떨리는 손으로 아래쪽을 더듬었더니 다행히 팬티는 제자리를 굳건히 지키고 있었지만, 반바지가 어디론가 사라져버렸다!

"꺄—악!"

워낙 절망이 컸던 데다가 폐활량까지 좋아서 말리의 사이렌 소리는 끊기지 않고 계속 이어졌다. 비명을 지르면서도 말리는 계속 미칠 것 같았다. 어쩜 좋지? 어쩜 좋아. 내 비밀! 내 지참금!

쾅! 쾅! 쾅!

"좌 팀장! 최 대리! 괜찮아? 무슨 일이야? 문 좀 열어봐!"

옆방에 들었던 독고 이사가 문짝이 부서져라 두들겼다. 순발력으로 보나 판단력으로 보나 역시 가장 믿을 만한 사람이었다.

혼자가 아니라는 사실을 깨달은 순간, 말리는 용기백배해서 치한을 경중 타 넘어 침대 아래로 철퍼덕 뛰어내렸다. 착지하며 요란하게 엉덩방아까지 찧었지만 아픈 줄도 모르고 문을 향해 네 발로 엉금엉금 기어갔다.

"으흐음……."

치한이 깨어나는지 희미한 신음 소리가 들렸다. 말리는 다급한 마음에 열려 있던 옷장 속에서 묵직한 나무 옷걸이와 구두 주걱을 양손에 하나씩 움켜쥐었다.

쾅! 쾅!

"괜찮지? 응? 빨리 문 좀 열어봐!"

문과 침대를 번갈아 쳐다보며 갈등하던 말리가 중앙 등 스위치를 누르며 치한에게 달려들었다. 내 일급비밀을 알아버린 이놈을 절대로 살려둘 수는 없다!

"야잇! 죽어라!"

"흐윽! 아쿠!"

어깨를 움켜잡은 채 미간을 잔뜩 찌푸리고 있는 치한의 모습이 낯설지 않았다. 그는 옥도 프로젝트 파트너인 창대 건설 리조트 팀의 독고수탁 팀장이었다.

"최, 최 대리……!"

"지, 지금……?"

파울볼을 치고 어정쩡하게 서 있는 타자처럼 구둣주걱을 치켜든 말리가 여전히 엉덩이를 쑥 빼고 선 채 벅벅거렸다. 비명소리는 그렇게 끊어지지 않고 매끄럽게 잘만 나오더니 말은 완전히 변비 수준이었다.

바로 그때였다.

"좌 팀장! 최 대리! 지금 문 열고 들어간다—!"

리조트 직원이 가져온 비상키로 문을 열던 독고 이사가 준비하라는 듯 말꼬리를 길게 끌었다. 벗고 있으면 얼른 입고, 감출 거 있으면 후딱 감추고, 숨길 사람 있으면 꼭꼭 숨기라는 신호 같았다.

"흐억!"

들어오던 독고 이사의 큰 덩치에서 하마의 딸꾹질 같은 소리가 흘러나왔다. 반라의 수탁은 지구에 불시착한 외계인처럼 멍한 표정으로 눈만 껌벅이고 앉아 있고, 말리는 까치집 머리에 풀어헤친 옷차림으로 옷걸이와 구둣주걱을 치켜든 채 엉거주춤 서 있었기 때문이다.

역시 연륜은 거저 얻어지는 게 아니었다. 금방 침착함을 되찾은 독고 이사는 가운을 가져다 말리를 감싸주었다. 그리고 문간에 붙어 서서 목을 기린처럼 빼고 기웃거리던 구경꾼들을 바깥으로 밀어내고 문을 닫았다.

"그만들 돌아가요! 오해가 좀 있었나 봐."

상황이 수습되어갈수록 말리는 끔찍한 현실이 더욱 생생하게 느껴졌다. 하필이면 치한이 수탁일 게 뭐람. 절벽 가슴을 그에게 들켜버렸으니 이제 어쩌면 좋지? 말리는 온몸이 부들부들 떨렸다.

"최 대리, 괜찮아? 안색이 안 좋아. 일단 좀 앉지. 자, 물도 좀 마시고."

독고 이사는 말리를 억지로 소파에 앉히더니 물 한 잔을 따라 건넸다. 그리고는 아직도 술이 덜 깬 얼굴로 침대 위에 멍하게 앉아 있는 독고 팀장을 향해 돌아섰다.

"왜 여기 있어?"

"마이 룸."

반라의 수탁이 자신만만한 표정으로 대답했다.

"네 방이라고?"

독고 이사는 말리를 슬쩍 돌아보더니 목소리를 낮추며 윽박질렀다.

"여기가?"

수탁은 약간 움찔하더니 다시 고개를 끄덕였다.

"여기가 몇 호실인데?"

"906호."

"여긴 609호실이야!"

지난밤의 기억을 되돌려보려는 듯 미간을 잔뜩 찌푸리고 있던 수탁이 슬며시 말꼬리를 흐렸다.

"906호 맞는데, 분명히 확인했는데……."

독고 이사가 말리를 향해 돌아섰다. 이제 상황을 확실하게 파악했다는 듯 한결 여유 있는 표정이었다.

"최 대리가 많이 놀랐겠네. 취해서 609호를 906호로 잘못 봤나 봐. 근데 좌 팀장은 어디 갔지?"

'몰라요. 어젯밤에 남편이 보고 싶다고 전화통을 붙들고 난리치더니 혹시 그 밤에 서울로 쫓아 올라갔나? 누군 보고 싶은 남편도 있는데 난 이게 뭐야.'

고개를 설레설레 흔들던 말리가 갑자기 밀려 올라온 설움을 터뜨렸다. 수탁에게 절벽 가슴을 들켜버린 일도 그렇고, 이렇게 황당한 상황에 놓인 것도 너무 서글펐다.

"으헝, 으흑, 으흑……."

"저런, 저런! 정말 많이 놀랐나 보네. 그만 진정해요, 응?"

독고 이사는 눈물을 펑펑 쏟는 말리를 살며시 안아주며 등을 토닥거렸다.

"하긴 자다 깨서 얼마나 놀랐겠어."

"누, 아니, 이사님!"

수탁이 슬며시 끼어들었다. 그는 아직도 머릿속이 뿌옇고 뭐가 뭔지 정신이 하나도 없었지만 일단 누나를 내보내고 최 대리와 단둘이서만 얘기하고 싶었다.

"자리 좀 피해줘요. 우리 둘이 얘기 좀 할게요."

말리를 다독이던 독고 이사가 그를 돌아보며 면박을 주었다.

"우선 옷부터 좀 입어라!"

"예? 아!"

그제야 수탁은 자신이 트렁크 팬티 차림이라는 걸 깨닫고 후다닥 몸을 돌렸다. 실오라기 하나 걸치지 않고 나신으로 잠드는 버릇이 있었던 그는 술기운에도 일행이 있다는 걸 의식해 트렁크 팬티만은 벗지 않은 걸 천만다행이라고 생각하며 안도의 한숨을 내쉬었다.

수탁이 옷을 입는 동안 말리도 티슈로 눈물을 닦아내고 가운 앞섶을 꼼꼼하게 여민 후 까치집 머리를 손가락으로 대충 긁어 정리했다.

두 사람 사이의 비무장 지대에서 팔짱을 끼고 서 있던 독고 이사가 말리에게 먼저 물었다.

"우리 독고 팀장이 어제 기분이 너무 업 됐었나 봐. 그건 최 대리도 잘 알지? 아직 당사자들도 어리둥절한 거 같으니까 먼저 오해를 푸는 게 순서일 거 같은데, 최 대리 생각은 어때?"

말리는 대답 대신 괜히 나오지도 않는 코만 팽, 팽 풀었다.

"그나저나 우리 좌 팀장은 또 어디로 사라진 거야? 나가서 좀 찾아봐야겠네."

말리의 눈치를 살피던 독고 이사가 화제를 돌리며 슬그머니 방을 빠져나갔다.

수탁이 멈칫거리며 입을 열었다.

"놀라게 해서 미안해요. 술기운에 방을 잘못 찾아 들어왔나 봐요. 어제 기분이 좀 복잡해서 술을 너무……."

공교롭게도 사과하는 그의 시선이 말리의 가슴에 계속 고정되어 있었다. 자신이 벌인 일 때문에 말리를 마주 볼 수 없었던 그가 의미 없이 무심코 한 행동이었지만 그게 또 말리의 콤플렉스를 자극했다. 그의 말이 미처 끝나기도 전에 말리가 사납게 쏘아붙였다.

"두 번만 복잡했다간 홀딱 벗고 스트립쇼를 했겠네요!"

윽박지르기 선수 말리 앞에서 무안해 쩔쩔매던 수탁이 다시 자충수 발언을 하고 말았다.

"문이 열려 있지만 않았다면, 잠겨 있었으면 이런 일도 없었을 텐데. 혹시 누구 기다리던 사람이라도……."

"지금 어디다가 책임전가하려는 거예요? 중요한 건 그게 아니잖아요. 어떻게 책임질 거예요!"

"무, 무슨 책임이요?"

"정말 몰라서 물어요? 이 일을 어떻게 수습할 거냐고요!"

말리의 앙칼진 목소리가 숙취로 깨질 것 같은 수탁의 머릿속을 마구

들쑤셨다. 그는 멀쩡하던 속까지 뒤집어지는 기분이었다. 불쑥 엉뚱한 반발심이 발동했다.

"술기운에 방을 잘못 찾아 들어올 수도 있는 거고, 609호를 906호로 착각할 수도 있는 거 아닙니까? 그게 무슨 책임질 일이라고 울고불고 난리 블루스까지……."

수탁의 목이 자라처럼 건들거렸다. 지난 한 달여 동안 한 번도 보지 못했던 불량한 모습이었다. 어쩜 사람이 하룻밤 사이에 이렇게 달라질 수 있는 거지? 말리는 기가 막혔다. 내 절벽 가슴을 본 게 분명해. 그러니까 저렇게 돌변해서 조롱하는 거야. 수단과 방법을 가리지 말고 그의 입을 틀어막아야 해. 선제공격이 최선의 방어야! 말리는 시퍼런 눈으로 그를 노려보다가 두 주먹을 불끈 쥐며 악을 썼다.

"지금 난리 블루스 안 추게 됐어요? 팀장님이야말로 태평 블루스 좀 작작 추세요! 남자하고 한 방에서 밤을 보낸 내 불명예는 어떡할 거냐고요!"

"그러게 왜 자세히 확인해보지도 않고 경솔하게 소리부터 꽥꽥 지르고 오두방정을 떱니까!"

뻔뻔함도 이 정도면 수준급이었다. 고분고분 자신의 잘못을 인정하는 듯하던 그가 어느새 말리의 잘못으로 굳히기에 들어가고 있었다.

"원래 그렇게 뻔뻔한 사람이었어요? 뭐가 그렇게 당당해요? 아니, 자다 깨서 옆에 홀딱 벗은 남자가 누워 있는데 어떻게 침착하냐고요!"

"사실만 말하자고요. 분명히 난 홀딱 벗지 않았어요. 트렁크는 입고 있었다고요!"

말리가 흥분할수록 침착한 그만 더욱 돋보였다.

"난 아니었어요! 절대로 정상적인 상태가 아니었다고요!"

'가만! 지금 내가 흥분할 상황 맞나? 이런 경우에는 원래 가해자가 흥분하는 법이잖아. 나는 피해자라고!'

“어떤 게 정상인데요? 최 대리가 홀딱 벗고 있었어요? 아니잖아요. 방한 번 잘못 찾아들었다고 엉망 된 자기 옷차림까지 책임 지우는 건 너무 심한 거 아니에요?”

“세상에 기막혀!”

“기막힌 건 바로 나라고요. 평소 일할 때처럼 깔끔하게 핵심을 말해 봐요. 빙빙 돌리기만 하고 도대체 무슨 소리를 하는 건지……. 아! 설마 내가 최 대리를 어떻게 했다는 거예요? 이런! 남녀가 한 방에서 잔다고 다 역사가 이루어지는 줄 압니까? 내가 여자라면 개나 소나 다 덤비는 줄 알아요?”

개? 소? 덤벼? 말리가 우물쭈물 허점을 보이는 순간을 그는 결코 놓치지 않았다. 그의 입술에 금방 여유만만한 미소가 번졌다.

“아무 일도 없었다고요!”

“어떻게 알아요!”

“뭐 그냥 아는 거죠. 그리고 난 술 들어가면 정신 같은 거 안 챙겨요. 그런 건 본인인 최 대리가 가장 잘 알 거 아닙니까!”

“몰라요! 나도 잠들면 누가 업어 가도 모른다고요!”

천하의 카사노바처럼 유들거리던 수탁의 얼굴에 처음으로 긴장감이 설핏 스쳤다.

“흔적도…… 없어요?”

무슨 말이냐는 듯 말리가 눈을 치켜떴다.

“흔적 말이에요. 흔적 몰라요? 이제 내숭 좀 그만 떱시다!”

그건 말리도 모르는 일이었다. 술김에 더워서 스스로 풀어 젖힌 건지 아니면 수탁이 뭔가 작업하느라 그런 건지. 말리는 잠들면 세상이 뒤집어져도 몰랐다. 거기다가 술만 조금 첨가하면 아주 전신 마취 수준이었다.

“혈흔이라던가, 뭐 그런 흔적 같은 것도 없었냐고요! 젠장, 만약에 처녀라면!”

수탉이 말리의 결정적인 상처를 건드렸다. 10여 년 전, 말리는 전국적으로 유행처럼 번졌던 순결 서약까지 했었고, 그 많던 유혹과 위험을 이겨내고 행운까지 보호하사 어제까지도 분명히 처녀였다. 말리는 두 주먹을 불끈 쥐고 과거시제로 또박또박 말했다.

"난 어젯밤까지도 분명히 처녀였다고요!"

"누구든 과거에는 다 처녀겠죠. 아무튼 빨리 확인해봐요!"

"뭘 어떻게 확인하라는 거예요!"

"나 참, 빨리 화장실 가서 보고 오라고요!"

순간 두 사람의 시선이 사납게 마주쳤다.

'이런 순 바람둥이! 카사노바! 상습범! 양의 탈을 쓴 늑대! 원숭이 개코랑 말코!'

'공주병 말기 환자! 유치하고 비린내 나는 내숭쟁이! 사기꾼!'

그러나 평소답지 않게 말리가 먼저 시선을 피해버렸다. 절벽 가슴이라는 치명적인 약점을 들켜버린 마당에 그녀는 더 이상 어제처럼 당당할 수가 없었다.

"소용없어요! 난 평소에 자전거를 많이 타서 혈흔이 없을지도 모른다고요!"

수탁은 벌겋게 충혈된 눈으로 말리를 노려보더니 갑자기 그녀에게 달려들었다. 그는 반사적으로 몸을 움츠리는 말리의 손에서 구둣주걱을 확 낚아채더니 그것을 침대에 꾹 박아 장대높이뛰기 하듯 훌러덩 드러누웠다. 그리고는 두 다리를 쾅쾅 구르며 악을 썼다.

"으윽! 정말 미치겠네!"

그의 어이없는 행동을 멍하게 쳐다보던 말리가 무언가를 발견하고 두 눈을 질끈 감았다. 그가 침대를 굴러댈 때마다 패드 두 개가 나란히 튕겨 올랐고, 그건 바로 그녀의 뽕 브래지어 속을 채웠던 뽕이었다!

01 최말리 백서

최말리, 그녀는 최씨에 옥니박이, 노랑 곱슬머리, 치켜 올라간 눈, 태어
날 때부터 이미 자타가 공인하는 독종의 기본을 갖추었다. 똑똑한 큰언
니, 진리. 미모가 뛰어난 둘째 언니, 선리. 그리고 그 두 가지를 다 겸비
한 셋째 언니, 미리. 반대로 그 두 가지 전부를 겸비하지 못한 넷째가 바
로 말리였다. 당연히 그녀는 자신의 얼굴을 선택할 권리가 주어진다면 주
저 없이 바꾸고 싶을 정도로 외모에 대한 콤플렉스가 지독했다.

그러나 뭐니뭐니 해도 말리 인생 최대의 시련기는 막내 동생, 승리가
태어난 이후부터였다. 엄마 지예분 여사가 네 번의 볼 카운트 끝에 스트
라이크로 마침내 승리의 월계관을 쓴 그날부터 말리는 가시 면류관을 써
야 했다.

승리라는 다크호스가 등장하기 전까지는 명실 공히 말리가 집안에서
아니, 동네에서 최고였다. 우선 막내라는 프리미엄이 있었고, 무엇보다
할머니가 꿨다는 진귀한 태몽 때문에 모두가 그녀를 공주처럼 애지중지

떠받들었기 때문이다. 왕후가 될 귀한 태몽이라나 뭐라나.

"야가 복댕인기라. 야 이름 덕분에 사나 동생도 본기라. 그라고 이 이쁜 짓 하는 거 좀 보그라."

승리가 태어나고 나서도 할머니는 변함없이 말리를 예뻐했다. 항상 말리의 엉덩이부터 덥석 안아 무릎에 앉히던 사람은 정작 당신이면서 할머니는 그런 그녀의 행동 덕분에 사내동생을 본 거라고 박박 우기셨다.

그러나 믿는 도끼에 발등을 찍힐 수도 있다는 사실을, 때로는 그것이 더욱 치명적일 수 있다는 진리를 말리는 이미 초등학교 1학년 때에 일찌감치 터득했다.

어느 날 갑자기, 철석같이 믿고 있던 할머니가 180도 달라진 것이다. 왕후라 해도 결국 남의 식구인 건 마찬가지라는 현실적인 판단을 한 것인지 아니면 기저귀를 갈 때마다 마주치는 새파란 실물 고추에 맥을 못 추고 넘어간 것인지도 모른다. 아무튼 할머니의 관심과 사랑이 공주에서 왕자 쪽으로 옮겨간 것이다. 그것은 어린 말리에게 심오한 충격이었다. 그때 그녀는 변덕을 이해하기에는 아직 때 묻지 않은 공주였으니까.

마침내 어느 날 저녁, 위장된 평화가 깨지는 결정적인 사건이 일어났다.

"물!"

어딘가 기죽은 모습으로 밥을 먹던 말리가 평소처럼 물을 찾았다.

"니가 일나 떠온나."

할머니의 합죽한 입에서 청천벽력 같은 소리가 흘러나온 것이다.

물론 말리도 지은 죄가 아주 없지는 않았다. 식구들의 눈이 돌아갈 때마다 승리의 눈을 찌른 적이 몇 번 있었고, 신기해서 고추도 몇 번 잡아당겼다. 그러나 볼을 꼬집은 건 순전히 귀여워서 그런 것인데, 토실토실한 볼 살이 핑크빛으로 물드는 게 못 견디게 귀여워서 말이다.

처음에는 잘못 들은 줄 알고 가만히 기다리던 말리가 할머니를 쳐다보며 다시 말했다. 마치 나이 든 상궁에게 명령하는 공주처럼 품위 있게.

"물—!"

"할매 말 안 듣기나? 떠다 무라. 쬐만 기 우째 그래 버르장머리가 읎노!"

"물~!"

밥알을 튀기며 고래고래 소리 지르던 말리는 결국 매만 벌었다. 태어나서 그렇게 무서운 할머니의 표정은 처음 본 것이다.

"퍼뜩 몬 나가나. 이 가시나가 이기 뭐 이런 고집불통이 다 있노!"

눈치가 없으면 몸이 고달파지는 법이고 환경에 적응하지 못하면 도태되는 게 순리다. 결국 말리는 얼얼한 등짝을 움찔거리며 부엌으로 나가서 자기 손으로 물을 따라 마셨다. 사랑에 버림받으면 물맛까지 짭쪼름해진다는 사실도 그때 처음 알았다.

그리고 그날 밤, 집안이 또 한 번 발칵 뒤집혔다.

"야야! 애비야! 퍼뜩 나와본나. 이기, 이기…….'"

가뜩이나 목소리 큰 할머니가 공포에 질려 쉿소리를 냈다. 아빠, 최고봉 씨를 선두로 엄마와 언니들까지 우르르 부엌으로 쫓아 나오자 어두컴컴한 곳에서 할머니의 목소리가 다시 들렸다.

"불 키지 마라! 아 놀란다."

당신은 고함칠 거 다 치고 새삼스럽게 주변을 다잡는 할머니, 그게 또 강또순 여사의 특기이자 장기였다. 아무튼 집안에서 할머니의 말은 곧 법이었고, 가족들은 숨소리까지 죽이며 눈알만 열심히 번득였다.

"헙!"

"아이고!"

"헉!"

가족들은 저마다 특색 있는 탄식을 터뜨렸다. 물그릇을 든 채 눈을 부릅뜨고 부엌 한가운데 꼼짝 않고 서 있는 생생 조각상, 말리는 입가에 케

첩만 바르면 딱 호러물의 어린 귀신같았기 때문이다.

"애비야, 이 일을 우짜믄 좋노. 야를 깨워야 하나 말아야 하나 말이다."

"어머니는 그만 들어가세요. 제가 데리고 들어가겠습니다."

"아이다. 내가 잘못 했다. 이 어린 기 오죽 맘에 맺혔으마 이 지경이 된다 말이가. 내가 미쳤는갑다. 생전 안하던 손찌검을 다 하고……."

말리는 그 다음 날로 바로 승리를 밀어내고 옛사랑을 탈환했다.

그리고 그날 이후 말리에게는 특이한 지병이 생겼다. 잠만 들면 무슨 일이 일어나는지 아무것도 모른다는 것이다. 누가 깨운다고 깬 적도 없고 스스로 깨고 싶어야만 깼다. 아마 수학능력시험 전날 밤을 꼴딱 새운 수험생도 전국에 최말리밖에 없었을 것이다.

그때까지만 해도 말리는 그냥 아구였다. 물론 대책 없이 욕심만 많이 부려서 최마니라는 별명도 있었지만 말리가 불아구로 격상된 것은 평생을 주홍글씨처럼 따라붙는 초등학교 때의 그 사건 때문이었다.

공기놀이면 공기놀이, 오징어 사방치기면 오징어 사방치기, 말뚝 박기면 말뚝 박기. 어떤 놀이든 말리는 절대 빠지는 법이 없었다. 평소에 말리를 은따시키던 아이들도 그녀의 잡기는 필요로 했기 때문이다.

말리가 친구들과 신나게 오징어 사방치기 놀이를 하고 있을 때였다. 누군가 쏜살같이 달려들어 돌을 집어들고 달아났다. 악을 쓰며 발을 구르던 여자아이들이 어느 순간, 일제히 말리 쪽으로 고개를 돌렸다. 믿어주는 만큼 보답하는 게 또한 말리의 신조였다. 말리는 여유 있게 어깨를 으쓱해 보인 후 이를 부득부득 갈며 쫓아갔다.

저만큼 도망가던 녀석이 방심한 채 뒤를 돌아보다가 서슬 퍼런 말리의 모습을 발견하고는 겁에 질려 교문 밖 찻길로 튕겨나갔다. 그때 트럭이 달려왔고 결국 몸이 박살난 녀석은 2년이나 끓어야 했다. 그날 이후 말리는 한 번 물면 절대 놓지 않는다는 공포의 최 독종, 불아구로 불렸다.

남들은 질풍노도처럼 통과한다는 사춘기를 말리는 거꾸로 쥐죽은 듯 조용히 보냈다.

"아가 교복을 입히놓이 욕심도 없어지고 슬슬 멍청해지는 기라. 가마이 두고 봤더이 이기 또 말도 몬하게 게을러지대. 잘 씻지도 않고 밤낮 쑤시박고 잠이나 자고. 거다가 걸구처럼 먹을 거만 밝히더이 살만 암팡지게 쪘다 아이가."

지금도 할머니가 코너에 몰릴 때마다 꺼내드는 조커 같은 얘기지만 사실 그때 말리는 엄청난 우울에 빠져 허우적대는 돼지였다. 우물이 아닌 우울!

사춘기이면 의례적으로 치르는 자기 정체성 찾기, 드디어 그녀도 스스로의 정체를 깨닫게 된 것이다.

할머니는 말리를 항상 공주처럼 꾸며 키웠다. 늘 튀는 옷차림에 튀는 머리 모양을 한 그녀를 모두 특별한 시선으로 봐주었다. 그런데 남들과 똑같은 교복을 입고, 똑같은 머리 모양을 하게 되자 비로소 자신이 전혀 특별하지도 아름답지도 않다는 잔인한 현실에 눈뜬 것이다.

그러나 말리는 이미 할머니가 각인시켜놓은 왕후의 꿈에 맞춰 분재된 아이였다. 비록 박제된 꿈이라도 포기할 수 없었다.

외모 콤플렉스와 왕후의 꿈, 현실과 이상의 그 엄청난 괴리감…….

절망에 빠져 허우적대던 말리에게 어느 날 푸른 눈의 왕자가 찾아왔다. 그때부터 그녀는 먹고 자는 걸 잊을 정도로 미친 듯이 로맨스 소설에 탐닉했다. 외모 콤플렉스와 왕후의 꿈 사이에서 허우적대던 그녀를 로맨스 소설 속의 왕자가 구원했다. 푸른 눈의 왕자와 무궁무진한 로맨스 소설이 있는 이상 말리에게 골방은 언제나 화려한 성이었다. 그렇게 골방에 박혀 지내느라 말리는 사춘기 내내 집에서 늘 부재중이었다.

그럭저럭 무난한 대학을 조용히 들어갔다 나왔다.

첫 직업이 방송국 구성작가였고, 광고 기획사, 기업 홍보실, 출판사, 프리랜서 카피라이터 등 나이와 맞먹을 만큼의 직업을 전전했다. 1년 이상

버틴 곳이 별로 없었다. 모두들 말리를 그냥 두지 않았다. 아니, 그녀가 그들을 그냥 봐주지 못했다. 아닌 건 아니라고 말해야 숨을 쉴 수 있는 이상한 체질, 몸에 밴 잘난 척, 뭇시선에 대한 초연함……. 사실 따지고 보면 그런 것도 모두 왕후의 기질이었지만 말이다. 아무튼 모난 돌이 정 맞게 마련이었다.

언젠가는 농담처럼 한 한마디가 일파만파로 커져서 어이없게 그만둔 일도 있었다.

"최말리 씨, 이름이 참 독특해요. 우리나라에서 하나밖에 없죠?"

"아하, 글쎄요."

"항렬은 절대 아닌 거 같고. 한글 이름이죠? 무슨 재미난 의미라도 있어요?"

"의미요?"

순전히 개떡 같은 순발력 때문이었다. 왜 그 순간 평소에 한 번도 생각해보지 않았던 얘기가 불쑥 튀어나온 건지. 아니, 툭하면 공상 속으로 잘 도망치던 말리여서 언젠가 한 번은 잠겼던 상상속의 설정이었는지도 모른다.

"우리 부모님께서 말리브 해변에 있는 별장에 머무실 때 제가 생겼대요."

인간관계가 탄탄하지 못하면 작은 실수에도 와르르 무너지게 마련이었다. 평소 모난 성격으로 관계에 소홀했던 게 그럴 때 꼭 불씨가 되곤 했다. 사실 말리는 외모만 독해 보였지 툭하면 자기 안으로 도망치는 물렁한 여자였고, 쓸데없이 생각만 많은 여자였다. 거짓말쟁이에 뻥쟁이라는 소문을 견디기보다는 다시 백조가 되는 게 마음 편했다.

말리에게도 화려하지는 않지만 몇 편의 러브 스토리가 있긴 있었다. 그러나 진도가 좀 나갈 만하면 회사에서 잘려버리는 통에 연애까지 종치곤 했었다.

처음에는 자기 간이라도 빼줄 것처럼 잘해주던 남자들이 말리가 백조가 되는 순간부터는 그녀의 간까지 빼 먹으려고 덤벼들었다. 푸아그라는 분명히 거위 간으로 만드는 일품요리인데 남자들은 거위와 백조도 구분하지 못했다. 그래서 말리는 백조가 되면 저절로 골방체질이 될 수밖에 없었다. 간을 빼 먹힐 수는 없는 노릇이니까!

물론 맞선과 소개팅을 안한 것도 아니었다. 할머니는 말리가 대학을 졸업하기 훨씬 전부터 맞선 스케줄을 잡아놓고 닦달했다. 그러나 무엇이든 집착하면 멀어지는 법, 할머니가 전혀 신경 쓰지 않는 언니들은 연애결혼도 척척 잘만 하는데, 말리는 사사건건 어그러졌다.

인물과 인격이 된다 싶으면 영락없이 가진 거라곤 뭐 두 쪽뿐이고, 집안이 빵빵하다 싶으면 어김없이 머릿속이 텅텅 비기 일쑤였다. 똑똑하고 잘났다 싶어 말리가 침을 꿀꺽 삼킬라치면 어떻게 알았는지 꼭 그쪽에서 먼저 퇴짜를 놨다.

선보는 횟수가 늘어갈수록 말리의 남자 보는 안목은 점점 더 깐깐해졌지만 반대로 맞선 상대는 나날이 부실해져갔다.

마침내 말리는 서른을 넘긴 어느 날, 맞선 중단이라는 폭탄선언을 한 후 가출을 감행했다. 바다 건너 미국의 선리 언니네로 날라버린 것이다. 그리고 두뇌 플레이어인 할머니와 태평양을 건너는 몇 차례의 살벌한 전화 협상 끝에 단선—맞선을 중단—을 조건으로 귀가했다.

말리는 당당하게 자기 일을 즐기며 프로 기질을 발휘하는 커리어우먼이 될 만한 근성도 없었고, 현실에 만족하며 자신의 라이프스타일을 즐길 수 있는 소박한 성품도 못 되었다. 경제적 독립은 언감생심이면서 지름신—충동적으로 물건을 사버리는 사람이 믿는 가상의 신—과 예사로 접신하고, 명품만 보면 은근히 사족을 못 쓰는 속물이었다. 그렇다고 완벽한 미모도 아니고, 강단 있는 건강체질도 아니고, 성적으로 자유로울 용기도 없었다. 오로지 자신 있는 거라고는 독 오른 청양고추처럼 빳빳한 성깔 하나밖에 없었다.

마침내 말리도 깨달았다. 자신만큼 노처녀의 필요충분조건을 완벽하게 갖춘 인물도 드물다는 사실을!

말리는 명품 독신을 고수하기로 마음먹었다.

그러나 해결해야 할 문제가 한 가지 있었다. 그건 바로 돈이었다. 엘도라도로 황금을 캐러 가지 않는 이상 돈 나올 구멍은 뻔했다. 비굴한 직장 생활을 계속하며 간과 쓸개를 집에 빼놓고 살던가, 아니면 이슬만 먹고 생존할 수 있는 능력을 기르던가.

별 수 없었다. 백만 인의 현명한 선택을 따를 수밖에!

말리는 오늘도 열심히 로또를 사고 있다.

비록 단선을 선언하고 결혼에도 초연한 척 굴었지만 말리에게 사랑은 여전히 종교나 마찬가지였다. 말리는 청춘까지 온전히 바쳐왔던 로맨스 소설을 과감하게 버리는 대신 성서를 필사하는 경건함으로 S-diary의 습작을 시작했다. 성스럽고, 비밀스럽고, 특별한 것! 그것은 앞으로 그녀의 삶을 지탱해줄 동아줄, 특별한 글쓰기였다.

한동안 백조 노릇하던 말리는 서른셋이 되던 새해 첫날부터 연지 기획에 새롭게 합류했다. 남들은 중매를 잘하면 술이 석 잔이고 옷이 몇 벌이라는데, 말리는 중매 한 번 잘해서 취직까지 한 것이다.

02 그날 밤 말리에게 무슨 일이 일어났을까

초특급 황사가 한반도를 덮쳤던 4월의 어느 날, 독고연지 이사가 전략팀과 CR 팀을 급하게 호출했다. 좌 팀장을 선두로 말리와 동료들이 우르르 회의실로 들어섰다. 그곳에는 심 봉사도 눈을 확 뜰 만큼 잘생긴 남자가 앉아 있었다. 까무잡잡한 피부만 빼면 높은 이마에 조각 같은 콧날을 가진 흠잡을 곳 없는 얼굴이었다.

"오 마이 갓!"

그의 완벽한 외모를 훔쳐보던 말리가 사선으로 내려간 눈꼬리를 발견하고는 신음을 삼켰다.

"왜?"

옆에 있던 좌 팀장이 깜짝 놀라는 시늉을 하며 턱을 들어올렸다.

"누, 눈 내려간 남자야!"

말리는 눈 내려간 남자를 병적으로 좋아했다. 어쩌면 자신의 치켜 올라간 눈에 대한 반작용인지도 몰랐다.

"경계경보! 경계경보 발령!"

말리는 자리에 앉으면서도 중얼중얼 열심히 자기최면을 걸었다. 그리고 입술 주변 근육을 좌우로 움직이며 부지런히 워밍업까지 하고 나서 그를 쏘아보았다.

독고 이사가 그를 소개했다.

"인사해요. 여기는 창대 건설 리조트 팀의 독고수탁 팀장이에요. 개인적으로는 내 동생이고."

창대 그룹의 사주이며 리틀 정주영이라고 불리는 독고오목 명예회장은 자수성가형의 뚝심 있는 경영인이었다. 아들 넷, 딸 하나. 그에게는 오 남매가 있었다.

연지 기획의 대표인 독고연지 이사가 독고 명예회장의 오 남매 중 넷째 딸이자 고명딸이었고, 독고수탁이 다섯째이자 막내아들이었다.

첫째, 현탁은 과학자의 길을 선택해 미국 대학에 있었고, 둘째인 호탁이 건설과 플랜트, 무역 부문을 총괄했고, 셋째 영탁은 유통 부문을 책임지고 있었다.

1년 전, 건설과 플랜트 쪽을 확장시키려던 호탁 사장의 욕심이 꽁꽁 얼어붙은 건설 경기에 미끄러지면서 위기가 닥쳤다. 자금 경색이 시작되면서 정치권에 전방위로 로비한 일까지 터지는 바람에 호탁 사장이 구속되었다. 미분양이 속출해 자금이 묶인 상태에서 대출 상환 압력과 하청업체에 발행한 어음이 정신없이 돌아오는데 사장은 부재중인, 초유의 상황이 벌어졌다.

하필이면 유통 계열사를 맡아 경영하던 영탁 사장까지 홍콩의 유령회사를 통해 컨설팅 비용을 빙자한 거액의 비자금을 조성했다는 의혹에 시달리고 있었다. 거기다가 엎친 데 덮친 격으로, 은퇴한 것이나 다름없던 독고 명예회장이 수습을 위해 동분서주하다가 심장발작을 일으켜 쓰러졌다.

모두가 창대 그룹의 몰락을 점치고 있을 때 독고 회장은 오뚝이처럼 다시 일어났다. 그리고 병상에서 그룹을 진두지휘하기 시작했다.

원래 독고 회장은 무차입 경영을 모토로 하던 경영인이었고, 건설과 유통 등의 알짜 기업 몇 개만 남기고 과감히 정리하기 시작했다. 적대적이든 호의적 인수합병이든 일단 판단이 서면 전부 팔아치웠다. 독고 회장의 발 빠른 대처가 없었다면 창대 그룹은 완전히 공중분해 되고 말았을 것이다.

부채가 대충 정리되고 그룹이 안정궤도에 진입한 후 독고 회장은 그리스의 어느 섬에서 빈둥거리던 막내아들을 불러들였다. 그러자 사람들은 두 아들에게 실망한 독고 회장이 결국 막내를 후계자로 점찍은 거라고 수군거렸다.

그러나 독고 회장은 불러들인 막내아들에게 몇 년 전에 사서 내버려두었던 쓸모없는 무인도를 덥석 안겼다. 게다가 참을성 없는 막내가 섬을 팔아버릴까 봐 용의주도하게도 은행에 담보까지 듬뿍 잡아뒀다. 그러나 호사가들은 필시 무슨 복안이 있는 거라고 또 입방아를 찧었다.

"전 그런 거 못합니다. 한 번도 해보지 않은 일을 어떻게 합니까!"

수탁은 독고 회장이 재혼해서 뒤늦은 나이에 얻은 쉰둥이였고, 어려서부터 그가 원하는 것은 모두 아버지에게 프리패스였다. 진정한 보헤미안 운운하며 발길 닿는 대로 세상 구석구석을 쏘다니는 막내가 이제나저제나 돌아오길 기다려주던 회장이었지만 이젠 시간이 별로 없었다. 그는 세상을 떠나기 전에 눈에 넣어도 아프지 않을 막내아들에게 경영수업을 호되게 시킬 계획을 세웠다. 그래서 아들이 미처 깨닫지 못하고 있는 자질과 자신감을 일깨워줄 생각이었다.

"집안이 어려울 때는 나서서 도와야지. 이 무인도를 황금알을 낳는 유인도로 바꾸어놓으면 그때는 나가든 남아서 다른 걸 하든 붙잡지 않겠다."

"그건 억지십니다. 전 암탉이 아니고 수탉이라고요. 어떻게 황금알을 낳습니까?"

"어허, 이놈이? 지금까지 편하게 살았잖아! 누렸으면 기여해라! 단, 누구한테도 손 벌리지 마라! 섬에서 물고기를 잡아 팔든, 땅을 파서 석유를 뽑아내든, 금맥을 찾아내든 상관하지 않겠다."

수탁은 병색이 완연한 모습으로 산소 호흡기에 의지한 아버지를 거역하지 못했다. 결국 지금까지 아우토반 같았던 수탁의 29년 생애가 오프로드로 접어들었다. 그가 믿을 거라고는 그동안 왕성한 호기심을 놀려두지 않았다는 것밖에 없었다. 그는 배우지 않은 게 없었고, 해보지 않은 게 별로 없을 정도로 만능 스포츠맨이었다. 해커에 버금갈 정도로 컴퓨터에 대해서도 해박했다. 그러나 혼자 하는 일은 뭐든 자신 있었지만 사람들과 어울려 하는 일은 별 흥미도 없고 자신도 없다는 게 문제였다.

한 달 남짓을 무인도에 들락거리며 혼자서 끙끙거리던 수탁이 마침내 엉성한 프로젝트 기획안을 들고 누나인 독고 이사를 찾아온 것이다. 어려서 어머니를 잃은 독고 이사에게 새 어머니인 현 여사는 친어머니보다 더 큰 사랑을 듬뿍 주었고, 나이 차이가 많이 나는 오빠들과 다르게 그녀는 한 번도 수탁을 배다른 동생이라고 생각해본 적이 없었다. 그저 수탁은 그녀가 끔찍이도 아끼는 동생일 뿐이었다.

"안녕하십니까? 독고수탁입니다."

그의 튀는 이름 때문에 몇 사람이 웃음을 참지 못하고 킥킥거렸다.

"여러분은 죽은 나무에도 꽃을 피우시는 분들이라고 알고 있습니다. 리서치, 컨설팅, CR 어떤 거라도 좋습니다. 제발 저를 좀 도와주십시오."

호기심을 섞어 바라보던 팀원들이 조금씩 웅성거렸다. 잘생긴 데다가 겸손한 말투가 그를 더욱 돋보이게 했기 때문이다. 물론 잘생긴 인간들은 기본적으로 신뢰하지 않는 말리한테는 예외였지만 말이다.

"안녕하세요? CR 팀의 좌의정 팀장입니다. 뭘 도와드리면 될까요?"

좌 팀장이 생글거리며 나섰다.

"솔직하게 말씀드려도 될까요?"

수탁이 얘기하면서 독고 이사 쪽을 힐끗 쳐다봤다.

평소에는 잘 웃지 않기로 소문난 독고 이사였지만 시종 미소를 지으며 동생을 바라보고 있었다. 그녀는 수탁에게 고개를 끄덕여준 후 A4 크기의 칼라 사진 몇 장을 책상 위에 펼쳐놓았다. 숲이 제법 울창하고 백사장이 넓은 섬을 여러 각도에서 찍은 사진이었다.

"얼마든지. 우리 전략 팀과 CR 팀이 막강하다는 걸 곧 알게 될 거야. 자, 우선 이 사진들부터 좀 보지."

수탁은 재빨리 사진을 각자 한 사람씩 앞으로 나눠주고 다시 제자리로 돌아오며 말했다.

"지금 팀장님에게 아무짝에도 쓸모없는 무인도 하나가 생긴다면 어떻게 하시겠습니까?"

좌 팀장이 사진을 꼼꼼히 살펴보며 말했다.

"무인도도 무인도 나름이겠죠. 육지와의 접근성이라던가, 식수 확보는 가능한지, 풍치지구 제한은 없는지……, 아무튼 어느 정도 크기인데요?"

말리는 호기심을 보이는 그녀를 뜯어말리고 싶었다. 남자든 여자든 잘생기면 어디서든 절반은 기본으로 먹고 들어간다는 게 너무 불공평했다. 말리는 아예 신경을 끄고, 두 달 후 코엑스에서 열릴 로브노카 크리스털 오프닝 컬렉션 카피를 궁리하기 시작했다.

……금을 만드는 연금술! 크리스털을 빚는 유려한 커팅 기술, 로브노카!…….

오우, 맘에 들어. 로브노카의 리앤이 아주 좋아하겠는데? 말리는 순간적으로 떠오른 카피를 잽싸게 메모했다.

"약 70만 평 정도입니다. 여의도의 3분의 1 정도 되죠. 그렇게 크다고 할 수는 없지만 결코 작다고도 할 수 없습니다. 인천에서 배로 한 시간

거리니까 지리적인 여건도 그렇게 나쁘지 않고요. 단지 환경적 여건은 썩 좋다고 할 수 없습니다.”

“와우! 그럼 가격도 꽤 나가겠는데요?”

“IMF다 뭐다 한동안은 시세조차 형성되지 않았지만 요즘은 좀 올랐다고 하더군요. 그러나 감정가는 여전히 그리 높지 않아요. 게다가 50퍼센트 정도의 담보가 잡혀 있어서 대출 한도도 넉넉하지 않고요.”

말리는 수탁의 목소리를 애써 차단시킨 채 시선을 내리깔고 로브노카 카피하고만 씨름했다.

……아름다운 여자가 아름다움을 찾아낸다! 로브노카 크리스털…….

지난 2주 동안 로브노카의 리앤이 보내온 연혁과 작품들을 토끼 눈이 되도록 보고 또 보며 골머리를 싸매도 신통한 카피 한 줄 떠오르지 않더니 하필이면 이 순간 줄줄이 사탕처럼 터져 나올 게 뭐람. 어쨌든 말리는 퐁퐁 솟아나는 카피를 신바람을 내며 마구 휘갈겨 썼다.

“용수 확보도 불확실하고 자연 포구도 없습니다. 조수 간만의 차가 심해서 접안시설도 난공사가 예상되고요.”

말하던 수탁이 한숨을 푹 내쉬었다. 마치 세상에서 자기가 제일 불행하다는 듯이.

순간 그의 말이 말리의 귀에 쏙 들어와 박혔다. 더 이상 못 들어주겠네. 아무리 무인도라도 섬을 하나 가졌으면 벌써 출발선부터 붉은 카펫이 깔린 거지. 서울역 노숙자들 모인 곳에 가서 그렇게 죽는 시늉해봐라. 당장 몰매 맞을 거다. 말리는 남보다 엄청나게 누리면서도 죽는 소리 하는 인간들이 제일 싫었다. 짚고 넘어가지 않으면 오늘 밤 잠을 못 잘 것 같았다.

“안녕하세요? 최말리입니다.”

“때 말려요?”

폭소가 터지자 수탁도 슬그머니 미소 지었다. 대신 놀림감이 된 말리만 잠깐 할 말을 잃고 심각해졌다.

남들을 웃겨놓고 그 틈에 수탁은 말리를 찬찬히 관찰하기 시작했다. 우선 그녀의 뽀얀 피부가 인상적이었다. 그녀는 화장기 전혀 없는 앳되어 보이는 얼굴이어서 대리라는 직함을 달고 있지 않았다면 신입사원으로 오해할 정도였다. 외국 생활을 오래하면서 그가 느낀 것은 한국 여성들의 화장이 유난히 두껍다는 사실이었다. 외국에서 만난 여자들은 거의 한 듯 안한 듯 투명하게 화장을 해서 보기에도 자연스러웠다.

말리의 갸름한 턱 선에서 시작해 핑크빛 도톰한 입술에 만족하며 그녀의 코 위쪽으로 시선을 옮기던 그가 흠칫했다. 사선으로 살짝 치켜 올라간 눈꼬리와 백두대간의 산줄기처럼 시원하게 뻗어나가던 콧날이 끝에서 경박스럽게 쳐들려 있는 들창코가 전체적인 이미지를 여지없이 깎아먹고 있었다. 하나님이 그녀에게 겸손을 한 수 가르치려고 장난친 거라는 생각이 들었다. 그러나 그녀의 피부는 모든 결점을 충분히 커버하고 남을 만큼 투명하고 싱싱했다.

말리는 도전적으로 턱을 치켜든 채 자신을 꼼꼼히 관찰하는 수탁을 잡아먹을 듯 노려보았다. 자신의 들창코며 찢어진 눈이 샅샅이 관찰 당하는데 기분 좋을 리가 없었다.

"그래도 전 팀장님이 부러운데요. 만약 저한테 그런 무인도가 생긴다면……."

나란히 앉아 있던 좌 팀장이 팔꿈치로 말리의 옆구리를 쿡, 찔렀다. 말리가 돌아보자 그녀는 복화술사처럼 입속으로 웅얼거렸다.

'말조심해! 피는 물보다 진하댔어. 팔은 안으로 굽는 거고. 이사님이 애지중지하는 동생이라고!'

말리가 알았다고 눈을 껌벅거렸지만 여전히 믿지 못하겠는지 좌 팀장은 목에다 펜까지 갖다대며 협박했다.

"만약 그런 무인도가 생긴다면 천공의 섬 라퓨타처럼 만들어보고 싶네요.”

회의실에 찬물을 끼얹은 것처럼 정적이 흘렀다. 좌 팀장도 말리지 못한 걸 후회하듯 두 눈을 질끈 감았다.

“농담이고요.”

그래도 냉각된 분위기가 풀리지 않자 좌 팀장이 순발력 있게 화제를 돌렸다.

“그래서 독고 팀장님은 그곳에 어떤 프로젝트를 꽃피우고 싶으신데요?”

“좀 특별한 리조트인데요. 재혼식과 재혼 여행까지 한곳에서 원스톱으로 해결할 수 있도록 하는 겁니다.”

“재혼 전문 리조트 단지요? 아까 환경이 별로라고 하지 않았던가요? 파도도 그렇지만 바닷바람도 장난 아닐 텐데요. 새로 시작하는 장소로는 좀 그렇지 않을까요?”

“네, 최상은 아니죠. 하지만 발상을 조금만 바꿔보면 꽤 괜찮은 조건이 될 수도 있습니다. 재혼 정보회사를 통해서 좀 알아봤는데요. 남들 시선 의식하지 않고 호젓하고 무드 있는 곳에서 가까운 친지 몇 명만 참석하는 재혼식을 원하는 사람들이 의외로 많더군요. 그런 분들에게는 섬이 제약이 아니라 특약이 될 수도 있을 것 같거든요. 그리고 중년을 타깃으로 금혼식이나 은혼식까지 이벤트로 연계하는 것도 괜찮을 거 같고요. 리조트와 연계할 어떤 특별한 테마 공간이 필요…….”

말리가 그의 말을 자르며 톡 끼어들었다.

“혹시 배 멀미 해보셨어요? 멀미하면서 그 멀리까지 가서 재혼한다는 게…… 사실 첫 결혼에 실패한 것만으로도 끔찍한 멀미였을 텐데요!”

왜 똑같은 말도 말리의 입에서 나오면 투구와 갑옷을 입는 걸까. 말리는 썰렁해진 분위기를 수습하기 위해 얼른 덧붙였다.

“그 섬 이름이 뭐라고 했죠?”

“옥도요.”

“그렇다면…… 로맨싱 라이프 옥도…… 어때요?”

너 또 무슨 수작이냐? 제발 그만해! 좌 팀장이 다시 경계하는 눈빛으로 껌벅거렸다.

말리는 원래 말리면 더 하고 싶어 하는 이상한 체질이었다. 처음에는 삐딱한 마음으로 시작했는데 하다 보니 슬슬 신명이 붙어버렸다.

“얘기하다가 방금 떠오른 건데요. 리조트 한가운데 성처럼 화려한 보석 전시장을 꾸미는 건 어떨까요?”

회의실이 다시 조용했다. 한동안 아무도, 아무 반응도 보이지 않았다.

“리조트 고객을 주얼리가 끌어들이고, 주얼리 고객이야 당연히 리조트 고객이 되는 공식이에요.”

모두들 여전히 꿀 먹은 벙어리였다.

“바다 한가운데 고립된 섬인데…… 주얼리와 리조트가 시너지가…… 될까요?”

수탁이 미심쩍은 표정으로 띄엄띄엄 말했다.

“세상의 절반이 여자예요. 그 여자들에게 꼼짝 못하는 게 나머지 절반의 남자들이고요. 로맨스에 빠진 연인은 항상 외딴 장소에 둘만 있길 원하잖아요. 그럼 얘기 끝난 거 아닌가요?”

수탁은 천천히 팔짱을 끼더니 잘생긴 턱을 만지작거렸다.

“아까 중년이 타깃이라고 말씀하셨잖아요. 나이가 많든 적든 여자는 로맨스에 약하게 마련이죠. 게다가 금, 은혼식을 치를 나이쯤 되면 경제적으로 안정도 될 때고 말이에요. 돈 있겠다, 시간 있겠다, 사랑도 여전히 넘쳐나겠다, 문제는 여건이란 말이지요. 그런 환경을 만들어주자는 거예요.”

독고 이사의 입술이 카누처럼 휘기 시작했다. 이제는 완전히 말리의 독무대였다. 좌 팀장도 비로소 안도한 듯 표정을 풀었다. 지금부터는 발동 걸리기 시작한 최말리를 아무도 못 말리게 보호해야겠다고 판단한 것 같았다.

'오호, 이것 봐라. 이 여자야말로 황금알을 낳아줄 암탉이네?'

흐뭇한 눈길로 말리를 바라보던 수탁이 괜히 헛기침을 흠, 흠 하고 나서 말했다.

"안 그래도 컨셉을 아주 고급스럽고 로맨틱하게 잡을 계획이었어요. 아! 그리고 단점만 있는 곳은 아닙니다. 워낙 심한 조수 간만의 차 때문에 육지와 그리 먼 곳이 아닌데도 오랫동안 무인도였던 게 오히려 장점이 된 셈이죠. 울창한 수목과 백사장이 고스란히 유지되어 있거든요."

턱을 괴고 앉아 뭔가를 골똘히 생각하던 독고 이사가 갑자기 한 손을 번쩍 들며 끼어들었다.

"잠깐! 다 좋은데 말이야. 문제는 자금 조달이잖아. 크리스털 테마 궁전을 유치하면 어떨까?"

모두의 시선이 일제히 독고 이사에게 집중되었다.

"로브노카에서는 한국을 아시아의 허브로 생각하는 눈치던데, 매장도 일본을 제치고 처음 오픈하는 거고 말이야. 최 대리가 천공의 섬 라퓨타 애기하니까 퍼뜩 떠오르더라고. 여러분들 생각은 어때요? 컨셉이 비슷하게 맞아떨어지는 거 같지 않아?"

눈치 빠른 좌 팀장이 가장 먼저 맞장구를 쳤다.

"멋져요! 오스트리아 티롤에 있다는 로브노카의 크리스털 테마 궁전 말씀이시죠? 지난번에 텔레비전에서 봤는데 정말 환상적이던걸요. 우리도 비슷한 게 있으면 참 좋겠다고 생각했었는데."

"그렇지? 작년에 가서 보니까 정말 대단하더라고."

독고 이사가 동조자를 만난 듯 반갑게 말했다.

"그러니까 도쿄 디즈니랜드처럼 옥도에 크리스털 테마 궁전을 유치하자는 말씀이시죠?"

"그렇지. 크리스털 테마 궁전과 리조트, 보석 전시장까지. 어때? 기막히지 않아?"

"굿 아이디어이십니다!"

모두들 박수로 찬성했다.

"로브노카 쪽은 내가 알아볼 테니까 독고 팀장은 우선 접안시설부터 서두르는 게 좋을 거 같은데? 어차피 공사 시작하려면 가장 먼저 해야 할 일이고, 투자자들이 방문하기도 쉽게 말이야."

"네, 알겠습니다."

그렇게 잘난 척하고 휘저은 덕분에 말리에게 수탁의 파트너 겸 컨설턴트 역할까지 맡겨졌다. 하기는 한 우물만 오래 파는 것이 능사는 아니었다. 가뜩이나 산전수전 공중전도 불사해야 하는 현대전에서는 말리 같은 뜨내기가 더 쓸모 있었다. 역시 독고 이사가 사람 보는 눈 하나는 탁월했다. 인간관계가 좀 매끄럽지 못해서 그렇지 어떤 포지션에 갖다놔도 거뜬히 소화해낼 수 있는 다목적 인재가 최말리라는 걸 간파했으니 말이다.

옥도 프로젝트가 끝날 때까지 말리는 창대 건설 리조트 팀의 촉탁 컨설턴트로 겸직하게 되었다. 그렇다고 그동안 그녀가 맡아 진행시켜왔던 로브노카의 카피라이터 일도 인계할 상황이 아니어서 어쩔 수 없이 창대 건설과 연지 기획을 부지런히 오가며 꽁지에 붙은 불을 끄며 지내게 되었다.

수탁이 다녀가고 며칠 후, 독고 이사가 말리를 조용히 불렀다.

"노는 거밖에 자신 없는 친구야. 그래도 머리는 비상하니까 최 대리가 모든 걸 좀 도와줘. 성공적으로 마무리되면 내가 짭짤한 인센티브를 약속할게. 기대해도 돼."

말리는 환호성이 튀어나오려는 걸 입술을 깨물며 겨우 참아냈다. 프로젝트를 성공적으로 마치면 두둑한 특별 보너스를 주는 게 연지 기획의 관행이라는 건 진작부터 알고 있었지만 좌의정에게서 그 액수가 상상을 초월할 정도라는 사실을 전해 듣고 말리는 만세를 불렀다. 몸과 마음을 바쳐 열심히 일하고 나면 두둑한 인센티브가 생기는데 신바람나지 않을 사람이 어디 있겠는가. 지나칠 정도로 깐깐한 독고 이사였지만 훌륭한 성과물에는 아낌없는 인센티브를 팍팍 안겼다. 그게 연지 기획이 짧은 시간 안에 급성장한 비결이라면 비결이었다. 덕분에 유능한 직원들은 큰 회사의 스카우트 광풍에도 끄떡없었고, 오히려 경력사원 사내 추천제로 알짜배기 인재를 끌어들이는 효과까지 얻고 있었다.

수탁은 졸지에 말리의 현금카드, 마이너스 통장이 되어버렸다!

그로부터 50여 일이 지난 날.

옥도 프로젝트의 시작이라고 할 수 있는 접안 공사도 순조롭게 끝마쳤고, 로브노카와 옥도 투자 양해 각서까지 교환한 날이었다.

창대의 리조트 팀과 연지의 전략 팀, CR 팀이 남이섬에 있는 창대 리조트에서 1박 2일 워크숍 중이었다.

독고 이사는 수탁이 밀어준 노트북에서 파일을 꼼꼼하게 훑어보았다.

"보름 후면 로버트 부사장이 로브노카 컬렉션 오프닝에 참석하기 위해 들어오니까 그때 옥도 투자 건도 좀 더 구체적으로 조율할 수 있을 거예요."

그녀는 다시 수탁을 건너다보며 덧붙였다.

"로브노카가 대외 신인도가 높은 회사이긴 하지만 그래도 모르는 거니까 다른 투자처를 물색하는 건 계속하기로 합시다. 요즘은 컨소시엄을 구성한 역외 펀드도 괜찮다고 하던데. 아무튼 힘들 거라던 접안 공사가 순조롭게 잘 끝나서 다행이네요. 그동안 고생 많았겠는데?"

"끝나는 날까지도 마음을 놓을 수가 없었어요. 파도가 잠잠해진다는 망종 때도 아니고, 날씨가 갑자기 무슨 변덕을 부릴지 알 수가 있어야죠. 짧은 시간 안에 무사히 마칠 수 있어서 정말 다행입니다. 다 여러분들이 염려해주신 덕분이죠."

수탁이 모두를 돌아보며 여유 있는 미소를 날렸다. 소금기 가득한 봄바람을 쐬며 접안 공사 현장을 들락거린 탓에 그의 얼굴은 반짝거릴 정도로 검게 그을어 있었다. 덕분에 그의 가지런한 치아가 더욱 하얗게 도드라져 보였다.

"그래요. 한결같은 우리의 마음을 하늘도 알아준 거 같아. 접안 공사부터 브레이크 걸리면 큰일 나지. 자재니 사람이니 전부 하늘로 수송할 수도 없고 말이야."

"최 대리가 고생 많았어요."

수탁이 깜박했다는 듯 뒤늦게 말리를 챙겼다.

말이야 백 번 맞는 말이었다. 접안 공사 비용을 위한 은행 대출 건부터 시작해서 관공서를 들락거리는 일까지 그가 말리보다 잘 알고 잘하는 건 영어와 운전밖에 없었다. 하나에서 열까지 말리의 손을 거치지 않고 이루어진 건 하나도 없었다.

물론 독고 이사가 약속한 성과급도 무시할 수 없었지만, 사실 말리의 마음은 어느 순간부터 수탁에게 점점 기울고 있었다. 그녀와 동갑이라는데 행동과 말투가 아주 반듯하고 겸손했다. 그의 돋보이는 외모에 주눅 들 때마다 말리는 꽥꽥거리고 무시하며 온갖 구박을 다 했지만 그는 늘 한결같았다. 있는 집 자식치고, 거기다가 외국 물 먹었다는 인간치고는 아주 순도가 높았다. 그러면서도 그는 또 그늘 한 점 없이 해맑았다. 하기야 뭐든 아쉬울 거 없이 살아왔을 테니 성격이 나쁠 이유가 없었다. 아무튼 말리는 그와 함께 있으면 자신이 정화되는 기분이었다. 그와 얘기하다 보면 자신의 구석구석까지 채우고 있던 독기가 저절로 해독되는 듯한 기분이 들 때가 아주 많았다.

독고 이사가 말리에게 부드러운 시선을 건넸다.

"최 대리, 수고 많았어요. 첫 공사가 순조롭게 잘 끝난 걸 보면 나머지도 다 잘 될 거야. 앞으로도 지금처럼 잘해보자고.”

모두가 기분 좋게 저녁을 먹고 노래방으로 몰려가 목까지 풀고 각자 방으로 흩어진 시각이 11시쯤이었다. 리조트 팀은 9층으로, 연지 기획 팀은 6층으로.

로비에서 어수선하게 엘리베이터를 기다리고 있는데 수탁이 입 모양과 손짓으로 말리에게 무언가 신호를 보냈다. 긴가민가하던 말리가 마침내 그에게 다가가려는데 하필이면 그때 좌 팀장이 서두르며 그녀의 옆구리를 잡아당겼다. 엉겁결에 좌 팀장에게 끌려 다시 밖으로 나가던 말리가 뒤를 돌아보았을 때는 이미 수탁도 사라지고 없었다.

떠나올 때부터 좌불안석이던 좌의정이 말리와 마주 앉자마자 신랑과 대판 싸웠다며 눈물콧물을 쏟아냈다.

넉넉한 몸무게만큼이나 마음도 넉넉한 말리의 대학 친구, 우상이 바로 좌의정의 남편이었다. 그는 몸무게 0.1톤을 육박하는 거구였고 활달한 성격에 붙임성도 좋았다. 그러나 좌의정은 자그마한 체격에 몸무게도 그의 삼분의 일 정도밖에 되지 않았고 지독하게 알뜰한 깍쟁이였다.

우상을 죽마고우인 좌의정에게 소개한 건 말리였지만 결혼 통보를 받기 전까지는 둘 사이에 그런 불꽃이 튀었으리라는 걸 상상도 하지 못했다. 둘 다 착하기 이를 데 없는 천사표라는 공통점만 빼면 너무 달랐기 때문이다. 물론 그만큼 말리의 홍보 실력이 탁월하다는 뜻이긴 하지만 말이다.

아무튼 좌의정과 우상을 거느림으로써 최말리의 왕후 태몽이 허사가 아니라는 게 확실해졌다. 아무나 두 정승을 거느릴 수는 없는 일이니까. 말리의 영원한 각료인 그들은 작년 가을에 결혼했고 아직 유효기간이 남아 있는 신혼부부였다.

사실 백조 노릇하던 말리를 이곳 연지 기획에 소개해 입사할 수 있게 도와준 것도 두 사람이었다. 그들은 술 석 잔과 옷 몇 벌을 고사하는 친구에게 그런 식으로 은혜갚음을 한 것이다.

좌의정이 눈을 질끈 감은 채 쓴 소주잔을 한 번에 털어 넣더니 하소연을 시작했다.

"캬! 평소에는 그렇게 과묵하던 사람이 어떻게 술만 들어가면 시장 아줌마처럼 수다스러워지니?"

사실 우상은 덩치와 반대로 평소에도 결코 과묵한 편이 아니었다. 말리는 자신이 중신어미 노릇하면서 그를 너무 과대포장한 건 아닌지 내심 뜨끔했다.

"그래서 싸운 거야?"

"어젯밤엔 나도 굉장히 피곤했단 말이야. 요즘 로브노카 컬렉션 때문에 정신없잖아. 빨리 자고 싶은데 자꾸 전화통을 붙들고 안 내려놓는 거야."

"누구하고?"

"현대 유니콘스 구단주."

"뭐? 누구? 야구 팀 말하는 거야?"

"응. 이 남자가 술만 마시고 들어오면 거기 구단장하고 통화하겠다고 전화를 수십 통도 더 거는 거 있지."

"뭐? 크크, 상이 걔가 대학 때부터 야구라면 사족을 못 쓰긴 했지. 그래서 구단장한테 전화하면 뭐라고 수다 떠는데?"

"모르지. 무슨 말을 하고 싶어서 그러는지. 아직 한 번도 통화에 성공한 적 없거든. 누가 술 취해 해롱거리는 팬을 상대해주겠어?"

"우헤헤, 확실히 상이 걔가 귀여운 데가 있단 말씀이야."

좌의정이 금방 시무룩해졌다.

"그렇지? 내 귀여운 판다한테, 아무리 생각해도 내가 너무 심했나 봐."

"괜찮아. 처음엔 다 그렇게 사소한 일로 싸우고 그런다더라. 그러면서 정드는 거지, 뭐. 대신 내일 올라가거든 곱빼기로 예뻐해주면 되잖아."

말리는 겨우 좌의정을 달래서 방으로 돌아와 입가심으로 맥주 한 캔씩을 더했다. 그런데 자려고 누웠던 좌의정이 갑자기 벌떡 일어나 앉았다.

"안 되겠어!"

"왜?"

"이 남자가 보고 싶어서 죽을 거 같아. 목소리라도 들어야겠어."

말리는 전화통을 붙들고 씨름하는 좌의정을 기다리며 꾸벅꾸벅 졸다가 푹 쓰러져 잠들었다.

그리고 새벽녘에 깨어나 보니 옆에 좌의정 대신 홀딱 벗은 치한이 누워 코를 골고 있었다.

독고 이사의 호출을 받은 좌의정이 하얗게 질려서 달려왔고, 곧 609호실 문이 잠기지 않았던 이유가 밝혀졌다. 술에 취해 훌쩍이는 아내의 전화에 0.1톤짜리 판다가 걱정이 되어 쫓아내려 왔고, 좌의정은 문 잠그는 것도 잊어버리고 헐레벌떡 달려 나갔던 것이다.

"미안해, 말리야. 우리 그이는 아무 죄 없어. 내가 불러낸 거야. 떨어져 자려니까 보고 싶어 미치겠더라고. 결혼하고 처음이거든. 내가 올라간다니까 자기가 내려온다고……."

차에서 밤을 보냈다는 좌의정의 옷이 적나라하게 구겨져 있었다.

"말리야. 무슨 말이라도 좀 해봐. 이 일을 어쩌면 좋니? 난 죽어야 돼. 그치?"

좌의정이 제 머리를 쿵쿵, 쥐어박으며 연신 말리의 눈치를 살폈다.

"묻긴 뭘 물어? 그냥 콱 죽으면 되지. 죽어!"

수탁에게 절벽 가슴을 들켜버린 데다가, 순결을 잃어버렸을지도 모른다는 사실까지 더해서 온통 상심해 있던 말리가 퉁명스럽게 말했다.

"몸은 괜찮은 거니?"

몸속에 있는 상처를 보여줄 수도 없고, 그게 몸 밖에 있는 물건이라면 확실하고 얼마나 좋을까. 독고 팀장이 간밤에 최 대리를 따먹었다는 소문이 이미 직원들 사이에 쫘악 퍼져 있을 걸 생각하면 말리는 미치고 팔짝 뛸 지경이었다.

"잘 모르겠으니까 문제지. 둘 다 아무것도 기억하지 못한다고!"

"너야 잠들면 업어 가도 모르는 애고. 미안해, 그런 널 혼자 두고 문도 제대로 안 잠그다니. 내가 정말 미쳤어. 근데 독고 팀장은 왜 기억이 안 난다는 거야? 저질러놓고 골치 아프니까 발뺌하는 거 아냐?"

"그 인간도 나랑 비슷한 족속이야."

"응? 비슷한 족속?"

"내가 잠들면 죽는 것처럼 독고 팀장도 술 들어가면 필름이 끊겨버린대!"

"화장실에 가봤어? 넌 확실해서 표시가 날 텐데. 그게 단백질이라 말라도 풀 먹인 것처럼 뻣뻣하거든. 밤꽃 냄새도 지독하고 말이야."

"팬티 밑은 깨끗했어. 피도 안 묻었고, 풀 먹인 것처럼 뻣뻣하지도 않았고, 밤꽃 냄새도 안 났다고!"

"그럼 그냥 페팅만 했나? 네 옷차림은 이미 엉망이었다며? 그런가 보다. 다행히 삽입까지는 안했나 보다."

"그걸 누가 알아? 그리고 난 자전거를 많이 타서 출혈이 없을 수도 있다고!"

좌의정이 안타까운 시선으로 말리의 다리 사이를 내려다보았다.

"아래…… 거기가…… 아프거나 하지는…… 않고?"

"모르겠어. 소변 볼 때 좀 뻐근하긴 했지만 그건 평소에 피곤할 때도 그래."

"애! 그럼 망설일 게 뭐 있니? 얼른 서울로 돌아가서 진단서를 끊어야지."

"진단서?"

"이럴 때일수록 냉정해야 해. 우선 물증을 확보해야 한다고!"

길 찾기도 좌의정을 따라갈 사람이 없지만 무슨 문제든 가장 빠른 해결책을 찾아내는 사람도 항상 좌의정이었다.

"만약에 그랬다가 아니면?"

그야말로 쪽 팔리는 일이었다. 이 나이까지 처녀를 신줏단지처럼 끼고 있었던 것도, 처녀를 잃었는지조차 모른다는 것도, 모두 해외 토픽 감이었다.

"아니면 마는 거지 뭐. 그럼 더 잘 된 거고."

신기한 것은 심각하고 복잡하던 일도 좌의정의 입만 통과하면 별일 아닌 게 되어버린다는 사실이다.

"그래야 하나?"

"당연하지. 얼른 이사님한테 가보자. 독고 팀장도 아직 여기 있지?"

"그럼. 906호에 가둬놨어."

"뭐? 906호? 아하! 그래서 착각한 거구나. 술김에 그럴 수 있지. 애고, 내 죄가 크다, 커."

서두르며 일어서던 좌의정이 입술 꼬리를 슬그머니 당겨 올리더니 말리의 귀를 끌어당기며 속삭였다.

"말리야, 새옹지마가 될지도 몰라. 만일 독고 팀장이 정말 널 어떻게 했다면 책임을 물어야지. 비록 그동안 정리한 사업도 많다지만 아직 알짜배기는 그대로 있잖아. 부자는 망해도 3대가 걱정 없다던데. 독고 회장이 막내라면 아주 사족을 못 쓴다고 소문이 자자하더라. 우선 독고 팀장은 인물부터가 딱 로맨틱한 네 취향이고 말이야."

"야! 너 친구 맞아? 이 상황에서 지금 그걸 위로라고 하는 거야? 아무리 쌍춘년 아니라 더 한 해라도 그렇지 날 처녀막에 붙여서 떨이로 넘기라고?"

"아니, 아니야. 너무 미안해서 그러지. 이미 일은 벌어졌잖아. 그러니까 너무 심각하게 생각하지 말라고. 세상이 끝난 거 아니라고.”

좌의정은 지난 한 달 반 동안 두 사람이 붙어다니며 찰떡같은 정이라도 붙은 건 아닐까, 이미 심정적으로는 둘이 벌써 선을 넘어버린 건 아닐까 의심하고 있었다. 툭하면 툴툴거렸지만 옥도 프로젝트를 위해 말리가 얼마나 열심히 뛰었는지는 그녀만큼 잘 아는 사람도 없었다. 남녀관계는 아무도 모른다는 게 좌의정의 좌우명이었다. 그리고 생전 화장이라고는 안하던 말리가 독고 팀장과 다니면서 쥐 잡아먹은 것처럼 입술만 빨갛게 칠하고 다닌 걸 좌의정은 똑똑히 기억하고 있었다. 그때 은근슬쩍 떠보던 좌의정에게 말리는 아무리 자신 있는 피부라도 포인트는 필요한 법이라고, 올해 유행 경향이 붉은 립스틱이라고 박박 우겼었다. 안테나를 세우고 말리를 꼼꼼하게 관찰하던 좌의정이 무언가 감 잡았다는 표정으로 슬그머니 앞장섰다.

결국 수탁과 말리는 갑자기 급한 일이 생겼다는 핑계를 대고 일행보다 먼저 서울로 돌아왔다. 이번에는 어느 산부인과로 가야 하느냐 하는 문제로 두 사람은 또 돌아오는 차 속에서 한 시간 이상을 옥신각신했다.

얼떨결에 여론에 밀려 동행하긴 했지만 수탁은 아무리 생각해도 어이가 없었다. 21세기에 처녀막 검사라니. 평소에 그렇게 똑 부러지던 잘난 척쟁이 최 대리가 마치 간이라도 도둑맞은 것처럼 허둥대는 것도 이해할 수 없었다. 서른셋까지 처녀였다니, 뭔가 치명적인 약점이 있거나 거짓말쟁이 사기꾼이거나 둘 중의 하나일 거라고 생각했다. 그동안 앳된 외모와 내숭이라고는 모르는 솔직한 성격에 점점 호감을 키우고 있었는데, 그녀의 이미지가 순식간에 소름끼치는 비호감으로 바뀌면서 그의 입에서는 자꾸 어깃장 놓는 소리만 흘러나왔다.

“이왕이면 대학병원으로 가죠. 그리고 신문기자도 두엇쯤 부르지 그래요?”

수탁의 빨간색 닷지 조수석에 앉아 그의 비아냥거림을 속수무책으로 듣고 있자니 말리도 참 환장할 지경이었다. 그녀 역시 어쩌다 보니 분위기에 떠밀려 여기까지 오기는 왔는데 아무리 생각해도 진짜 어이가 없었다. 그가 이죽거리지 않아도 말리 역시 충분히 혼란스러운 상태였다.

"그걸 확인하는 데 크게 기술이 필요한 것도 아니잖아요. 그냥 변두리 개인병원으로 가요."

"최 대리가 그렇게 고집을 부린다면야 나는 상관없지만, 신뢰도 문제도 그렇고 나중에 후회 안하겠어요?"

말리는 약 올리듯 여유를 부리는 수탁이 죽이고 싶도록 미웠다. 적반하장도 분수가 있는 거지. 피해자인 자신은 창피를 무릅써야 한다는 사실도 꺼림칙하고, 어떻게든 아는 사람 만나지 않고 조용하게 끝내고 싶어서 전전긍긍인데 가해자인 그에게서는 죄의식이라고는 눈을 씻고 봐도 찾을 수 없었다. 한바탕 짚고 넘어가려던 말리가 아직 확실한 게 아무것도 없다는 사실을 떠올리며 입술을 깨물었다.

말리는 말없이 앉아 있다가 갑자기 소리를 꽥 질렀다.

"여기 세워요!"

수탁이 급브레이크를 밟자 도로와 바퀴 사이에서 소름끼치는 비명이 터져 나왔다.

"저기 갈래요."

그는 말리의 손가락이 가리키는 곳을 힐끗 보더니 또 느물거렸다.

"진작 좀 말해주지. 여기요? 여기가 맘에 들어요?"

"어떻게 미리 말해요? 나도 방금 결정했는데."

"좋을 대로 해요."

병원 앞에 차를 세우던 수탁이 잠깐 난감한 표정을 지었다. 보이는 여자들마다 남산만한 배를 자랑스럽게 내밀며 누가 더 큰지 내기하는 것 같았다. 그런 아내를 부축하는 남편들도 한결같이 10점짜리 과녁을 명중

시킨 궁사 같은 표정이었다.

"아는 곳이에요?"

"아, 아뇨!"

거짓말이었다. 여기는 산부인과 의사인 첫째 언니 진리와 소아과 의사인 형부가 함께 운영하는 병원이었다. 그래도 생판 낯모르는 데 가서 그짓 하는 거보다는 백만 배 나을 것 같았다. 결정적인 것은 남이섬에서 떠나오기 전에 수만 가지 이유를 대며 꼭 이곳으로 가야 한다고 신신당부하던 좌의정의 말이었다.

무슨 일이냐고 꼬치꼬치 물을 테지만 그래도 언니인데 아무렴 어때. 첫째 언니는 입도 무거워서 소문 같은 걸 걱정하지 않아도 될 것 같았다.

"여기서 기다려요. 나 혼자 들어갔다 올게요."

"그러죠."

말리가 차에서 내려 두 걸음쯤 걸어갔을 때 그가 다시 불러 세웠다.

"최 대리!"

"왜요!"

"진단서 끊어오는 거 잊지 말라고요."

'흥! 걱정도 팔자셔!'

처음에는 도살장으로 끌려가는 소처럼 고개를 푹 수그린 채 걸어가던 말리가 곧 마음을 바꿔 당당하게 병원 로비로 들어섰다. 아는 사람을 만나면 언니 만나러 왔다고 둘러대지 뭐. 별 거 아냐. 재수 없어서 그냥 조금 다친 것뿐이야. 내 의도와는 전혀 상관없이. 근데 왜 날개라도 잃은 것처럼, 그래서 금방이라도 추락할 것처럼 불안한 거지?

말리가 장황하게 설명하는 동안 눈을 꼭 감은 채 듣고 있던 진리가 어느 순간 눈을 번쩍 떴다. 그건 머리 좋은 그녀가 벌써 상황을 완벽하게 이해했다는 뜻이었다.

"그러니까 술이 떡이 된 회사 동료가 네 방에 들어와서, 잠들면 하늘

46

이 무너져도 모르는 널 훔쳤단 말이니?"

"뭐 현재로서는 그렇게 추측하고 있어. 내가 잠들면 인사불성이듯이 그 남자도 술 먹으면 마찬가지라서 둘 사이에 무슨 일이 있었는지는 아무도 몰라. 몰래 카메라라도 설치된 곳이라면 좋았을걸."

그건 정말 진심이었다. 가장 소중한 걸 도둑맞았는지도 모르는데 그걸 본인이 전혀 기억할 수 없다는 게 얼마나 미칠 노릇인지는 당해본 사람이 아니면 모를 것이다.

"그 사람은 지금 어디 있어?"

"밖에서 기다리지."

"함께 오지 그랬어."

"뭐 하러! 이런 데 창피하게 어떻게 같이 들어와? 직원들도 내가 언니 동생인 거 다 아는데."

"어떤 사람인데?"

"그게 무슨 상관이야? 검사나 해줘, 어서."

"결혼한 사람이야?"

"몰라. 자세한 건 잘 모르지만 유학 끝내고 귀국한 지 얼마 안 됐대. 아직은 총각 같긴 하지만. 요즘 남자들이 결혼했다고 이마에 새기고 다니나 뭐?"

"그는 뭐래?"

"나하고 비슷해. 무안해 죽다가 황당해 까무러치기도 하고. 그래도 나보다는 낫겠지. 자기는 잃어버린 게 없으니까."

처녀막 검사라는 것…… 두 다리를 쩍 벌린 채 쳐들고 누워 있는 폼이라니…… 처녀가 두 번 할 짓은 못 되었다. 아무리 언니라지만 천장을 쳐다보고 누워 있는 기분이란 정말 개떡 같았다.

"일 났지?"

말리가 검사대에서 내려오면서 물었다.

진리는 콧잔등 위로 안경을 밀어올리며 동생을 빤히 쳐다봤다. 이 상황과 전혀 어울리지 않게 그건 도박사의 눈빛과 비슷했다. 마치 집안의 골칫거리인 여동생을 배팅하려는 그런 눈빛이었다.

"괜찮아. 각오하고 있으니까. 맞지?"

말리가 오히려 언니를 위로했다.

'언니, 무조건 일 났다고 해야 돼요. 말리를 올해 결혼시키려면 그렇게 해야 돼요. 두 사람 같은 천생연분도 없어요. 자세한 건 올라가서 말씀드릴게요.'

진리는 머릿속으로 계속 좌의정의 말을 저울질하다가 마침내 그쪽으로 배팅하기로 결정했다.

"으, 으응."

잠시 침묵하던 말리가 불쑥 물었다.

"임신…… 할 수도 있는 거야?"

거기까지는 미처 생각해두지 못했던 진리가 입을 꼭 다문 채 눈만 빛냈다.

"솔직히 말해줘. 나 충격 받을까 봐 거짓말하지 말고."

"사, 사정은 안했어!"

"그럴 수도 있어?"

"그, 그럼. 술이 곤죽이었다며? 그러면 그럴 수도 있어."

"저~런 빙신!"

진리가 놀라서 눈을 동그랗게 떴지만 흥분한 말리의 눈에는 들어오지도 않았다.

"완전히 상 빙신이잖아! 도둑질하러 들어왔으면 훔쳐서 나가야지. 싸러 들어왔으면 싸고 나가야……."

말리는 비로소 휘둥그레진 언니의 눈을 발견하고 슬그머니 입을 다물었다. 지나치게 흥분하고 있는 자신이 창피했다.

"알았어, 고마워. 그럼 갈게, 언니."
서류를 건네받고 진료실을 나가던 말리를 진리가 다시 불렀다.
"얘, 말리야!"
"응?"
말리가 문손잡이를 잡고 돌아선 채 대답했다.
"괜찮니?"
"뭐가?"
"33년 동안이나 신줏단지처럼 간직했던 거잖아."
"괜찮아. 어차피 평생 간직할 것도 아닌데, 뭘. 오히려 후련해. 이젠 지켜야 할 부담도 없고."
근데 왜 이렇게 어깨가 툭 떨어지고 풀이 팍 죽는 거지. 잠자다가 별걸 다 도둑맞는 머저리. 이럴 줄 알았으면 대학 때 그렇게 좋아했던 그 선배한테 주는 건데. 그러나 사실 말리를 가장 맥 빠지게 하는 건 순결을 잃어버렸다는 사실보다 수탁의 돌변한 태도였다. 지난 한 달 반 동안 그렇게 깍듯하고 공손하던 그가 오늘 하루 동안 자신을 완전히 스토커처럼 취급하고 있었기 때문이다. 말리는 외모가 번듯하면 늘 경계를 늦추지 않는 편이었다. 그러나 그는 그동안 너무 반듯했고, 철저하게도 공손하게 구는 바람에 말리는 마음을 턱 놓고 무장 해제되었던 것이다. 그런 인간한테…… 오호, 통재라. 할머니, 어쩌면 좋아. 할머니 때문이야. 할머니가 매일 몸 깨끗이 하고 기다리면 왕후가 될 팔자라고 그래서 멍청한 말리가 그 말 믿고 이날까지 버티다 이 모양이잖아! 하긴 할머니 탓만도 아니야. 내숭 못 떠는 내 탓도 커. 내가 그 인간한테 너무 솔직했던 거야!
문에 가만히 붙어 서 있는 말리가 안쓰러워 보였던지 진리가 다가와 등을 다정하게 쓰다듬었다.
"말리야, 좀 쉬었다 가. 빈 입원실이 있을 거야."
말리가 돌아보며 억지로 웃어주었다. 얼굴 근육마저도 제정신이 아닌지 분명히 웃으라고 명령했는데 우는 쪽에 가까운 애매한 표정이 되었다.

"됐어. 비밀로 해줄 거지?"

"그럼, 당연하지."

"고마워. 갈게."

병원 건물을 나서던 말리는 노랗게 걸려 있는 태양과 빨간색 닷지와 어깨로 차를 받히듯 비스듬히 기대 서 있는 검은 그림자를 차례대로 바라보았다. 수탁인지 미국에서 굴러먹던 용가리 통뼈인지! 놀이공원에 있는 사진 찍기용 조형물처럼 근육질 몸통에 해맑은 얼굴로 나를 무장해제시켜놓더니, 공손하고 곰살궂게 군 것도 다 내 도움을 받기 위한 속셈에 불과했던 거야. 능력 있는 독수리는 발톱을 숨기는 법이라잖아. 이제 내 도움 받을 일 없다 이거지. 이렇게 엮이는 건 싫다 이거지. 최말리! 이런 머저리!

말리는 빠르게 걸어가 그와 코를 맞부딪칠 정도의 거리까지 다가가서 서류 봉투를 불쑥 들이밀었다.

수탁은 그녀의 얼굴을 한 번 쳐다보더니 약간은 긴장된 표정으로 봉투 속의 진단서를 꺼내 읽었다. 잠시 침묵하던 그가 애써 심드렁한 표정으로 말했다.

"이제 원하는 게 뭐예요?"

'총! 지금 내 손에 총이 있다면 당신을 한 방 쏴 갈기고 싶어!'

"뭘 원해도 다 들어줘야겠지만, 나도 다 들어주고 싶지만, 현재 내가 가진 거라고는 달랑 섬 하나밖에 없거든요. 팔 수도 없다는 거 잘 알죠? 거지여서…… 미안해요."

그러나 하나도 미안하지 않은 얼굴이었다. 원래 마음에도 없는 거짓말을 하려면 말이 길어지는 법이었다.

말리는 그를 잠시 노려보다가 팽 돌아섰다. 지금은 혼자 있고 싶었다.

50

처녀막 파손 죄와 정신적 순결 손상 죄, 명예 훼손 죄 등으로 피해보상을 청구해야 할지 아니면 책임지라고 무조건 머리를 들이박아야 할지, 스스로도 아직은 결론을 내릴 수가 없었다.

"어, 어? 이봐요! 최 대리! 내 차 타요. 데려다 줄게요."

수탁은 도무지 돌아가는 상황이 어지러울 뿐이었다. 아니, 전혀 가슴에 와 닿지가 않는다는 게 솔직한 심정이었다. 눈곱만큼도 기억나는 건 없는데 증거를 들이밀며 잘못을 인정하라고 윽박지르는 격이니 죄의식은커녕 귀찮고 짜증만 났다. 평소와 너무 다른 말리의 행동도 그를 더욱 혼란스럽게 했다.

"서로 실수한 거니까 그냥 쿨하게 없던 일로 하면 안 돼요? 원 나이트 스탠드도 흔한 세상이잖아요. 우린 아직 젊은데 그런 일로 서로를 속박한다는 건……."

창피해 죽겠네. 제발 그 입 좀 다물어! 여긴 우리 언니네 병원 앞이란 말이야. 형부가 어디선가 보고 계실지도 모른다고. 말리는 들은 척도 않고 더욱 부지런히 걸었다.

"내 말 안 들려요? 그렇게 안 봤는데 정말 유치하게 왜 이래요!"

뒤따라 걷던 수탁이 갑자기 말리의 어깨를 잡아 돌려세웠다. 그의 눈빛은 어제까지와 다르게 경계심으로 가득했다.

이를 물고 참아내던 말리도 마침내 폭발하고 말았다.

"정말 더 이상 못 참겠네. 지금 뭐 하자는 거예요! 사람에게 상처를 입혔으면 최소한 사과 정도는 먼저 하는 게 예의 아니에요?"

"무슨…… 상처요?"

수탁은 아직도 자신이 뭘 잘못했는지 모르겠다는 얼굴이었다.

하긴 완벽한 상체를 보면 모르긴 몰라도 아래쪽 역시 완벽한 프로일 터였다. 그 경황 중에도 말리는 그의 벗은 상반신에 선명하게 새겨져 있던 왕(王)자를 꼼꼼히 살펴두었던 것이다. 가슴에는 부숭부숭한 검은 털이 역삼각형 모양으로 덮여 있었다.

사정도 못하고 덮어쓰게 생겨서 바람둥이 체면에 자존심이라도 상한다
는 거야? 그래서 이렇게라도 욕구불만을 해소하자는 거야? 말리는 갑자
기 목에 핏대를 세우며 소리쳤다.

"몰라서 물어요? 처녀막!"

주변을 지나치던 임산부와 그 가족들이 일제히 두 사람 쪽으로 시선을
집중했다. 놀란 표정을 짓는 사람도 있고, 재미있다는 듯 웃고 지나가는
사람도 있었다.

"우이씨!"

말리는 후다닥 돌아서서 다시 달리듯 빠르게 걸었다. 수탁이 나란히
따라 걸으며 다그쳤다.

"얘기하고 가요! 속셈이 뭐예요?"

"속셈 같은 거 없어요! 생각할 시간이 필요한 거지."

"그럼 배상 액수를 말해봐요. 얼마면 되겠어요?"

마침내 수탁은 자신의 큰 덩치를 이용해 말리를 건물 벽 쪽으로 밀어
붙였다. 170센티인 말리의 키도 결코 작다고 할 수 없었지만 190센티가
넘는 수탁은 그녀에게 충분히 벽이었다. 말리는 건물 벽과 인간 벽 사이
에 갇힌 채 이를 갈며 소리쳤다.

"얼마나 있는데요? 거지라서 아무것도 없다면서요! 아, 팔지도 못한다
는 섬이 있던가? 아니다. 빌딩 같은 몸이 있지! 당장 그 몸으로라도 때워
요!"

헐! 최말리 순발력 한 번 기막히다. 한 번도 생각해보지 않은 소리가
튀어나오다니. 말리가 얼른 입술을 깨물었다.

어이없다는 듯 고개를 설레설레 흔들던 수탁이 말리를 물끄러미 내려
다보았다. 조금 덤벙대긴 했지만 똑 부러지고 야무지게 일하던 평소의 최
대리가 아니었다. 폭탄이라도 품은 것처럼 불안하게 허둥대고 있었다. 그

럴수록 수탁은 그녀의 그런 모습이 자신의 잘못을 추궁하는 것 같아 기분 나빴다. 궁지에 몰릴수록 그의 입에서는 자꾸 이죽거리는 말만 튀어나왔다.

"뭐가 그렇게 대단해요? 혹시 18세기에서 타임머신 타고 오지 않았어요? 그까짓 골동품 같은 처녀를 붙들고……."

참자. 참을 인이 셋이면 살인도 면한다고 할머니가 항상 말씀하셨잖아. 으드득! 그러나 말리는 더 이상 스스로를 통제할 수가 없었다.

"그쪽이 대단한 거죠. 땡잡은 건 바로 그쪽이라고요! 그쪽 같은 사람한테는 사창굴도 감지덕지라고요!"

당신 같은 사람이 어디 처녀 굴에 한 번이라도 들어가 봤겠어? 태고의 비경을 훼손했으면 최소한 미안한 마음이라도 가져보라고! 은혜를 이렇게 원수로 갚아도 되는 거야?

수탁이 입을 멍하게 벌리고 서 있는 사이 말리는 얼른 그의 겨드랑이 밑으로 빠져나와 택시를 잡아탔다.

집으로 돌아오자마자 슬금슬금 우울해지더니 충치 먹은 곳에서 가장 먼저 신호가 왔다. 덕분에 말리는 지난밤을 하얗게 새웠다. 수탉인지 수캐인지, 그 동물한테 천연기념물인 자신의 처녀를 헌납한 걸 생각하면 말리는 자다가도 벌떡벌떡 일어날 지경이었다.

'뭐라고? 서로 실수한 거니까 쿨하게 이해하고 넘어가자고? 쿨? 자다가도 벌떡 일어날 소리하고 있네. 그래, 어디 계속 자극해봐라. 비록 옛날에 사라진 명성이지만 한때는 불아구, 독종으로 불리던 최말리였다고! 독종을 건드린 최후가 어떨지 기대하라고!'

"말리야! 밥 묵고 가야제."

할머니는 온몸에 눈이 달린 게 분명했다. 그녀는 살금살금 현관을 빠져나가려던 말리를 말 한마디로 낚아 식탁으로 끌어들였다.

말리가 몇 젓가락 뜨는 시늉을 하다가 슬그머니 엉덩이를 들어올리자 할머니는 또 선전포고도 없이 선제공격을 시작했다.

"니 하는 일이 뭐꼬? 광고 맹근다카는 기 그기, 거짓말 번드르르 해서 남들 선전해주는 일이제? 근데 니 광고는 와 몬하나?"

할머니, 중이 제 머리 깎는 거 보셨어요? 상처 입은 불아구는 안 건드리는 법이라고요. 말리는 아픈 것도 깜박한 채 어금니를 응시 물었다. 그러자 귀까지 찌르륵 아프더니 눈물이 핑 돌았다.

"저, 저 눈 좀 보그라. 한나도 안 무서버서 우짜노. 가스나가 뱀맹키로 차구우이 어데 사나가 붙겠나?"

할머니는 어제 또 누구의 결혼식에 다녀온 게 분명했다. 그녀의 취미는 말리를 갈구는 것이었고, 그녀가 무병장수하는 건 순전히 말리가 있기 때문이었다. 평소에는 말리가 백조 노릇하며 집 안에서 빈둥거릴 때만 공격하더니 올해는 눈만 마주치면 달달 볶았다. 모두 그 애꿎은 쌍춘년 때문이었다. 작년에는 입춘이 없는 망춘년이라 결혼하면 안 좋았지만, 올해는 입춘이 두 번 든 쌍춘년이라 대길하고 백년해로한다고 귀에 딱지가 앉을 정도로 말씀하셨다.

부모님, 언니들, 하다못해 막내 동생 승리까지도 여자친구가 있는데 집 안에서 할머니와 말리만 짝 없는 외기러기 신세였다. 가뜩이나 인물도 형제 중에서 가장 빠지는 데다가 특출난 재주도 없는 말리 때문에 할머니는 늘 노심초사였다.

"나 독립할 거예요. 당장!"

'요즘 능력 있는 여자들은 결혼보다 독신을 선택한다는데 왜 나만 이렇게 시대에 뒤떨어진 시련을 당해야 하냐고요! 가뜩이나 근성 없고 능력 없는 것도 서러워 죽겠는데!'

"쯧쯧, 살다살다 벨 소리를 다 들어볼따. 니 로또라도 당첨됐드나? 툭 하면 백조 신세에 쥐꼬리만큼 받는 월급은 한 달이 되기도 전에 다 써불고, 만날 닭은 카드 돌리 막느라 어지러울 지경인 아가 독립이라꼬? 누가 몰래 독립 자금이라도 대준다 카드나? 잉? 하이고, 나이가 차니 시집갈 생각을 하나, 직장이랍시고 한 군데 오래 붙박혀 있기를 하나. 독립? 니 독립이 뭔 뜻인지도 모리는 모양인데 저기 서대문에 있는 독립문에 함 가보고 말하그라."

말리는 말 한마디 잘못했다가 본전도 못 찾고 금세 꿀 먹은 벙어리가 되었다. 할머니의 말씀은 구구절절 틀린 말이 하나도 없었기 때문이다.

할머니, 강또순 여사는 소갈머리가 없었다. 아들이 젖먹이일 때 남편을 약 한 첩 못 쓰고 잃어버린 후 경상도 산골에서 된장 단지 하나만 달랑 들고 서울로 무작정 상경했다고 했다. 된장, 생선, 떡, 건어물 가릴 것 없이 머리에 이고 다니며 악착같이 돈을 모아 비록 산동네지만 3년 만에 집을 장만해 홀시어머니와 외아들을 불러올렸다고 했다. 장사하느라 30여 년을 머리에 이고 다니는 바람에 그녀의 정수리에는 머리카락이 하나도 없었다. 그래도 할머니는 평생을 적극적이고 긍정적으로 열심히 살아온 분이었다. 배우는 데도 주저함이 없어 정보에서도 젊은 사람들에게 뒤지지 않았다. 남편을 약 한 첩 못 쓰고 잃어버린 한 때문에 외아들은 약사 만들고 손녀, 손녀사위, 손자까지 줄줄이 의사를 만든 집념의 여인이었다. 자식 사랑과 욕심 또한 대단한 분이어서 말리네 오남매의 운동회나 학습발표회조차 한 번도 빼먹은 적이 없었다. 그런 할머니이니 하늘이 두쪽 난들 절대로 말리를 포기할 분이 아니었다.

말리가 꼬리를 내린 채 침묵하자 늘 그렇듯 할머니의 화살은 또 어김없이 아들 며느리에게로 향했다.

"애미, 애비도 우째 그리 무심하노. 자가 싫다는 기 뭐 진심이겠노. 어릴 적부터 그카지 않았드나. 자는 청개구리맹키로 거꾸로 말하는 아 아이가. 좋아도 싫타 카고. 선 안 본다고 발광해싸도 집에서 서둘러야제. 가뜩이나 빙충맞게 지 앞가림도 몬하고 밥벌이도 시원찮은 아를 얼렁 시집이라도 보내야 안카나. 올해가 가기 전에는 무슨 일이 있어도 치워야 한다 아이가. 서른만 넘어가믄 벌써 재취 자리뿐일 낀데 은제까지 저레 처박아

둘 끼고 잉?”

할머니는 말리가 서른셋이라는 사실을 결코 인정하지 않았다. 아마 그녀가 마흔이 되어도 서른이라고 박박 우길지 모른다.

마침내 말리가 식탁 의자를 우당탕 빼면서 일어섰지만 아무도 놀라지 않았다. 워낙 흔한 일이라 아빠 최고봉 씨도, 엄마 지예분 여사도, 막내 최승리도 항상 중립을 지키며 절대 끼어들지 않았다.

“걱정 마시라고요. 할머니한테 독립 자금 대달라고 안할 거예요. 가뜩이나 이가 아파 죽을 거 같은데, 누구는 시집 안 가고 싶어서 그래요? 할머니 자꾸 그러면 나 진짜로 독사 될 거라고요. 그냥 뱀이 아니고 독이 풀풀 풍기는 독사!”

말리가 신발도 꿰는 둥 마는 둥 현관문을 부서져라 닫는데 문틈으로 할머니의 목소리가 날아왔다.

“하이고, 툭하믄 백조인 주제에 승질은. 지가 안죽도 백자 항아리락도 되는지 아는갑다. 흥!”

엄마는 항상 그러셨다. 할머니와 똑같은 성격에 생김새까지 가장 많이 닮은 사람은 이 집에서 오직 최말리 혼자뿐이라고. 너무 똑같아서 부딪치는 거라고. 같은 극이라 밀어내는 거라고. 별 해괴망측한 모함이라고 팔팔 뛰었지만 많이 닮은 건 사실이었다. 누렇게 변색된 할머니의 소싯적 사진을 보면 지금 말리의 모습과 쌍둥이처럼 똑같았다.

말리는 흥분해 식식거리느라 몇 번이나 핸들 벽을 긁다가 겨우 시동을 걸었다. 회사에는 좀 늦게 출근하겠다고 전화하고 곧장 치과로 향했다.

주차장에 차를 대고 시간을 보니 아무래도 자신이 첫 손님일 것 같았다. 말리는 잠시 망설이다가 미리 언니에게 전화를 걸었다.

셋째 언니인 그녀는 외과 의사였다. 그것도 항문외과. 말리는 입 밖으로 항문이라는 소리를 낼 때마다 갑자기 아랫배와 더 아래쪽 어딘가가 움찔해지곤 했다.

"나야."

─나 누구?

"왜 또 그래? 동생 목소리도 잊었어?"

─오는 말이 고와야 가는 말도 곱지.

"미안해, 생리 때문에 그래."

─빨리 결혼해. 규칙적인 섹스가 생리통도 감소시킨다는 사실! 몰랐지?

이 눈치 빠른 언니가 무슨 냄새라도 맡았나? 말리는 슬며시 긴장하며 자세를 고쳐 앉았다.

─지금 바빠. 무슨 일이야? 빨리 말해.

"됐어. 별일 아니야. 끊을게."

평소처럼 핑퐁게임 하듯 동생을 약 올리던 미리가 퍼뜩 할머니의 지령을 떠올렸다.

─애, 애! 최말리! 왜 그래? 기껏 전화해놓고. 되기는 뭐가 돼?

"나 지금 형부네 치과 주차장이야."

─근데?

"돈 안 받겠지?"

─그거야 치과의사 맘이지. 네가 직접 물어봐.

미리는 말리가 곧 백수에 다시 등록할지도 모른다는 예감을 했다. 동생한테 치통이 찾아오면 다음 순서는 어김없이 백조가 되는 것이었다. 지금까지는 예고편처럼 항상 그랬다. 할머니의 선견지명에 새삼스레 탄복하던 미리가 한풀 꺾인 목소리로 덧붙였다.

─걱정 마. 설마 처제한테 치료비 내라고 하겠니?

불행은 쌍으로 온다더니 하필이면 오늘 그것까지 터져 치통과 생리통이 누가 더 세게 최말리를 피 말릴지 힘겨루기를 하고 있었다. 집을 나온 직후 삼킨 진통제는 벌써 한 시간을 훌쩍 넘겼는데도 아무런 효과도 없었다. 살살 아파오는 아랫배와 얼굴을 거쳐 머리까지 확장되는 치통 때문에 서늘하게 냉각된 실내인데도 말리는 자꾸 얼굴이 달아올랐다.

말리가 치료하는 내내 인상을 찌푸리고 있자 형부가 아는 체를 했다.

"처제, 또 생리통?"

내 이놈의 언니를 그냥 콱! 그 사이 벌써 생리하는 것까지 일러바치다니. 말리가 두 손으로 허공을 휘저으며 변명했다.

"아니, 그냥 이가 아파서 그래요."

"그래? 이게 왜 또 말썽이지? 지난번에도 말썽 피웠던 거잖아."

"맞아요, 그거."

"다 됐어. 2, 3분 정도면 돼."

금방 끝날 거라는 형부의 말은 곧 아랫배를 쥐어뜯던 생리통에게도, 욱신거리던 치통에게도 실시간으로 전달되었다. 한결 나아진 듯했다.

마침내 형부가 직사각형의 무영등을 천장 쪽으로 밀어올리며 페이퍼 마스크를 턱 아래로 끌어내렸다. 라인이 선명한 도톰한 입술, T자형의 동그스름한 콧방울 옆 두 구멍 속에 보이는 몇 가닥의 코털, 거꾸로 선 눈썹과 눈꺼풀, 완전히 괴물이지만 그래도 핸섬하기만 했다.

나건치, 그가 바로 말리의 셋째 형부였다. 이 세상에 마지막으로 남아 있던 괜찮은 남자. 말리보다 셋째 언니가 한 발 빨리 가로채 그의 눈에 띄었고 말리는 큰 형부, 둘째 형부에 이어 또 한 번 물 먹었다. 아니, 미리 언니보다 2년 늦게 나왔다는 이유로 기회를 원천적으로 박탈당했다.

누구나 실수는 하는 법이지만 형부는 일생일대의 엄청난 실수를 한 것이다. 황홀한 생을 선물할 자신 같은 여자 대신 쓸데없이 머리만 좋고 얼굴만 반반한 오리궁둥이, 최미리에게 앞으로 남은 50년을 베팅하다니. 쯧쯧.

그러나 어쨌든 나건치와 최미리는 천생연분이었다. 지아비는 하루 종일 입속을 들여다보며 충치와 전쟁하고, 지어미는 하루 종일 냄새 나는 아랫구멍을 연구하며 돈을 버니까. 말리는 늘 그들이 부러워 미친다.

말리는 종이컵에 담긴 물로 몇 번 입 안을 가셔내고 치료 대에서 내려섰다. 아직도 조금 욱신거리는 느낌이지만 한결 개운했다. 비칠비칠 프런트를 지나쳐 소파로 다가갔다. 이른 시간이라서 대기실에는 말끔한 정장 차림의 남자 혼자만이 비치된 잡지를 뒤적이고 있었다.

"최말리 씨!"

기록을 마친 형부가 뒤로 돌아서 말리를 불렀다. 말리는 형부가 처제라는 호칭보다 이름을 불러주는 걸 훨씬 좋아했다. 이왕이면 '말리야'라고 불러주면 더 듣기 좋을 텐데.

"자, 이거."

형부가 깔끔하게 접힌 봉투를 내밀었다. 치료 받고 돈 받는 사람은 세상에 말리밖에 없을 것이다. 손으로 더듬으니 봉투가 제법 두툼했다. 순간 말리는 우울하던 기분에 박하 연고를 바른 것 같았다.

"언니하고 이번 주말에 여행 갈 건데 처제도 함께 갈래?"

말리의 표정을 살피던 형부가 환하게 웃었다. 치과의사 아니랄까봐 드러나는 치열이 고르고 희었다.

"이건 고맙게 받겠지만 여행은 사절이에요. 가뜩이나 미운 털 박힌 신세인데 발모 촉진제까지 뿌리고 싶지는 않거든요. 근데 형부, 이거 언니한테는 비밀인 거 알죠?"

말리가 봉투를 들고 경고하듯 흔들었다.

"물론이지."

"그만 가볼게요. 고마워요, 형부."

말리는 병원 문을 나서자마자 계단 구석에 쪼그리고 앉아서 봉투 속의 액수부터 확인했다. 두툼하더니 역시 만족할 만했다.

말리가 희희낙락하며 주차장으로 향하던 바로 그 시각 일산 집에서는,

"어머니, 미리 전화인데요…….."

시어머니의 방문을 노크하던 예분이 안에서 흘러나오는 고함소리에 슬그머니 귀를 기울였다.

"글쎄, 일 없다꼬 하지 않았드나. 그런 흠집 있는 놈한테 시집보내느니 차라리 처녀귀신을 만들란다. 고마 끊어라!"

곧바로 방문이 벌컥 열리더니 또순이 식식거리며 나왔다.

"이 할망구가 필시 노망이 난 기라. 와 아침부터 멀쩡한 사람 혈압 올라가게 지랄이고, 지랄이."

"어머니, 미리 전화예요."

예분이 시어머니 눈치를 살피며 수화기를 건네자 또순이 확 낚아채며 말했다.

"미리가? 그래, 할매다."

—할머니, 임무 완수했어요.

"오야, 수고 마이 했다. 계속 수고 마이 해라이."

전화를 끊는 또순의 표정이 한결 풀어진 듯 보이자 예분이 수화기를 받아들며 조심스럽게 말했다.

"어머니, 저하고 찜질방 가실래요?"

"그르까? 아침부터 재수 없는 할망구 땜시, 쯧쯧. 뜨신 구들에 엉덩이라도 좀 지지믄 구린 기분이 나아질라나?"

말은 그렇게 하면서 또순은 벌써 목욕 가방을 챙기고 있었다.

"어머니, 말리 때문에 너무 신경 쓰지 마세요. 괜히 어머니 건강 상하실까 염려돼요. 애비도 은근히 걱정 많이 해요."

예분은 시어머니가 유독 말리만 애면글면하는 게 불만스러울 때가 많았다. 당신과 가장 많이 닮은 손녀라서 더 집착한다는 걸 알기에 더욱 그랬다. 가끔은 시어머니의 그런 일방적인 편애가 말리의 인생을 더욱 꼬이

게 한다는 생각을 한 적도 있었지만 오늘은 왠지 자신이 죄인이 된 듯한 기분이 들었다.

"니들 행여 말리 앞에서 그런 쓸대없는 소리 말그래이. 가가 겉으로는 참 매조처럼 온갖 표독을 다 떨어도 속은 박속처럼 여린 아라꼬. 에이, 또 무신 시트레스를 받아가 이빨까지 아프고 그라노."

"아이, 걱정 마세요. 충치 치료 받았대요. 어머니, 찜질방 갔다가 좋아하시는 냉면 먹으러 갈까요?"

"그르까?"

어쨌든 오늘의 용돈 릴레이는 그렇게 끝이 났다. 또순이 예분에게, 예분이 미리에게, 미리가 건치에게, 건치가 말리에게. 사실 말리에게 건네지는 모든 용돈의 출처를 거슬러 올라가면 최초의 발원지는 항상 강또순 여사였다.

차에 타서 엔진을 켜던 말리가 다시 끄고 나서 멍하게 앉아 있었다. 통증이 불러들인 불특정 다수를 향한 분노, 생리 첫날이면 늘 그렇듯 팽팽하게 당기는 복부와 꿉꿉한 느낌, 거기다가 정체를 알 수 없는 초조함까지. 오늘은 정말 일하기 싫은 날이었다.

때 맞춰 두둑한 현금 실탄까지 생겼으니 시간만 있으면 온갖 스트레스를 한방에 해결 할 수도 있었다. 그래! 최말리의 처녀막 상실 기념일! 오늘 하루 동안 노(老)처녀 최말리가 노(NO)처녀 최말리에게 휴가를 주는 거야!

말리는 당장 직속상사인 좌 팀장에게 전화를 걸었다.

"나 오늘 하루 쉬면 안 될까?"

―치과에는 갔었어? 그렇게 심해?

"응. 몸살기도 좀 있고."

―그래, 그럼 푹 쉬어.

"급하게 처리할 건 없는데 그래도 혹시 모르니까 가끔 챙겨줘. 그럼 수고 좀 해주라."

―애, 애! 말리야!

"응, 왜?"

―정말 괜찮은 거지?

"그럼. 핑곗김에 좀 쉬고 싶어서 그래."

―알았어. 그럼 푹 쉬어.

말리는 명품 매장이 여러 곳 입점해 있는 강남의 H백화점으로 차를 몰았다. 가을도 아니고 날씨도 끝내주는 6월이건만 왜 이렇게 잎을 떨군 빈 나무처럼 썰렁한 느낌이 드는지 알 수가 없었다. 사랑니가 빠진 것처럼 드디어 자신의 몸에서 온갖 환상의 뿌리가 제거된 것뿐인데, 33년 동안 자신이 그토록 그것에 의지하고 있었다는 게 어이없었다.

사실 말리는 은근히 변화를 두려워하는 여자였다. 음식점도, 커피숍도, 심지어는 주차하는 곳까지도 늘 같은 장소라야 마음이 편했다. 어쨌든 엊그제 그녀에게 일어난 일은 전혀 예상치 못했던 엄청난 변화였기에 그녀가 지금 불안해하는 건 어쩌면 당연한 일인지도 몰랐다.

말리는 백화점에 도착하자마자 우선 지름신의 몰입을 방해하는 휴대폰부터 잠재웠다. 상실감을 치유하는 데는 모름지기 지름신만큼 확실한 치료사도 없는 법이었다. 까짓 거 헛헛한 걸 만회하려면 사고 또 사고 왕창 사버리는 거다.

디자인도 끝내주고 칼라도 환상적인 데다 가격까지 죽여주었다. 말리에게 지름신이 강림하더니 처방전을 마구 남발했다. 몇 시간 접신했다 정신을 차리고 보니 쇼핑한 물건이 한 보따리였다.

"이토록 허전하고 찜찜한 이유를 이제는 조금 알 거 같아. 내 인생 최고의 아름다운 순간을 놓쳤기 때문이야. 아름다운 환상을 도둑맞는 동안 도대체 내 정신은 어디 갔었느냔 말이야. 왜 아무것도 기억하지 못하냐고! 그게 억울하고 한심해 죽겠어!”

　말리는 종이상자 여러 개에다가 물건을 분산해 담으면서도 연신 구시
렁거렸다. 몰래 가지고 들어가야지 할머니 눈에 띄는 날이면 이번에는 잔
소리 바다에 빠져 익사할 것이다.

　쇼핑을 끝낸 후 말리는 영화관으로 향했다. 관객들이 몰려 있는 곳을
피해 뚝 떨어진 곳에 혼자 앉아서 구두까지 벗고 맨발로 느긋하게 영화
를 감상했다. 별로 감동적이지도 않은 신파조의 최루성 영화였지만 말리
는 작심한 듯 펑펑 울었다. 조금만 슬퍼도 눈물이 주룩주룩 흘러나오기
시작한 것도 그녀가 나이 먹으면서 생긴 구질구질한 습관 중의 하나였다.

　말리는 두 눈이 퉁퉁 부을 정도로 실컷 울고 나와서 유명한 베이커리
가게로 들어갔다. 그리고 설탕과 초콜릿으로 범벅이 된 달콤한 케이크를
세 조각이나 먹어치웠다. 우울하고 심란할 때는 욕지기가 날 정도로 단
음식이 만병통치약이었다.

　말리는 집이 가까워오자 비로소 제정신이 돌아오기 시작했다. 내가 미
쳤지. 어쩌자고 그 많은 돈을 몽땅 다 써버렸을까. 아끼고 모아서 독립이
란 걸 하겠다고 그렇게 큰 소리 뻥뻥 쳐놓고는. 난 무시당하고 욕먹어도
싼 여자야. 지름신과의 접신에서 깨어날 때면 늘 그렇듯 말리는 또 미친
듯 후회했다. 말리는 집 앞에 도착해서도 한동안 비관과 자학으로 한길이
넘는 땅파기를 하고 나서 차에서 내렸다.

　말리가 쇼핑한 물건을 꺼내려고 트렁크를 여는데 길쭉한 그림자가 갑
자기 그녀를 덮쳤다.

　“도대체 하루 종일 어디 갔었어요!”

　수탁이 어느새 앞에 와 버티고 서서 식식거렸다. 하루 종일 그를 안절
부절못하게 했던 불안이 그녀를 보자 분노가 되어 터져 나왔다. 그는 차
라리 그녀가 책임 추궁을 하고 비난을 해대는 게 마음이 훨씬 편하다는

걸 뒤늦게 깨달았다.

"전화는 왜 안 받아요!"

전혀 예상치 못했던 수탁의 출현에 멍하게 서 있던 말리가 그에게 이끌려 닷지에 올랐다. 바깥에 서서 얘기하기도 그랬고 마땅히 갈 곳도 없었다. 말리는 차에 타면서도 어제와 또 달라진 그의 표정을 부지런히 훔쳐보았다. 지름신에게 위로받고, 달콤한 음식까지 듬뿍 먹은 덕분인지 그가 어제처럼 그렇게 밉지는 않았다.

"왜 아무 연락도 없이 무단결근한 거예요!"

"에? 분명히 연락……."

뭔가 좌의정의 공작 냄새가 풍겼지만 말리는 그냥 얼버무리고 말았다. 자신이 하루 종일 실종상태여서 양쪽 회사까지 발칵 뒤집혔다고 말하는 수탁의 초조한 모습이 아주 고소했다. 내가 사라져서 겁이라도 먹은 게야? 그래야지. 그래야 서로 공평해지는 거지.

"설마 일부러 그런 거예요?"

처녀를 잃은 지 그럭저럭 48시간쯤이 흘렀고, 그 정도면 우리 몸에서 처녀막처럼 얇고 하찮은 상처가 재생하기에 충분한 시간이었다. 물론 처녀막이야 영원히 사라졌겠지만 아직 최말리의 영혼의 처녀막은 생생하게 건재했다. 그럼 된 거 아닌가.

말리가 선심 쓰듯 툭 내뱉었다.

"그렇게 해요."

수탁이 쳐다보았다.

"아무 일도 없었던 걸로 하자고요."

수탁은 시선을 내리깐 채 손가락으로 핸들 커버만 만지작거렸다. 그러나 사실은 만세 소리가 튀어나올 거 같아 입술을 앙다물고 있었다. 고의는 아니었다고 해도 어쨌든 자신으로 인해서 그녀가 무언가를 잃었고, 오늘 그녀의 잠적으로 코라도 꿰게 될까 봐 전전긍긍하던 중이었다. 그는 아직 결혼할 마음이 눈곱만큼도 없었다.

"그건 실수로 넘어져 상처 난 거나 마찬가지니까 팀장님 말처럼 쿨하게 넘어가자고요."

수탁은 머릿속으로 부지런히 주판알을 튕기고 있었다. 그녀의 말대로 대충 스리슬쩍 넘어가는 게 나을지, 예의상이라도 짚고 넘어가는 게 옳은 일인지. 마침내 그는 말리가 앞으로 더 이상 문제 삼지 못하게 하려면 솔직하게 짚고 넘어가는 게 낫겠다는 결론을 내렸다.

"이미 사실대로 다 말했어요."

말리는 화들짝 놀라더니 속사포처럼 따졌다.

"무슨 사실이요? 누구한테요? 뭘 말해요?"

그러나 수탁은 전혀 흔들림 없이 침착하게 말했다.

"어제 그렇게 돌아간 후 나도 맘이 편치 않았어요."

'그래도 몸이 불편한 거보다는 백 번 낫지.'

"오늘도 하루 종일 연락이 닿지 않고…… 누나가 많이 궁금해했어요 나도 마찬가지고요."

누나? 그렇다면 검사 결과를 이사님한테까지 몽땅 고해바쳤다는 얘기야? 말리의 눈꼬리가 이마 쪽으로 바싹 당겨졌다.

"맙소사! 나하고 먼저 의논했어야죠. 왜 그렇게 경솔하고 단순해요!"

흥분 선수 아니랄까 봐 말리는 우선 소리부터 꽥 질렀다. 그러자 수탁이 아주 의외라는 듯이 뜨악한 표정으로 바라보았다.

"그건 최 대리도 원했던 일 아니에요?"

"그게 무슨 자랑이라고 원해요? 회사에 알려진다는 자체가 날 또 한 번 인격적으로 모독하는 일이라는 걸 몰라요?"

'사실이 알려진다면 회사를 그만둬야 한다고요. 남들 혀에 올려져 까불림을 당하느니 조용히 사라지는 게 백만 배 낫단 말이에요. 그렇다고 또다시 백조가 되기는 정말로 싫다는 게 바로 내가 빠진 딜레마였다고요

당신을 당장 사자우리에 던져넣고 굶긴 사자를 백 마리쯤 집어넣었으면 좋겠어!'

말리가 눈알이 튀어나올 정도로 노려보자 수탁이 움찔 시선을 피하며 대답했다.

"그런 걱정은 안해도 돼요. 누나한테만 말했으니까요."

'그걸 지금 자랑이라고 해요? CNN만 방송이에요? 지방 방송이 더 막강하다는 걸 몰라요?'

"아무튼 황당하고 유치찬란한 추측들로 난리가 났겠네요."

수탁이 당황한 표정으로 말리를 돌아보았다. 책임지라고 팔팔 뛸 땐 언제고, 아무리 변덕이 죽 끓듯 하는 게 여자라지만 어떤 게 그녀의 진심인지 정말 아리송하기만 했다.

"사건의 당사자 중 한 사람은 아침부터 실종 상태고, 또 한 사람은 하루 종일 남의 회사에 와서 진을 치고, 뻔한 스토리 아니에요?"

둘 다 아무것도 기억하지 못하니까 쌍방과실인 셈이었다. 그러나 잃은 게 없는 그와 잃은 게 있는 자신이 절대로 같을 수는 없었다. 그렇다고 결혼을 할 수도 없는 일이고, 물질적인 대가를 받는다면 완전히 처녀를 매매한 것과 다를 게 없었다. 거기다가 까딱 잘못하다가는 추잡한 스캔들에 버무려져 또 한 번 피해자가 될 수도 있었다. 그래서 말리는 고민 끝에 처녀를 수탁한테 기부 체납한 셈치자고 결론 내렸었다.

"그럼……."

한참 동안 심각한 표정으로 앉아 있던 수탁이 마침내 입을 열었다. 확실하게 마침표를 찍기 위한 강수였지만 혹시 자충수가 되는 건 아닌지 여러 번 생각하고 나서 조심스럽게 말했다.

"결혼하면 되잖아요."

말리는 한심하다는 듯 입술을 삐죽거렸다. 물론 희소가치로 따지자면 어디 수탁 따위와 자신의 처녀막을 비교할 수 있겠는가. 그러나 사랑이

주고받는 물건도 아니고, 어제 그렇게 정떨어지게 굴던 그의 본심을 알아 버린 마당에 더 이상 미련을 갖고 망설이는 건 정말 자존심 상하는 일이 었다. 괘씸했지만 엎드려 절 받기는 싫었다.

"18…… 세기예요? 결혼하게."

"그럼 어떡해요?"

수탁이 속으로는 쾌재를 부르면서도 겉으로는 한껏 걱정스럽게 말했 다.

"오늘 돌아가는 즉시 이사님한테 비밀을 지켜달라고 부탁해요."

"그럼 회사 사람들은요?"

"그건…… 내가 내일 출근해서 어떻게든 해볼게요."

수탁이 비로소 본심을 드러냈다. 깨끗한 치아를 환하게 드러내며 활짝 웃은 것이다.

그는 나이 차이가 많이 나는 형님들 눈치 보는 것도 힘들었고, 아버지 의 넘치는 사랑 속에서 그저 순종적인 막내로, 반듯한 아들로 처신해야 한다는 압박감도 싫었다. 무언가 제약되고 답답한 현실이 그를 밖으로 내 몰았다. 밖에서는 법만 어기지 않는다면 무슨 짓을 해도 상관없었고, 무 한대의 자유를 누릴 수도 있었다. 여기에서는 닭장 속에 갇힌 수탉처럼 숨이 막혔지만 밖으로 나가면 그는 야생 수탉이 되어 날갯짓할 수 있었 다. 그런 이중적인 자신을 해결하지 못한 상황에서 그에게 결혼은 아직 공허한 단어일 뿐이었다.

말리는 환하게 웃는 그를 마음껏 비웃었다. 바보처럼 단순하다고. 그래 서 남자들은 전부 단무지라고. 그러다가 내일부터 당장 '아무 일도 아이 다'라는 거짓 연극을 해야 하는 자신의 처지를 떠올리고는 작게 한숨 쉬 었다. 젠장! 그가 바보면 난 뭐냐? 못 말리는 NO처녀지, 뭐.

달콤한 연애라도 해보고 그걸 숨기는 거라면 억울하지나 않지, 위로받아도 모자랄 판국에 변명과 거짓말까지 둘러대야 한다는 게 밤새도록 말리를 고문했다. 어젯밤에 자신이 뭐에 씌었었던 게 분명했다. 아니면 수탁이 자신에게 무슨 최면을 걸었던가. 도대체 무슨 생각으로 그렇게 큰소리를 탕탕 쳤는지 후회막급이었다. 어제 지름신과 과하게 접신하는 바람에 너무 흥분했던 게 틀림없었다. 말리는 이번에야말로 진짜로 잠적하고 싶은 기분이었다. 한 달쯤 어디 무인도로 도망이라도 갔다 왔으면 딱 좋을 것 같았다.

후회와 걱정을 짊어지고 우울하게 출근하던 말리의 앞을 누군가 불쑥 막아섰다.

"어?"

수탁이 어젯밤과는 또 180도 다른 표정으로 서 있었다. 말리는 하루하루 변화무쌍하게 바뀌는 그의 표정이 정말 신기하기만 했다.

"혹시 아침부터 술 마셨어요? 또 잘못 왔다고요. 여긴 창대가 아니라 연지예요. 우리 회사라고요!"

"알아요. 가요!"

그는 다짜고짜 말리의 팔꿈치를 꽉 붙잡았다.

"왜, 왜 이래요? 이거 놔요!"

말리가 주위를 두리번거리며 그의 손을 떼어냈지만 그는 막무가내로 잡아끌었다.

"어딜 가자는 거예요? 소리 지르기 전에 빨리 말해요!"

말리가 엉덩이를 빼며 버텼지만 아무래도 힘에서는 역부족이었다. 질질 끌려가다시피 해서 또 그의 닷지에 올랐다.

"이건 분명히 납치예요! 도대체 어디 가는 거냐고요!"

"S대학병원!"

엔진을 켜던 수탁이 이를 응시 문 채 간단히 대꾸했다. 그는 지금 자기 입을 꽁꽁 꿰매고 싶은 기분이었다. 무슨 생각으로 누나에게 쪼르르 고해

바친 건지, 당연히 아버지의 귀에까지 들어갈 거라는 걸 왜 생각 못했을까. 그의 목적은 오로지 자유밖에 없었다. 아버지가 내준 숙제를 어떻게든 빨리 끝마치고 이곳을 벗어나 훨훨 날아다니고 싶은 마음뿐이었다. 이러다가 말리라는 예상치 못한 복병 때문에 영원한 족쇄를 차게 되는 건 아닌지 불안했다.

"병원에는 또 왜요!"

"아버님 호출이세요."

"아버님? 회장님이 날 어떻게…… 왜요?"

"어젯밤에 분명히 결혼하고 싶지 않다고 했죠?"

"그런데요?"

"그 마음만 확고하면 돼요. 아버님이 물어보시면 주저하지 말고 최 대리의 생각을 확실하게 말씀드리세요. 그럼 더 이상 고집 부리시지 않을 거예요."

"전후 상황을 좀 더 자세히 설명해봐요. 도대체 무슨 일인데요?"

"얘기하자면 복잡해요."

그는 이미 주워 담을 수도 없는데 엎질러진 물의 경위를 설명하기 귀찮다는 말투였다.

"그냥 간단하게라도 얘기해봐요."

말리가 계속 닦달하자 그가 뚱하게 다물고 있던 입을 열었다.

"어제 내가 누나한테 얘기한 걸 아버님도 아셨어요."

말리가 버럭 소리쳤다.

"뭐라고요! 그래서, 그래서 회장님이 날 왜 보자는 건데요?"

말리의 뻔한 질문에 뻔한 답이 돌아왔다.

"뻔하죠. 당신 며느릿감을 직접 보시겠다는 거겠죠."

"며, 며느릿감?"

말리는 매사 사려 깊고 신중한 독고 이사가 그렇게 경솔한 행동을 했다는 게 믿어지지 않았다. 물론 말리와 그녀는 처음부터 코드가 잘 맞았다. 그러나 코드 좀 맞는다고 애지중지하는 동생의 색싯감으로 덜컥 추천한다는 건 아무래도 삼류소설보다 더 억지였다. 자신이 엄청난 상속녀에 빼어난 미모라면 혹시 또 모르는 일이다. 그러나 모난 성격에, 못난 외모에, 나이까지 덤으로 많은 여자에게 이건 도저히 있을 수 없는 일이었다.

혹시 우리 친척 중에 돈 많은 부자가 내 앞으로 어마어마한 유산이라도 남겼나? 그렇다면 나만 모를 리가 없는데. 그럼 수탁이 무슨 엄청난 결함이라도 있나? 아니지. 저렇게 떫은 감 씹은 표정을 짓고 있는 거 보면 그것도 아닌 거 같고. 혹시 내가 왕후가 될 운명이라는 걸 알아버렸나? 말도 안 돼! 이거 혹시 좌의정이 모종의 역할을 한 건 아닐까? 말리는 부지런히 머리를 굴렸다.

빙고! 말리의 예상은 적중했다. 좌의정은 어제 독고 이사 앞에서 눈물 콧물을 쏟아내며 순결서약부터 시작해서 최말리의 과거를 엄청나게 미화시켰다. 평소 말리를 잘 보았던 독고 이사에게는 그런 순수한 면이 아주 크게 각인되었고, 알게 모르게 아버지와 교감하고 있던 그녀가 동생을 눌러 앉히기에는 절호의 기회라고 판단했던 것이다.

"무슨 생각을 그렇게 해요? 걱정돼요?"

수탁이 운전하다 말고 말리를 힐끗 돌아보았다.

내 머리 굴리는 소리가 너무 요란했나? 말리도 슬며시 고개를 돌려 그를 마주보았다.

"아버님이 한 번 결정하신 일은 하늘이 무너져도 해야 돼요. 그래도 합리적인 분이니까 최 대리가 솔직하게 말씀드리면 강요하진 않으실 거예요."

"내가 어떻게 말씀드려야 되는데요?"

"그냥 뭐, 어제 나한테 얘기했었잖아요. 18세기도 아닌데 결혼은 말도 안 된다고요. 그렇게 말씀드리면 되는 거죠."

'우이씨, 차라리 18세기였으면 좋겠다.'

말리가 눈을 반짝이며 말했다.

"아버님에 대해서 얘기 좀 해줘 봐요. 보통 사업 하는 집안에서는 비슷한 집안과의 끼리끼리 혼사가 대세로 알고 있는데, 아버님은 안 그러신가 봐요?"

"평생의 짝은 서로의 눈에서 불꽃이 번쩍하는 운명적인 상대여야 한다는 게 평소 아버님의 신조죠"

쌍방과실이야말로 색다른 운명의 번갯불이라고 할 수 있겠지. 말리는 갑자기 독고 회장이 좋아지기 시작했다.

"그럼 내가 희미하게 굴면…… 우리 결혼하는 거예요?"

수탁의 고개가 소리 날 정도로 획 돌아왔다.

"인생이 걸린 문제에 장난치고 싶지는 않겠죠!"

천만에! 장난이라니! 말리도 조금 전까지는 그냥 좋게 끝낼 생각이었다. 그녀가 황당한 로맨티스트라는 건 알 만한 사람은 다 아는 사실이었다. 당연히 처녀막에 코가 꿰어 얼렁뚱땅 결혼하는 건 그녀도 원치 않았다.

그러나 말 한마디로도 천냥 빚을 갚는다는데, 말리는 수탁의 하는 짓이 점점 얄밉고 괘씸했다. 어젯밤과는 또 완전히 달라진 그의 태도도 아주 못마땅했다. 이러면 또 얘기가 달라지지. 독종 최말리를 갈구고도 무사한 사람은 아직 아무도 없었다. 말리는 점점 어깃장이 생기며 배알이 꼬이기 시작했다. 그게 한 번 꼬이기 시작하면 천하의 강또순 여사가 와도 풀 수 없었다.

수탁은 불안한 표정으로, 말리는 불만이 가득한 표정으로 앞만 보고 앉아서 병원에 도착할 때까지 아무도 입을 열지 않았다.

이건 보통 기회가 아니야. 평생 한 번 찾아올까 말까 한 로또 당첨이나 마찬가지라고. 까짓 거 그냥 미친 척 덥석 받아들일까. 말 안 듣는 수탁이야 결혼해서 길들이면 되는 거지, 뭐. 말리는 머릿속으로 온갖 궁리를 하느라 병원에 도착한 것도 몰랐다.

"안 내려요?"

수탁이 차 문을 열고 서서 말했다.

"어? 벌써 다 왔어요?"

말리는 차에서 내리자마자 여기저기를 기웃거리다가 유리문에 머리를 박고, 지나치던 사람들과 부딪치고, 아주 정신없이 허둥댔다.

수탁이 말리의 팔꿈치를 붙잡아 세웠다.

"왜 그래요? 불안해요?"

"이 근처에 꽃집 없어요? 매점은 어디예요?"

수탁이 어이없다는 표정으로 쳐다보았다.

"뭐라도 사들고 들어가야죠."

"괜찮아요. 병문안 온 것도 아닌데요, 뭐."

"그래도 병원에 계신데 어떻게 빈손으로 들어가요?"

말리가 꼼짝 않고 서서 고집 부리자 수탁은 할 수 없다는 듯 방향을 바꾸며 앞장섰다.

"이쪽이에요."

"에이, 저렇게 크게 써 있는 걸 못 봤네."

그의 뒤를 따라가던 말리가 뒤늦게 매점 표시를 발견하고 구시렁거렸다.

"드시는 건 제한 없죠? 뭘 좋아하세요? 꽃바구니라도 사오는 건데……, 윽!"

앞서가던 수탁이 우뚝 멈춰 서는 바람에 말리도 그의 등에 코를 박으며 멈춰 섰다.

"왜……?"

　　말리는 콧잔등을 문지르며 수탁을 올려다보다가 못 박힌 듯 움직이지 않는 그의 시선을 따라 앞으로 고개를 돌렸다. 서너 명의 일행과 나란히 걸어오던 여자가 난처한 표정을 지으며 다가왔다. 머리끝에서부터 발끝까지 눈부시게 아름다운 여자였다. 여자는 자신에게 고정되어 있는 수탁의 시선을 애써 피하며 살짝 목례만 하고 지나쳤다.

　　수탁은 여자가 사라진 후에도 족히 몇 분쯤은 얼어붙은 듯 그대로 서 있었다. 말리도 그의 옆에 나란히 서서 기다렸다. 그런데 그가 아무런 설명도 없이 혼자서 성큼성큼 걸어가는 게 아닌가.

　　말리는 이래저래 기분이 팍 상했다. 분명히 그들은 아는 사이였다. 아니, 둘의 시선이 뜨겁게 엉키던 걸로 봐서는 뭔가 기막힌 썸씽이 있었던 관계가 분명했다.

　　"누구에…… 누, 누가 그러는데 병실에는 꽃을 사가는 게 아니라고……."

　　말리는 파르르해서 앞서가는 그의 뒤통수에 대고 누구냐고 소리치다가 후다닥 얼버무렸다. 여자의 대단한 미모와 흔치 않은 우아함에 또 한 번 기죽느니 무관심한 척 구는 게 그나마 자존심을 보존하는 길이었다. 더구나 지금은 그의 아버님을 만나러 가는 길이었고, 한껏 조신하게 굴어야 한다고 자신을 다독였다.

　　"뭐라고요? 지금 나한테 한 얘기예요?"

　　수탁이 저만큼 앞에서 엉거주춤 돌아섰다. 혼이 빠져나간 듯 멍한 얼굴이었다.

　　'아주 여우한테 단단히 홀렸군.'

　　말리는 억지로 미소까지 지으며 한껏 상냥하게 말했다.

　　"아버님이 뭘 좋아하시냐고요."

　　"그냥 뭐……."

　　"아참! 깜박하고 있었네. 심장내과에 입원했던 우리 친척분은 주스하고 과일을 많이 드시던데."

"그러면 주스나 한 박스 사요."

"그럴까요?"

그러나 말리는 매점에 들어서자마자 진열되어 있는 과일 바구니 중 제일 크고 무거워 보이는 걸 냉큼 가리켰다.

"저기 저 과일 바구니하고요, 오렌지주스 큰 걸로 한 박스 주세요. 아! 저기 저 홍삼 드링크도 한 박스 더 주시고요."

무심한 표정으로 뒤에 서 있던 수탁이 불만스럽게 말했다.

"이럴 필요 없어요. 지금도 많을 텐데."

"그래도요. 성의잖아요. 과일 바구니는 무거우니까 내가 들게요. 팀장님은 주스 박스만 들어줘요."

"얼마예요?"

말리가 서둘러 계산하고 돌아섰더니 수탁은 벌써 저만큼 걸어가고 있었다. 한 손에 주스 박스를 두 개 겹쳐들고 나머지 한 손에 무거운 과일 바구니를 든 채 골난 아이처럼 뚱하게.

심장내과 병동 독고 회장의 입원실은 생각보다 소박했다. 꼭 필요한 가구들과 의료용 기기 외에 장식적인 것은 하나도 없었다. 모두 치워버렸는지 소담스런 꽃바구니도 달랑 하나만 놓여 있을 뿐이었다. 그래서 그런지 병실이 휑할 정도로 넓어 보였다.

백발의 독고 회장은 여든이라는 나이가 믿기지 않을 정도로 정정했다. 형형한 눈빛으로 여전히 카리스마를 내뿜고 있었다.

현 여사는 남편과 2, 30년 차이가 나 보일 정도로 젊어 보였고, 그저 잔잔한 미소로만 지켜볼 뿐 거의 입을 열지 않았다.

독고 회장은 관심이 많은 듯 연신 이것저것 물었고 마침내 말리는 친척 할아버지와 애기하듯 편하게 호구 조사까지 마쳤다.

“허허, 괜찮네, 괜찮아.”

거두절미한 회장의 말에 다소곳이 앉아 있던 말리가 고개를 반짝 쳐들었다. 그러자 회장이 수탁을 쳐다보며 덧붙였다.

“결혼하면 되는 거지. 안 그러냐, 수탁아?”

병원 로비에서 명예진을 만난 충격이 아직도 여진처럼 남아 수탁을 흔들어대고 있었다. 그녀는 그의 첫사랑이었다. 5년 전 그를 떠나 Q호텔의 강중도 사장과 결혼했던 그녀가 미망인이 되었다는 신문기사를 본 날, 술이 떡이 되도록 마셨고 그날 바로 남이섬 사건이 터졌다. 오늘 그녀와 자연스럽게 재회할 수 있는 기회를 놓친 게 아무리 생각해도 아쉬웠다.

수탁은 엉뚱한 생각에 빠져 있다가 화들짝 놀라며 소파 끝으로 당겨 앉았다. 그리고 거의 일어설 듯 상체를 세우며 아버지에게 항의했다.

“겨, 결혼이라뇨? 지금은 21세기입니다!”

회장은 불만스런 표정으로 막내를 쳐다보더니 카랑카랑한 목소리로 말했다.

“넌 술만 마시면 인사불성이 된다는 사실을 알고 있었어. 그건 우리 집안 남자들의 아킬레스건이니까. 그걸 알고도 마셨다는 건 결국 실수가 고의라고 해도 할 말이 없는 거다. 사내가 씨를 뿌렸으면 책임을 져야지!”

책임지라는 말에 수탁의 표정이 일그러졌다. 도대체 아버지가 누구 편인지 의문이 들었다. 당신 아들부터 감싸는 게 정상인데 아버지는 말리의 대변인처럼 행동하고 계셨다. 까딱 잘못하다가는 자신이 애써 수습해놓은 일들이 도로아미타불이 될지도 모른다고 생각했다. 어제 그녀가 장담한 말도 있고, 하루 사이에 손바닥 뒤집는 일은 없겠지만 그래도 그는 불안했다. 수탁은 슬쩍 말리를 쳐다보며 압박하듯 말했다.

“아, 아버님! 그렇게 단정 지으시기 전에 당사자인 최 대리의 의견도 들어보셔야죠.”

그러자 회장은 기다렸다는 듯 말리를 쳐다보며 말했다.

"최 대리! 우리 수탁하고 결혼하는 거 어떤가?"

말리는 그때까지 두 부자의 얘기를 저 먼 곳에서 들려오는 메아리처럼 흘려듣고 있었다. 그런데 회장의 입에서 결혼이라는 말이 흘러나오는 순간 허공에서 응원가를 외치는 할머니의 우렁찬 목소리가 울려 퍼졌다.

'쌍춘년! 결혼대길! 백년해로!'

그 목소리는 말리에게 무시할 수 없는 유혹이었다. 갑자기 수탁을 평생의 애완동물로 길들이고 싶다는 간절한 욕구가 불쑥 밀려들었다.

초조한 기색으로 안절부절못하던 수탁이 쐐기를 박듯 그녀가 어제 한 말을 상기시켰다.

"최 대리의 생각을 솔직하게 말씀드리세요. 어제 나한테 말했던 것처럼!"

말리는 수탁을 물끄러미 쳐다보았다. 지금은 저렇게 불쌍한 척 굴지만 언제 또 싸늘하게 돌변할지 알 수 없었다. 아까 병원 로비에서도 자신을 무시하는 행동을 아무 거리낌 없이 하지 않았던가. 에라, 모르겠다. 말리는 눈을 질끈 감으며 대답했다.

"허락해주신다면…… 그렇게 하겠습니다."

"허허허, 시원시원해서 아주 마음에 드는구먼."

회장이 곁의 아내를 돌아보며 흐뭇하게 웃었다. 그저 호시탐탐 바깥으로 돌 궁리만 하고, 결혼 얘기라도 꺼내면 다음날로 바로 도망치듯 출국해버리던 아들이었다. 딸한테서 그 얘기를 전해 듣자마자 그는 쾌재를 불렀다. 수탁을 압박하기 위해 퇴원도 미루고 병실에서 버틴 보람이 있다고 생각했다. 눈에 넣어도 아프지 않은 막내를 곁에 붙잡아둘 수만 있다면 엄살이든 뭐든 기꺼이 감수할 수 있었다. 회장의 눈에는 이제 말리가 막내를 그의 곁에 묶어둘 유일한 동아줄로 보이기 시작했다.

"약혼부터 서둘러라."

“야, 약혼이요?”

“그래, 약혼!”

수탁은 곁눈질로 잠깐 말리를 노려보고 나서 손바닥으로 자기 얼굴을 북북 문질렀다. 백년 묵은 여우같은 그녀가 자신이 경계를 푸는 순간 배신을 때렸다. 그는 분해서 치가 떨렸지만 상황을 뒤집기에는 이미 늦었다는 걸 깨달았다.

“우선 얼마 동안만이라도 연애 기간을 갖게 해주십시오.”

“어차피 약혼하고 나서 결혼까지는 시간이 좀 있을 게 아니냐.”

“그건 그렇지만 약혼하고 나면 아무래도 주위의 눈도 있고, 이것저것 신경 쓸 일도 많아서…….”

진땀을 흘리며 변명하던 수탁이 아버지의 눈치를 살피며 틈틈이 말리 쪽을 쳐다보았다. 저지른 사람이 책임지고 수습하라는 듯.

그러나 말리는 입을 꼭 다물고 앉아서 꼼짝도 하지 않았다. 비로소 자신이 얼마나 큰일을 저질렀는지 슬슬 실감나기 시작했다. 어쩌자고 대책 없이 덜컥 결혼하겠다고 했지? 아무리 결혼에 눈이 멀고 수탁이 욕심나도 그렇지, 그는 여러 가지로 아니었다. 우선 그는 자신을 눈곱만큼도 좋아하지 않았다.

“우선 옥도 프로젝트가 대충 가닥을 잡을 때까지만이라도 시간을 주십시오. 아직 신경을 분산시킬 만큼 한가하지가 않고 또…….”

말리와 회장의 침묵이 이어지자 수탁은 더욱 몸이 달았다. 이러다가 결혼까지 일사천리로 진행되고 말 것 같아 조바심이 났다. 그는 그럴듯한 핑계를 대기 위해 머리를 쥐어짰다.

“최 대리의 생각은 어떤가?”

곰곰이 생각하던 회장이 말리에게 물었다. 노련한 그가 아들을 너무 궁지로 몰아넣으면 오히려 역효과가 날 수도 있다는 걸 모를 리가 없었다.

"저도 옥도 프로젝트가 우선이라고 생각합니다."

말리가 공손하게 대답했다. 회장이라는 든든한 후원자가 생긴 마당에 급하게 서둘 이유가 없었다.

"그래? 그럼 얼마나 걸릴 거 같으냐?"

"아직 확정된 건 없습니다. 일단 투자 계획이라도 잡혀야……."

수탁이 우물쭈물 미적거리며 확답을 피하자 회장이 다시 단호하게 말했다.

"그래서 1년이 될지 2년이 될지 알 수 없다는 게냐?"

회장의 목소리가 높아지자 수탁도 어쩔 수 없었는지 풀죽은 목소리로 대답했다.

"아뇨, 아닙니다. 일단 6개월 정도면……."

"그래? 그럼 12월 초에 좋은 날짜를 알아봐요. 미리미리 계획을 세워야 그때 가서 탈이 없지."

회장은 현 여사를 돌아보며 당장 좋은 날짜를 잡아 진행시키라고 몇 번씩이나 잔소리를 했다. 대충 어려운 상황만 피하고 보자는 생각을 하고 있던 수탁이 작은 한숨을 쉬었다. 뭔가 투명한 족쇄가 채워진 불길한 예감 때문이었다.

수탁은 병원을 나서는 순간부터 어떻게 하면 말리가 스스로 떨어져나가게 만들 수 있을까 고민에 빠졌다. 그는 끊임없이 6개월을 되뇌었다. 그가 그녀에게서 도망칠 수 있는 시간은 이제 6개월밖에 없었다. 그 안에 그녀를 떼어내야만 하는 것이다.

말리는 가만히 앉아서도 수탁의 머릿속에서 일어나는 꼼수가 훤하게 보였다. 다른 여자에게 넋이 빠져 자신을 귀신 취급한 게 괘씸해서 덜컥 저지르기는 했지만, 서글프게도 둘은 이미 꼬일 대로 꼬인 상태였다. 사실 그들은 처음부터 업무적으로 만난 사이 같지 않게 쉽게 친해졌다. 서로에 대한 호감이 서로의 눈에 바로 드러날 정도로. 그러나 남이섬 사건으로 진단서를 끊고, 얼떨결에 결혼 승낙까지 받게 되는 초특급 상황 전개에 둘 사이는 싸늘한 앙숙처럼 변해버렸다.

그래도 말리에게는 손해 볼 게 없는 장사였다. 잘생긴 수탁을 자신의 평생 애완동물 겸 보디가드로 낚는 것이야말로 그녀가 진심으로 바라는 일이었지만, 뭐 현금카드나 마이너스 통장도 그리 나쁘지 않았다.

말리가 불쑥 말했다.

"그러게 왜 가만히 있는 사람을 약 올리고 그래요!"

수탁이 눈을 내리깐 채 퉁명스럽게 대꾸했다.

"내가 무슨 약을 올렸다는 거예요? 어차피 그럴 계획이었으면서 어제 선심 쓰듯 연막 친 건 또 뭐예요!"

말리가 저 멀리 깜박이는 신호등을 쳐다보며 말했다.

"어제가…… 내 진심이에요."

수탁은 핸들을 확 꺾어 갓길에 차를 세우더니 어이없다는 표정으로 말리를 쳐다보았다.

"정말 이상한 성격이네요. 그럼 아까는 왜 그런 거예요?"

말리는 입술을 뾰족이 내민 채 약 올리는 것처럼 고개를 설레설레 흔들었다.

"몰라요. 가끔은 나도 나 자신을 통제하지 못할 때가 있어요. 팀장님은 그럴 때 없어요? 순간적으로 엉뚱한 대답이 튀어나온다던가 하는 일 말이에요."

"없어요! 이성적인 성인이라면 절대로 그렇게 무책임한 행동 안하죠."

"꼭 그렇게밖에 말 못해요? 아까 팀장님이 나를 조금만 더 배려했어도 그런 대답 안 나왔을 거라고요!"

이글거리는 눈으로 말리를 노려보던 수탁이 신경질적으로 핸들을 내리쳤다. 그러자 띠리리릭, 박력 없는 클랙슨 소리가 흘러나왔다.

남이섬 사건이 일어나기 전까지만 해도 말리는 동료로서도, 여자로서도 매력 있는 상대였다. 그러나 이제 수탁에게 그녀는 복잡하고 말도 안되는 이유로 진드기처럼 들러붙는 경계 대상 1호 스토커일 뿐이었다.

"결혼이 무슨 상거래입니까! 가슴 뛰게 설레고, 어떤 강렬한 끌림 같은 게 있어야죠. 난 로맨틱하고 부드러운 사람이 좋다고요!"

그게 바로 나라고! 부드럽다고는 할 수 없지만 내가 얼마나 로맨틱한 여자인데! 그러나 그는 이미 로맨틱한 말리의 자존심에 용서받을 수 없는 상처를 입혔다.

"나도 마찬가지거든요. 팀장님도 절대 내 이상형이 아니라고요. 난 대통령이 구애해도 결혼할 마음 없어요. 형식상이라도 왕정이 유지되고 있는 나라의 왕자가 아니면 절대 결혼 안한다고요!"

수탁이 긴가민가하는 표정으로 쳐다보자 말리는 말해놓고 금방 후회했다. 갑자기 왜 그런 쓸데없는 소리가 불쑥 튀어나온 건지, 도대체 자기 진심이 어느 쪽인지조차 헛갈렸다. 말리는 번번이 충동적인 행동으로 스스로를 돌발 상황에 빠뜨리는 자신에게 울컥 짜증이 났다. 그는 확실히 자신을 좌충우돌하게 만드는 특별한 지렛대였다.

"그리고 또, 난 세상물정도 어느 정도 알고 중후하고 분위기 있는 남자가 좋아요. 그늘이라고는 한 점도 없는 남자는 비린내 나서 싫다고요!"

수탁은 말리를 떼어내기 위해 무조건 냉정하게 굴자고 결심했지만 막상 그녀가 상처 받은 모습으로 횡설수설하자 갑자기 마음이 약해졌다. 5년 전 예진에게 받았던 자신의 상처가 떠올랐다.

한동안 입술만 지그시 깨물고 앉아 있던 수탁이 입을 열었다.

"거봐요. 우린 출발부터가 장애물 넘기잖아요. 비록 실수였지만 안 좋은 이미지가 앞으로도 계속 서로를 삐딱하게 규제할 거라고요."

수탁은 말리를 결혼에 목숨 건 여자라고 오해했고, 말리는 그가 자신을 이용한 거라고 오해했다. 지금은 서로에 대해 왜곡된 이미지가 너무 강해서 두 사람 사이에는 1억 광년만큼의 거리감이 느껴졌다.

멍하게 앞을 보던 말리가 뭔가를 결심한 듯 입술을 앙다물었다.

"좋아요! 결혼 얘기는 없던 걸로 해요. 옥도 프로젝트가 끝날 때까지만 만나는 걸로요. 끝나면 서로 깨끗하게 아듀 하는 거예요."

말리가 단호한 표정으로 수탁을 쳐다보았지만 그는 다른 생각에 잠긴 듯 여전히 창밖만 바라보고 있었다. 말리는 그의 머릿속에 누가 들어앉아 있는지 말 안 해도 알 것 같았다. 아까 병원 로비에서 만났던 바로 그 여자일 게 분명했다.

말리가 재촉하듯 다시 물었다.

"동의하죠?"

"네, 네? 뭘요?"

수탁이 당황한 표정으로 돌아보자 말리는 또 어깃장이 비집고 올라왔다. 이런 중차대한 순간 엉뚱한 여자 생각에 한눈을 팔다니!

"옥도 프로젝트 끝나면 결혼……."

수탁이 눈을 휘둥그레 뜨며 입을 벌렸다.

"뭐, 뭐라고요? 지금 농담해요!"

"농담 아니에요! 프로젝트가 끝나면 결혼하는 게 아니라 곧바로 아듀 하자고요!"

그리고 둘 다 입을 다물었다. 수탁은 무안해서 머쓱한 표정으로, 말리는 입술을 깨물며 오싹한 표정으로 앉아 있었다.

수탁이 회사 앞에 차를 세우자 말리는 인사도 없이 차문을 쾅 닫고 내렸다.

수탁은 말리를 데려다 주고 사무실로 돌아오자마자 곧바로 명예진의 연락처부터 수소문했다. 그녀가 미망인이 되었다는 기사를 보았을 때도 기분이 좀 복잡하긴 했지만 이렇게까지 흔들리지는 않았다. 그러나 그녀

를 직접 대면하고 나자 자신의 가슴에는 아직도 그녀에 대한 미련이 앙
금처럼 남아 있다는 걸 깨달았다. 모락모락 피어나는 아지랑이 같은 기대
를 무시할 수가 없었다. 몇 번의 시도 끝에 마침내 그녀와 통화할 수 있
었다.

"잘 지내는지도 궁금하고 그래서……."

—아깐 일행이 있어서 그럴 수밖에 없었어. 오빠 좋아 보이더라. 아주
귀국한 거야?

들려오는 예진의 목소리는 생각보다 밝았다.

"글쎄, 아직은 모르겠어. 넌 어때? 건강은 괜찮은 거니?"

—응, 좋아. 아직 내 손이 많이 필요해서……. 네 살이거든.

"……?"

아이가 있다는 사실을 미처 몰랐던 수탁은 말문이 막혀 아무 말도 하
지 못했다. 아이가 없으면 다시 시작하고 싶었던 건가, 스스로에게 묻고
있었다.

—현이, 사내아이야. 아주 개구쟁이거든.

아들 이야기를 하면서 예진의 목소리는 여느 엄마들처럼 한 옥타브 높
아졌다.

"그랬구나. 몰랐네. 어쨌든 다행이다. 현이가 네 곁에 있어서."

—응, 그래. 오빠도 결혼해야지? 혹시 아까 그, 결혼할 사람?

"해야지. 근데 오늘 병원에는 무슨 일이야?"

—시댁 쪽에 문병할 일이 있었어.

"음, 부모님도 모두 안녕하시지?

—아빠는 그때 결국 돌아가셨어. 엄마는 건강하셔.

예진이 Q호텔 강중도 사장과 결혼을 결정한 것도 부도로 쓰러진 그녀
의 아버지 때문이었다. 그때는 모든 것들이 잔인하리만큼 다급했었다.

"그랬구나. 힘들었겠다."

─저기…… 연락…… 걱정돼서 그런다는 건 알지만…… 내 형편이 좀…… 미안해, 오빠.

"그래, 이렇게 네 목소리 들었으니까 됐어."

─그럼 끊을게. 행복해, 오빠.

"너도 건강하고 행복……."

전화를 끊으려던 수탁이 다시 다급하게 예진을 불렀다.

"잠깐! 예진아. 혹시 내가 도울 일이 있으면 언제라도 연락해."

─응, 그럴게. 고마워, 오빠.

수탁은 수화기를 내려놓고도 한동안 멍하게 앉아 있었다. 예진의 목소리가 지금까지 그의 가슴 깊은 곳에 남아 있던 갖가지 추억들을 마구 헤집어놓았다. 잊은 줄 알았는데, 그렇게 철석같이 믿었는데. 혼란스러워진 수탁이 고개를 흔들다가 문득 예진의 말을 곱씹었다.

'오빠도 결혼해야지? 혹시 아까 그, 결혼할 사람?'

"네 말대로 될 것 같은 불길한 예감이 든다. 내가 워낙 못난 놈이잖아. 고의는 아니지만 그녀한테 배꼽 잡을 빚을 졌거든. 근데 왜 이렇게 허탈한……, 네!"

의자에 깊숙이 기대앉아 혼잣말을 하던 수탁이 노크 소리를 듣고 벌떡 일어섰다.

급하게 문이 열리더니 해외 주택 사업부의 최 부장이 와이셔츠 소매까지 둥둥 걷어올린 채 큰 몸집을 흔들며 뛰어 들어왔다.

"어이, 독고 팀장! 우리 좀 도와줘요. 급해!"

그는 입찰 서류 마무리 작업 중에 파일 두 개가 한꺼번에 날아가 버렸다며 얼굴이 하얗게 질린 채 진땀까지 흘렀다.

"아랍에미리트 두바이와 중앙아시아 카자흐스탄에 고급 아파트 시공권을 따내기 위한 입찰 서류야. 시간도 얼마 없는데 큰일이야."

수탁이 두어 시간을 매달려 끙끙거린 끝에 마침내 파일을 복구시키자 최 부장은 고마워 어쩔 줄 몰랐다.

"여! 명성이 자자한 이유가 있었구먼. 이 은혜 잊지 않겠네. 나중에 내가 한 잔 사지."

수탁이 사무실로 돌아와 한숨 돌리고 있는데 이번에는 회장의 호출 지시가 떨어졌다.

04 천적

　오늘도 말리는 출근하자마자 리앤의 이메일을 확인하는 것으로 하루 일과를 시작했다. 로브노카 본사가 있는 오스트리아 티롤에는 지금 비가 오고 있다고 했다. 얼굴을 본 적도, 목소리를 들은 적도 없는 사이였지만 서른셋 동갑에 싱글이라는 동질감 때문인지 두 사람은 오랜 친구처럼 툭 터놓고 지내는 사이가 되었다. 그녀는 업무 처리에도 열정적이었지만 문학과 미술, 음악에도 조예가 깊었다. 매일 이메일을 주고받다 보니 이제는 서로의 취미나 근황에 대해서도 짐작할 수 있을 정도가 되었다. 리앤은 출장을 자주 다니는 편이었다. 어제는 로마, 오늘은 파리, 내일은 뉴욕으로 날아갈 예정이라는 식이었다. 어디를 가든 말리의 이메일에 꼬박꼬박 답신을 보내왔다. 말리는 다정다감한 그녀를 만나게 될 컬렉션 오프닝 날이 손꼽아 기다려졌다.

　어제 그렇게 헤어진 후 수탁은 오늘 오전까지도 전화 한 통이 없었다. 말리는 그동안에도 리앤에게 가끔 수탁에 대해 얘기를 하곤 했지만 오늘은 아주 작심을 하고 그의 흉을 실컷 보았다. 그리고 마지막에 슬쩍 얼음 조각상 얘기를 덧붙였다. 오프닝 컬렉션 때 파티션 장식을 흔한 백조 대신 밀로의 비너스 상으로 하는 게 어떠냐고 말이다. 그건 깊이 생각한 게 아니고 순전히 그냥 무안해서 질러본 거였다. 그런데 금방 흥분한 리앤의 이메일이 날아왔다. 탁월한 아이디어라고, 당장 그렇게 추진하자고!

수탁 때문에 은근히 가라앉아 있던 말리의 기분이 순식간에 가벼워졌다. 말리는 마침 어디선가 희미하게 들려온 정오의 희망곡에 맞춰 자리에서 발딱 일어섰다. 괜히 수탁 때문에 속을 끓였던 게 약 올랐다. 어디 가서 밥이나 왕창 먹어 꺾어진 기를 보충해볼 참이었다.

그때 마침 동료 직원이 말리를 불렀다.

"최 대리님!"

"네?"

"로비에 손님이 오셨대요."

말리는 혹시나 하는 기대를 안고 부지런히 로비로 내려갔다. 그러나 그녀를 찾아온 손님은 수탁이 아니라 <내일 신문> 사회부 기자인 우상이었다. 그가 말리를 보더니 싱글거리며 다가왔다.

"웬일이야? 의정이하고 통화 안하고 왔어?"

"아니. 근처에 있는 봉은사에 취재 나왔던 길이야. 깜짝 놀라게 해주려고."

마침 잡지에 실릴 광고 모니터링 때문에 담당 기자를 만나러 나간 좌의정한테서 점심을 먹고 들어오겠다는 전화가 걸려온 직후였다.

"의정이 외근 나갔는데? 점심 먹고 들어온 댔거든. 우리도 밥 먹으러 가자!"

말리는 밥 좋아하는 우상을 데리고 회사 근처의 한정식 집으로 갔다. 워낙 맛깔스럽다고 소문난 집이라 정오를 살짝 넘긴 시간인데도 벌써 빈 자리가 거의 없을 정도로 북적거렸다.

"우리 의정이 말이야. 왜 그렇게 욕심이 많은 거냐? 뭐든지 완벽해야
직성이 풀린다니까."

자리에 앉던 말리가 그를 뜨악한 시선으로 건너다보았다. 처음에는 그
들이 토닥거리는 눈치를 보이거나, 번갈아가며 서로의 흉을 볼 때마다 말
리는 괜히 긴장하곤 했었다. 어쨌든 둘을 서로에게 팔아넘겼다는 의무감
과 애프터서비스 차원에서 말이다. 그러나 말리는 이제 안 속는다. 그게
흉이 아니라 자랑이고 사랑타령이라는 걸 눈치 챘기 때문이다.

"마누라 잘 얻은 줄이나 알아. 요즘 그런 여자가 어디 흔한 줄 아니?
다 나 같은 친구를 둔 덕분이지."

"너한테 항상 고맙지. 평생 갚아도 모자란다는 거 알고 있어."

"얼렐레? 평생은 무슨. 벌써 복리이자 쳐서 갚았잖아. 요즘처럼 취직하
기 어려운 세상에 별 볼일 없는 백조를 취직시켜줬잖아."

"에이, 그거야 네 능력이었지. 우린 진주가 흙 속에 묻혀 있다고 귀띔
해준 것밖에 없는걸, 뭐."

"아니지. 사원 추천 채용 프로그램에 의정이가 최고점을 준 덕분이잖
아. 아무튼 고맙다. 말이라도 그렇게 해줘서."

"우리 의정이가 그러는데 말이야."

"또 우리 의정이야? 진짜 닭털 날려서 밥 못 먹겠네. 애들이 노처녀를
앞에 두고 배려라고는 눈곱만큼도 없어요."

"약 올라야 결혼할 맘이 생기지."

"둘러대기는. 근데 너네 의정이가 뭘?"

"으응, 좋은 거부터 먹는 습관을 들이라고. 얼마나 현명한 말이니? 맛
없는 거 먼저 먹고 배부르면 아끼다가 남 좋은 일 하는 거잖아."

'애고, 하마 신랑한테 참 좋은 것도 가르친다.'

그러나 말리도 고개를 끄덕이며 인정했다.

"알뜰하고, 똑똑하고, 싹싹하고. 의정이 만한 애도 드물지. 아암."

“역시 나 빼고 우리 각시 제대로 평가해주는 사람은 너밖에 없다니까.
우리 엄마는 말이야. 지난번 생신 때 우리 의정이가 선물한 게 맘에 안
든다고 전화하셨더라고. 마음이 중요한 건데, 안 그러니?”

물론 마음이 중요하지. 어디까지나 그건 선물이 마음에 든 다음의 얘
기고. 안 봐도 뻔했다. 짠순이 좌의정이 얼마나 대단한 선물을 했을지.

“나한테 협찬 나온 여행 티켓이 하나 있는데 갖다드릴래?”

“어딘데?”

“일본 벳부라던가? 왜, 온천으로 유명한 데 있잖아.”

“그거 좋은 생각이다. 역시 최말리라니까.”

우상이 뚝배기에서 설설 끓고 있는 찌게를 입으로 호호 불며 말했다.

“우리 의정이는 말이야. 다 좋은데 딱 한 가지 단점이 있어.”

“단점?”

“아니 뭐 단점이라고까지 할 건 없고, 그냥 욕심이 좀 많다는 거지.”

‘욕심이야 네가 많지. 네 살들을 좀 봐라. 그게 어디 욕심 없는 사람한
테 붙겠냐?’

“요즘은 욕심 많다는 게 흉이 아니잖니. 얼마나 살기 힘든 세상이냐.
욕심이라도 많아야 남보다 일찍 일어서지.”

“그건 맞아.”

에어컨으로 냉각된 실내였지만 우상은 찌게 국물을 후후 불면서 연신
비지땀을 흘렸다. 덩치가 커서 땀의 양도 남보다 두세 배는 많았다. 워낙
한정식을 좋아하는 친구라 습관적으로 들어왔지만 말리는 시원한 냉면
집으로 갈 걸 그랬다는 후회가 들었다.

“우 기자, 이거 더 먹을래?”

말리는 자신의 밥그릇을 거의 비어가는 그의 밥그릇 옆에 슬그머니 밀
어놓았다. 어제 그렇게 헤어진 후 전화 한 통 없는 수탁 때문에 오전 내
내 이를 갈았더니 갑자기 잇몸도 욱신욱신 쑤시는 것 같고, 헛바닥까지

까슬거리고 아팠다.

"왜? 계절 타나 보구나. 햐, 이 찌게 참 맛있다. 그래도 우리 의정이가 끓여주는 것만은 못하지만 말이야."

"근데 의정이가 또 무슨 욕심을 부렸다는 거야?"

"으응, 찌게를 항상 찰랑찰랑 넘치도록 끓이지 뭐니. 냄비하고 레인지마다 온통 끓어 넘친 자국투성이야, 글쎄."

'네가 오죽 많이 먹으면 걔가 넘치도록 끓이겠냐? 아예 한 번에 왕창 끓여놓을 속셈이겠지.'

"그게 뭐 어때서? 넘치면 닦으면 되는 거지."

"그야 그렇지만 우리 의정이가 몸이 약하잖아. 힘쓰는 일은 잘 못하거든. 내가 시키지도 않고."

"잘 생각했어. 그렇게라도 칼로리를 소모시키는 건 너한테도 좋은 일이지."

"그렇지? 너한테도 나 같은 멋진 가드가 하나 생겼으면 좋겠다. 지난번 그 사람하고 둘이 잘됐으면 참 좋겠는데 말이야."

어쩐지. 우상이 좌의정의 외근 일정을 모른다는 게 말이 안 되는 일이었다. 오전에 좀 우울해했더니 이것들이 또 작당을 한 게 분명했다. 그들 부부는 요즘 말리를 결혼시켜야 할 사명을 갖고 이 세상에 태어난 것처럼 굴었다. 말리는 자신을 위해 그토록 맘을 쓰는 친구들이 눈물 나게 고맙고 미안했다. 그러나 마음과 다르게 그녀의 입에서는 잔뜩 볼멘소리가 튀어나왔다.

"젠장, 요즘 의정이가 최말리 커플 매니저 노릇하려고 안달이더니, 오늘은 네가 대타야?"

우상이 큰 머리를 애교스럽게 흔들며 혀 짧은 소리를 했다.

"아니, 난 때말리 기쁨조!"

"이거 참 눈물 나네. 시간을 붙들어 매던지 내가 시간 밖으로 도망치던지 해야지, 원. 이러다가 쌍춘년이 지나면 나 귀신 취급 받는 거 아닐까?"

"너희 할머니가 어지간히 압박하시나 보구나. 그러지 말고 너도 분발하고 노력해, 인마!"

한참을 낄낄거리던 우상이 드디어 숟가락을 내려놓았다. 식탁 위에 놓인 그릇들은 어느새 전부 비어 있었다. 그는 앞에 놓인 음식을 초토화시키는 데 그리 오랜 시간이 필요치 않았다.

"계산은 내가 할게."

"무슨 소리! 넌 손님인데 당연히 내가 대접해야지."

굼뜨게 일어서던 우상이 말리를 밀치며 앞으로 나가 산 만한 덩치로 카운터 앞을 막아섰다.

"오늘은 내가 낼게. 넌 별로 먹지도 않았잖아."

"어쨌든 안 돼! 여긴 우리 회사 반경 안이라고!"

둘이 서로 계산하겠다고 옥신각신하고 있는데 뒤에서 낯익은 목소리가 들렸다.

"더치페이 하시죠."

말리가 후다닥 돌아보았더니 수탁이 웃으며 서 있었다. 어느 구석방에서 소리 없이 먹었는지 그는 이미 계산을 마치고 나가던 중이었다. 말리는 그것도 모르고 우상과 눈치 없이 떠들었던 게 속상해 인상을 확 구겼다.

'우 기자야. 확 깔아뭉개! 제발 누르기 한 판만 해줘. 저 오만하고 거만한 낯짝을 오징어처럼 납작하게 만들어줘!'

말리는 우상의 뒤통수에 대고 텔레파시를 마구 쏘아댔다. 그러나 굼뜨게 돌아서던 우상이 깔아뭉갠 건 수탁의 얼굴이 아니라 뒤에 바싹 붙어서서 기원하던 말리의 발등이었다. 말리는 이를 악물고 참아보려고 애썼지만 얼마나 아픈지 눈물과 비명이 저절로 튀어나왔다.

"흐윽!"

"어이쿠! 괘, 괜찮아?"

우상은 더 이상 말리를 밟지 않기 위해 기우뚱거리다가 카운터에 의지해 겨우 중심을 잡은 후 말리 앞에 쪼그리고 앉았다. 그리고 말리의 발을 두 손으로 주무르며 벌겋게 상기된 그녀를 걱정스럽게 올려다봤다.

"많이 아프지? 밥 사주고 밟아서 어떡하냐."

그의 헤비급 덩치에 정통으로 밟혔으면 뼈가 으스러졌겠지만 다행히 밟히는 순간 그가 다른 다리로 재빨리 몸무게를 분산시키는 바람에 참사는 모면했다. 그러나 말리의 발등은 이미 피하 출혈이 시작되어 불그죽죽하게 변하고 있었다.

"이제 괜찮은 거 같아."

"그래도 확인해보세요. 발등은 골절되면 골치 아프거든요."

발이 멀쩡하다는 걸 보여주기 위해 왔다갔다 제자리걸음을 하던 말리가 소리 나는 곳을 쳐다보았다. 수탁은 어느새 일행들과 나란히 서서 저만큼 걸어가고 있었다. 그는 뒤통수에도 눈이 달렸는지 말리가 쳐다본다는 걸 어떻게 알고 갑자기 한 손으로 자신의 엉덩이를 두어 번 토닥거리더니 승리의 V자를 그려 보였다. 마치 야구 감독의 사인처럼 은밀하게.

"누구야? 아는 사람이야?"

거스름돈을 챙겨 받은 우상이 멍하게 서 있는 말리에게 껌을 건네더니 멀어져가는 수탁을 턱으로 가리켰다.

'네가 그토록 잘 되길 기원했던 바로 그 가드 후보다!'

말리는 시침 뚝 떼고 아무렇지도 않게 대꾸했다.

"으응, 거래처 직원. 가자!"

말리는 우상에게 건네받은 껌을 잽싸게 벗겨 입에 넣고 마치 수탁이라도 되는 것처럼 야무지게 씹었다. 어제 그렇게 돌아간 후 전화 한 통 없더니 회사 근처에서 점심을 먹으면서도 자신에게는 연락조차 안하다니.

처음부터 그럴 마음도 없었지만 우상에게 소개시키지 않길 잘했다는 생각이 들었다. 어차피 그가 자신을 그 정도로밖에 생각하지 않는다는 걸 확인한 이상 우상까지 알 필요도 없었다.

말리는 고분고분하던 수탁이 반항적으로 바뀔 때마다 어떤 규칙이 작용한다는 걸 깨달았다. 카멜레온처럼 수시로 돌변하는 통에 어떤 게 그의 본심인지 여전히 헛갈렸지만 그가 결혼을 극도로 혐오한다는 건 확실했다. 만일 상대가 자신이라서 그런 거라면……!

말리는 그때까지 얌전히 씹던 껌을 갑자기 원한에 사무친 듯 딱, 딱 소리 내어 씹기 시작했다.

우상과 헤어져 회사로 들어서던 말리의 앞을 수탁이 불쑥 막아섰다. 말리는 깜짝 놀라는 바람에 딱딱 소리로 스트레스를 해소시키던 단물 빠진 껌까지 꿀꺼덕 삼키고 말았다.

수탁은 허리를 굽히더니 말리의 샌들 속 발등을 자세히 내려다보았다.

"발은 어때요? 아휴, 멍이 심하게 들었네요. 병원에 안 가봐도 되겠어요?"

가뜩이나 껌까지 삼켜 기분이 더 나빠진 말리가 볼멘소리로 대답했다.

"그 정도 갖고 뭘, 괜찮아요."

"많이 아프게 생겼는데."

"멍이 심해서 그렇지 별로 아프지는 않아요."

"얼음찜질이라도 해요."

말리가 대수롭지 않다는 듯 어깨를 으쓱하자 수탁이 그녀의 등 뒤를 두리번거렸다.

"아까 그분, 여기 직원은 아니죠? 못 보던 분이던데."

"대학 친구인데요, 왜요?"

말리가 공세적으로 대답하자 수탁이 어깨를 으쓱했다.

‘그 코끼리가 최 대리의 발을 주무르는 모습이 너무 자연스러워서 보통 사이가 아닌 줄 알았거든요.’

“앞으로 더 자주 볼 거예요. 바빠질 거 같으니까.”

“누구요?”

“우리요.”

“아하.”

“옥도 프로젝트에 관심을 보이는 스폰서들이 자꾸 늘어나요.”

“잘됐네요.”

“대박 날 확률도 높아지고 빨리 끝낼 가능성도 많아진다는 얘기죠.”

시종일관 심드렁하게 대꾸하던 말리가 귀를 쫑긋 세웠다. 뭔가 뼈 있는 그의 말을 그냥 지나칠 수가 없었다.

“무슨 뜻이에요?”

“그냥 뭐.”

말리가 빤히 쳐다보자 수탁이 대수롭지 않게 말했다.

“그런 게 있어요. 몰라도 돼요.”

“우린 아직 파트너잖아요! 나도 알 권리가 있다고요!”

말리가 땡 벌처럼 쏘아붙이자 수탁이 처진 눈을 가늘게 뜨며 느물거렸다.

“먼저 도발한 사람은 최 대리잖아요.”

얼굴이 벌겋게 상기된 말리가 주위를 둘러보고 아무도 없다는 걸 확인하고 나서 그에게 한 발자국 다가섰다.

‘자기한테 호감을 갖고 있다는 걸 분명히 모르지는 않을 텐데 왜 번번이 자극해서 날 열 받게 만드는 걸까. 그렇게 떼어버리고 싶을 정도로 내가 싫다는 걸까.’

말리는 속에서 부글부글 치밀어 오르는 걸 애써 누르며 따졌다.

“내가 뭘 도발했다는 거예요? 어제 결혼 얘기 때문에 그래요? 먼저 도발한 건 내가 아니라 팀장님이었잖아요! 처음에 먼저 말 꺼낸 것도 그렇고, 사사건건 상황을 악화시킨 사람도 팀장님이었잖아요! 늘 그렇게 남한테 덮어씌우는 게 고약한 습관인가 보죠? 자신이 그렇게 대단한 사람이라고 뭔가 크게 착각하고 있나 본데, 한 번쯤은 가슴에 손을 얹고 스스로를 좀 돌아보는 게 어…….”

잔뜩 목소리를 낮춘 채 따발총처럼 쏘아대던 말리가 갑자기 말꼬리를 흐리며 입을 다물었다. 수탁이 자신의 입술만 뚫어질 듯 쳐다보고 있었기 때문이다. 처음에는 그냥 대수롭지 않게 넘겼지만 자신의 입술이 표적이라도 되는 것처럼 계속 시선을 고정시키자 말리도 점점 신경이 쓰였다. 가뜩이나 오늘 바른 립스틱은 며칠 전 지름신에 씌어 사들인 섹시 레드 칼라여서 하얀 얼굴에 더욱더 도드라져 보일 게 뻔했기 때문이다. 꿀꿀한 기분을 바꿔볼 속셈으로 바르고 나왔는데 그의 표정을 보니 섹시는커녕 쥐 잡아먹은 쪽으로 보이는 게 확실했다.

‘젠장! 요즘은 되는 일이 없다니까!’

말리는 입술을 감추기 위해 최대한 합죽하게 오므리며 그를 노려보았다.

‘그래! 나 쥐 잡아먹었다! 화나면 닭도 잡아먹으니까 살고 싶으면 어서 꺼져!’

수탁은 아무리 신경 쓰지 않으려고 노력해도 뽀얀 얼굴에 빨갛게 핀 꽃처럼 도드라진 말리의 입술에서 차마 눈을 뗄 수가 없었다. 숨도 쉬지 않고 종알대는 모습은 더욱 자극적이었다. 게다가 도톰한 입술을 합죽이처럼 온통 입속으로 말아 넣기 위해 애 쓰는 말리가 그의 인내를 시험하고 있었다. 터져 나오려는 웃음을 참기 위해 어금니를 있는 대로 깨물던 수탁이 일부러 말리의 몸을 툭 건드리며 몸을 돌렸다.

“이에 빨간 거…… 있어요.”

‘빨간 거? 흐미, 고춧가루?’

점심 식사 후 아직 이를 닦지 못했다는 사실을 떠올린 말리가 화장실 쪽으로 후다닥 달려갔다.

수탁이 달려가는 말리의 뒤통수에 대고 소리쳤다.

"지금 이사님께 갑니다. 이따가 봐요."

화장실로 달려 들어간 말리가 거울 앞에 서서 입을 크게 벌리고 꼼꼼하게 확인했지만 이에는 고춧가루는커녕 립스틱도 묻어 있지 않았다.

"우이씨, 날 놀렸어!"

말리는 거울속의 자신에게 눈을 하얗게 흘기며 이를 빠드득 갈았다.

'현금카드! 마이너스 통장! 용도 폐기 될 때 어디 두고 보자고!'

말리는 이따가 보자던 수탁을 바람맞히기 위해 다른 날보다 일찍 퇴근하기로 마음먹었다. 맛있는 거 사주겠다고 좌의정까지 꼬드겨서 함께 퇴근하려는데 어느새 로비 앞에서 기다리고 있던 수탁이 클랙슨을 요란하게 눌렀다. 가까이 올 때까지 지켜보다가 갑자기 누르는 바람에 말리는 물론이고 나란히 걸어 나오던 좌의정까지 깜짝 놀라 1미터쯤 뛰어올랐다. 그는 숨바꼭질이 취미인지 말리 앞에 갑자기 나타난 게 오늘만 해도 벌써 세 번째였다. 어쨌든 골탕먹이려는 의도가 다분했다.

"어머! 팀장님!"

좌의정이 놀라게 해줘서 고맙다는 듯 반갑게 인사했다. 병원에 가서 독고 회장을 만나고 왔다는 말리의 애기를 듣고 흥분을 감추지 못하던 그녀였다. 수탁을 보자마자 또 올해 안에 어떻게든 말리를 결혼시켜야 한다는 사명감에 불타올랐다. 좌의정은 친정 부모님이 지방 농장에 내려가 계신 탓에 일산을 친정집처럼 스스럼없이 들락거렸다. 늘 곰살궂게 굴어서 할머니한테도 엄청나게 사랑받고 있었다. 당연히 김치며 밑반찬도 부지런히 얻어다 먹었다. 말리만 모르고 있었지 사실 좌의정은 진작부터 강또순 여사에게 포섭되어 있었다. 쌍춘년 최말리 시집보내기 프로젝트 팀장으로. 일산에 들락거릴 때는 본부장인 할머니에게 기본 교육을 빠짐없이 받았고, 바쁠 때는 전화로 보수 교육까지 받고 있었다.

"안녕하세요? 최 대리하고 함께 갈 데가 있어서요."

"어머, 그래요?"

좌의정은 수탁의 말이 끝나기가 무섭게 그의 충실한 하녀라도 되는 것처럼 다짜고짜 말리의 옆구리를 움켜잡더니 그의 옆자리로 밀어넣었다. 말리가 좌석에 처박히자 수탁은 기다렸다는 듯 곧바로 차를 출발시켰다. 둘이 아주 손발이 착착 맞았다.

"이번엔 또 어디예요!"

말리는 쑤셔박힌 몸을 펴며 사이드 미러를 노려보았다. 마치 왕궁으로 실려가는 여동생을 배웅하는 언니처럼 좌의정이 뿌듯한 표정으로 두 손을 하염없이 흔들고 서 있는 게 보였다.

"프레젠테이션 하랍니다."

"PT? 옥도 프로젝트를요? 지금 당장이요?"

수탁은 연속 질문해대는 말리를 힐끗 보고 나서 퉁명스럽게 대답했다.

"아뇨, 내일."

"누구한테요?"

"그건 나도 자세히 몰라요. 아마 임원 회의겠죠."

말리는 잔뜩 의심스런 눈초리로 그를 쏘아보았다.

"그럼 혼자 해도 되잖아요. 광고 프레젠테이션도 아닌데 나까지 뭐 하러 참석……."

수탁이 말을 자르며 끼어들었다.

"컨설턴트 아닙니까? 최 대리도 함께 참석하라는 엄명입니다."

"엄명이라고요? 누가요?"

"누구겠어요? 회장님이죠."

"어제 만나뵈었을 때도 그런 말씀 없으셨잖아요."

"어제는 너무 기분이 좋으셔서 깜박하셨나 보죠."

수탁이 비아냥거렸다.

'흥! 그러는 누구는 기분이 나빴단 말처럼 들리네!'

말리는 목구멍으로 터져 나오려는 말을 다시 밀어넣으며 워, 워, 자신을 다독였다.

'또 저 약 올리기 수법에 말려들어서 함께 불안정하게 굴면 안 돼. 난 흔들림 없이 내 페이스를 고수하며 프로젝트를 빨리 끝낼 궁리나 해야 해. 일단 특별 보너스부터 왕창 챙기고 나서, 수탁을 애완동물로 길들이든지 지구상에서 영원히 멸종시켜버리든지 그건 그때 가서 결정하는 거야.'

말리는 일단 타깃을 수탁이 아닌 일, 즉 옥도 프로젝트에 고정시키기로 마음먹었다.

말리는 프로다운 미소를 지어 보이려고 무진장 노력하며 한껏 상냥하게 물었다.

"내일 이 정도의 세미 정장 차림이면 괜찮겠죠?"

사실 말리는 누구보다 로맨틱한 여자였지만 출근할 때는 스커트를 거의 입지 않았다. 보이시한 차림새가 세상의 늑대들과 싸우기에도, 자신의 본심을 감추기에도 훨씬 유리한 복장이라고 믿었기 때문이다.

"무슨 상관이에요? 선보는 자리도 아닌데."

예상대로 수탁의 대답은 여전히 삐딱했다. 그러나 말리는 현금카드가 내는 소음 따위는 그냥 무시하기로 했다.

"우선 자료부터 좀 챙겨야죠?"

"내 노트북에 다 있어요."

"그럼 지금 창대로 가는 거예요?"

수탁은 당연하다는 듯 턱을 까딱하더니 CD를 꾹 눌렀다. 곧 케니지의 잔잔한 색소폰 소리가 흘러나왔다.

말리도 시트에 머리를 기대고 흐느적거리는 음악 속으로 미끄러져 들어갔다.

그가 반짝이는 대머리에 불룩한 항아리 배와 단춧구멍 눈이었다면 얼마나 좋았을까. 그러면 진짜 흔들림 없는 쿨한 업무 관계를 유지할 수 있었을 텐데. 그러면 이렇게 일방적으로 무시당할 필요도 없었을 텐데. 말리는 그의 앞에서 초연한 척 구는 게 정말 힘들었다. 마음을 비우자, 집착을 끊자, 끊임없이 자신을 들볶았지만 그와 마주치면 공허한 메아리처럼 아무 효과가 없었다.

갑자기 음악이 툭 끊기더니 수탁의 목소리가 들려왔다.

"그렇게 심각할 거 없어요. 우린 아직 공식적으로 아무 사이도 아니니까!"

고맙게도 수탁의 빈정거림이 풀어졌던 말리를 긴장시켰다. 좋아! 어디 맘대로 질겅거려보라고! 물렁한 노처녀한테 이빨 부러지는 날이 올 거라고!

창대 건설의 다른 직원들이 모두 퇴근하는 시간에 두 사람은 거꾸로 출근했다. 회장이 지시했는지 수탁의 책상 곁에 말리의 책상도 나란히 마련되어 있었다.

수탁이 자기 자리로 가서 이것저것 정리하는 동안 말리는 감격한 표정으로 책상 서랍도 열어보고, 손바닥으로 책상 위를 가만가만 쓰다듬었다. 촉탁 컨설턴트에게 책상까지 마련해준다는 건 어떤 의미일까. 정말 나하고 결혼시킬 작정일까. 말리는 기대하지 말아야지, 이를 물며 결심할 때마다 이렇게 희망을 갖게 만드는 뭔가가 나타나는 통에 정말 미칠 것 같았다.

"자리 생겼다고 너무 좋아하지 말아요. 우리는 둘 다 언제 잘릴지 모르는 촉탁 신세잖아요."

"잘릴 때 잘릴 값이라도 난 맘껏 좋아할래요. 돈 드는 것도 아닌데."

말리는 수탁이 뭐라고 하건 한 귀로 듣고 한 귀로 흘리기로 작정했다. 서로 마음이 안 통한다는 게 조금 슬프긴 하지만 그는 현금카드, 마이너스 통장을 얻기까지 겪어내야 할 시련일 뿐이었다. 세상에 공짜는 없다니까!

컴퓨터에서 자료를 찾던 말리가 갑자기 벌떡 일어섰다. 그리고 사무실의 여기저기를 두리번거리다가 다른 가구들한테 왕따라도 당하는 것처럼 초라하게 놓여 있는 낡은 캐비닛 앞으로 다가갔다. 창대 건설의 역사만큼이나 오래된 캐비닛을 보물이라도 되는 듯 감탄어린 시선으로 살펴보던 말리가 문 앞에 달려 있는 구식 번호 키를 만지작거리며 말했다.

"여기 좀 봐도 돼요?"

노트북에 코를 박고 무언가를 열심히 정리하던 수탁이 뜨악한 표정으로 쳐다보았다.

"창대에서 시공한 리조트 목록 좀 찾아보려고요."

"그건 뭐 하려고요? 데이터베이스에 다 저장되어 있을 텐데요."

"데이터베이스에는 2,000년도 이후 것밖에 없어요. 업데이트시키면서 누락된 거 같아요."

수탁은 관심 없다는 듯 어깨를 으쓱하더니 다시 노트북에 고개를 박았다. 그러자 말리가 발끈하며 소리쳤다.

"이거 좀 열어달라고요!"

수탁이 고개도 들지 않고 대꾸했다.

"열려 있어요."

말리는 입술을 삐죽거리고 나서 수탁의 손목을 잡아 비트는 심정으로 캐비닛의 손잡이를 우악스럽게 돌렸다. 그러자 귀에 거슬리는 금속성 소리와 함께 캐비닛 문이 덜커덩 열렸다.

"뭐야, 열려라, 참깨! 할걸."

말리가 찾아낸 리조트 목록 표는 창대 건설의 역사만큼이나 두툼했다. 말리는 한 아름이나 되는 그것을 끌어안고 수탁의 책상으로 낑낑대며 걸어갔다. 두툼한 자료집을 그의 책상 위에 쿵, 소리 나게 내려놓으며 한껏 으스대는 표정으로 명령했다.

"자요, 빨리 봐요."

수탁은 자료집을 휘리릭 넘기며 눈으로 대충 훑어보더니 탁 소리 나게 덮었다.

"내가 이걸 왜 봐요?"

"창대 건설에서 지금까지 건설한 리조트가 어떤 것들이 있고, 얼마나 되며, 어떤 곳에 있는지 또……."

말리가 그것도 모르냐는 표정으로 의기양양하게 설명하고 있는데 수탁이 갑자기 책상에서 벌떡 일어나더니 등을 보이며 걸어갔다.

말리는 얼굴이 벌게질 정도로 무안해하다가 자료집을 다시 끌어안고 그의 뒤를 따라갔다.

팔짱을 낀 채 어두워진 창밖을 보고 있던 수탁이 유리창에 반사된 말리를 발견하고 천천히 돌아섰다.

"자요! 빨리 보라고요!"

말리가 그의 가슴팍에 자료집을 덥석 안기자 수탁은 가소롭다는 표정으로 내려다보더니 천천히 팔짱을 풀었다. 그리고는 어디 할 테면 해보라는 듯 양 손으로 허리를 짚고 서서 닌자 거북이처럼 탄탄한 가슴으로 자료집을 툭툭 밀어내기까지 했다.

'말도 참 어지간히 안 듣네. 프레젠테이션을 잘하면 당신은 임원들 앞에서 인정받아서 좋고, 난 특별 보너스를 챙길 확률이 높아지니까 좋은 거고. 누이 좋고 매부 좋은 건데 왜 이렇게 비협조적으로 구는 거냐고!'

열 받게 만드는 수탁의 행동과 묵직한 자료집의 무게 때문에 말리의 얼굴은 차츰 토마토처럼 익어갔다. 말리의 머리와 얼굴이 농익어 터져버리려는 찰나 마침내 그녀의 두 손이 높아진 압력을 간단하게 해결했다. 자료집을 놓아버린 것이다.

쿵! 철퍼덕!

그대로 낙하한 자료집이 하필이면 수탁의 발등 위를 짓이기며 펼쳐졌다.

"허엽!"

수탁이 홍학처럼 한 다리를 번쩍 쳐들고 서서 이상야릇한 춤을 추기 시작했다. 이번에는 그의 얼굴이 토마토처럼 발그레하게 물들었다.

말리가 호들갑을 떨며 말했다.

"어머! 괜찮아요? 발등이 골절되면 골치 아픈데. 얼음찜질이라도 해야 하는 거 아니에요?"

아픔을 참아내기 위해 두 눈을 부릅뜬 수탁과 터져 나오려는 웃음을 참아내기 위해 이를 악문 말리가 몇 초 동안 서로를 노려보았다.

마침내 말리가 그에게 최후통첩처럼 경고했다.

"이거 안 보면 나도 내일 참석 안해요!"

순간 수탁의 눈썹이 꿈틀 움직였다. 그때까지 들고 쩔쩔매던 다리 한쪽을 조심스럽게 바닥에 내려놓더니 그는 감사인사라도 하듯 허리를 꾸벅 숙였다.

"들던 중 반가운 소리입니다. 약속이나 꼭 지켜요!"

그리고는 문을 쾅 닫고 나가버렸다.

"우후! 성질 내니까 귀엽네. 그렇게 좋은 말로 할 때 들었어야지."

닫혀버린 문에 대고 '메롱' 하며 혀를 내밀던 말리가 갑자기 허리를 꺾으며 쓰린 배를 움켜잡았다. 아침은 늦게 일어나서 못 먹고, 아까 점심도 대충 깨작거린 데다가 통쾌한 복수극까지 한바탕 하고 났더니 배가 고픈 건지, 아픈 건지 요란하게 꾸르륵거렸다. 가방을 챙겨들고 사무실을 나서던 말리가 아무도 없는 텅 빈 사무실을 둘러보며 힘없이 중얼거렸다.

"수탉이야 물만 먹고 살아도 된다지만, 뭐 이런 매너가 다 있냐고요. 다 먹자고 하는 일인데 밥 때가 되면 챙겨야 될 게 아니냐고! 하나를 보면 열을 안다고 아무튼 나한테 관심이라고는 눈곱만큼도 없다니까."

홧김에 사무실을 나온 수탉이 얼얼한 발등을 절룩거리며 걷고 있었다. 그는 말리에게 복수할 궁리를 하며 복도를 걸어가다가 해외 주택 사업부 앞에서 멈춰 섰다. 해외 사업 팀의 김 대리가 출장길에 구해왔다고 자랑하던 잡지가 떠올랐기 때문이다. 그 나이에도 처녀라고 우기는 말리를 자극하기에는 안성맞춤인 물건이었다.

수탉이 <플레이보이> 잡지를 말아 들고 신나게 사무실로 돌아왔더니 말리가 사라지고 없었다. 말리의 손가방도 눈에 띄지 않자 그는 한 성질 하는 그녀가 가버린 거라고 생각했다.

수탉이 맥 빠진 표정으로 멍하게 앉아 있는데 말리가 문을 열고 들어섰다. 당황한 그는 아무 페이지나 후다닥 펼치며 고개를 박았다.

말리는 책상에 단정하게 앉아서 뭔가를 열심히 들여다보고 있는 수탉을 발견하자 기분이 좋았다. 좀 전에 자기가 한 짓이 미안해서 열심히 보고 있는 거라고 생각했다. 좋아! 오는 게 있으면 가는 것도 있어야지. 말리는 사들고 온 음식 봉투를 흔들며 그에게 다가갔다.

"저녁 같이 먹……."

목을 길게 빼며 그의 책상 위를 넘겨다보던 말리가 말문이 막혀 입을 다물었다. 수탉이 삼매경에 빠져 있는 건 리조트 자료집이 아니었다. 그가 넋을 놓은 채 보고 있는 것은 농구공만큼 커다란 젖가슴을 다 드러내 놓고 배꼽에 보석 피어싱을 박은 채, 10센티는 족히 될 듯한 하이힐을 신고 다리를 적나라하게 벌리고 서 있는 금발 여자였다. 아니, 정확하게 말하자면 수탉은 금발녀의 사타구니에 앙증맞게 걸쳐진 표범 무늬 가죽 팬티를 염력으로 벗겨낼 듯 쏘아보고 있었다.

말리는 반사적으로 자신의 밋밋한 가슴을 내려다보았다. 그리고 다시 금발머리의 거대한 젖가슴을 노려보았다. 말리는 몇 번이나 그렇게 젖가슴을 비교하다가 이를 악물고 비아냥거렸다.

"눈으로는 그만 먹고 입으로 먹는 게 어때요?"

그래도 수탁이 고개를 들지 않자 말리는 고소한 냄새가 솔솔 풍겨 나오는 음식 봉투를 그의 얼굴 앞에 들이대고 미끼처럼 흔들었다.

"진짜 안 먹어요?"

말리의 반응이 의외로 차분하자 당황한 수탁은 이왕 벌인 김에 한 단계 강도를 더 높이기로 작정했다. 그는 풀어진 시선으로 고개를 들다가 말리와 눈이 마주치자 과장되게 놀라는 시늉을 하고 나서 앞에 서 있는 그녀의 하체를 뚫어져라 쳐다보았다. 블라우스와 허리 벨트가 만나는 바로 그 아래 지점을.

마침내 뚜껑이 열린 말리가 자신의 몸을 책상 앞에 바싹 붙이며 음식 봉투를 탁 내려놓았다. 그리고는 당장이라도 그를 물어뜯을 것처럼 이를 갈았다.

"우리 얘기 좀 해요!"

헉! 그런데 말리가 음식 봉투를 내려놓은 곳이 하필이면 금발녀의 사타구니 바로 그 한가운데였다. 수탁은 음식 봉투를 물끄러미 내려다보더니 검지를 까딱거리며 말리에게 뒤로 물러서라는 시늉을 했다.

"얘기해요. 듣고 있어요. 좀 더 뒤로 물러서서 하면 안 되겠어요? 내가 좀 원시거든요."

"천만에요! 난 근시거든요!"

수탁의 시선은 책상에 가려진 말리의 하체에, 말리의 시선은 그의 수그러진 정수리에 꽂힌 채 한동안 기 싸움을 했다. 그러나 배고픈 사람이 먼저 우물도 파는 법이었다. 말리는 음식 봉투를 다시 집어들고 날쌔게 돌아섰다.

"배고파서 안 되겠어요. 일단 먹고 나서 얘기해요."

말리는 소파에 앉아 햄버거와 '참을 인'을 함께 곱씹으며 겁 없이 도발한 그를 어떻게 응징해야 할지 궁리했다. 살기까지 도는 무언의 압박이 견딜 수 없었는지 마침내 수탁도 어슬렁거리며 그녀 곁으로 다가왔다. 그러나 그는 말리가 건넨 햄버거를 받아든 채 먹지도 않고 사무실만 횡단했다.

사실 그는 어제 오후 아버지의 통보를 받은 순간부터 긴장한 채 많은 준비를 한 터였다. 만 하루 동안 완벽하게 준비했다는 판단이 서자 비로소 말리에게 얘기한 것이다. 그는 자신이 준비한 것들을 그녀와 함께 리뷰한 후 어디 근사한 곳에 가서 느긋하게 저녁 식사라도 할 예정이었다.

그런데 그의 계획은 또 엉망진창으로 꼬여버렸다. 사사건건 모든 걸 자기가 주도하려 들고, 상대를 자극해서 전혀 의도하지 않은 반응들을 유도하는 데는 그녀만큼 천부적인 여자도 없었다. 그녀는 그렇게 상대를 도발해놓고도 툭하면 자기가 더 홍분해 파르르하기 일쑤였다. 말리의 예측할 수 없는 돌발 행동 때문에 그의 계획이 뒤죽박죽된 게 이번이 처음은 아니었다.

햄버거에는 입도 대지 않은 채 사무실을 돌아다니던 수탁이 마침내 말리의 앞에 와서 두 다리를 벌리고 섰다. 그는 이글거리는 눈으로 그녀를 내려다보더니 타이를 당겨내 풀어버린 후 셔츠 단추까지 두어 개 풀어냈다. 그러자 그의 가슴에 돋아 있던 검은 털이 설핏 드러났다.

오잉? 한 판 붙어보자는 거야? 말리도 한 입쯤 남은 햄버거를 내려놓고 그를 올려다보았다.

"지금 뭐 하는 거예요? 겁주는 거예요, 아니면 유혹하는 거예요? 정말 유치해서 못 봐주겠네!"

기세 좋게 야단치고 난 말리가 마지막으로 남아 있던 햄버거 한 쪽을 입에 넣는데 어디서 으르렁거리는 소리가 들려왔다.

“내 프로젝트! 내 인생! 어떤 것에도 더 이상 끼어들지 말아요!”

말리는 숨이 턱 막혔다. 씹지 못하고 삼킨 햄버거가 목구멍에서 사투를 벌이다가 간신히 넘어갔다. 등골에서는 식은땀이 흐르고 얼굴은 파스라도 바른 것처럼 화끈거렸다.

“일을 여기까지 끌고 온 사람이 도대체 누군데…… 나도 관심 없다고요!”

어디까지나 도와주려는 순수한 마음을 오해해도 유분수지 그는 말리가 자기 공을 가로챌까 봐 겁내고 있었다. 말리는 너무 황당해서 헛웃음까지 나왔다.

“아버님 앞에서 엉뚱한 소리 한 사람은 바로 최 대리잖아요. 아버님은 속일 수 있을지 몰라도 난 못 속여요. 날 어떻게 할 수 있다는 생각은 버리는 게 좋아요!”

수탁이 직설적으로 쏘아대는 말에 어안이 벙벙해 있던 말리가 곧 자신을 가다듬으며 입술을 잘근거렸다. 반듯 남 행세를 하던 그가 남이섬 사건과 결혼 족쇄라는 돌발 상황을 겪으면서 싸가지로 돌연변이 할 때부터 알아차렸어야 했다. 자신의 처음 판단이 옳았던 것이다. 그는 절대 자신의 남자가 될 마음도 없었고, 희망도 없었다.

“함부로 말하지 말아요! 나도 척 보면 짱돌인지 두부인지 다 안다고요. 하긴 내가 원래 짱돌을 다듬어 옥돌로 만드는 게 특기이긴 해요. 거기다가 상대의 염장 지르는 게 또 내 장기거든요!”

애고, 애고! 이놈의 입. 그냥 대충 넘어가면 좀 좋아. 말리는 어디 집게라도 있으면 자신의 입을 꽉 집어놓고 싶은 심정이었다.

수탁의 입술이 묘하게 비틀렸다.

“아까 분명히 그랬죠? 내가 자료집 보지 않으면 내일 참석 안한다고. 말에 책임져요!”

‘그렇게는 못하지. 뻔한 속셈에 넘어가 주면 나도 편하겠지만 그럼 왕

년의 불아구 아니게? 세상에 어디 수월하게 돈 벌 수 있겠어? 현금카드
와 마이너스 통장을 움켜쥐는 그 순간까지는 더러워도 참아야지.'

말리는 자신의 못된 성질 때문에 손에 다 쥔 거나 마찬가지이던 현금
카드를 날리게 될까 봐 속이 바싹바싹 탔다.

"내일까지는 아직 시간이 많잖아요. 지금부터라도 보면 되죠. 뭐 정 보
기 싫다면 방법이 아주 없는 것도 아니에요. 분기별 결산 리스트로 대충
확인할 수도 있어요. 사람이 융통성이 있어야죠. 난 꽉 막힌 사람 딱 질
색이거든요."

수탁은 웃을락 말락 볼을 실룩거리다가 고개를 획 돌려버렸다. 말리의
이런 모습이 번번이 그를 무장 해제시켰다. 그녀는 한순간도 방심할 수
없게 만드는 이상한 여자였다.

"자, 이리 와봐요. 이러다 밤새우겠어요. 이게 지금까지 창대에서 시공
한 리조트 목록이거든요. 내일 옥도 프로젝트 **PT**할 때 지금까지 시공한
리조트를 연도별로 특색 있게 언급하고 넘어가면 좋잖아요. 지금까지는
보통 관광지 리조트이던가, 테마 파크와 연계한 리조트였으니까 일목요
연하게 비교도 되고요."

진지하게 수탁을 설득하던 말리가 점점 자기 말에 감동했다. 참을성이
라고는 약에 쓸려도 없고, 한 직장에 오래 버티지 못한 것도 따지고 보면
다 근성이 부족해서였다. 그런데 왜 수탁에게는 이렇게 대책 없이 너그러
워지는 건지 참 희한했다. 말리는 자신이 정말 돈에 환장했나 보다고 구
시렁거렸다.

"로브노카의 크리스털 테마 궁전 유치 가능성까지 언급하면 퍼팩트하
겠군요."

수탁은 분명히 비웃는 말투였다. 그러나 엉뚱하게도 말리의 마음속에
서는 낙천적인 목소리가 들려왔다. 비웃는 거 아냐! 너무 모르니까 자기
스스로도 답답하고 짜증이 나서 그러는 걸 거야. 고수인 내가 이해해줘야

지 어쩌겠어?

"그래요! 바로 그거예요. 모두 팀장님의 아이디어니까 자신 있게, 여유 잃지 말고 진행하면 만사 오케이라고요."

"노! 싫어요."

수탁이 단호하게 고개를 저었다.

"난 남의 공 가로채는 짓 같은 건 안해요!"

"왜 남의 공이에요? 전부 팀장님이 기안한 거잖아요."

"……."

"보석 전시장이요? 그건 프로젝트가 완성된 후 덤으로 끼워넣은 아이디어였잖아요. 홍보용 이벤트였고요."

"……."

"로브노카 투자 유치요? 그거야 자금 마련용으로 나중에 선택된 거지 주된 프로젝트가 아니었잖아요."

수탁은 슬며시 팔짱을 끼더니 말리를 탐색하듯 내려다보았다.

말리도 입술에 은근한 미소까지 띄우고 그를 마주보았다. 믿어! 날 믿으라고! 아무렴 최말리가 독고수탁보다 한 수 위니까!

수탁은 갑자기 시간을 확인하더니 책상 위에 늘어놓은 자료들을 주섬주섬 정리하기 시작했다.

"왜요? 그만하게요?"

말리가 의아한 표정으로 물었다.

"아뇨. 너무 늦었잖아요. 최 대리도 그만 가야죠. 일산까지 가려면 시간 꽤 걸릴 텐데."

"괜찮아요. 순환도로 타면 밤에는 논스톱이라 금방이거든요."

"그러니까 더 위험해서 안 돼요."

"괜찮은데, 검토하다 보면 모르는 게 많을 텐데, 내가 필요할 텐데……."

"약속해요. 자료집은 꼭 볼게요. 밤을 새워서라도. 그럼 되죠?"
더 이상 고집 부릴 명분이 없어진 말리가 마지못한 듯 가방을 챙겼다.

수탁이 엘리베이터에서 내리며 물었다.
"차, 연지 주차장에 있죠?"
"택시 타면 기본요금 거리인데요, 뭐."
"시간도 늦었는데 내가 집까지 데려다 줄게요."
"안 돼요! 그럼 내일 아침이 더 골치예요."
"그럼 아침에도 내가 픽업하러 가면 되죠."
서둘러 걸어가던 말리가 제자리에 멈춰 서서 그를 올려다보았다. 지금까지 자신을 집까지 데려다 준다고 말했던 남자는 거의 없었다. 그만큼 씩씩해 보여서 보호할 필요를 못 느낀 건지, 밤길에 내놓아도 위험하지 않은 외모라서 그런 건지 어느 쪽이든 서글픈 결론이라서 말리는 깊이 생각해본 적도 없었다. 당장 수탁만 해도 만난 지 두 달이 넘었는데 데려다 주겠다는 말은 오늘이 처음이었다. 물론 말리가 자기 차를 갖고 다닌다는 걸 감안하더라도.
"왜요?"
"아니 뭐, 워낙 오랜만에 듣는 소리라서 그래요."
"……."
"나한테만 그러는 건 절대 아닐 테고, 원래 그렇게 기사도 정신이 투철해요?"
"최 대리한테만 그러는 거라면 기분 좋겠지만 그럼 거짓말하는 거고요. 원래 여자친구들은 안전하게 집까지 배웅해주는 게 내 원칙이에요."
'그래서 나도 드디어 여자친구 대열에 끼워주겠다는 게야? 하긴 시간 있고 돈 있으면 힘들 것도 없는 일이지.'
말리는 그가 열어준 조수석으로 올라타며 불쑥 물었다.

"여자친구 많아요?"

그가 운전석에 오르며 대답했다.

"많죠."

"에이, 그럼 영양가 없네요. 자고로 여자든 남자든 친구는 하나가 진짜배기인데."

"그럼 오늘 낮에 본 그 코끼리 아저씨가 최 대리의 진짜배기 친구에요?"

'이거 왜 이래? 나도 남자친구 많다고!'

수탁이 궁금한 표정으로 쳐다보았지만 말리는 간단히 묵살해버린 후 기어이 대답해주지 않았다.

마침내 수탁이 대답 듣기를 포기한 듯 벨트를 매고 엔진을 켰다.

차가 움직이기 시작해 두어 바퀴쯤 구르자 말리의 위장도 갑자기 움직이기 시작했다. 금방 괜찮아지겠지 하고 있는데 울렁거리는 증상이 점점 심해지더니 목구멍으로 뭔가가 자꾸 치솟아 올라왔다. 아까 별로 즐겁지 않은 기분으로 먹었던 햄버거가 뱃속에서 시위를 시작한 게 분명했다. 차의 진동이 요람 효과로 위를 진정시키기는커녕 오히려 증상을 더욱 악화시켰다. 말리가 허리를 잔뜩 구부린 채 진땀을 흘리며 말했다.

"혼자 갈 걸…… 빨리…… 우리 회사로 좀…… 데려다 줘요."

"부담 가질 거 없어요. 데려다 줄게요. 최 대리의 말처럼 늦은 시간이라서 막힐 일도 없으니까 왕복 한 시간이면 충분할……."

"싫어요, 글쎄!"

말리가 이를 악물고 말하자 수탁이 놀란 표정으로 그녀를 살폈다. 그는 독 오른 표정으로 앞창만 뚫어져라 보고 있는 말리가 데려다 줄 시간 있으면 내일 PT나 완벽하게 준비하라는 무언의 압박을 하는 거라고 해석했다.

수탁이 슬며시 차선을 바꾸며 말했다.

"그래도 자료집 훑어볼 시간은 충분한데……. 최 대리가 싫다면 그러죠, 뭐."

마침내 수탁의 차가 연지 기획 주차장으로 접어들자 말리는 안전벨트를 풀며 금방이라도 뛰어내릴 것처럼 서둘렀다.

"빨리 세워줘요. 내릴래요."

다급한 말리의 속을 알 리 없는 수탁이 과잉 친절까지 베풀었다.

"차까지 가요. 떠나는 거 보고 가야죠."

"제발 좀 세워요! 읍!"

더 이상 참을 수 없어진 말리가 열리지 않는 차문을 마구 두드리다가 두 손으로 입을 틀어막았다.

비로소 뭔가 이상하다고 느낀 수탁이 급히 차를 세우고 뛰어내렸다. 동시에 말리도 배를 움켜잡은 채 차에서 뛰어내려 주차장의 으슥한 곳으로 달려갔다.

"왜, 왜 그래요. 무슨 일이에요?"

"저리 가요, 가! 우웩!"

눈치도 없이 뒤따라오는 수탁에게 가라고 악을 쓰며 팔을 휘젓던 말리가 화산 폭발 같은 구토를 시작했다. 한참을 웩웩거리며 토해도 한 번 발동이 걸린 위장은 좀처럼 진정되지 않았다. 수탁이 걱정스런 말과 함께 등을 두드리고 있는데도 말리는 거부할 기운조차 없었다. 마침내 멀건 위액까지 모조리 토해내고 나서 진이 빠진 듯 스르르 주저앉던 말리가 갑자기 뭔가에 놀란 것처럼 후다닥 몸을 돌렸다. 그리고는 누가 잡아먹기라도 할 듯 네 발로 엉금엉금 기어 도망치기 시작했다.

잠시 후, 수탁의 차는 순환도로를 질주하고 있었고, 말리는 그의 옆자리에 앉아 기진맥진한 모습으로 늘어져 있었다. 그녀를 걱정스럽게 돌아보느라 운전도 제대로 못하던 수탁이 똑같은 말을 또 반복했다.

"천천히 갈까요? 불편하면 참지 말고 말해요. 갓길에 세울게요."

"이제 괜찮아요."

말리가 기운 없는 목소리로 대답했다.

'혼자서 꾸역꾸역 먹더니 꼴 좋다 그러겠네. 그의 앞에서 추한 꼴을 보이지 않으려고 그렇게 버텼는데, 애쓴 보람도 없이 이게 뭐람. 예쁜 모습만 보여줘도 모자랄 판국에 온갖 끔찍한 꼴까지 다 보였으니 이제는 정말 희망이 없어.'

뭔가 좀 잘해보려고만 하면 이상하게 더 꼬여버리는 통에 말리는 속상해 미칠 것 같았다.

일산으로 접어들자 수탁이 약국 앞에 차를 세웠다. 말리는 눈을 감은 채 축 늘어져 앉아 있었다. 그가 말리의 귀에 속삭이듯 말했다.

"많이 힘들었죠? 아까 출발하기 전에 약 사 먹고 오는 건데 너무 서둘렀나 봐요. 조금만 기다려요. 얼른 사올게요."

부스스 눈을 뜬 말리가 게슴츠레한 시선으로 바깥을 살피다가 깜짝 놀라며 수탁의 팔꿈치를 붙잡았다. 세상에! 하필이면 자기네 약국 앞이었다. 약국 안의 데스크 뒤에는 엄마와 아빠가 나란히 앉아서 사이좋게 도란거리고 있었다.

"나, 난 괜찮아요."

"그래도 혹시 또 모르니까 여기서 약 사 가지고 들어가요."

"우리 집에 약 많아요. 집에나 빨리 데려다 줘요."

그때 약국 앞에 멈춰 선 낯선 차를 살피려고 그랬는지 엄마가 갑자기 벌떡 일어나더니 유리문 바깥을 살폈다. 말리는 반사적으로 몸을 납작 엎드렸다.

그러자 수탁이 또 호들갑스럽게 놀라며 말했다.

"거봐요. 또 아파서 그러죠? 약 사 먹는 걸로는 안 되겠어요. 응급실로 가요."

수탁은 말리가 미처 말릴 사이도 없이 약국 바로 옆에 있는 일산병원

응급실 앞에 차를 갖다댔다. 후다닥 달려와 조수석 문을 열고 자신을 부축하려는 수탁에게 말리가 도리질을 하며 말했다.

"나 정말 괜찮아요."

수탁은 고집부리는 말리를 안타까운 표정으로 쳐다보더니 등을 구부리며 엎드렸다.

"어린애처럼 왜 그렇게 겁을 내요. 자, 내 등에 업혀요!"

까딱 잘못하다가는 중환자처럼 업혀 들어가게 생기자 말리도 어쩔 수가 없었다. 그에게 사실대로 말해야겠다고 마음먹었다.

"우선 차에 타요. 내가 사실대로 다 말할게요."

영문을 모르겠다는 듯 한참 머뭇거리던 수탁이 다시 운전석으로 들어와 앉았다.

"우리 약국이에요."

수탁은 여전히 이해할 수 없다는 표정으로 말리를 멀뚱멀뚱 쳐다보았다.

"아파서 엎드린 게 아니라고요. 우리 약국인데 엄마가 바깥을 내다보시기에 들킬까 봐 그런 거라고요."

믿어야 할지 말아야 할지 망설이던 수탁이 확인 작업이라도 하는 것처럼 물었다.

"좋아요. 최 대리네 약국이라고 쳐요. 근데 보통 이 시간이면 시간제 약사가 지킨다는 것쯤은 나도 알아요."

"다 그런 건 아니에요. 우리 약국은 정반대예요. 낮에는 시간제 약사에게 맡기지만 밤에는 늦게까지 우리 아빠가 지켜요. 일산에서 우리 약국이 제일 늦게 문을 닫는다는 걸 모르는 사람은 아무도 없을걸요? 두 분이 워낙 사이가 좋아서 문 닫을 때까지 항상 함께 계시고요."

"정말 괜찮아요?"

말리가 고개를 끄덕이자 수탁은 미심쩍은 표정으로 쳐다보다가 다시 엔진을 켰다. 집에 약이 많다던 그녀의 말을 떠올렸다.

수탁이 집 앞에서 말리를 내려주며 말했다.

"몇 시쯤 오면 돼요?"

"내일 아침에는 그냥 택시 타고 갈게요. 오늘 정말 고마워요."

"그럼 7시까지 올게요. 약 먹고 푹 쉬어요."

말리가 낮은 울타리 대문을 열고 들어서는데 수탁이 차창을 내리며 물었다.

"궁금한 게 있는데…… 물어봐도 돼요?"

말리가 가만히 서서 돌아보았다.

"아까 토하고 나서 왜 그렇게 도망쳤어요?"

두 번 다시 생각하기도, 듣고 싶지도 않은 얘기였다. 말리가 다시 그 절망감을 상기하며 몸을 떨고 있는데 수탁이 미안한 목소리로 말했다.

"말 안해도 돼요. 갑자기 생각나서 물어본 거예요."

"비위가 좀 약해서…… 안 보려고요. 보면 또 토하거든요."

"쿡, 잘 자요."

"조심해서 가요."

"아참! 잊지 말고 발등에 얼음찜질 꼭 하고 자요."

수탁은 순환도로를 달리는 내내 말리의 말과, 네 발로 엉금엉금 기어 도망치던 그녀의 모습을 번갈아 떠올리며 킥킥거렸다. 보통의 여자들이 부드럽고 달콤한 밥이라면 그녀는 딱딱한 대신 담백한 누룽지 같았다. 오도도독, 늘 시끄럽고 요란했지만 그녀만의 특별한 고소함이 점점 그를 사로잡았다.

다음 날, 말리는 어김없이 또 늦잠을 자고 말았다. 번갯불에 콩 구어 먹는 부산을 떤 끝에 약속 시간을 15분이나 넘기고 나서야 그의 차에 올라탔다.

“많이 기다렸죠? 정말 미안해요.”

“몸은 괜찮아요?”

말리가 무안한 미소로 고개를 끄덕이자 수탁은 부스스한 그녀의 모양새로 모든 걸 짐작하겠는지 더 이상 별다른 질문은 하지 않았다. 그도 첫 PT라 긴장했는지 도착할 때까지 거의 말을 하지 않았다.

두 사람이 가장 먼저 회의실에 도착했다. 수탁은 자리에 앉기가 무섭게 노트북을 열고 파일을 검토하고 빔 프로젝터 기기도 점검했다. 말리는 건성으로 열심히 보는 척하며 그의 일거수일투족을 부지런히 곁눈질하고 있었다. 어젯밤 자신은 그에게 최악의 비호감으로 낙인찍혔겠지만 반대로 그는 자신에게 더욱 호감 가는 존재로 각인되었다. 갈수록 자신이 욕심내는 그는 1억 광년만큼의 거리로 멀어지기만 하니 이런 비애가 또 어디 있단 말인가. 남이 다 해놓은 기안을 훔쳐다 생색내는 한심한 위인도 많은데 쓸데없는 데서 고지식하게 고집을 부리다니. 미워하려고 이를 악물수록 오히려 예쁜 점만 눈에 들어오니 정말 못 말릴 비극이었다. 말리는 멍하게 앉아서 자기 눈에 콩 꺼풀 덧씌우기 놀이만 계속하고 있었다.

차 이사가 회의실로 들어서며 아는 체를 했다. 그가 감옥에 있는 호탁 사장의 오른팔이라는 건 모르는 사람이 없었다.

“최말리 대리? 반갑소. 홍보업계에서도 알아주는 마당발이라고요.”

결코 반가운 소리는 아니었지만 터무니없는 오해도 아니었다. 한동안 백조 노릇하다가 다시 취직할 때마다 운이 따랐던 건지 늘 전 직장보다 나은 곳으로 옮겼던 건 사실이니까. 결과적으로 경력 관리를 위해서, 더 좋은 조건을 찾아서 옮겨다닌 철새쯤으로 오해를 살 만도 했다. 그래도 ‘좌충우돌 못 말리’라고 소문이 자자하다는 건 말리도 잘 알고 있었다. 아무리 프리랜서 지향인 세상이라지만 여러 군데를 전전한 것이 결코 휘황찬란한 경력이 될 수는 없었다.

"안녕하세요? 사실은 마당발이 아니라 뜨내기인데요. 덕분에 여기저기 아는 얼굴은 좀 있습니다만."

"젊은 사람답지 않게 무슨 겸손이오? 그게 뭐였더라? 아! 철새 시리즈, 그 카피도 최 대리의 작품이라면서요?"

그건 말리가 졸업 직후 한참 머리 팽팽 돌아갈 때 터뜨린 것으로 완전히 호랑이 담배 피우던 시절 얘기였다.

"어쩐지. 최 대리처럼 능력 있고 노련한 사람이 곁에서 돕고 있었군요."

차 이사는 회의실로 들어서면서부터 수탁 쪽으로는 눈길도 한 번 주지 않고 있었다. 그가 각인되는 걸 원치 않는 게 분명했다. 수탁을 견제하기 위해 의도적으로 말리의 존재를 부각시키려고 애쓰는 것 같았다.

다행히 다른 임원들은 두 사람을 따뜻하게 대해주었다. 영탁 사장도 홍콩의 유령법인 탈세 건 때문인지 별다른 브레이크를 걸지 않고 조용히 앉아 지켜보기만 했다.

회의가 막 시작되려는 순간 독고 회장이 휠체어를 탄 채 들어섰다. 휴대용 산소 호흡기까지 달고 달려온 그의 정성에 모두들 반사적으로 자리에서 일어섰다. 회장이 위중한 몸을 이끌고 참석할 만큼 이 프로젝트를 중요하게 생각하는 건지, 아니면 그만큼 수탁에게 거는 기대가 크다는 건지 모두들 머릿속으로 분주히 계산하고 있었다.

수탁이 프레젠테이션을 진행하는 동안 말리는 흐뭇하게 듣고만 있었다. 그런데 계속 뭔가가 개운치 않고 찜찜했다. 그의 뒤를 이어 광고 슬로건과 컨셉 정도만 간단히 브리핑하고 자리에 앉던 말리가 뒤늦게 그 이유를 깨달았다. 젠장! 그의 내숭에 완벽하게 속아 넘어간 것이다. 수탁은 리조트 실무에도 모르는 것 없이 밝았고, 이런저런 수치에도 막힘없이 해박했다. 고작 자료집 훑은 정도로는 도저히 그럴 수가 없었다. 엄청난 공부를 이미 완벽하게 마쳤다는 뜻이었다. 최말리, 바부팅이! 말리는 그런 그에게 눈치도 없이 뭘 하라, 마라 잔소리한 게 너무 자존심 상했다. 그런 자신의 꼴불견을 참아주고 시키는 대로 고분고분 시늉까지 해준 그가 고마워야 할 텐데 반대로 이 갈리게 미웠다. 그렇게 잘 알면 말이라도 해줄 일이지, 괜히 자신만 더 우습게 만들었기 때문이다.

"흠."

독고 회장은 무표정하게 앉아 있었지만 내심 흐뭇함을 억누르는 모습이었다. 수탁 자신은 미처 깨닫지 못하고 있었지만 회장은 막내아들의 잠재된 능력과 열정을 꿰뚫어 보고 있었다. 생이 얼마 남지 않았으니 늦기 전에 어서 그걸 일깨워주어야 한다는 생각으로 마음이 조급했다. 그가 그동안 수탁의 자유로운 삶을 방치한 이유도 결국은 그런 모든 과정들이 경영에 도움이 될 거라는 믿음 때문이었다. 그가 임원들에게 수탁을 각인시키는 이유도 앞으로 수탁을 등기 이사로 만들기 위한 포석이었다.

참석 인사들도 모두 만족한 표정이었다. 그러나 배신감에 이를 물고 있던 말리와 눈에 띄게 굳은 표정의 차 이사, 두 사람만은 예외였다.

"아무리 동남아가 진부한 코스가 되어버렸다지만 재혼하러 섬까지 들어온다는 건 좀 비현실적인 거 아닙니까? 보석 전시장도 그렇고, 로브노카도 투자 양해 각서 교환한 정도로는 아직 안심할 수 없을 거 같은데."

트집 잡으면서도 연신 회장의 눈치를 살피던 차 이사가 말꼬리를 흐리더니 180도 다른 소리를 했다.

"기반 공사하는 데도 만만찮은 자금이 소요될 텐데, 급한 대로 우선 회사에서 유동 자금이라도 미리 당겨 쓸 수 있도록 도와주는 게……."

독고 회장이 팔을 뻗어 차 이사를 제지했다.

"자금 계획은 독고 팀장이 스스로 해결할 것이오. 회사에서는 일절 관여 않는 게 좋겠소."

'오잉? 그러지 마시고 팍팍 좀 밀어주시죠. 그래야 내 보너스도 당겨받을 수 있죠.'

실망한 말리가 속으로 투덜거렸다.

"정 부장! 인력, 자재, 노하우. 자금을 제외한 모든 걸 우리 옥도 프로젝트 팀에 팍팍 좀 밀어주세요. 참! 최 대리는 로브노카 크리스털의 오프닝 컬렉션도 맡았다면서요? 12월에 열릴 세계 보석 박람회 건 때문에 벌써 올 초부터 홍보업계에서는 그걸 따려고 난리였다던데. 그 와중에 어떻게 옥도 프로젝트까지……."

머쓱해진 차 이사가 괜히 생색내기용 한마디를 하면서 또 엉뚱하게 말리를 끌어들였다. 마치 모든 게 수탁이 아닌 말리에 의해 주도되었다는 뉘앙스를 팍팍 풍기는 말이었다. 순식간에 회의실 분위기가 싸늘해졌다. 모두들 난처한 표정으로 시선 둘 곳을 몰라 했다. 그러나 가장 민망한 사람은 졸지에 차 이사의 도구가 되고 만 말리였다. 이런 식의 복수는 결코 달갑지 않았다. 가뜩이나 수탁에게 감쪽같이 속아 넘어간 것도 약 올라 죽겠는데, 이래저래 열 받은 말리가 발끈해서 말했다.

"옥도 프로젝트는 전적으로 팀장님 혼자서 기안하신 겁니다! 보석 전시장 이벤트는 뒤늦게 홍보회의에서 결정된 거고요. 투자 양해 각서가 법적 구속력이 떨어진다고는 해도 로브노카가 대외적으로 신뢰받는 탄탄한 기업이니까 그렇게 쉽게 약속을 뒤집지는 않을 겁니다."

말리가 속사포처럼 말을 마치자 차 이사가 빙그레 웃으며 회의실을 휘익 둘러보았다. 마치 '거봐. 아무도 믿는 사람 없잖아?' 하듯이.

수탁은 사무실로 돌아오자마자 노트북을 박살 낼 듯 내려놓더니 책상 위에 털썩 걸터앉았다. 부글거리는 걸 자제하려고 무진장 애쓰는 표정이었다.

"신경 쓰지 말아요. 어떤 PT든 꼭 그렇게 초치는 사람이 하나씩은 있어요."

"당사자였어도 그렇게 여유 있을까요?"

"원래 **PT** 끝나면 오징어 씹듯 클라이언트 질겅거리는 게 뒤풀이 하이라이트잖아요."

"그렇게 잘 알면서 왜 귀띔도 안해줬어요?"

'사돈 남 말하고 있네. 자기야말로 아무것도 모르는 것처럼 내숭 떨며 날 감쪽같이 속였으면서. 엄청난 배신자는 바로 당신이라고! 그리고 내 말이라면 죽으라고 안 들었으면서 이제 와서 이게 무슨 소리?'

말리는 치미는 걸 참아내며 대수롭지 않다는 듯 대꾸했다.

"그냥 무시해요. 통과의례 같은 거니까요."

"어떻게요? 이게 내 첫 프로젝트인데!"

"프로젝트야 내용이 중요한 거죠. 처음에 너무 의미 두지 말아요."

"편파적이네요. 이게 내 처녀 프로젝트라고요! 처녀!"

처녀? 처녀라고! 말리는 온몸의 피가 한꺼번에 얼굴로 밀려 올라오는 것 같았지만 이를 악물며 참았다. 고수는 아무 때나 흥분하지 않는 법이다.

"뭘 그렇게 소심하게 그래요? 그냥 잊어버려요."

"마당발 눈에는 내가 소심해 보이겠죠!"

'진짜 밴댕이 소갈머리네. 이 한심한 수탁 씨! 이런 자중지란이야말로 차 이사가 원하는 거라고!'

"별일 아닌 거 가지고 정말 왜 그래요! 그냥 흘려버리라고요!"

"잘하는 건 땍땍거리는 거 하나뿐인 잘난 척쟁이, 못 말…… 리!"

불만스럽게 말꼬리를 잡던 수탁이 책상에서 풀쩍 뛰어내리더니 그대로 사무실을 나가버렸다.

"툭하면 어린애처럼 삐쳐서 유치하게 사라지기나 하고! 그래! 이 땡땡아! 나 잘난 척쟁이고, 못 말리다! 어쩔래? 그래도 밴댕이 소갈머리 수탁보다는 낫다 이거……!"

말리가 수탁이 나간 문에 대고 마구 삿대질을 하고 있는데 문이 벌컥 열리더니 그가 뒤에 독고 회장과 차 이사를 달고 다시 들어섰다.

말리는 허공에 떠 있던 팔을 얼른 끌어내린 후 공손하게 허리를 숙였다.

"회장님께서 사무실을 한번 보시겠다고 하셔서요."

차 이사가 회장의 휠체어를 밀어 소파 옆에 갖다 붙이며 말했다.

"차는 뭐로……."

말리는 금방 표정을 바꿔 예의 바른 모습으로 한껏 상냥하게 굴었다. 가끔씩은 뭐 씹은 표정으로 자신을 쏘아보고 있는 수탁에게도 환한 미소로 약 올렸다.

"아니 방금 마시고 왔네. 뭐 불편한 건 없고? 더 필요한 게 있으면 언제든 말하게."

"네. 알겠습니다."

"우리 독고 팀장이 아직 이쪽 경험이 많지가 않아서 말이야. 그래도 혼자보다는 둘이 낫겠지. 최 대리, 안 그런가?"

말리가 겸손한 미소와 함께 고개를 숙이자 독고 회장이 이번에는 수탁을 향해 말했다.

"열심히 해봐."

말리를 잡아먹을 듯 노려보고 있던 수탁이 엉거주춤 허리를 숙였다.

"네."

"그리고 오후에 주간 기획 회의가 있다니까 둘이 함께 참석해보지. 좋은 경험이 될 게야."

사무실을 나서던 회장이 시간을 확인하며 말했다.

"시간도 빠듯한데 우리 구내식당에서 점심이나 함께 할까?"

"네."

"네."

동시에 회장의 뒤를 따라 나가려던 두 사람이 어깨를 부딪치며 멈춰 섰다. 서로를 마주보다가 수탁이 적대감이 가득 담긴 시선으로 쏘아보자 말리가 엉거주춤 한 발 뒤로 물러섰다. 그리고는 휙 돌아서 앞서나가는 그의 뒤통수에 대고 메롱, 혀를 내밀었다. 바로 그 순간 말리의 코앞에서 문짝이 부서져라 닫혔다.

"악!"

말리가 반사적으로 고개를 젖히며 비명을 질렀다. 1센티만 더 나갔어도 개성 있는 들창코가 납작해질 뻔한 위기의 순간이었다. 말리가 코를 움켜쥔 채 분해서 식식거리고 있는데 문이 슬며시 열리더니 수탁이 미안한 표정으로 쭈뼛거리며 들어섰다.

"괜찮아요? 절대로 일부러 그런 거……."

"알아요! 절대로 일부러 그랬다는 거!"

말리가 그를 확 밀치고 나가면서 이를 빠드득 갈았다.

말리는 앞자리에 회장이 앉아 있다는 사실도 잊은 채 열심히 먹었다. 어젯밤에 그렇게 몽땅 토해낸 데다 늦잠 때문에 아침까지 거른 탓에 허리가 꺾일 지경이었다. 거기다가 반찬까지 그녀가 좋아하는 너비아니 구이와 옥돔 조림이어서 허겁지겁 맛있게 먹었다.

회장은 말리의 모든 게 볼수록 마음에 들었다. 막내를 붙잡아준 거며, 막내를 열심히 도와주는 거며, 복스럽게 밥 잘 먹는 모습까지…… 가만! 혹시 벌써? 말리가 먹는 모습을 흐뭇하게 지켜보던 회장이 퍼뜩 앞서나가던 기대를 감추며 곁에 앉은 차 이사에게 말했다.

"요즘 아가씨치고는 참 복스럽게도 먹는구먼. 안 그런가?"

"그러게 말입니다, 회장님. 그런데도 날씬한 걸 보면 자기 관리도 잘하는 친구인가 봅니다."

걸신들린 것처럼 아귀아귀 먹던 말리가 자신에게 집중된 시선을 의식하며 슬그머니 숟가락을 내려놓았다.

‘이래 복시럽게 묵는 아를 와 안 델꼬 가노 말이다. 묵는 데 오복이 다 들었다 아이가. 야는 틀림없이 잘 살 끼다. 어떤 놈인지 아주 호박을 넝쿨째 굵어 가는 기지. 횡재를 하는 기다.’

밥상머리에서 귀 따갑게 듣던 할머니의 말씀이 다시 들려오는 것 같았다. 말리는 이런 중요한 장소에서 또 내숭도 떨지 않고 평소대로 행동한 걸 후회하며 어깨를 움츠렸다.

회장이 다정하게 말했다.

“더 먹지?”

“아, 아닙니다. 많이 먹었습니다.”

“최 대리, 또 건너뛰었죠? 그러게 아침은 꼭꼭 챙겨 먹어야 한다니까요. 아침잠보다 중요한 게 아침밥이라고요.”

일찌감치 식사를 끝내고 앉아 있던 수탁이 비웃듯 말했다. 그는 아버지가 말리에게 보이는 편파적인 애정도 불만스러웠지만, 그녀가 아버지 앞에서 하는 행동 하나하나도 다 잘 보이기 위한 연극처럼 삐뚜로만 보였다.

“다 먹었으면 우리 먼저 일어나죠. 할 일이 있잖아요.”

수탁은 말리를 재촉하더니 아버지 앞에 놓인 빈 식판까지 챙겨들며 일어섰다. 어서 아버지 독고 회장 눈앞에서 말리를 치워놓아야 안심이 될 것 같았기 때문이다.

‘무슨 할 일? 싸움을 마저 끝내는 일?’

가뜩이나 그의 초치는 소리 때문에 뾰로통해 있던 말리가 할 수 없이 그를 따라 엉거주춤 일어섰다.

회장이 앞에 선 두 사람을 올려다보며 말했다.

“그래, 두 사람은 기획 회의에 참석해야지? 난 차 이사하고 좀 더 있다가 일어날 테니 먼저들 나가지.”

두 사람이 식판을 반납하고 구내식당을 나서는데 회장이 수탁을 손짓해 불렀다. 수탁이 다시 식당으로 들어간 후 말리는 먼발치에서 회장에게 다시 한 번 더 목례를 하고 돌아섰다.

"눈치도 빠르지. 나 아침 건너뛴 건 또 어떻게 알았냐. 생긴 거는 순하게 생겨가지고 한마디를 해도 꼭 그렇게 내 속을 뒤집어놔요. 어제도 내가 왜 체했는데? 우이씨!"

엘리베이터 문이 열리자 기다리던 직원들이 우르르 몰려 들어갔다. 투덜거리던 말리도 놓칠세라 잽싸게 올라탔다. 그때 바로 뒤에서 수탁의 목소리가 들려왔다.

"잠깐! 같이 가요."

말리는 수탁의 목소리를 듣자마자 원한에 사무친 듯 닫힘 버튼을 마구 눌러댔다. 곧 문이 닫히고 엘리베이터가 움직이기 시작하자 말리의 뒤통수로 사람들의 따가운 시선이 느껴졌다. 그러거나 말거나 말리의 입술에는 악마 같은 미소가 피어났다. 좀 전까지도 꿀꿀하던 기분이 순식간에 말짱해지는 것 같았다.

주간 기획 회의에 참석한 두 사람은 어디까지나 옵서버였다. 배가 부른 탓인지, 작은 복수로 긴장이 풀려서인지 말리는 대책 없이 졸음이 쏟아졌다. 아무리 눈을 부릅뜨려고 애써봐도 1초를 버티기 힘들었다. 입술을 아프게 깨물어보기도 하고 손톱으로 넓적다리를 꼬집어봤지만 효과는 잠시뿐이고 아무 소용이 없었다. 결국 말리는 회의 발제를 장황하게 설명하는 누군가의 목소리를 들으며 스르르 눈을 감았다.

"인테리어 선택 사양도 점점 고급화하는 추세고, 널뛰기하는 자재비를 안정시키려면 이천 공장을 더 증설하고, 디자인 부문도 강화해야 합니다."

말리와 나란히 앉은 수탁은 졸고 있는 그녀와 대조적으로 한마디도 놓치지 않으려는 듯 두 눈이 초롱초롱했다.

"친환경 소재 개발에도 박차를 가해야 합니다. 새집증후군 우려도 점
점 높아지고 환경 호르몬 방출에 대한 규제도 점점 심해지고 있지 않습
니까?"

"수도권 규제 완화가 이슈로 떠올랐을 때 서둘러야 합니다."

수탁이 졸고 있는 말리를 발견한 것은 회의가 한참 동안 진행되고 난
후였다. 어이없다는 듯 몇 번 도리질을 하던 그가 살짝살짝 까딱거리는
그녀의 모습을 재미있다는 표정으로 지켜보았다.

생긴 것도 그렇고, 말투도 여지없이 악녀표인데 그녀는 행동 하나하나
가 다 물렁표였다. 하는 짓마다 푼수 짓이고 나이를 의심하게 만들었다.
졸고 있는 말리의 얼굴에 처녀였다고 박박 우기던 남이섬에서의 부스스
한 그녀의 모습이 겹쳐지자 수탁은 자기도 모르게 빙그레 미소 지었다.
그는 진단서를 확인하고 나서도 그녀가 처녀였다는 걸 도저히 믿을 수가
없었다. 그래서 자신을 설득하는 걸 포기한 채 골치 아픈 결론들을 그냥
미뤄두었다. 그런데 그녀와 함께하는 시간이 점점 늘어갈수록 그녀가 처
녀였다는 게 너무나 당연한 일처럼 느껴졌다. 그러다가 언제부터인가는
그녀가 아직도 처녀일지 모른다는 엉뚱한 상상까지 하게 되었다.

'혹시 벌써 소식 있는 거 아니냐? 잘 지켜봐라.'

아까 식당에서 다시 부른 아버지가 그에게 귓속말로 물으시기에 절대
아니라고 여러 번 손사래를 치고 나왔었다. 설마? 그러나 어젯밤 토하던
일이며 밥을 잘 먹는 거며 졸기까지……, 거의 확실하다는 느낌이 들었
다. 수탁은 일순간 오싹하더니 목이 조이는 느낌과 함께 머리까지 띵했
다. 그는 상기된 표정으로 관자놀이를 꾹꾹 누르며 미간을 찌푸렸다.

수탁이 자신을 관찰하고 있다는 사실도 모른 채 말리는 꾸벅거리는 각
도가 점점 더 깊어지고 있었다. 저러다 책상에 머리라도 받으면 어쩌나
걱정스럽게 지켜보던 수탁이 결국은 말리를 깨우기 위해 그녀의 손을 살
며시 잡아당겼다. 깜짝 놀라며 몸을 바로 한 말리가 아직도 비몽사몽인

124

눈으로 수탉을 쳐다보았다.

수탉이 최대한 조용히 속삭였다.

"사람들이 봐요. 난 이제 최 대리가 어떤 사람인지 충분히 잘 알지만, 다른 사람들은 아직도 속고 있잖아요."

가뜩이나 달게 자던 잠을 깨워 심통이 나던 차에 사람들을 속이고 있다는 그의 말에 말리가 당장 발끈했다.

"그럼 입 다물어요! 아무도 믿어주지 않을 테니까!"

말리 쪽으로 한껏 기울어져 있던 수탉의 어깨가 금방이라도 튀어오를 듯 긴장했다. 조금 전까지도 그녀가 한없이 사랑스럽고 친근하게 느껴지더니 갑자기 자신의 발목을 잡는 물귀신처럼 오싹한 기분이 들었다. 왜 이렇게 혼란스럽고 이중적인 느낌이 드는지 알 수가 없었다. 어쩌면 그는 아직 어른이 되고 싶지 않은 건지도 몰랐다. 말리가 자신에게 자꾸 어른 책임을 지우려는 것 같아서 미운 건지도 몰랐다. 그녀를 쏘아보던 수탉의 눈동자가 점점 짙어졌다. 그는 왼쪽 손바닥을 천천히 펼치더니 오른쪽 주먹을 덮어 피부가 하얗게 될 정도로 움켜쥐었다.

'오호! 한 대 칠 기세네? 바라던 바라고. 사람들로 초만원인 이곳 회의실, 관객이 많은 이곳이 좋겠네. 어디 싸워보자고! 이왕이면 쌍코피 터지게. 그래야 나도 더 이상 미련 갖지 않고 확실하게 굿바이 할 수 있으니까! 이런 괴상한 관계는 나도 더 이상 견디기 힘들다고!'

말리는 꽉 움켜쥔 그의 주먹과, 자신을 노려보고 있는 그를 번갈아 쳐다보았다. 그러다가 슬그머니 책상 위로 시선을 옮겨버렸다. 그의 처진 눈을 오래 마주보고 있으면 말리한테는 득 될 게 하나도 없었다. 선한 그의 눈빛에 쏘이는 시간이 길어질수록 말리의 독기도 점점 희석되어버렸기 때문이다. 말리는 앞에 놓인 회의 자료 귀퉁이에 현금카드와 마이너스 통장 같은 걸 낙서하기 시작했다.

수탉이 슬그머니 말리 곁으로 다가앉았다. 그의 눈빛은 마치 100촉짜리 아이디어라도 떠오른 것처럼 짓궂게 반짝거렸다. 수탁은 말리의 머리카락에 자신의 입술을 살며시 갖다대며 속삭였다.

"최 대리하고 함께 있으면 점점 스릴 있어……."

거미줄처럼 무게를 느낄 수 없는 끈끈한 부드러움이었다. 머리카락에도 신경이 분포되어 있는 것처럼 말리의 전신에 소름이 쫙 돋았다. 후끈하고 야릇한 느낌 때문에 말리는 자기도 모르게 고개를 획 돌렸다.

픽!

말리의 머리와 수탁의 입술이 정면충돌하는 순간, 잘 익은 홍시가 바닥에 떨어질 때처럼 질퍽한 수분 튀는 소리가 났다. 그의 눈에서는 왕별이 튕겨 나왔고, 입술에서는 피가 번져 나왔다.

"헉! 여기 손수건……."

말리가 얼른 손수건을 꺼내 건네자 수탁은 신경질적으로 낚아채 자신의 입술에 대고 꾹 눌렀다. 그는 손수건을 떼어내 선홍색 피가 잔뜩 묻어 있는 걸 확인하고 어린애처럼 울상을 지었다.

"그래요. 안 실장의 말도 일리가 있어요. 워낙 행정가들의 탁상공론은 믿을 수가 있어야죠."

기획 회의는 여전히 계속되고 있었다. 그들이 한쪽 구석에 앉아서 피 튀기는 난투극을 벌이는데도 아무도 눈치 채지 못했다. 아니, 아무도 신경 쓰지 않았다.

그러게 왜 잠자는 사자의 코털을 건드리는 거냐고! 말리는 고소해 미칠 것 같았지만 한껏 걱정스럽게 물었다.

"괜찮아요? 찢어진 거 아니에요?"

"피까지…… 아니 뭐, 괜찮아요."

금방이라도 울 것처럼 잔뜩 찡그리고 있던 수탁이 말리와 눈이 마주치자 아무렇지도 않은 척 표정을 바꾸며 씩씩하게 말했다. 걱정스런 말과 달리 그녀의 눈에는 즐거움이 가득했고, 그는 자신이 화를 내고 엄살을 떨어봤자 그녀만 더 기쁘게 할 뿐이라는 걸 깨달은 것이다.

　수탁과 함께하는 시간이 늘어갈수록 말리 안에서는 또 다른 말리가 튀어나왔다. 마치 지난 휴가 때 동강의 내린천에서 래프팅을 할 때 느꼈던 그 아슬아슬하고 스릴 넘치던 쾌감처럼. 그와 있으면 딱 그런 까불림이 느껴졌다. 그런 쾌감의 여운이 결코 싫지 않았다. 마침내 말리는 자신이 수탁과 함께하는 시간을 은근히 즐기고 있다는 놀라운 사실을 깨달았다.

　"정말 괜찮아요? 약 안 발라도 되겠어요?"

　나란히 회의실을 나서던 말리가 그에게 다시 한 번 더 물었다. 승자의 여유만만함으로.

　"괜찮아요."

　수탁은 퉁명스럽게 대답하더니 한 발 앞서 걸어갔다.

05 더블데이트

말리와의 결혼이 현실로 실감나게 다가온 부담 때문인지 수탁은 지난 밤 잠까지 설쳤다. 아직까지 결혼조차 한 번도 진지하게 생각해본 적이 없는데 아기라니! 그는 진도가 너무 빨리 진행되는 바람에 멀미가 느껴질 지경이었다.

아침에 눈을 뜬 그가 어디로든 말리가 없는 곳으로 도망치고 싶다는 생각을 잠깐 하고 있는데 전화가 걸려왔다. 표시 창을 확인해보니 모르는 번호였다. 보통 이른 시간에 걸려온 낯선 번호는 무시하는 편이었지만 오늘은 앞뒤 생각 없이 덥석 받았다.

"네. 독고수탁입니다."

―안녕하셨습니까? 투자 개발 팀 박시욱입니다.

"네…… 안녕하십니까?"

수탁은 일단 어정쩡하게 인사한 후 가물가물한 이름과 목소리를 기억해내려고 애썼다.

―기억하실지 모르겠네요. 지난번에 중국 투자 설명회 투어에 참가해주십사고 전화드렸던 인천시청의 박입니다만…….

"아! 네. 기억납니다. 근데 무슨 일이십니까?"

―떠나기 전에 한 번 더 부탁드려보려고 전화드렸습니다. 드디어 오늘 중국으로 출발하거든요. 사정상 못 가시게 된 분 티오가 하나 남는데 혹시라도 생각이 있으시면…….

옥도 접안시설 공사를 시작할 때 인천시청을 들락거리다가 알게 된 사람이었다. 얼마 전 그에게서 인천시에서 쓸모없이 버려진 섬들을 관광지로 개발하기 위해 중국 도시 몇 군데를 돌며 투자 설명회 투어를 한다고 참여해달라는 연락을 받았었다. 그러나 로브노카와 양해 각서까지 교환한 터라 거절했었는데, 수탁은 퍼뜩 안전판을 하나 더 마련한다고 해서 나쁠 건 없다는 생각이 들었다. 안 그래도 도망가고 싶던 차에 잘됐다 싶었다.

"일정이 어떻게 됩니까?"

―베이징, 칭다오, 상하이를 거쳐 광저우까지 네 도시를 순회할 예정이고, 3박 4일입니다.

"몇 시 비행기입니까? 네, 네. 준비해서 바로 공항으로 가겠습니다."

수탁은 공항에 도착해서야 말리에게 전화했다.

"지금 중국으로 출장 갑니다."

―중국이요? 갑자기 왜요?

"예정에 없던 건데, 투자 설명회 투어에 참가하게 됐어요."

―아, 네…….

"며칠 걸릴 거예요."

―나도 컬렉션 오프닝이 며칠 안 남아서 정신없을 거 같아요. 잘 다녀오세요.

"저기…… 몸조심해요."

의도하지 않은 말이 불쑥 튀어나오자 수탁은 자신이 더 당황했다. 그가 얼버무리듯 얼른 덧붙였다.

"먹는 것도 조심하고, 속도 잘 다스리고요."

—에이, 진짜로 몸조심해야 할 사람은 비행기 타고 멀리 가는 팀장님이죠. 조심해서 잘 다녀오세요.

말리는 전화를 끊자마자 바로 만세 삼창부터 했다. 그러나 신났던 건 잠깐이고 말리의 시간은 금세 엿가락처럼 질질 늘어지기 시작했다. 동료들은 로브노카 컬렉션 준비 때문에 눈코 뜰 새 없이 바쁜데 말리는 허깨비처럼 멍하게 앉아 있다가 전화벨 소리가 들려야 깨어났다. 옥도……그러다가 시간을 보면 5분 지났고, 크리스털…… 그러다가 다시 시간을 보면 마찬가지였다. 도무지 일이 손에 잡히지를 않았다.

함께 있을 때는 죽기 살기로 싸우고 사사건건 미워했는데, 싸우면서 정이라도 든 건지 눈 내려온 수탁의 모습이 계속 말리의 눈앞에서 아롱거렸다. 말리는 그러는 자신에게 견딜 수 없이 짜증이 났다. 스멀거리는 감정이 그리움이라는 것도 인정하고 싶지 않았다.

"최말리! 그 유명한 독기는 다 어디로 갔냐? 그렇게 노골적으로 무시당하고도 그리워? 몰라, 대책 없이 그냥 보고 싶은 걸 난들 어떻게 하냐고! 에이씨, 이럴 줄 알았으면 사진이라도 찍어두는 건데."

끔찍하게 지루한 이틀이 지나갔다. 중국으로 출장 간 수탁에게서는 전화는커녕 문자 한 통도 없었다. 말리는 사람이든 물건이든 원하는 걸 물고 놓지 않는 건 누구보다 자신 있었지만, 전화든 사람이든 무언가를 기다리는 건 정말 소질 없었다.

'치사한 인간, 자기가 나한테 지은 죄를 까맣게 잊어버려도 분수가 있는 거지. 고의도 아니고 실수로 입술 한 번 터뜨렸다고 나한테 이렇게 복

수해도 되는 거야? 에이, 이참에 내가 먼저 뻥 차버리자.'

말리는 한 시간에 한 번꼴로 결심했다. 그러니까 적어도 쉰 번 이상은 자신을 설득한 셈이었다. 그러나 아무 소용이 없었다. 늦게 배운 도둑질이 무섭다더니, 일찍이 한 남자에게 이렇게까지 마음을 빼앗긴 적이 없었다.

'그래, 이왕 포기하는 거 죽지 않고 살아 있는지만 확인해보는 거야!'

시도 때도 없이 발동하는 통화 욕구 앞에서 온갖 감언이설로 자신을 기만하며 휴대폰 폴더를 연 것만도 셀 수 없을 정도였고, 그의 번호 끝자리 바로 앞에서 위기일발 폴더를 덮은 것도 여러 번이었다. 그때마다 쭈그러진 자존심을 부여잡고 소리 없는 통곡을 삼키던 말리가 마침내 휴대폰에서 배터리를 분리시켜버렸다. 아! 그러나 퇴근 시간에 혹시나 하는 마음으로 확인한 휴대폰에 수탁의 발자국이 찍혀 있지 않았을 때의 그 허탈감과 절망감은 말로 표현할 수 없을 정도였다.

말리는 또 파김치처럼 늘어져 일찌감치 퇴근했다. 전화 기다리는 일만큼 신경을 곤두서게 하는 일도 없었다. 완전히 그로기 상태로 집에 들어선 말리가 승리를 조용히 불렀다.

"왜, 누나?"

말리가 가까이 다가온 동생의 귀를 잡아당기며 속삭였다.

"소주 한 병하고 안주는……."

평소에는 기껏해야 육포나 생리대 심부름이나 시키던 누나가 처량 맞은 표정으로 술 심부름을 시키자 승리는 가뜩이나 큰 눈을 더욱 크게 뜨며 소리쳤다.

"술? 왜! 누나 무슨 일……."

어깨를 축 늘어뜨린 채 지갑에서 돈을 꺼내던 말리가 펄쩍 점프하며 190센티에 육박하는 동생의 입을 틀어막았다. 그리고는 주변의 동정을 살피며 윽박질렀다.

"조용히 해! 할머니한테 들키면 네가 책임질래?"

"알았어."

승리는 돈을 받은 후 잠깐 말리의 눈치를 살피더니 맥 빠진 표정으로 돌아섰다. 소걸음으로 천천히 걸어 나가는 동생의 뒤통수를 뚫을 듯 쏘아보던 말리가 다시 지갑을 열었다.

"자, 여기 리스크 감수 비 2만 원과 시간 투자비 3만 원이다. 빨리 갔다 와!"

눈을 반짝이며 돌아선 승리가 한 팔로 반원을 그리며 중세 기사의 인사를 흉내 냈다.

"땡큐, 누님. 미안, 누나. 내가 요즘 기말고사 때문에 아르바이트를 끊었더니 좀 궁하거든. 바람의 아들 요금은 서비스야."

승리는 정말 바람의 아들처럼 눈 깜짝할 새에 돌아왔다.

"이제 더 이상 전화 같은 거 기다리지 않을 거야. 이 정도면 충분히 대접 받은 거야. 나 그렇게 무딘 여자 아니잖아. 시효는 오늘까지고 이젠 정말 끝이야!"

말리는 소주의 위로를 받은 후 죽음보다 깊은 잠에 빠져들었다.

수탁이 출장 간 지 사흘째 되는 날 아침이었다.

말리가 부스스한 몰골로 출근해보니 리앤에게서 이메일이 도착해 있었다.

어쩌면 오늘이나 내일 만나게 될지도 모른다는 깜짝 놀랄 만한 소식이었다. 러시아 일정이 빨리 끝나면 돌아가는 길에 잠깐 들르겠다는 내용이었다.

"젠장, 하필이면······."

말리는 자신의 옷차림을 내려다보며 한숨을 푹 내쉬었다. 어제 술 마시고 자는 바람에 얼굴도 부스스한 데다 찢어진 청바지에 빈티지 티셔츠 하나 덜렁 걸치고 나왔기 때문이다. 할 수 없지, 뭐. 오히려 외모에 신경 쓸 겨를도 없이 열심히 일한다고 좋게 봐줄지도 모르잖아. 그동안 수많은 이메일을 주고받으며 친구처럼 가깝게 지내던 리앤인지라 은근히 기다려졌다.

말리는 술독이 좀 빠지라고 물도 자주 마시고 화장실도 열심히 들락거렸다. 부지런히 노력한 덕분인지 점심시간이 지나면서 부기도 좀 빠지고 머리도 훨씬 맑아졌다.

모두 외근 나가고 말리와 웹디자이너 우선정만 사무실에 남아 있을 때 문자메시지가 도착했다.

띵동.

며칠 동안 그렇게도 눈 빠지게 기다리던 수탁의 발자국이 찍혀 있었지만 말리는 하나도 기쁘지 않았다. 오히려 화만 부글부글 끓었다. 기다리다가 지쳐버린 램프 속의 심술 난 거인의 기분이 넘치게 이해될 정도였다.

「심심했죠?」

이미 늦었어! 난 지금 무진장 화가 났다고! 말리는 메시지를 확인하고도 그냥 무시해버렸다.

「나도 심심했어요!」

웃기지 마! 심심해서 연락도 못했냐? 말리는 두 번째 메시지도 여지없이 씹어버린 후 근질거리는 손가락을 진정시키기 위해 애꿎은 볼펜 돌리기만 열심히 했다.

「심심해요?」

웃겨, 그러면 당장 날아올래? 수탁은 현금카드고 그래서 못 먹는 떡이다! 그는 마이너스 통장이고 그래서 그림의 떡이다! 그는 코 묻은 떡이라고! 말리는 중얼중얼 열심히 자기 최면을 걸었다.

「나도 심심해요!」

마침내 말리도 더 이상은 참을 수가 없었다.

「터진 입술은 안녕해요? 손가락으로 말할 동안 입술이나 잘 보살펴요.」

말리가 문자를 날리자마자 기다렸다는 듯 곧바로 수탁의 전화가 걸려왔다.

―이제야 문자를 확인했나 봐요? 예정에 없이 갑작스럽게 떠나느라 공항에서 로밍 서비스를 신청할 틈도 없었어요. 지금도 빌려서 하는 거예요. 혹시 궁금했다면 미안해요. 참, 내 입술은 멀쩡해요. 지금 당장 작업할 수 있을 정도로요.

말리는 그의 변명이 뻔뻔한 거짓말일 거라고 생각했지만 마음 한구석에 자리 잡은 어떤 바보는 그녀에게 자꾸 그의 말을 믿으라고 잔소리를 해댔다.

"작업이요? 누구하고요? 바삭한 오리 껍질? 아니면 부드러운 상어 지느러미하고?"

―헉! 요리에도 일가견이 있군요. 역시 선수십니다. 제비 집 수프는 어때요?

"제비 집 수프도 먹어봤어요? 흐흠, 괜찮은 투어였나 봐요."

―어디 먹을거리뿐인가요? 눈요깃거리도 아주 많았죠.

"혹시 예쁜 여자들?"

―그래도 한국미인 따라갈 수 있나요?

"맞아요."

―그래서 곧 돌아갑니다.

"벌써요? 오래 걸릴 거라고 했잖아요."

―대충 마쳤어요. 마지막으로 딱 한 가지만 더 찾아내면 돼요.

"뭔데요?"

—우리가 사이좋게 지낼 방법이요.

맞은편에 앉아 있던 우선정이 한 손으로 수화기를 막은 채 전화 받으라고 소리쳤다.

"최 대리님! 7번, 이사님 전화예요."

—우리 그만 휴전하죠.

"그만 끊어야겠어요. 전화 받으래요."

—나중에 또 연락할게요.

말리는 서둘러 폴더를 덮고 나서 수화기를 들고 7번 버튼을 눌렀다. 전략 팀 김 부장, 기획 팀 박 상무와 워크숍 참석차 홍콩에 가 있던 독고 이사였다.

—최 대리! 창대에서 프레젠테이션 잘했다는 얘기 들었어.

"팀장님 혼자서도 잘하신 걸요, 뭐."

—무슨, 최 대리가 많이 도왔다던데. 그나저나 지금 특별한 일 없지?

"네."

—그럼 로브노카 광고주 좀 만나줘. 아마 30분 이내에 도착할 거야.

"과, 광고주요?"

'하필이면 다 나가고 나 혼자 있는데 광고주가 행차하신다고? 오늘 무슨 날인가? 아후, 내가 미쳐!'

말리가 텅 빈 사무실을 둘러보며 투덜거렸다.

"저 혼자서 어떡해요. 이럴 때 독고 팀장님이라도 계셨으면 좋았을 텐데."

—그러게. 근데 지금 중국 출장 가 있잖아. 할 수 없지, 뭐. 아무튼 그가 두 시간 후에는 다시 비행기를 타야 한다니까 서둘러요. 아참, 오프닝 컬렉션 데모 파일하고 브로슈어도 꼭 챙기고. 그럼 수고!

일행이 빨리 나오라는지 독고 이사는 알겠다고 소리치며 서둘러 전화를 끊었다.

“저, 이사님!”

말리는 광고주에 대해서 좀 더 물어보려다가 뚜우 하는 신호음이 들려 오자 맥 빠진 듯 수화기를 내려놓았다.

‘에이, 모르겠다. 어떻게든 되겠지.’

말리는 엘리베이터에서 내리다가 손님을 내려놓고 돌아나가는 택시를 발견하고 눈썹이 휘날리게 로비를 가로질렀다. 막 회전문을 밀치고 들어선 말리와 바깥에서 들어오던 껑다리 이방인의 눈이 마주쳤다. 세상에! 말리는 그의 푸른 눈에서 시선을 돌릴 수가 없었다. 그쪽도 역시 제자리에 서서 말리를 뚫어져라 마주보았다. 회전문의 다른 칸에 갇혀 서로를 쳐다보던 두 사람이 곧 정신을 차리며 밖으로 빠져나왔다.

먼저 로비에 들어와서도 줄곧 말리에게서 눈길을 떼지 못하던 이방인이 그녀가 회전문을 빠져나오자마자 한 발자국 앞으로 다가섰다.

“Hi……?”(안녕……?)

“Hi, How are you?”(안녕하세요?)

“Surely…… Lee?”(설마…… 리?)

푸른 눈의 껑다리 이방인이 환한 미소와 함께 손을 내밀었다.

‘내 이름을 어떻게 알지? 이사님이 미리 알려주셨나? 설마…….’

고갯짓을 하며 망설이던 말리가 미심쩍은 표정으로 물었다.

“Surely…… Rian?”(설마…… 리앤?)

“Yes, um hm, Lee! I’m so happy to have met you.”(네, 음 흠, 리! 당신을 만나서 너무 행복해요.)

얼떨결에 그의 손을 맞잡은 말리가 더듬더듬 대답했다.

“Certainly…… I’d nerver thought I’d see you here, I was surprised!”(정말이지…… 당신을 여기서 만날 줄은, 놀라워요!)

“I’m sorry, so sorry…….”(미안해요, 정말 미안해요…….)

"세상에! 리앤이 남자였다니……."

말리는 넋 나간 표정으로 중얼거리다가 퍼뜩 정신을 차리며 그를 엘리베이터 쪽으로 안내했다. 분명히 이사님은 광고주가 올 거라고 했는데, 그래서 당연히 로버트 부사장일 거라고 생각했는데, 어떻게 리앤이 나타날 수가 있지? 거기다가 또 여자라고 철석같이 믿고 있던 리앤이 남자라니. 물론 그는 자신이 여자라는 말을 한 번도 한 적이 없었지만 여자라고 확신할 만큼 섬세하고 자상했었다. 아무튼 그가 남자라는 걸 알았다면, 아니 그가 광고주라는 걸 진작 알았다면 그동안 그렇게 마음 놓고 수탉의 흉까지 보며 주책 떨지도 않았을 것이다. 말리는 벼락이라도 맞은 것처럼 머릿속이 새카맣게 타들어갔다.

엘리베이터에서 내리던 직원들 몇 명이 호기심이 가득한 표정으로 두 사람을 흘깃거렸다. 말리는 지난번 남이섬 사건 때문에 아직도 그들 입에 올려져 이곳저곳으로 튕겨 다니는 심심풀이 땅콩이었다. 오늘은 잘생긴 이방인과 동행하게 되어 또 색다른 소문 한 꺼풀이 덧입혀질 거라는 예감이 들었다. 말리는 그들의 시선을 피하며 먼저 엘리베이터로 들어선 후 그가 타자마자 얼른 회의실이 있는 7층 버튼을 눌렀다.

말리는 엘리베이터가 움직이는 동안 내부에 반사된 그의 차림새를 꼼꼼히 살펴보았다. 그는 노타이 차림에 짙은 색깔의 드레스셔츠를 받쳐 입고도, 일명 갈치 양복이라는 광택 나는 실크 슈트를 아주 우아하게 소화해내고 있었다. 무엇보다 말리는 그의 푸른 눈 때문에 정신이 하나도 없었다. 그의 외모는 자신의 방 벽에 납작하게 붙여져 있는 수많은 핸섬 가이들을 오늘 당장 쓰레기통 속에 처넣고 싶을 만큼 완벽했다.

회의실로 들어서자마자 말리는 그를 자리로 안내한 후 커피 메이커와 포트를 나란히 꽂아놓고 다시 그에게로 다가갔다. 브로슈어와 오프닝 데모 파일을 펼쳐놓고 손짓발짓까지 동원하며 열심히 설명하던 말리가 갑자기 자리에서 벌떡 일어섰다.

“어머! 내 정신 좀 봐. 차 준비!”

차를 준비하기 위해 부리나케 걸어가던 말리가 뒤늦게 물었다.

“We have coffee, green tea and herb tea. What would you like?”
(커피, 녹차, 허브 차가 있는데, 뭐 드실래요?)

“Green tea, please.”(녹차 주세요.)

브로슈어를 꼼꼼하게 들여다보던 그가 사무적인 억양으로 대답했다.

말리는 오만가지 생각을 하느라 녹차 티백을 찻잔에 넣는 데만도 족히 5분 이상을 잡아먹었다.

‘그는 무엇 때문에 자신이 광고주라는 걸 숨기고 실무자인 척한 걸까? 그가 광고주인 줄도 모르고 온갖 주책 다 떤 날 신뢰할 수 없어 하면 어떡하지? 맞아! 그래서 브로슈어를 저렇게 꼼꼼하게 들여다보고 있는 거야. 트집 잡아서 12월에 열릴 보석 박람회 광고 단가까지 후려치려고?’

“앗 뜨거!”

포트 손잡이를 잡고 들어 올리던 말리가 갑자기 껑충 뛰어오르며 비명을 질렀다. 곧이어 그녀가 무의식중에 내던진 포트가 바닥에 떨어지며 와장창창 요란한 소리를 냈다. 물도 넣지 않은 빈 포트를 꽂아놓는 바람에 뜨겁게 달궈져 있었던 것이다. 말리는 아무 생각도 할 수 없었다. 장소, 에티켓, 광고주, 뭐 그런 건 둘째 문제였다. 오로지 뜨거워 죽을 것 같은 손가락을 빨리 식혀야 한다는 생각밖에 없었다. 냉장고 문을 활짝 열어젖혔지만 평소에는 그렇게 꽉꽉 쟁여져 있던 생수가 한 병도 보이지 않았다. 다급해진 말리가 냉동실 서랍을 열고 칵테일 얼음 속으로 손가락을 쑥 집어넣었다.

“What’s the matter?”(무슨 일입니까?)

언제 다가왔는지 그가 걱정스런 표정으로 물었다.

젠장! 뜨거워서 정신이 하나도 없는 판에 도대체 이 상황을 어떻게 설명한단 말인가. 말리는 당혹스러움을 애써 감추며 그와 시선을 맞추기 위해 발뒤꿈치를 반짝 치켜들었다. 머리 굴려 문장을 찾는 시간보다는 그의 눈치를 살피며 대충 몸짓으로 소통하는 게 훨씬 빠를 것 같았기 때문이다.

"Just a minute, please…… Burnd my finger!"(잠시만요…… 손가락을 데었어요!)

칵테일 얼음 속에서 손가락을 꺼내 치켜들며 더듬거리던 말리의 표정이 다시 이상하게 일그러졌다. 얼음조각들이 그녀의 다섯 손가락에 빼곡히 들러붙어서 바위산에 갇힌 원숭이처럼 핑크빛 손톱 끝만 살짝 나와 있었기 때문이다. 당황한 말리가 얼음조각을 떼어내려고 손을 갖다대는 순간 그가 그녀의 손목을 꽉 붙잡았다.

"안 돼요!"

"잠깐 그대로 있어요!"

그는 손수건을 꺼내 얼음이 붙은 말리의 손가락을 감싸더니 조금의 망설임도 없이 자신의 가슴에 품었다. 얼음이 금방 떨어져 나가자 그는 말리의 손가락을 하나하나 꼼꼼하게 살펴보았다.

말리는 그저 멍한 표정으로 남의 일처럼 구경만 하고 있었다.

"다행히 화상은 입지 않은 거 같아요. 억지로 얼음을 떼어내면 또 다른 열상을 입게 돼요."

"고, 고맙습니다. 우리말을…… 아주 잘하시네요?"

말리가 넋 나간 듯 중얼거리자 그는 싱긋이 미소 짓더니 엄지와 검지를 10센티 정도 벌려 보였다.

"조금 해요."

"아, 앉으세요. 얼른 차를 다시 준비……."

"오우, 노우! 내가 할게요."

그는 말리를 제지하더니 그녀가 했던 질문을 똑같이 반복했다.

"커피? 그린 티? 허브 티?"

말리가 어정쩡하게 웃으며 대답했다.

"그러지 말고 우리 그냥 냉장고에 있는 냉 녹차로 하는 게 어때요?"

"오케이. 앉아서 기다려요."

말리는 얼떨떨한 표정으로 앉아서 분주히 움직이는 그를 찬찬히 관찰했다. 짙은 갈색 곱슬머리와 갸름한 턱선, 고귀한 느낌을 주는 쭉 곧은 콧날, 서늘한 푸른 눈, 겉모습은 지극히 이국적이었지만 어딘가 모르게 동양적인 분위기가 물씬 느껴지는 것 같았다. 그건 아마 우리 발음이 너무 정확한 탓이었는지도 모른다. 그는 보통 외국인들이 힘들어하는 받침 있는 단어까지도 완벽하게 구사하고 있었다.

"아직도 정신이 하나도 없어요. 전 리앤이 여자분인 줄 알았거든요. 또 이렇게 한국말을 잘하실 줄은…… 그리고 광고주가 오실 거라고 해서 리앤이 올 거라고는 상상도 못했어요. 정말 저하고 이메일을 주고받던 그 리앤이 맞나요?"

찻잔을 내려놓고 자리에 앉던 그가 눈웃음으로 잠시 시간을 끌더니 마침내 자신의 정체를 드러냈다.

"리, 사실 나는 리안. 로이. 로브노카입니다."

"리안. 로이. 로브노카라면…….”

그는 리앤이 아니었다. 리안. 로이. 로브노카, R. R. 로브노카. 그는 로브노카 크리스털의 홍보 이사였다. 부사장인 형, R. B. 로브노카와 함께 그는 세계적인 크리스털 기업의 후계자였다. 이런 바보! 리안을 리앤으로 오해한 건 둘째치고라도 그냥 담당자 행세를 한 그에게 감쪽같이 속아 넘어간 것이다. 말리는 바싹바싹 타들어가는 입술을 냉 녹차 한 모금으로 축였다.

"리안 이사님……, 도대체 앞으로 제가 놀랄 일이 몇 가지나 더 남아 있죠?"

"미안해요. 리하고 자연스럽게 만나고 싶었어요. 더 이상은 안 놀라게

140

할게요. 약속해요."

　리안은 메일 친구인 말리가 실제에서도 하나도 다르지 않다는 걸 확인하자 아주 기분이 좋았다. 그는 자신을 의식하고 가식적으로 행동하는 다른 여자들과는 너무나 다른 말리한테 색다른 신선함을 느꼈다.

　"설마 혼자 오신 건 아니죠?"

　리안이 고개를 흔들었다.

　"혼자 왔어요."

　"정말요? 비서도 없이요?"

　"가끔은 할리와 함께할 때도 있지만 요즘은 혼자 다녀요."

　리안은 어떤 곳이든 매장 오프닝 전에는 늘 잠행하며 직접 챙기고 점검했다. 크리스털 컬렉션의 가장 중요한 요소인 특수 조명에서부터 런웨이, 디스플레이, 파티션 위치 등 세세한 것까지 꼼꼼하게 챙겼다. 때로는 작업 현장에서 온갖 허드레 심부름까지도 묵묵히 다 해냈다. 오늘날 로브노카가 이렇게 급성장한 데는 리안이 워커홀릭이라 불릴 정도로 열심히 일한 덕분이라는 걸 모르는 사람은 아무도 없었다.

　"할리라는 비서, 제 이름과 비슷하네요. 여자분인가 봐요?"

　"여자? 음, 그래요. 하지만 리가 그녀보다 훨씬 아름다워요."

　리안은 푸른 눈을 찡긋하더니 자신의 목에 걸린 굵은 은 체인 크리스털 펜던트를 만지작거렸다. 그러다가 환하게 웃으며 엄지손가락을 번쩍 치켜들었다.

　"크리스털의 기원, 진화하는 로브노카…… 헤드 카피가 아주 맘에 들었어요. 최고예요."

　"정말요? 감사합니다."

　말리는 앉은 채로 고개를 꾸벅 숙였다.

　"이사님이 담당자인 줄 감쪽같이 속아서 기분이 별로였는데, 좀 나아지는 거 같네요."

"미안해요. 처음부터 속일 생각은 아니었어요. 그냥 호기심으로 시작
했는데 헤드 카피를 본 순간 리의 팬이 되어버렸어요."

리안이 미안한 표정을 지으며 예쁘게 포장된 물건을 내놓았다.

"이건 이메일 친구에게 주는 선물이에요."

"어머, 뭐 이런 걸 다……."

말리가 포장을 풀지 않고 만지작거리기만 하자 리안이 직접 풀어주었
다. 수많은 크리스털을 옷감 짜듯 한 올 한 올 엮은 것으로, 요즘 유행하
는 메쉬 목걸이였다. 스카프만큼이나 크기가 컸고 실크처럼 얇고 부드러
웠다.

"고마워요. 정말 예뻐요."

말리는 리안이 걸어준 목걸이를 연신 쓰다듬다가 다시 풀어서 상자에
차곡차곡 접어 넣었다.

"이런 걸 그냥 막 받아도 되는 건지 모르겠어요."

리안이 슬쩍 시간을 확인했다.

"대신 용서해주면 돼요."

"당연히 용서해드려야죠. 선물도 받았는데요."

"그럼 다른 부탁 하나 더 해도 돼요? 근처에 왕궁이 있다고 들었는데
리가 안내해줄 수 있어요?"

왕궁? 말리는 충격 때문에 아직도 제대로 돌아가지 않는 머리를 부지
런히 굴렸다. 그러나 근처에 왕궁은 없었다. 왕과 관계된 문화재라면 회
사에서 5분 거리에 있는 선정릉밖에 없었다. 에라, 선물도 받은 마당에
무덤 아니라 관 뚜껑인들 못 열까, 말리가 넙죽 대답했다.

"왕궁은 강 건너에 있어서 좀 멀고요. 왕궁은 아니지만 가까운 곳에
왕릉이 하나 있기는 해요. 왕과 왕비의 무덤이죠. 선정릉 혹은 선릉이라
고도 하고요. 그래도 보시겠다면 안내해드릴게요."

"오케이. 좋아요."

리안은 역시 매너 수준부터 남달랐다. 늘 레이디 퍼스트, 말리와 걸을 때도 항상 그녀를 도로 안쪽에 세우고 깍듯하게 에스코트했다.

선릉은 바깥에서 볼 때는 빙 둘러선 나무 숲속에 들어앉아 있는 것 같더니 막상 안으로 들어가서 보니 주변을 빙 둘러싸고 있는 건 거대한 빌딩 숲이었다.

말리가 거대한 왕릉과, 홍살문처럼 붉은 칠을 한 정자각과 장군석을 설명할 때마다 리안은 호기심 가득한 시선으로 하나하나 만져보곤 했다. 그 시대를 느끼기라도 하는 것처럼 아련한 표정으로 나뭇결과 돌 표면을 쓰다듬었다.

말리가 소나무 숲길로 나란히 들어서면서 리안에게 물었다.

"어떻게 그렇게 우리말을 잘하세요?"

리안은 또 목걸이를 만지작거리더니 소나무 가지로 가려진 하늘을 올려다보았다.

"사랑한 사람이 아주 사랑하던 말이에요."

말리가 그를 올려다봤다.

"미국에서 하버드 다닐 때 룸메이트가 한국 친구였어요. 나, 아주 열심히 배웠어요. 나, 언어에 좀 강하거든요."

리안이 갑자기 말리의 앞을 막아섰다. 그리고 지그시 내려다보았다. 그가 제법 오랫동안 그렇게 쳐다보자 말리는 어색하게 웃으며 주변을 둘러보았다. 평일이고 아직 학교도 끝날 시간이 아니어서인지 사람들이 거의 눈에 띄지 않았다.

'설마 벌건 대낮에 이상한 행동을 하려는 건 아니겠지?'

말리는 여차하면 달아날 태세로 한 발을 뒤로 뺐다.

"왜, 왜요?"

"늘 꿈꿔오던 일이에요. 리를 만나고…… 그동안 이런 날을 기다려왔어요."

말리는 그가 미쳤다고 생각했다. 아까 자기한테 아름답다고 헛소리할 때부터 정상이 아닐 거라고 의심하긴 했지만 막상 확인하고 나니 여간 실망되는 게 아니었다. 잠들면 업어 가도 모르는 자신과 반대로 그는 백일몽 증세가 심각한 게 분명했다. 그렇지 않고서야 만난 지 몇 시간 만에 이런 황당한 고백을 할 리가 없었다. 아무리 이메일을 주고받은 친근한 사이라고 해도 도저히 이해하기 힘들었다. 가만! 혹시 한국말에 서툴러서 뉘앙스가 무슨 뜻인지도 모르고 지껄이는 건 아닐까? 말리가 은근슬쩍 비꼬았다.

"뭘 이 정도로 그렇게…… 감격 안하셔도 돼요. 우리나라에는 여기 선릉 말고도 훌륭한 문화재가 널렸거든요. 다음에 언제 또 시간 되면 기꺼이 안내할게요."

리안은 아무 대꾸도 하지 않고 그저 지그시 바라보기만 했다.

헐! 저 눈빛은 또 뭐고? 완전히 노골적인 흠모의 눈길이었다. 가뜩이나 아름다운 푸른 눈에 사랑까지 듬뿍 담기자 형용할 수 없을 정도로 매혹적이었다. 말리는 얼른 자기 다리를 꼬집어보았다. 혹시 반대로 자신이 백일몽을 꾸고 있는 건 아닌가 싶어서. 그러나 엄청나게 아픈 걸 보니 확실히 꿈은 아니었다.

리안이 정신없이 허둥대고 있는 말리의 뺨에 쪽, 소리가 나게 키스했다.

깜짝 놀란 말리가 뺨을 감싸쥐며 그를 올려다봤다.

"그만 가야겠어요. 리, 바이. 또 만나요."

리안이 한쪽 눈을 찡긋하며 달콤하게 속삭였다.

말리는 리안을 배웅하고 사무실로 돌아와서도 한동안 멍하게 앉아 있었다. 뭐에 홀린 것 같았다. 그와 함께했던 두 시간 동안 무슨 일이 있었는지 뒤죽박죽, 선명한 게 아무것도 없었다. 말리는 상자에 넣어둔 메쉬 목걸이도 꺼내보고, 아직도 자신의 귓속에 박혀 반짝거리고 있는 그의 달콤한 속삭임도 되새김질해보았지만 여전히 모든 게 꿈만 같았다.

말리는 당장 산더미처럼 쌓여 있는 일거리를 제쳐둔 채 리안에 대해서 알아보기 시작했다.

리안은 서른셋의 싱글이고, 제롬 로브노카와 두 번째 부인 사이에서 출생했으며, 그의 생모는 벌써 십여 년 전 타계했다는 걸 알아냈다. 리안 이사와 로버트 부사장은 배다른 형제지간이었던 것이다. 그래도 그들 형제는 무수한 여자들과 염문을 뿌리고 다닌다는 공통점을 가지고 있었다. 둘 다 사업 수완이 뛰어났지만 특히 리안은 워커홀릭이라 불릴 정도였고, 엄청난 스피드광이었다. 말리는 그가 말한 할리가 여자가 아니라 모터 싸이클이라는 사실에 너무나 어이가 없었다. 최고의 내비게이션까지 장착된 그의 애마, 할리데이비슨은 그의 전용기가 닿는 곳이면 어디든지 그와 함께한다고 했다.

정보 검색을 끝내고 빠져나오려던 말리가 다시 컴퓨터 화면에 코를 박았다. 로브노카가 엄청난 자본으로 유럽의 웬만한 성들을 모조리 사들이고 있으며 백작, 공작, 후작 작위까지 사들이고 있다는 최신 뉴스를 발견했기 때문이다. 말리는 머지않아 작은 나라를 통째로 사들여 로브노카 왕국을 건설할지도 모른다는 추측 기사를 읽고 나서 고개를 설레설레 흔들었다.

"설마 왕궁을 구경하고 싶어 한 것도 그런 이유 때문일까?"

말리는 갑자기 온몸에 소름이 쫙 돋는 느낌이 들어 양팔로 자신을 감싸 안으며 주위를 둘러보았다. 어느새 창밖은 캄캄하고 사무실은 텅 비어서 썰렁하기만 했다. 비로소 외근 나갔던 동료들은 밖에서 그대로 퇴근했고, 우선정도 좀 전에 먼저 퇴근한다고 인사했던 기억이 났다.

말리가 로비로 내려왔더니 밖에는 가랑비가 흩뿌리고 있었다. 말리는 우산을 챙기지 않은 걸 탓하며 차 있는 곳까지 달리기를 하기 위해 준비 자세를 취했다.

"준비~ 땅!"

말리가 깜짝 놀라 돌아보았더니 수탁이 커다란 꽃다발을 불쑥 들이밀었다. 순간 말리는 온갖 굳은 결심들과 수많은 원망들이 눈 녹듯 사라졌다. 팔짝팔짝 뛸 정도로 반가워서 하마터면 그를 덥석 끌어안을 뻔했다.

"아까 전화할 때는 오늘 올 거라는 얘기 없었잖아요?"

"마지막 설명회가 취소되는 바람에 비행시간이 당겨졌어요."

수탁은 뭔가 평소와 많이 달라진 분위기였다.

"전화하지 그랬어요? 헛걸음할 뻔했잖아요."

"괜히…… 무작정 와도 만날 거 같았어요."

"이런! 나하고 다르게 이성적인 줄 알았더니 그렇지도 않은가 봐요?"

말리가 꽃다발에 코를 박으며 향기를 들이켰다.

"으흠, 향기 좋다. 근데 웬 꽃이에요?"

수탁이 잠깐 우물쭈물하다가 말했다.

"그냥 나 없는 동안…… 혼자 고생했잖아요."

"고생은 나보다 더했으면서. 빡빡한 일정이었을 텐데, 비행기도 많이 탔죠?"

수탁이 고개를 끄덕였다.

"수십 시간 탔나 봐요."

"거봐요, 고생 많았잖아요. 아무튼 고마워요."

수탁이 말리를 지그시 내려다보았다.

지금까지 그는 항상 낯익은 사람들로부터 멀어지거나, 낯선 환경에 격리되는 순간부터 자유로움을 느꼈다. 아무도 모르는 곳에 혼자 있으면, 무채색이던 그의 일상들이 비로소 원색으로 생생하게 살아나고, 의욕도 마구 샘솟았다.

그는 물질적으로든 정서적으로든 부족한 것 없이 자란 탓에 특별히 어떤 것에 욕심낸 기억이 거의 없었다. 며칠 전까지만 해도 그는 자기가 진정으로 원하는 게 없는 줄 알았다. 그저 불편한 거 싫어하고, 격식에 얽매이는 거 싫어해서 결혼하고 가족을 만드는 일 따위에는 관심조차 없다고 생각했다.

그런데 말리에게서 격리된 지난 며칠 사이에 그에게 이상한 일이 일어났다. 그건 바로 그녀에 대한 강한 애착이었다. 한순간도, 단 일분일초도 그녀 생각으로부터 놓여날 수가 없었다.

"왜요? 내 얼굴에 뭐가 묻었어요?"

수탁이 너무 오랫동안 자신을 응시하자 부담스러워진 말리가 시선을 피하며 중얼거렸다.

"무슨 좋은 일 있었어요?"

헐! 리안을 만난 흥분이 아직도 얼굴에 남아 있나? 말리가 흔적을 없애려는 것처럼 얼른 손바닥으로 자신의 얼굴을 훑었다.

"어? 손가락은 왜 그래요? 다쳤어요?"

수탁은 깜짝 놀라며 말리의 손목을 잡아 밴드로 감아놓은 검지를 자세히 들여다보았다.

"괜찮아요. 그냥 조금 데었어요."

"데었다고요? 어쩌다가요. 조심하지 그랬어요. 어느 정도인데요. 차라리 상처를 오픈시키는 게 나아요. 이렇게 밀폐시켜놓으면 자칫 덧난다고요."

말리는 보호자처럼 걱정해주는 수탁이 고마웠다. 그러면서 자신들이 참 간사하고 변덕스럽다고 생각했다. 그렇게 이를 갈며 서로를 미워했는데 며칠 떨어져 있었다고 이렇게 싹 바뀌다니. 일싸한 비 냄새 속에서도 그의 체취가 예민하게 느껴지고, 아무튼 비 오는 밤에 단둘이 있으니까 느낌이 이상했다.

“괜찮아요. 멀쩡했는데 아까 키보드 두드리다가 조금 아픈 거 같아서 붙인 거예요.”

말리가 자신의 뺨을 슬며시 감싸며 물었다.

“정말 좋은 일 있다고 내 얼굴에 쓰여 있어요?”

수탁이 그렇다는 듯 고개를 끄덕였다.

“참! 줄 게 있어요.”

수탁은 부스럭거리더니 주머니에서 무언가를 꺼내 건넸다.

“이게 뭐예요?”

“지난번에 빌렸던 손수건이요.”

“내 손수건 맞아요? 아닌 거 같은데…… 어머!”

미심쩍은 표정으로 손수건을 펼쳐들던 말리가 작은 탄성을 내질렀다. 손수건에 그려진 낯익은 얼굴은 분명히 자신이었다. 그토록 콤플렉스였던 치켜 올라간 눈꼬리도, 얄밉게 쳐들린 들창코까지도 믿을 수 없을 정도로 아름답게 그려져 있었다. 르노아르의 그림 속 소녀들처럼 꿈꾸는 표정이 거의 프로 수준이었다. 말리가 손수건을 불빛에 비춰보며 감탄하고 있는데 수탁이 갑자기 휴대폰을 들이댔다.

“자, 찍습니다.”

“엥? 뭐, 뭐 하는 거예요?”

말리는 얼른 손수건으로 자신의 얼굴을 가렸다. 세상에서 그녀만큼 사진 찍기 싫어하는 사람도 드물었다. 말리는 자신의 사진에 만족한 적이 한 번도 없었다. 거울은 그래도 못난이를 반쯤은 교정시켜주지만 카메라 앵글은 잔인할 정도로 정직했다. 못난이는 사진 속에서 더욱 완벽한 못난이가 될 뿐이었다.

“내가 사람 얼굴을 잘 기억하지 못하는 치명적인 병이 있거든요. 중국에 며칠 있었더니 얼굴이 가물가물하더라고요. 그래서 만나면 당장 사진부터 한 장 찍어둬야겠다고 결심했어요.”

말투에는 장난기가 가득했지만 말리를 바라보는 그의 눈빛은 더할 수 없이 진지했다.

말리는 그도 자신과 똑같은 생각을 했다는 게 기적처럼 느껴졌다. 자신을 아름답게 생각해서 그렇게 그렸든, 정말 기억이 가물가물해서 그렇게 과장되게 그렸든, 아무래도 좋았다. 그의 그림에 감동했던 말리가 사진 찍겠다고 덤벼드는 통에 또 한 번 감격했다.

"좋아요. 그럼 언제 하루 날 잡아서 서로의 휴대폰에 한 컷씩 남기기로 하죠, 뭐. 대신 조건이 있어요."

휴대폰을 들고 서서 어정쩡하게 내려다보는 수탁에게 말리가 손수건을 펼쳐들고 흔들었다.

"이 그림처럼 완벽하게 뽀샵질 해줘요!"

수탁의 얼굴에 슬며시 미소가 번져났다.

"그림이 맘에 들어요?"

'맘에 들 정도가 아니라 맘을 쏙 빼앗겼다고요.'

"미술 전공했어요? 이건 보통 실력이 아닌데요? 액자에 넣어둘 거예요."

"전공은 아니고 취미로 좀 그렸어요."

"취미인데 이 정도란 말이에요? 사람 기죽이는 방법도 여러 가지네요. 나도 왕년에는 한 그림 했는데. 고등학교 때 심통 선생님 때문에 충격 받아서 붓을 놔버렸잖아요. 글쎄 발로 그려도 내 그림보다는 낫겠다고 ……."

수탁은 투덜거리는 말리를 가만히 내려다보았다.

그는 말리를 만나기 위해 공항에서부터 달려오는 동안 어떻게 설명해야 할지 모를 정도로 가슴이 벅차고 설레었다. 겨우 사흘 떨어져 있었을 뿐인데, 그것도 자신이 원해서 도망치듯 떠났는데, 30일쯤은 헤어져 있었던 것처럼 애틋하고 그리웠다. 게다가 더욱 이해할 수 없는 일은 말리를

만나는 순간 집으로 돌아온 것처럼 안정되고 편안한 느낌이 들었다는 것
이다.

"참 신기해요."

말리가 투덜거리다 말고 그를 올려다보았다.

"남자들은 코피 터지게 싸우고 나면 아주 가까워지거든요. 우리도 싸
우면서 정들었나 봐요."

"그러게요. 그게 미운정이라는 건지 나도……."

말리는 무심코 대꾸하다가 움찔해서 얼른 화제를 돌렸다.

"참! 나 아까 오후에 약식 PT했어요."

"어쩐지. 좋은 일이 있었던 얼굴이었어요. 초치는 클라이언트는 확실
하게 아니었나 봐요?"

"이사님 전화 못 받았어요? 아참! 불통이었다고 했나? 로브노카의 광
고주가 다녀갔어요. 러시아의 신제품 런칭 컬렉션에 참석했다가 잠깐 들
렀대요."

"아, 그 얘기였구나. 시끄러울 때 전화해서 자세한 얘기는 못했어요.
혼자 만났어요?"

"그가 회사로 왔었어요. 근데……."

"조심해요!"

말리는 비밀이라도 들킨 듯 흠칫 놀라며 그를 올려다보았다.

"로브노카 집안 남자들은 다 세계적인 플레이보이거든요. 아직 싱글인
로버트와 동생 리안은 말할 것도 없고, 로브노카의 크리스털 오브제까지
도 세계의 여성들을 사로잡는 데는 선수들이죠."

말리가 입 다물고 잠자코 있자 콸콸 뿜어져 나오던 수탁의 적대감도
조금 수그러들었다.

"우리 어머니도 로브노카 컬렉터이세요. 우리 집에도 로브노카의 동물
오브제들이 수십 개 있어요. 그 유명한 베르사유 궁전의 샹들리에도 모두

로브노카 작품이라는 거 알고 있죠?"

말리가 고개를 끄덕였다. 잠시 서먹한 침묵이 흘렀다.

바람에 흩날리던 빗줄기도 점점 가늘어지고 있었다. 로비에 나란히 서 있던 두 사람은 동시에 배가 고프다는 걸 깨달았다.

"저녁은요?"

"저녁이요?"

수탁이 말리의 말을 그대로 따라하더니 금방 단정적으로 말했다.

"아직 안 먹었죠?"

"아직 안 먹었어요?"

"뭐 먹을까요?"

"글쎄요. 비도 오니까 국물 있는 따뜻한 거로 먹을까요?"

"그럼 선릉 근처에 숨 두부 집이 있는데 그리로 갈래요?"

"좋죠. 부드럽고 따끈하고."

"먹어봤어요?"

말리가 고개를 끄덕이며 그를 올려다봤다.

"그 부드러움이야말로 흉내 내기 어려운 거죠."

"간수 조절을 잘해야 한대요. 까딱 잘못하면 그냥 콩물이 되어버리거나 두부가 되어버린대요."

"그럼 간수가 딱 로맨스네요."

우산을 펼치던 수탁이 말리를 내려다보았다. 숨 두부 얘기하다가 웬 로맨스 타령이냐는 얼굴이었다.

"로맨스가 적당해야 부드러운 삶이 되잖아요. 넘치면 너무 느슨하고, 부족하면 너무 빡빡하고."

"하하, 멋진 비유인데요?"

말리가 먼저 빗속으로 한 발 나서자 수탁이 얼른 우산을 받쳐주었다. 꽃다발을 차에 가져다 두고 회사를 나섰다. 선릉 뒷골목으로 들어서자 담

너머에서 온갖 나무향이 진하게 끼쳐왔다.

수탁이 고개를 젖히며 킁킁거렸다.

"으흠, 비가 와서 그런지 나무 냄새가 훨씬 더 진하네요."

수탁은 자꾸 우산을 말리 쪽으로만 기울였다. 비록 가랑비였지만 자신은 고스란히 다 맞으면서 걸었다.

말리가 슬쩍 우산대를 바로 세우며 말했다.

"우산을 자꾸 내 쪽으로만 기울여서 자기는 비 다 맞잖아요."

"괜찮아요. 둘이 쓰면 어차피 둘 다 젖어요. 난 원래 비 맞는 거 좋아하거든요. 시원하잖아요."

"피이, 비 맞는 거 좋아하는 거 보니까 아직 덜 컸나 봐요."

"맞아요. 더 이상 크기 싫어요."

말리는 피식 웃고 나서 우산 밖으로 손바닥을 내밀었다.

"거의 그쳤나 봐요. 우산 꺼도 되겠어요."

"그럴까요."

수탁이 우산을 접더니 지팡이처럼 짚었다. 또각또각 발자국 소리가 끝날 때마다 장 우산 지팡이로 톡, 톡 장단을 맞추었다.

비록 담 하나를 사이에 두긴 했지만 낮에 파란 눈의 잘생긴 이방인과 걷던 길을 밤에는 수탁과 나란히 걷고 있었다. 하루에 킹카 둘과 더블데이트를 하다니, 말리는 가슴이 벅차올랐다. 오늘은 최말리의 생애에서 가장 복 터진 날이 분명했다.

"걷는 거 좋아해요?"

"이런 평평한 길보다는 잔돌이 군데군데 박혀 있는 산길을 걷는 게 더 좋아요."

"그럼 언제 한번 같이 등산 가요."

"그래요. 난 백조일 때……."

말리가 무의식중에 하려던 말을 중단하자 수탁이 제자리에 서서 내려다보았다.

"난 원래 백조일 때만 산을 찾거든요. 산에 간 지 좀 된 거 보니까 백조 노릇한 지도 꽤 됐나 봐요."

"백조요?"

"백수의 여성형!"

몇 발자국 떼어놓던 그가 다시 제자리에 섰다.

"하하! 산에 가는 백조라니 재밌네요."

"재미요? 놀던 물에서 쫓겨나 산을 헤매는 절박한 백조한테 재미라고요?"

말리는 다시 생각하고 싶지도 않았다. 끊긴 밥줄을 찾아다니느라 목은 사정없이 타고, 발바닥은 쩍쩍 갈라지고, 털은 뭉텅뭉텅 빠지던 괴로움을.

수탁이 미안한 표정으로 말했다.

"많이 힘들었나 봐요."

"처음 몇 번은 정말 죽을 맛이었죠. 근데 그것도 자주 하다 보니까 나중에는 좀 뻔뻔해지더라고요. 아무래도 제일 힘든 건 사람들과의 관계가 저절로 끊겨버린다는 거예요. 백조가 되면 자격지심 때문에 골방 체질로 바뀌거든요."

수탁이 낯선 곳으로 도망치는 이유도 마찬가지였다. 다만 그녀와 다른 점이라면 스스로가 원해서였다는 것이다.

"난…… 낯선 곳이 훨씬 편했어요."

"읍쓰! 나하고는 정반대네요. 난 나이 먹으면서 폐쇄 공포증까지 생기나 봐요. 혼자 있는 게 점점 죽기보다 싫거든요. 그럼 팀장님은 중국 가서 신났겠네요?"

수탁이 내려다보자 말리가 이유를 설명했다.

"낯선 곳이 훨씬 편하다면서요? 중국이 낯익을 턱이 없잖아요."

수탁은 혼자서 성큼성큼 걸어가더니 다시 말리 곁으로 되돌아왔다. 그리고는 화를 내듯 말했다.

"심심하고, 심심했어요!"

말리는 놀란 눈으로 그를 올려다보았다. 그동안 약 올리고 뒤통수만 치던 수탁이 고작 사흘 사이에 미운 털이 빠지고 예쁜 털로 털갈이를 하고 온 것 같았다.

"심심했다는 건…… 열심히 일하지 않았다는 얘기잖아요?"

수탁의 고개가 보일 듯 말 듯 움직였다.

"지금까지는 특별대우를 받고 늘 호기심어린 시선 속에 갇혀 지내는 게 굉장히 싫었거든요. 내가 투명인간이었으면 좋겠다고 생각한 적도 있었어요. 근데……."

수탁은 말꼬리를 흐리더니 말리를 내려다보았다. 말리도 그를 마주보았다. 누구나 부러워하는 상황이 누군가에게는 고통일 수도 있다니, 그동안 수탁이 겪어온 특별한 고통을 말리도 조금은 이해할 것 같았다. 말리는 그동안 수탁이 그림자도 없는 피터팬인 줄 알았는데 아이러니하게도 비 오는 날 그의 그늘을 발견했다.

"그 말, 취소할게요."

수탁이 눈썹을 들어올렸다.

"지난번에 내가 한 말이요. 그늘 한 점 없다고 그랬던 거."

수탁이 괜찮다는 듯 어깨를 으쓱했다.

"아이고! 드디어 희망봉이 보이네요."

수탁이 장 우산으로 저만치 보이는 숨 두부 집 간판을 가리켰다.

"저기요?"

말리가 고개를 흔들었다.

"아뇨, 우리 사이요. 그동안 우리 두 사람, 이렇게 오랜 시간 싸우지 않고 얘기한 게…… 한 번도 없었잖아요."

말리의 말을 곱씹으며 무언가를 곰곰이 생각하던 수탁이 슬머시 입술

꼬리를 말아올렸다.

"나도 방금 새로운 사실을 깨달았어요."

말리가 그를 올려다보았다.

"누군가를 제대로 알기 위해서는 시간이 필요하다는 거요."

"누군가? 설마 나요?"

수탁이 고개를 끄덕였다.

"최 대리가 이렇게 편안한 사람인 줄 전혀 몰랐어요."

"헐! 그럼 그동안 최말리가 어땠는데요?"

"조금 시끄럽고, 제법 잘난 척이고, 꽤 호전적이고……."

"잠~깐, 잠깐! 좋은 점 한 가지에 나쁜 점이 너무 많잖아요!"

"하하, 안심해요. 그렇다는 게 아니라 그렇게 오해했었다는 거니까."

"어쨌든요. 오해가 많았다는 건 그만큼 내가 스스로를 잘못 관리했다는 거잖아요."

"나도 그동안 최 대리한테 심하게 굴었던 거 사과할게요."

말리는 항상 상대가 사나워야 마음이 편했다. 아귀찜에는 매운 고춧가루가 어울리는 것처럼.

"그, 그럴 것까지야. 나도 그동안 잘한 거 없는데요, 뭐."

"그럼 우리 휴전해요. 그리고 지금 이 순간부터 출발선에 다시 서는 거예요. 어때요?"

말리도 기다렸다는 듯 화끈하게 동의했다. 그러면서 엉뚱한 걸 요구했다.

"좋아요! 그런 의미에서 우선 주민등록증부터 꺼내봐요!"

수탁은 완전히 허를 찔렸다는 표정으로 눈을 휘둥그레 떴다.

"동갑이라고 했잖아요!"

"동갑일 때는 생일로 따져봐야 하는 거예요."

"세상에 며칠 일찍 나오고 늦게 나온 게 뭐가 그렇게 중요해요?"

"중요하죠. 나이테를 확인해야 친구용인지, 애인용인지, 동료용인지 용도를 결정하는 거라고요. 기초 정보가 부실하면 나중에 엄청 골치 아파지거든요."

"아휴! 최 대리가 항상 예측 불허라는 걸 깜박했어요."

수탁이 고개를 뒤로 젖히며 중얼거렸다.

"음, 내가 쓸데없는 데서 좀 보수적인 편이긴 하죠. 빨리 꺼내봐요."

"4월 1일이에요. 만물이 소생하는 좋은 때죠. 이제 됐죠? 어서 들어가요. 이러다가 배고파서 쓰러지겠어요."

수탁은 은근슬쩍 둘러대며 말리의 팔꿈치를 잡아당겼다. 그러나 말리가 누군가. 한 번 물면 절대 놓지 않고, 해결되지 않으면 절대 진도 못 나가는 불아구였다.

말리는 문지방에 버티고 서서 증거를 보여달라고 그의 코앞에 손바닥을 펼쳤다. 마침내 수탁이 투덜거리며 말리의 손바닥에 자신의 운전면허증을 올려놓았다.

세상에! 그는 말리보다 무려 4살이나 어렸다. 내 코는 못 속이지. 불쑥불쑥 신선한 냄새를 풍기더라니. 내 나이하고 바꿀 수만 있다면 빗속에서 탱고라도 추겠다, 젠장!

"그동안 날 감쪽같이 속인 이유가 뭐예요?"

수탁이 주문을 하자마자 말리는 교통 위반자를 야단치는 교통경찰처럼 면허증을 그의 코앞에 들이대고 흔들었다.

"한국에서는 어린 남자를 좀 우습게 보는 경향이 있잖아요."

"여자들은 나이를 줄이지 못해서 안달인데 남자들은 왜 나이를 늘리지 못해 그 난리일까. 이유가 뭔지……."

말리는 말하다 말고 갑자기 고개를 갸웃거렸다. 독고 이사와 회장이 나이를 문제 삼지 않았다는 게 이상했다.

"지난번에 회장님께 분명히 나이도 말씀드렸었는데 왜 아무 말씀도 없으셨죠?"

수탁이 어깨를 으쓱하더니 말했다.

"아마 열 살쯤 많았어도 끄떡 안하셨을 거예요."

"나도 무게 잡을 생각은 눈곱만큼도 없으니까 걱정 마요."

그러나 말리는 그가 연하라는 사실을 알고부터 마음이 훨씬 편해졌다. 이유를 꼭 집어 설명할 수는 없지만 그에게 덜 집착할 명분이 생겼다고나 할까. 아무튼 네 살이나 더 먹은 나, 최 선배가 밥 산다!

"오늘은 내가 살게요."

"아뇨. 오늘만큼은 더치페이 해요."

수탁이 뚱한 표정으로 대꾸했다.

"근데 참 신기하네요. 지난번에는 백반 집에서도 만나더니 숨 두부도 좋아해요? 외국 생활 오래한 사람답지 않게 식성은 아주 순 토종이네요."

먹을거리 취향은 고국에서 멀어질수록 원심력이 강해졌고 수탁이 가장 그리워하는 것은 항상 음식이었다. 그래서 그는 국내에 있을 때는 가능하면 한식만 먹으려고 애썼다.

"아버님의 식성을 많이 닮았어요."

"먹는 게 그러면 혹시 사고방식은 더 한 거 아니에요?"

"글쎄요? 껍데기만 글로벌 스타일이고 속은 완전히 신토불이 아닐까요?"

수탁이 장난기 가득한 목소리로 대답하며 숟가락을 들었다.

"먹을거리 습관이란 게 확실히 무서운가 봐요. 미국에 있는 우리 둘째 언니도 갈수록 한식에 집착하더라고요."

"한국 떠난 지 오래됐나 보죠?"

"그럼요. 한 15년은 됐어요. 대학 졸업하자마자 형부 따라 이민 갔으니까."

"그럼 그럴 거예요. 향수병이 별 게 아니더라고요. 우리 음식이 눈물

나게 먹고 싶은 거죠.”

“난 언니네 가서 한 달 있는 동안 우리 음식 하나도 안 그립던데. 허구
한 날 립 구이만 먹어도 좋기만 하던데.”

“잠깐이니까요. 오래되면 안 그래요.”

“글쎄 그런가 봐요. 어머, 맛있다. 굉장히 부드러워요.”

말리는 한 숟가락 입에 넣을 때마다 연신 맛있다고 호들갑을 떨었다.
그런 말리를 물끄러미 바라보던 수탁이 긴장한 표정으로 물었다.

“속은…… 이제 괜찮아요?”

“속이요? 그럼요. 그게 언제인데. 이젠 멀쩡해요.”

말리가 먹는 내내 수탁은 근심스런 표정으로 쳐다보며 반찬 그릇을 밀
어주기도 하고 천천히 먹으라고 잔소리까지 했다. 며칠 사이에 그는 너무
나 달라져 있었다. 혹시 넓은 중국 땅에서 번개라도 맞아 인생관이 달라
진 건가? 아니면 수법을 바꿔서 방심하게 한 다음 잡아먹으려는 속셈은
아닐까? 낮에는 리안에게 밤에는 수탁에게, 말리는 잘난 두 남자에게 과
도한 관심과 특별대우를 받자 세상이 발 아래로 보이는 것 같았다. 진짜
밥맛 나고, 살맛 났다.

 그녀만 모르는 비밀

　마침내 로브노카 컬렉션이 내일로 다가왔다. 그런데 출근한 말리의 눈은 아침부터 토끼 눈처럼 벌겋게 충혈되어 있었다. 바로 **S-diary**때문이었다. 습작을 시작한 이후 어제처럼 새콤달콤 야릇한 기분은 처음이었다. 고양된 감정 덕분인지 밤새도록 글이 줄줄 흘러나왔다. 지난 2년여 동안 숱하게 썼다 지웠다만 반복해 누더기 같았는데 비로소 가속이 붙은 것이다. 아무튼 잠을 못 잔 탓에 몸은 파김치처럼 늘어지고 정신도 멍했지만 기분은 날아갈 듯 좋았다.

　오늘도 어김없이 도착해 있는 리안의 다정한 이메일에 답장을 보내고, 정신없는 화보 촬영 팀을 도와주느라 오전시간을 다 보냈다. 또 다른 팀의 지원 요청에 점심도 거른 채 허둥대고 있는데 수탁의 전화가 걸려왔다.

　―점심 먹었어요?

　"아뇨, 아직."

—왜요! 2시가 넘었는데.

"지금 꽁지에 불붙었거든요."

—전부 다요?

"전부라니요? 난 꼬리 하나밖에 없어요!"

—잘 찾아봐요. 분명히 몇 개 더 있을 텐데.

"바빠 죽겠는데 약 올리지 마요."

—그래도 밥은 먹고 해야죠. 예쁜 얼굴 상하잖아요. 내가 뭐 도울 일 없어요?

'확실히 매너 하나는 마음에 든단 말씀이야. 그렇지. 이왕 하는 말 이렇게 상대가 듣기 좋게 해주면 좀 좋아. 그야말로 관계에 기름 치는 일이지.'

"가끔 그런 립 서비스나 해주면 돼요."

—정말요?

"아참! <월간 리조트>에서 인터뷰 제의가 들어왔다면서요? 아까 송 대리한테 들었어요. 홍보 효과도 클 텐데, 정말 잘됐어요."

—안 그래도 지금 여의도로 출발하려던 참이에요.

"와우! 벌써요? 파이팅!"

전화를 끊고 얼마 후, 수탁이 양손 가득 먹을거리를 챙겨들고 나타났다. 허기져 있던 동료들의 입에서 환호성이 터져 나왔다.

"어? 인터뷰 때문에 여의도에 간다더니……."

"굶고 있다는데 발이 떨어져야죠."

수탁이 사람들의 시선을 피해 말리에게 한쪽 눈을 찡긋해 보였다. 오늘따라 캐주얼 스타일로 차려입은 그의 옷맵시가 더욱 근사해 보였다.

"역시 팀장님이 최고라니까요. 음, 맛있다."

좌의정은 인사도 하는 둥 마는 둥 하더니 열흘쯤 굶은 얼굴로 아귀아귀 먹기 시작했다. 아니, 쑤셔넣었다는 말이 더 어울렸다. 옆에서 보기에 불안할 정도였다.

"그나저나 우리도 내일 컬렉션 끝나면 옥도에 한번 가봐야 하는 거 아니에요?"

좌의정이 양 볼 가득 음식을 넣어 복어처럼 변한 모습으로 말했다.

"그러게요. 나는 사진 본 것만으로도 궁금해 죽겠어요."

"그럼 우리 이번 기회에 아예 옥도로 야유회를 다녀오는 건 어때요?"

"와우! 그것도 괜찮은 생각이네요. 이제 본격적인 휴가 시즌이 되면 배편 구하기도 쉽지 않을 텐데. 서둘러 예약해야 되는 거 아니에요?"

수탁이 가만히 듣고 있다가 말했다.

"날짜가 정해지면 연락 주세요. 예약은 제가 할게요."

"정말요? 역시 팀장님이라니까! 그럼 말 나온 김에 화끈하게 이번 주말쯤이 어때요?"

제일 나이 어린 우선정이 가장 신나했다.

"좋아요! 내일이면 컬렉션도 끝나겠다, 그동안 고생했으니까 코에 바람 좀 넣고 오자고요."

옥도 방문 계획은 그렇게 일사천리로 결정되었다.

"팀장님도 내일 컬렉션에 오시는 거죠?"

"그럼요, 참석해야죠."

곧 가야 하는 수탁 때문에 먹지도 못하고 엉거주춤 서 있는 말리에게 그가 슬그머니 다가와 귓속말을 했다.

"선…… 배, 저기 작은 봉투에 든 거부터 먹어요."

말리가 눈썹을 들어올렸다.

"선배가 좋아하는 립 구이예요."

수탁이 홀가분하게 모두를 둘러보며 인사말을 건넸다.

"전 이만 가보겠습니다. 맛있게 드십시오."

수탁은 말리에게 살짝 윙크하고 사무실을 나갔다.

컬렉션 리허설까지 무사히 마친 후 모두들 일찌감치 사무실을 나섰다. 며칠씩 지속된 강행군으로 많이 지쳐 있었다.

"자, 자. 내일 컬렉션이 끝나는 그 순간까지 긴장의 끈을 놓지 말자고 요. 오늘 밤 푹 자고 내일 아침에 일찍 나오는 거 까먹지 맙시다!"

동료들부터 먼저 내보내고 말리는 좌의정과 함께 이것저것 뒷정리를 하고 나서 마지막으로 사무실을 나섰다.

두 사람이 축 늘어진 모습으로 엘리베이터에서 내리는데 우상이 장승 처럼 서 있었다. 그는 말리를 본 척도 않고 제 와이프한테만 달려들었다.

"괜찮아? 약은 먹은 거니?"

"응, 소화제. 그래도 여전히 답답하고 메슥거려 죽겠어."

지금까지 멀쩡하던 좌의정이 제 신랑을 보더니 코맹맹이 소리로 금방 죽는 시늉을 했다.

말리는 아까 무섭게 먹던 그녀의 모습이 떠올랐다.

"너 체했구나. 소화제 먹었는데도 여전히 불편해? 그럼 병원에 가봐야 하는 거 아니니?"

"아냐. 얜 내가 따줘야 내려가. 집에 가서 얼른 따자."

우상은 큰 덩치에 어울리지 않게 날렵한 동작으로 제 마누라를 보쌈 해 가듯 데려갔다. 어두컴컴한 로비에 말리만 덩그러니 남겨놓은 채.

"젠장, 남편 없는 여자 어디 서러워 살겠어?"

말리는 로비를 나서다가 갑자기 발을 굴렀다. 승리에게 차를 빌려준 게 뒤늦게 떠오른 것이다.

"아차차, 내 차! 괘씸한 것들! 빈말이라도 좀 태워다주겠다고 그러면 어디가 덧나? 아무튼 짝 있는 것들은 믿을 수가 없다니까."

말리가 구시렁거리며 걸어가는데 어디서 나지막하게 부르는 소리가 들 렸다.

"여기예요, 선배!"

수탁이 주차장 어두운 구석에 서서 손을 흔들었다.

"거기서 뭐 해요?"

"보초 서요."

"보초요?"

"선배 데려다 주려고요. 피곤하죠? 어서 타요."

수탁이 차문을 열더니 중세의 기사처럼 허리를 굽혔다.

"내가 오늘 차 안 갖고 온 거 어떻게 알았어요?"

"차 안 갖고 왔어요? 왜요?"

"몰랐어요? 근데 왜 기다린 거예요? 언제 끝날 줄 알고, 연락이라도 하지."

"방금 도착해서 막 연락하려던 참이었어요. 늦게 끝날 줄 알았는데 일찍 나왔네요."

말리는 잠시 생각하다가 수탁이 열고 선 차문을 다시 닫았다. 어젯밤을 꼴딱 새는 바람에 차를 타면 졸 게 분명했다. 그의 옆자리에 앉아서 입 벌리고 침까지 흘리는 추태를 또 보여주기는 싫었다. 차라리 혼자서 지하철을 타고 가면서 늘어지게 자는 게 나을 것 같았다.

"그냥 지하철 타고 갈래요. 동생이 요즘 중요한 시험 기간이라 도서관에 있다가 새벽에 들어오거든요. 대신 아침에는 데려다 주기로 했어요."

"아침에는 동생 차 타더라도 오늘은 그냥 내 차 타고 가요."

"정말 괜찮아요. 지난번에도 혼자서 돌아가는 거 보니까 영 안 좋더라고요."

"난 괜찮은데, 내일도 일찍 출근해야 하잖아요."

"아무리 그래도 최씨 고집은 못 당할 거예요. 그만 포기해요. 아참! 인터뷰는 잘 끝냈어요?"

말리가 화제를 돌려버리자 수탁이 아쉬운 표정으로 어깨를 으쓱했다.

"독고도 한 고집 하는데, 그럼 지하철 타는 데까지만 같이 갈게요. 그건 괜찮죠?"

"그러면 고맙죠."

말리가 나란히 걷다가 다시 물었다.

"사진도 찍었겠네요? 어디서 어떤 포즈로 찍었어요?"

"낚시 하는 사진이요."

"엥? 낚시라고요?"

"얘기하다 보니까 담당 기자하고 통하는 게 많았어요. 어차피 술은 못
하고 함께 실내 낚시터로 갔었죠."

"실내 낚시요? 그런 거 하는 데도 있어요?"

"그럼요. 그 사람도 낚시 좋아한다 그러고. 취미가 같으면 금방 가까워
지잖아요."

"낚시가 취미인 줄은 몰랐어요."

"다른 취미도 많아요."

"미국에서는 낚시도 면허증이 있어야 하죠?"

수탁이 고개를 끄덕였다.

"주마다 다르긴 하지만 생태계의 보존을 위한 할당제죠."

"나도 미국 갔을 때 딱 한 번 해봤는데 별로 재미없던데. 근데 우리 형
부는 삼매경이더라고요."

2년 전 할머니에게 단선을 선언하고 미국 선리 언니네로 날랐을 때였
다. 지루한 협상 끝에 더 이상 선보라고 들볶지 않겠다는 할머니의 항복
문서를 받아낸 후 한 달 만에 돌아왔었다.

"지난번에 말하던 그 언니네요? 한식에 집착한다는."

말리가 흐뭇한 표정으로 고개를 끄덕였다.

"둘째 형부는 NASA 연구원이에요. 우리 언니도 그쪽에서는 꽤 알려진
보석 디자이너고요. 귀여운 조카도 하나 있어요. 아! 얘기하니까 갑자기
녀석이 막 보고 싶어지네."

수탁은 빙그레 웃더니 다시 낚시 얘기를 꺼냈다. 생기 넘치는 그의 목소리에서 끓어오르는 에너지 같은 게 느껴졌다.

"입질 할 때의 그 짜릿함은 직접 느껴보지 않으면 몰라요. 미끼를 준비하고 기다리던 시간들이 넘치게 보상되죠."

"생생하게 꿈틀거리는 것을 낚아올리는 게 남자들의 사냥꾼 기질과 딱 맞아떨어지는 스포츠인가 봐요. 여자 낚시꾼은 많지 않잖아요."

"미끌거리는 녀석의 입에서 미늘을 빼내고 어망에 던져넣을 때의 그 뿌듯함은……."

자신감 넘치는 표정으로 말하던 수탁이 말리를 지그시 내려다보았다. 마치 다음 차례는 말리라고 경고하는 것 같기도 하고, 그녀를 꼭 낚고야 말겠다고 다짐하는 것 같기도 했다.

말리가 슬며시 자신의 코를 만졌다. 갑자기 그의 미늘에 꿰어버린 것 같은 이상한 기분이 들었기 때문이다. 아니, 사실은 그에게 간절히 코가 꿰이고 싶어서였는지도 모른다.

"담당 기자와 그렇게 잘 맞았다니 내용도 우호적이겠는데요?"

"네, 순조롭게 잘 풀렸어요."

수탁은 어지간히 기분이 좋은지 말하는 목소리까지 평소보다 한 옥타브 높았다. 말리는 집까지 태워다주겠다는 그의 호의를 거절한 게 정말 잘한 일 같았다. 그는 사고 내기 딱 좋을 정도로 흥분해 있었다. 지금까지는 도통 자기 속내를 드러내지 않던 사람이 갑자기 솔직해지자 말리는 조금 혼란스러웠다. 마치 상대가 한 걸음 다가오면 한 걸음 뒷걸음질치고 싶은 기분이라고나 할까.

"기분 좋아 보여요."

수탁이 환하게 웃었다.

"네, 좋아요."

어느새 지하철 표지판이 선명하게 보였다. 수탁은 말리하고 조금이라도 더 오래 있고 싶었다. 그가 지하철 역사 담벼락에 붙어선 예쁘고 앙증맞은 동화의 집을 가리켰다.

"많이 피곤하죠? 저기 잠깐만 들렀다 가면 안 돼요?"

말리는 그가 가리키는 곳을 쳐다보았다. 유리창에 박힌 '헌혈의 집'이라는 글씨 주위로 오렌지색 불빛이 새어나오고 있었다.

"난 검사해보나 마나 또 안 될 텐데."

수탁이 기겁을 하며 손사래까지 쳤다.

"선배 말고요. 선배는 당연히 안 되죠. 나 헌혈하는 거 봐달라고요. 선배가 곁에 있으면 덜 무서울 거 같아서 그래요."

"헌혈 한 번도 안해봤어요?"

"아뇨, 자주 해요."

"근데 뭐가 무서워요?"

"그래도 알코올 냄새 나는 곳은 항상 무섭잖아요. 바늘은 또 얼마나 굵은데요."

수탁은 어깨까지 부르르 떨며 엄살을 부렸다.

"하긴 사선으로 길게 뚫린 쇠바늘이 무시무시하긴 하더라고요. 그럼 안하면 되잖아요."

"신체 건강한 내가 쉽게 봉사할 수 있는 일이잖아요. 한 달에 한 번 정도 하는 건 혈액순환에도 좋대요."

"정말 자주 했나 봐요?"

말리는 또 한 번 놀랐다. 그는 신사도만 투철한 줄 알았더니 봉사정신까지 완벽했다. 젠장, 말리는 그가 완벽한 남자라는 게 별로 반갑지 않았다. 그러면 자신이 차지하기 점점 힘들어지니까!

"그럭저럭 규칙적으로 한 편이에요."

두 사람이 문을 열고 들어서자 휘발성 강한 소독약 냄새와 잔잔한 클래식 음악이 한꺼번에 달려들었다. 전혀 어울릴 것 같지 않은 것들이 의

166

외로 차분하게 섞여들었다. 네 개의 채혈 침대 중 한 곳에서는 이미 어떤 남학생이 헌혈을 하고 있었다.

"안녕하세요? 어서 오세요."

잔잔한 꽃무늬 가운을 입은 간호사 두 명이 반갑게 맞았다. 말리는 기를 쓰고 말리는 수탁을 검사만이라도 받자고 간신히 설득해 검사대 앞에 나란히 앉았다. 간호사가 묻는 말에 대답하고 혈압을 재고 나서 혈액형 검사와 혈액 비중 검사를 받기 위해 차례대로 손가락 끝을 찔렀다.

간호사는 혈액과 시약을 섞은 다음 유리판을 기울였다.

"독고수탁님은 A타입이시고요. 최말리님은 B타입이시네요."

'A형 수탁은 소심쟁이래요!'

'역시 선배는 변화무쌍한 B형이군요?'

두 사람의 시선이 한순간 얽혔다. 서로에 대해서 새롭게 알아낸 정보를 각자의 마음에 새겼다.

간호사는 파란 비중 액에 혈액을 한 방울씩 떨어뜨려 보더니 말리에게 선고하듯 말했다.

"여자분은 오늘 안 되겠어요."

언젠가도 한 번 혈액이 묽다고 이렇게 퇴짜 맞은 적이 있었다. 그와 나란히 누워서 함께 헌혈하고 싶었던 말리가 실망한 표정으로 물었다.

"왜 안 되는 거예요?"

"혈액이 너무 묽어요."

"왜 묽은 건데요?"

"빈혈이 있거나 철분이 부족해도 그럴 수 있고요."

채혈 준비를 하면서도 말리의 질문에 꼬박꼬박 대답해주던 간호사가 그녀를 힐끗 돌아보며 덧붙였다.

"임신한 여자분들이 체질에 따라 그런 경향이 많아요."

채혈 침대에 누워 두 사람의 대화를 꼼꼼하게 듣고 있던 수탁이 환한 표정으로 상체를 일으켰다. 그는 이번에야말로 말리가 확실하게 눈치 챘을 거라고 기대하며 그녀를 쳐다보았다. 그러나 말리는 담담한 표정으로 앉아 있었다. 오히려 몸이 단 수탁이 말리 대신 간호사에게 질문했다.

"임신하면 왜 혈액이 묽어지는데요?"

"뭐 그런 자세한 메커니즘까지는 잘 모르겠고요. 아무튼 임신하면 나타나는 오묘한 변화 중에 하나라는 거죠."

듣고 있던 말리가 아무렇지도 않은 표정으로 말했다.

"에구, 지난번에도 혈액이 묽다고 퇴짜 맞았었는데 이번에도 역시네요. 그럼 난 영영 헌혈 못하는 건가요?"

"아뇨. 최말리님 같은 경우도 성분 헌혈은 가능해요. 혈장 성분만 채혈하는 거죠."

"그래요? 그럼 해도 되는 거예요? 나도 지금 당장 할래요. 해주세요!"

말리가 떼쓰듯 달려들자 누워 있던 수탁이 후다닥 일어났다.

"안 돼요!"

"아, 아. 걱정 말고 누워 계세요. 여자분은 어차피 오늘 못해요."

간호사는 수탁을 다시 눕히더니 고무줄로 상박을 묶고 짙은 색깔의 소독 솜으로 채혈 부위를 꼼꼼하게 소독했다. 그녀가 불룩하게 튀어나온 혈관 속으로 굵은 쇠바늘을 찔러넣고 고정시키는 사이에 수탁은 펌프질하듯 주먹을 쥐었다 폈다 움직였다.

"역시 헌혈을 많이 한 분이라서 시키지 않아도 잘하시네요."

간호사는 수탁을 칭찬하더니 말리를 돌아보며 말했다.

"지금 재고가 많아서 성분 헌혈은 당분간 중단 상태거든요. 최말리님은 다음 기회에 하세요."

"자, 다 끝났습니다. 문지르지 마시고 살짝 누르세요."

수탁이 팔을 접고 일어나 앉자 말리가 그의 곁으로 다가섰다. 형광등 불빛 때문인지 그의 얼굴이 좀 핼쑥해 보였다.

"안 아파요?"

"괜찮아요."

헌혈의 집을 나와 지하도 계단을 다 내려가자 수탁이 말리를 구석진 곳으로 잡아끌었다.

"왜요?"

그가 손에 들고 있던 음료수와 비스킷을 내밀었다.

"선배 먹어요."

"비운 사람이나 채워요. 난 한 것도 없는데."

"이건 순수하게 내 피의 대가니까 선배가 먹어야 해요."

말리는 억지 부리는 그가 갑자기 귀엽게 느껴졌다. 어느 순간부터 선배로 바뀌어버린 호칭 덕분일까. 1억 광년 정도로 멀어 보이던 그가 어느새 1미터 정도로 가까워진 느낌이었다.

"좋아요. 그럼 나눠 먹어요."

"좋아요. 그럼 먼저 마셔요."

수탁은 음료 캔을 따서 말리에게 건네더니 곁에 바싹 붙어 서서 기다렸다. 말리는 저녁도 잔뜩 먹은 터라 별로 내키지는 않았지만 마지못해 한 모금 마시고 그에게 건네주려고 고개를 돌렸다.

"읍!"

그 순간, 기다리고 있던 수탁이 말리의 입술에 기습 키스를 했다. 그리고는 입술을 도둑맞고 얼떨떨하게 서 있는 말리의 손에서 음료 캔을 빼앗아 벌컥벌컥 마셨다.

말리는 성에 관해 이론상으로는 누구보다 해박했다. 남자의 해부도를 눈 감고 그릴 정도로 남자의 구조에 대해서도 도사였다. 그러나 실전에는 약했다. 고작 기습 키스 한 번에 온몸이 마비될 만큼. 그동안 이런 날이 오리라는 걸 한 번도 의심하지 않았던 것 같기도 하고, 한 번도 기대하지 않았던 것 같기도 하고. 아무튼 말리는 구름 위에 올라앉은 기분이었다.

지하철 매표소 앞에는 표를 사려는 사람들이 두 줄로 길게 늘어서 있었다. 수탁은 자동판매기로 달려가더니 금방 표를 뽑아왔다.

"고마워요. 내일 봐요."

수탁이 표를 넣어주자 말리가 검표기를 통과하며 손을 살짝 흔들었다.

"잘 가요. 내일 만나요."

말리가 사람들 틈에 섞여 계단 아래로 사라져버리자 수탁은 갑자기 줄 서 있는 사람들을 제치고 검표기를 훌쩍 뛰어넘었다. 그는 계단을 한꺼번에 몇 칸씩 겅중거리며 달려 내려가 역 구내로 진입하는 전철과 동시에 말리의 옆에 도착했다.

"어?"

"타요!"

수탁은 놀라서 쳐다보는 말리의 손을 잡고서 열린 지하철 문 안으로 들어섰다.

"오랜만에 나도 지하철 좀 타보려고요. 학교 다닐 때는 수업 끝나고 친구들이랑 가끔 순환선을 타기도 했었는데. 몇 년 만인지 모르겠어요."

수탁은 싫다고 한사코 버티는 말리를 기어이 노약자 석에 앉히더니 그녀의 바로 앞에 두 다리를 벌리고 섰다. 말리는 샐쭉한 표정으로 눈을 흘기다가 자신을 내려다보는 그의 눈빛이 너무 강렬해 슬그머니 시선을 피했다. 가슴이 콩닥거렸다. 평생 이렇게 뜨거운 눈길을 받아본 적이 없었다.

불광역을 지나자 승객들이 많이 내려 한산해졌다. 말리의 옆자리에 앉아서 내내 두 사람을 감시하던 할아버지도 마침내 구파발역에서 내렸다. 수탁은 군데군데 드러난 빈자리를 확인하고 나서 말리의 옆에 나란히 앉았다.

"이따가 돌아갈 때 지루할 텐데 뭐 하러 탔어요. 생각보다 노선이 길거든요."

"괜찮아요. 혼자 가는 것도 아닌데요, 뭐."

말리가 무슨 소리냐는 듯 쳐다보자 수탁은 두 팔을 엇갈려 자신의 가슴을 감싸 안았다. 정말 소중한 그 무엇이 들어 있기라도 한 것처럼.

"여기, 이 안에 있는 누구하고 함께 가는데…… 하나도 지루하지 않아요."

말리는 얼굴이 화끈 달아올랐다. 가슴이 터질 것처럼 부풀어오르더니 눈과 귀, 코, 입, 피부로 빛나는 무언가가 마구 뿜어져 나오는 느낌이었다. 평소 말리는 지하철에 나란히 앉아서 닭살 멘트를 주고받는 커플을 꼴불견이라며 제일 싫어했다. 그러나 막상 자신이 그런 상황이 되자 정말 남의 시선 따위는 눈에 들어오지도 않았다. 그의 발밑에 발랑 드러누워 강아지 흉내를 내라고 해도 기꺼이 할 것 같았다. 세상에 수탁 이외에는 아무것도 보이지 않고, 아무 소리도 들리지 않았다.

말리도 뭔가 로맨틱한 대사로 화답하기 위해 머리를 쥐어짜고 있는데 갑자기 그녀의 몸이 수탁 쪽으로 울컥 쏠렸다. 더불어 술 냄새까지 훅 끼쳐왔다. 노약자 석은 분명히 3인용이었고 지금까지는 수탁과 말리 두 사람만 할랑하게 앉아 있었다. 그런데 누군가 2인분 인간이 끼어 앉은 것이다. 말리는 불청객을 확인하기 위해 고개를 돌리다가 깨갱, 시선을 피했다. 허름한 몸뻬 바지를 입은 오천평 아줌마가 '왜! 꼽냐?' 하는 표정으로 눈을 부라리고 있었다.

'빈자리도 저렇게 많은데 하필이면 왜 우리 옆이냐고요.'

그러나 말리는 아무 말도 하지 못했다. 오천평 아줌마의 온몸에서 술 냄새와 함께 막가파식 심술이 풀풀 풍겨 나오고 있었기 때문이다.

"내일 로브노카하고 어떻게 하기로 했어요? 스케줄은 잡은 거예요?"

결국 말리의 입에서는 로맨틱한 대사 대신 썰렁한 일 얘기가 튀어나왔다. 뭐가 그렇게 무서워? 무섭긴, 더러워서 피하는 거지. 말리는 새삼 자신의 나이를 의식했다. 우이씨, 20대만 됐어도 어떻게든 막 밀어붙여 보는 건데.

"아직 연락 받은 건 없지만 순조롭게 진행될 거 같아요. 내일 컬렉션 끝나고 계약까지 일사천리로 진행될 거 같다고 이사님이 귀띔해줘서 모든 준비도 끝냈어요."

"혼자 바빴겠네요. 컬렉션 끝나면 나도 도울게요."

"당연하죠. 컬렉션 끝나면 창대로 출근하는 거 알죠?"

"창대로요?"

"그럼요. 일단 맡았던 컬렉션도 끝났고 당연히 옥도에 올인해야죠. 선배는 옥도 프로젝트의 컨설턴트라는 걸 자꾸 잊는 거 같아요."

"알았어요. 이사님께 허락받고 그렇게 할게요."

"와우, 신난다. 내일 모레까지 몇 시간 남은 거죠?"

수탁은 어린애처럼 좋아하더니 말리를 짓궂게 쳐다보았다. 말리가 그의 미소를 보며 백만 불짜리라고 감탄하고 있는데 오천평 아줌마가 딴죽을 걸었다.

"씨발, 시끄러워 죽겠네."

오천평 아줌마는 구시렁거리며 다른 칸으로 건너가 버렸다. 진작 그럴 일이지. 두 사람이 서로를 마주보며 의미심장한 미소를 교환했다.

수탁이 슬며시 말리의 손을 잡았다.

"선배는 알고 있었죠? 내가 처음에는 오로지 빨리 끝내고 도망치고 싶은 마음밖에 없었다는 거."

알지, 알고말고. 말리는 흐뭇한 표정으로 눈까지 살짝 감으며 고개를 끄덕였다. 잠깐의 방심치고는 치명적인 실수였다. 한 번 내려간 눈꺼풀이 금방 천만 톤의 무게로 늘어나더니, 다시 들어올려지지 않았다. 어젯밤을 꼴딱 새운 게 쓰나미 졸음이 되어 말리를 덮쳤다.

"점점 일하는 게 재밌어요. 보람도 느껴지고요. 오늘은 인터뷰하고 돌아오는데 기분이 야릇한 거 있죠. 그걸 뭐라고 표현하면 좋을까. 희열이라고 해도 될까요 아무튼 내 안에 이런 열정이 감춰져 있는지 정말 놀……."

　수탁은 미소까지 띤 채 자랑스럽게 얘기하다가 앞에 앉은 아저씨와 눈이 마주치자 어정쩡한 표정으로 입을 다물었다. 그가 아주 한심하다는 표정으로 비웃고 있었기 때문이다. 수탁이 띄엄띄엄 앉아 있는 다른 승객들 쪽도 확인했지만 하나같이 모두 안됐다는 표정으로 쳐다보고 있었다. 마침내 수탁은 옆에 앉은 말리를 슬쩍 곁눈질했다. 아니나 다를까 그녀는 열심히 고개 방아를 찧고 있었다.

　수탁은 말리의 머리를 자신의 어깨에 기대게 한 후 그녀를 감싸 안았다. 그는 자신의 어깨에 묵직하게 느껴지는 어떤 의미가 뿌듯했다. 혼자가 아니라는 느낌이 이렇게 기분 좋은 건지 예전에는 미처 몰랐었다.

　'선배는 보석이에요. 처음에는 그냥 흔한 탄소덩어리인 줄 알았는데 단단하고 아름다운 다이아몬드였어요. 하지만 이 세상이 끝나는 날까지 선배한테는 비밀이에요. 세상 사람이 전부 다 알아도 선배는 절대 몰라야 해요. 선배가 그걸 알게 되면 그 순간부터 난 고달픈 남자가 될 게 뻔하니까요.'

　종점에 도착해서 사람들이 모두 내리고 난 텅 빈 전동차 안에 수탁과 말리가 머리를 맞대고 잠들어 있었다.

　로브노카 크리스털 컬렉션 오프닝 행사장인 코엑스 3층의 대서양 홀, 얼음조각과 드라이아이스로 연출한 거대한 빙산 모양의 파티션이 북극을 그대로 옮겨다 놓은 것 같았다. 홈 데커레이션 라인을 따라 북극곰을 비롯한 갖가지 동물 오브제가 세련되게 배치되어 있었다. 행사장 한가운데는 비너스 얼음조각상이 자리 잡았고, 그 머리에 씌워진 얼음 왕관에는 '크리스털의 기원, 진화하는 로브노카'라는 슬로건이 영어와 한글로 나란히 박혀 있었다.

　정교하게 커팅 된 크리스털의 무수한 경사면에 여기저기서 터지는 플래시 불빛이 반사되면서 행사장 전체가 거대한 보석처럼 번쩍거렸다.

　로브노카 크리스털 사의 부사장인 로버트와 홍보 이사인 리안, 나머지 일행들이 행사장으로 들어섰다. 여기저기서 오브제를 촬영하던 조명과 카메라맨들이 먹이 만난 고기떼처럼 일제히 모여들었다. 웅성거리는 소음과 번쩍거리는 플래시 속에서도 로브노카 형제는 시종 여유 있는 미소로 분위기를 압도했다. 머리가 벗겨진 로버트보다는 잘생긴 리안에게 카메라의 포커스가 맞춰졌다. 연출하지 않은 자연스러운 기품과 독특한 카리스마도 빛을 발했지만 무엇보다 가장 돋보인 것은 크리스털만큼이나 화려한 리안의 미소였다.

　드디어 크리스털 주얼리를 착용한 모델들이 무대를 돌기 시작했다. 고급스러움과 모던한 감각으로 디자인된 블랙, 레드, 블루 칼라의 크리스털 코르사주, 빙산을 조각내 알알이 엮은 듯한 크리스털 목걸이, 거친 원석의 기하학적인 모양을 그대로 살린 패션 액세서리와 뱀 피, 표범 무늬 털 같은 대조적인 소재를 매치시킨 소품이 등장할 때마다 여기저기서 탄성이 터져 나왔다.

　아기자기한 여성스러움으로, 때로는 엉뚱함과 파격으로 지루하지 않게 이어지던 컬렉션의 피날레는 최고의 모델인 모나리가 장식했다. 그녀는 수만 개의 크리스털을 엮어 만든 칵테일 드레스를 입고 특유의 끼를 발산하며 무대를 돌았다. 제법 무거울 텐데도 전혀 내색하지 않았다. 모나리의 움직임에 따라 수많은 크리스털이 반짝이는 빛을 뿌렸고, 그녀의 고혹적인 미소도 보석만큼 아름다웠다.

　오프닝이 끝난 후 모두가 기자회견장으로 이동했다.

　먼저 부사장인 로버트가 로브노카 크리스털을 소개하고 감사인사를 한 후 패션 및 데코 디자인 디렉터가 나서서 작품에 대한 보충 설명을 했다.

마지막으로 홍보 이사인 리안이 질문을 받았다.

회견이 끝나고 잠시 웅성거리는 사이 로버트 부사장과 리안 이사가 감쪽같이 사라져버렸다. 경호 팀이 기술적으로 빼돌리는 바람에 그들의 그림자도 볼 수 없었다. 개인적인 만남과 격려를 기대했던 연지 팀은 허탈감에 말을 잃은 채 서 있었다.

"아무리 바빠도 그렇지, 최소한 격려 차원에서 담당자 정도는 만나주는 게 예의 아냐?"

좌 팀장이 대표로 나서서 툴툴거렸다.

"오늘 스케줄이 워낙 빽빽한가 보지, 뭐. 정·재계 인사들도 만나야 하고 또……."

말리는 이미 그들의 일정을 알고 있었지만 대충 얼버무리고 말았다. 리안이 메일로 알려주었다고 말할 수도 없는 노릇이니 얌전히 입 다물고 있을 수밖에.

"아무튼 오프닝 행사가 성황리에 끝나서 다행이야. 모두들 수고했어요."

독고 이사도 쫑파티 격려금을 전달한 후 석연치 않은 이유를 둘러대며 재빨리 자리를 떴다.

드디어 기다렸다는 듯 여기저기서 대놓고 입방아를 찧기 시작했다.

"리안 이사 말예요. 어쩜 그렇게 잘생겼대요? 난 당장이라도 그의 푸른 눈 속에 빠져 죽어도 좋을 거 같아요. 너무 멋져요."

팀원 중 제일 어린 우선정이 눈을 지그시 감으며 말했다.

"돈 많겠다, 잘생겼겠다, 능력 있겠다. 아! 그와 결혼할 수만 있다면 내 영혼이라도 저당 잡히겠어."

누군가가 햄릿의 독백처럼 말했다.

"맞아요. 저런 남자하고 한 달만 살 수 있다면 일찍 죽어도 여한이 없을 거 같아요. 날마다 우아한 의상에 아름다운 보석으로 치장하고 화려한 파티나 열고…… 상상하는 것만으로도 전율이 일지 않아요?"

우선정이 다시 맞장구를 쳤다.

"가만! 우리도 일단은 후보군에 들 수 있는 거 아니에요? 신체 건강한 대한민국의 처녀들인데!"

지금까지 무심을 가장하고 있던 남자동료가 킥킥거리고 끼어들었다.

"여군 뽑아요? 웬 신체 건강?"

"너무해요!"

가만히 듣고 있던 말리와 좌 팀장의 시선이 자연스럽게 마주쳤다.

"그만, 그만! 정신들 차려! 번쩍거리는 보석은 바로 당신들이라고!"

"네! 그렇긴 하지만 영화적인 상상에 잠겨보는 것도 창의적인 발상에 도움이 되잖아요."

누군가 볼멘소리를 하긴 했지만 허황된 상상 속을 헤매던 시선들이 하나둘 현실로 모여들었다.

"일단 지하에 있는 카페로 가서 마무리하고 어디로 갈지 결정하자고."

좌 팀장이 앞장서자 모두들 그 뒤를 따라 우르르 행사장을 나섰다.

화려한 컬렉션이 진행되던 그 시간, 수탁은 아침 일찍 날아온 팩스 한 장 때문에 지옥을 헤매고 있었다. 그는 로브노카의 팩스 내용을 확인하자마자 말리에게 사정이 생겨 참석하지 못한다는 문자부터 날렸다.

로브노카의 투자 보류 결정을 어디서 어떻게 알았는지 은행 대출 담당자들의 전화가 빗발쳤다. 서로 약속이나 한 듯 로브노카의 투자가 선행되지 않으면 더 이상의 대출은 힘들겠다는 통보였다. 몇 군데는 투자금을 조기에 회수하겠다고 서두르는 곳도 있었다.

수탁은 비로소 살벌한 비즈니스의 세계로 들어섰다는 걸 실감했다. 기반 시설은 손도 못 댄 채 이제 겨우 터파기 토목 공사가 시작된 마당에 당장 자금줄이 막히면 큰일이었다. 마음이 조급해진 수탁은 당장 캐피털

사와 사채 시장 담당자를 만나보기 위해 사무실을 뛰쳐나갔다.

　말리가 쫑파티를 끝내고 막 집에 들어오니 수탁에게 전화가 걸려왔다.
　—잘 끝냈어요?
　"네. 성황리에 마쳤어요. 근데 옥도 건은 어떻게 됐어요? 전화해도 하루 종일 불통이고…… 궁금해서 혼났어요."
　—미안해요. 사정이 좀 있었어요.
　"아직 옥도예요?"
　—아뇨. 지금 막 사무실에서 나왔어요.
　"언제 돌아왔어요? 난 통화가 안 돼서 아직 옥도에 있는 줄 알았어요."
　—…….
　"여보세요? 여보세요?"
　아무 대답이 없자 전화가 끊긴 줄 알고 말리가 폴더를 덮으려고 했다.
　—로브노카가…… 투자 보류 결정을 내렸어요.
　이번에는 말리가 침묵했다.
　—여보세요?
　"무슨 그런 경우가…… 이제 와서 갑자기 왜 그러는 거래요?"
　—로브노카 내부에서는 중국 남부에 있는 섬에 진작부터 추진 중이던 일이었나 봐요.
　"근데 왜 양해 각서까지 교환하고 우리 쪽하고 금방이라도 계약할 것처럼……."
　—조율 중이었던 거 같아요. 그쪽에선 당연히 그럴 수 있죠.
　하긴 그쪽에서야 둘 중 더 좋은 조건을 고르는 게 당연했다. 물론 급할 것도 없을 테고. 몸 단 건 이쪽이었다. 말리의 목소리에서 저절로 힘이 빠졌다.
　"그럼 이제 어떡해요?"

―다른 방법을 찾아봐야죠. 걱정 말아요. 잘 될 거예요. 내일은 내가 근사한 데로 안내할게요.

"근사한 데요?"

―오늘 참석하지 못했으니까 내일이라도 축하해야죠. 푹 쉬어요. 내일 다시 연락할게요.

말리는 컬렉션이 끝나 긴장이 풀린 데다 수탁한테 기운 빠지는 전화까지 받고 났더니 손끝도 까딱하기 싫었다. 맥 빠지고 걱정되고 아무튼 기분이 복잡했다. 에라, 잠이나 자자. 말리는 일찌감치 잠을 청했다. 이럴 때는 아무 생각도 하지 말고 그냥 잠 속으로 도망치는 게 최고였다. 아주 가끔이지만 깨고 나면 저절로 해결되는 경우도 있으니까 말이다.

07 플래티넘 곱 거짓말

이튿날 아침, 리안 이사가 보내온 우아하고 거대한 꽃 상자가 출근하는 말리를 맞았다. 지금까지 보아왔던 꽃 상자와는 구성이 확연히 달랐다. 이국적인 화려함도 특별했지만 향기는 또 얼마나 짙은지 사무실을 진동했다. 함께 보낸 카드에는 정중한 초대 글이 적혀 있었다. 말리는 누가 볼세라 카드를 얼른 서랍 속에 넣어둔 후 슬그머니 휴게실로 나왔다. 모두의 시선이 자신의 반응을 살피고 있어서 침 삼키기도 불편했다.

사실 말리는 지난밤에 잠까지 설쳤다. 무엇이든 적당적당 편하게 생각하고 대충을 입에 붙이고 살던 그녀였다. 남을 걱정해본 적도 없었다. 그런데 수탁이 걱정스러워 잠까지 설치다니, 이건 보통 이변이 아니었다.

말리가 커피를 뽑고 있는데 좌의정이 따라나와 꼬치꼬치 캐물었다. 그녀가 조용히 넘어가면 그거야말로 이상한 일이었다.

"내 머리털 나고 저렇게 세련되고 우아한 꽃 장식은 처음 본다. 아무래도 로브노카의 전속 플로리스트가 디자인한 건가 봐. 그건 그렇고 왜 너한테만 보낸 걸까? 카드에는 뭐라고 썼어? 며칠 전에 잠깐 만났다더니 무슨 특별한 일이라도 있었던 거야?”

“그만 좀 흥분해라. 꽃다발 하나 받은 걸 갖고 뭘 그렇게.”

오늘따라 커피를 뽑아가는 직원들은 왜 또 그렇게 많은 건지, 그들은 하나같이 말리와 눈을 맞추려고 노력했다. 덕분에 휴게실이 북적북적 시장터 같았다.

“햐! 유명해지는 것도 순식간이네. 꽃다발 받은 걸로도 이 정도인데 만약 네가 리안 이사하고 결혼 발표라도 하게 된다면 정말…….”

말리가 얼른 손사래를 쳤다.

“그만해! 난 유명해지는 거 싫다고. 그렇게 사느니 혼자 사는 게 백 번 낫겠다.”

좌의정은 말리의 머리끝에서부터 찬찬히 살펴보더니 다시 다그쳤다.

“말리 양, 빨리 사실대로 털어놓으셔. 너 리안 이사 만나서 무슨 일 있었지? 그치?”

“일은 무슨 일, 만나자마자 키스라도 했을까 봐? 말도 제대로 안 통하는데 맘이 통하겠어? 일에 대한 인사치레겠지, 뭐. 리안 이사가 내 헤드 카피를 워낙 맘에 들어 했거든.”

“고작 헤드 카피 때문에? 말도 안 돼. 이건 뭔가 알 수 없는 복선이 있는 거야.”

“무슨 복선씩이나. 아무튼 그가 국제적인 바람둥이라는 건 한눈에 알겠더라. 그는 시선 처리도 계산해서 하는 거 같았어. 그런 사람하고 연애 한번 해보는 것도 짜릿할 거 같아.”

“야! 이 위험천만한 아가씨야. 그는 아프리카계 스튜어디스, 미국의 유명한 여배우, 유럽의 스트립 걸, 아무튼 염문을 뿌렸다 하면 어김없이 사생아를 만들더라고. 한둘이 아니잖아. 그러니까 그의 목적은 세계 방방곡곡에 씨를 뿌려두자는 거라고. 맞다, 맞아! 그렇게 세계 구석구석에 자기

씨를 퍼뜨려서 궁극적으로는 영토 확장도 하고 왕국을 건설하려는 게 분
명해."

말리는 입술 근육을 실룩거리며 리안을 헐뜯느라 혈안이 된 좌의정의
모습이 낯설지 않았다. 똑같은 사람을 하나 알고 있었기 때문이다. 바로
얼마 전까지의 자신이 그랬다.

"의정아, 알려면 좀 제대로나 아셔. 그건 그의 대머리 형, 로버트 얘기
지. 리안은 비록 염문을 무섭게 뿌려대도 확인된 스캔들은 하나도 없더
라. 그는 바람둥이 형과 달리 그저 워커홀릭일 뿐이라고. 좋다고 불나방
처럼 덤벼드는 여자들을 그 사람인들 어떡하겠냐?"

"어쭈구리! 벌써 꽃다발에 홀라당 넘어가서는. 정신 차려, 이것아. 그
런 국제적인 선수한테 잘못 걸려들었다가는 뼈도 못 추릴 거라고. 너처럼
얼빵한 로맨티스트들이 제일 위험하단 말이야."

말리는 좌의정의 어떤 충고도 귀에 들어오지 않았다. 친구처럼 느껴지
는 그를 다시 보는 것도 기대되는 일이었지만, 무엇보다 그를 만나 옥도
투자를 재검토해달라고 떼써볼 참이었다. 언론에서도 그가 한국어에 능
하다는 걸 전혀 모르는 것 같았다. 기자회견장에서도 그는 통역을 통해
영어만 사용했다. 그가 한국어에 능통하다는 건 어쩌면 그의 플래티넘 급
비밀인지도 모른다. 그런데 그런 비밀을 자신에게만 드러낸 걸 보면 옥도
투자를 설득해도 먹힐 것 같았다.

"의정아, 있지……"

말리는 문득 좌의정에게 모든 걸 털어놓고 싶어졌다. 그녀의 머리를
거치면 계획이 좀 더 세련되게 다듬어질 것 같았다.

"뭘?"

말리는 금방 마음을 바꿨다. 가뜩이나 리안을 천하의 바람둥이라고 매
도하는 좌의정인데 초대 받았다는 걸 알면 보호자로 따라오겠다고 설칠
게 분명했다.

"아, 아냐. 그만 들어가자고."

"싱겁긴. 그나저나 그 꽃다발 향기 정말 죽이더라. 얼마나 짙은지 코가
다 맹맹하네."

오전에 캐피털 관계자들을 찾아다니느라 수탁은 점심시간이 훨씬 지나
서야 연지 기획으로 건너왔다. 말리는 아무리 찾아도 없고, 그녀가 어디
갔는지 아는 사람도 아무도 없었다. 평소 실과 바늘처럼 가까운 사이던
좌 팀장까지도 고개를 갸웃거릴 뿐이었다.

"최 대리가 없다고요? 이상하다. 오늘은 외근 일정도 없는데. 회사 안
에 어디 있겠죠. 잠깐 나갔나? 별 얘기 없었으니까 금방 들어올 거예요.
조금만 더 기다려보세요."

볼일을 열 번쯤 볼 시간이 지나도록 말리가 나타나지 않자 수탁이 휴
대폰을 꺼내들었다. 바로 그때 낯선 번호가 떴다.

"네, 독고수탁입니다."

─오빠, 나야. 명예진…….

"웬일이야? 잘 지냈지?"

─지금 바빠?

"아, 아니. 왜?"

─지난번에 흑…….

예진이 울음을 터뜨리자 수탁이 당황하며 말했다.

"예진아, 울지 말고 얘기해. 무슨 일이야?"

─오빠, 흑. 지금 우리 호텔로 좀 와줄 수 있어?

수탁이 시간을 확인하며 말했다.

"그래, 일단 만나서 얘기하자. 어디로 가면 되니?"

부리나케 로비를 나서던 수탁이 헐레벌떡 들어서던 말리와 맞닥뜨렸
다.

“선배……!”

반갑게 소리치던 수탁이 발그레하게 상기된 말리의 얼굴에서 옷차림으로 천천히 시선을 옮겼다. 하늘거리는 시폰 소재의 크림색 민소매 원피스가 그녀의 늘씬한 실루엣을 한결 돋보이게 했다. 시원하게 드러난 그녀의 목에는 실크처럼 얇고 부드러운 메쉬 목걸이가 각도에 따라 산호, 연어, 금모래 빛으로 반짝이고 있었다. 그녀는 평소에 신던 펌프스 대신 몇 가닥의 끈으로만 연결된 하이힐을 신어서 키도 훨씬 더 커 보였다.

수탁은 지금까지 말리가 투피스 정장 외에 그런 여성스러운 옷을 입은 걸 한 번도 본 적이 없었다. 옷이 날개라더니 사무적이던 말리는 어디론가 사라지고 우아하고 아름다운 여자로 탈바꿈해 있었다.

“벌써 가려고요?”

말리는 리안의 초대 때문에 집에 가서 옷을 바꿔 입고 돌아오던 길이었다. 휘리릭 다녀오면 아무도 모를 거라고 생각했는데 하필이면 근처에서 시위대의 성난 인파 속에 갇혀버리는 바람에 진땀 빼다가 겨우 빠져나온 참이었다.

“갑자기 급한 일이 생겨서요. 이따가 저녁에 시간 있죠?”

넋을 놓고 바라보던 수탁이 시간을 확인하며 말했다.

“시간이요?”

아뿔싸! 말리는 비로소 어제 수탁이 근사한 데서 축하하자고 했던 얘기가 떠올랐다. 리안에게 초대받을 걸 미리 알았더라면 오늘 약속을 다음으로 미뤄두는 건데. 사실대로 말할 수도 없고, 그렇다고 거짓말을 둘러대기도 꺼림칙했다. 무슨 핑계를 대지? 말리는 머리를 굴리다가 얼른 좌 의정을 팔아먹었다.

“사실은 오래전부터 약속이 잡혀 있었는데 그만 깜박했지 뭐예요. 오늘 좌 팀장님 시어머니의 환갑잔치가 있거든요.”

말리는 말하다 말고 자신의 옷차림을 내려다보고 나서 다시 말을 이었다. 마치 그래서 이렇게 옷까지 바꿔입고 온 거 아니냐는 듯.

"안하던 화장까지 했더니 더워 죽겠네. 미안해서 어떡하죠? 다음 기회로 미뤄야 할 거 같은데."

"그럼 나도 함께 가죠, 뭐. 그래도 되죠?"

헐! 말리는 당황한 표정을 감추며 또 거짓말을 둘러댔다.

"아, 아니. 가족과 다름없는 몇 명만 참석해요. 그리고 이미 좌석도 다 예약이 되어 있는 거라서……."

"그렇다면 할 수 없고요. 그럼 내일 만나요."

수탁이 시무룩하게 돌아섰다.

말리는 잠깐 갈등하다가 그를 다시 불렀다.

"잠깐만요!"

수탁이 천천히 돌아보았다.

"이따가 9시쯤이면 대충 끝날 거 같은데. 그 시간도 괜찮아요?"

그의 눈꼬리에 자잘한 주름이 잡혔다.

"안 그래도 돼요. 편한 마음으로 참석해요. 난 모처럼 아버님이나 찾아뵈어야겠어요. 그동안 바쁘다는 핑계로 며칠 못 뵀었거든요. 이따가 전화할게요."

약속 시간에 맞춰 부리나케 로비를 나서던 말리가 후다닥 주위를 둘러보았다. 검은색의 비까번쩍한 리무진이 그녀의 바로 앞에 와서 멈춰 섰기 때문이다. 말리는 보는 사람이 아무도 없다는 걸 확인하고 나서 운전기사가 열고 선 뒷문으로 얼른 올라탔다.

"어서 와요, 리."

리안이 빛나는 정장 차림으로 앉아 있었다.

"아, 안녕하세요?"

그가 직접 데리러올 줄이야! 말리가 감격한 표정으로 고개를 숙였다.

"리, 아름다워요."

"감사합니다."

말리는 리안의 찬사를 듣자 경계해야 한다는 마음속의 목소리가 금방 힘을 잃었다. 기분 좋아 죽을 것 같은 표정을 감추기 위해 말리가 입술을 지그시 깨물었다.

리무진이 도착한 곳은 서울과 구리의 경계에 있는 Q호텔이었다. 차가 천천히 호텔 입구를 통과하는 동안 말리는 현판 옆에 붙어 있는 별을 몇 번이나 다시 셌다. 별이 무려 여섯 개였다. 역시 로비부터가 예사롭지 않았다. 초현대식으로 디자인된 넓은 공간이 세련되고 고급스러웠다. 밝고 활기찬 도어맨들의 표정까지도 뭔가 특별해 보였다.

휘둥그레진 눈으로 열심히 구경하던 말리가 갑자기 차창에 코를 박았다. 화려한 엘리베이터 앞에 나란히 서 있는 사람들의 뒷모습이 낯익었다. 남자는 수탁이 분명해 보였지만 보랏빛 투피스 정장 차림의 여자는 누군지 알 수 없었다. 마침내 엘리베이터 문이 열리고 그녀가 안으로 들어가 돌아선 순간 낯익은 여자라는 걸 알았다. 지난번에 병원에서 만났던 바로 그 여자였다. 약간 여윈 듯 보였지만 여전히 세련되고 아름다웠다.

"안녕하십니까? 어서 오십시오."

도어맨이 차문을 열고 서서 허리를 90도로 굽혔다. 말리는 후들거리는 발목에 있는 대로 힘을 주며 차에서 내려섰다. 불륜의 현장을 목격했다는 충격도 충격이지만, 가뜩이나 평소에 신지 않던 하이힐까지 신어서 더욱 긴장되었다. 다행히 리안이 곁에 바싹 붙어 서서 부드럽게 에스코트해주었다.

리안은 말리를 레스토랑으로 안내해 의자에 앉도록 도와주더니 다가온 웨이터에게 작은 목소리로 꼼꼼하게 주문했다. 가끔 스테이크의 익힘 정도와 와인 선택을 말리에게 묻기도 했지만 모든 것을 일일이 설명하며 그녀가 아주 쉽게 선택할 수 있도록 배려했다.

그러나 말리의 머릿속은 벌거벗고 있는 두 남녀로 가득할 뿐 아무것에 도 집중할 수가 없었다.

'이것들을 당장 쫓아갔어야 하는 건데. 이런! 내가 지금 뭐 하는 거야? 내가 암탉이라도 돼? 수탉 마누라처럼 굴고 있잖아!'

웨이터가 돌아가고 둘만 남자 리안이 자신의 오른손을 들어 보였다.

"손가락 어때요?"

'뭐? 오랜만에 아버님이나 찾아뵈어야겠다고? 순 바람둥이 사기꾼! 우 이씨, 아까 따라갔어야 했어. 지금이라도 나가서 찾아볼까? 객실은 누구 이름으로 예약했을까?'

말리는 여전히 그들 남녀 때문에 안절부절못하고 있었다. 당연히 리안 의 질문도 귀에 들어오지 않았다.

"리…… 리?"

"네, 네?"

말리가 퍼뜩 놀라며 쳐다보자 리안이 다시 오른손을 들어 보였다.

"손가락은 이제 괜찮아요?"

말리는 불그스름한 흔적이 남아 있는 검지를 그에게 내보이며 겸연쩍 게 웃었다.

"네. 이사님 덕분에 이젠 괜찮아요. 지난번에는 정말 고마웠어요. 제가 원래 좀 덜렁이거든요. 낯선 사람이나 낯선 말 앞에서는 증상이 좀 심각 해요."

"지금은 어때요? 낯설지 않죠?"

말리가 고개를 끄덕이자 리안도 똑같이 따라했다.

"다행이에요."

코스별 식사가 나오는 동안에도 리안은 이런저런 유머를 늘어놓으며 말리의 긴장을 풀어주려고 애썼다.

스테이크가 나오자 말리는 입맛을 다시며 나이프를 꽉 움켜쥐었다. 절

186

벽 가슴에 마른 체형인 그녀지만 어려서부터 동물성 음식을 무지하게 밝혔다. 어쩌다 밖에서 닭을 보면 꼬꼬를 먹어야겠다고 입맛 다시며 따라다니는 통에 닭들이 말리만 보면 꽁지 빠지게 달아나곤 했었다.

말리는 스테이크가 꼬꼬 수탉이라도 되는 것처럼 야무지게 씹어 삼켰다.

리안이 와인 잔을 들며 건배를 제의했다.

"리 덕분에 성공적인 컬렉션이었어요."

말리도 와인 잔을 들어 그의 잔에 살짝 부딪쳤다.

"리안 이사님을 위하여! 최말리를 위하여!"

말리는 술에 약했다. 한 잔만 마셔도 머리끝에서 발끝까지 온통 칠면조처럼 새빨개지고, 말도 많아졌다. 오늘은 알코올이 섞인 음료수는 입에 대지도 않겠다고 단단히 결심하고 왔다. 그러나 철석같이 믿었던 수탉이 배신을 때리고, 온 세상 여자들이 침을 흘리는 리안 이사와 마주 앉아 맛있는 고기를 먹고 있는데, 이런 날 술을 안 마시면 언제 마신단 말인가!

말리는 발그레하게 오르는 술기운을 희석시키기 위해 틈틈이 물도 아주 열심히 마셨다. 와인 한 모금 마시고 리안에게 화사하게 웃어주고, 물 한 모금 마시고 천장의 휘황찬란한 샹들리에를 감상했다.

"리, 혹시 나나 우리 가족에 대해 잘 알고 있어요?"

질문하는 리안의 표정이 아주 진지했다.

말리가 고개를 흔들었다.

"전혀요. 근데 왜요?"

"그럴 거라고 생각했어요. 할리도 몰랐으니까요. 그런데 어떻게 그런 멋진 슬로건을 생각해낼 수가 있죠? 정말 신기해요."

말리는 멍하게 쳐다보다가 뒤늦게 그의 말뜻을 알아챘다.

"그냥 로브노카의 연혁과 작품집 보는 것만으로도 충분했어요."

"정말이에요? 광고주에 대해서 전혀 모르는 상태에서도 광고주의 마음에 쏙 드는 그런 훌륭한 영감을 끌어낼 수 있다는 게 놀라워요.”

“에이, 저는 기껏해야 슬로건과 카피 문구 정도밖에 한 게 없는데요, 뭐. 편집하고 마케팅 아이디어를 낸 동료들도 함께 받아야 할 칭찬이에요.”

“리, 겸손한 모습이 더욱 아름다워요.”

말리는 그의 뜨거운 시선 때문에 얼굴이 활활 타오르는 느낌이었다. 말리가 손바닥 부채질로 얼굴을 식히며 투덜거렸다.

“아우, 그만 좀 하세요. 가뜩이나 열 올라 죽겠는데 자꾸 띄우니까 더 정신없잖아요.”

리안이 눈을 동그랗게 떴다.

“열이 올라요? 어디 아파요?”

“아니, 그런 뜻이 아니고요.”

말리는 답답해 미치겠다는 듯 고개를 흔들다가 물 한 모금을 꿀꺽 삼켰다.

“어쩌면 정말 별일 아닐지도 모르는데…… 왜 이렇게 신경 쓰이는지 모르겠어요.”

리안은 여전히 의아한 표정이었다.

“좀 전에요. 여기 들어오다가 얼핏 친구를 봤거든요. 난 그 친구가 특별하다고 생각했는데…… 아니었나 봐요. 그는 그냥 보통 닭……!”

말리는 혼잣말하듯 중얼거리다가 갑자기 자기 머리를 쿵 쥐어박았다.

“아우, 최말리! 지금 뭐 하는 거냐? 죄송해요. 제가 벌써 취했나 봐요. 술이 좀 약하거든요. 심장이 이렇게 벌렁벌렁 뛰면 쓸데없이 용감해져서 꼭 주책을 부리게 된다니까요.”

리안은 얼른 얼음물을 주문해 와인 잔과 바꿔놓았다.

“감사합니다. 안 그래도 얼음물이 얼마나 마시고 싶었다고요.”

말리는 얼음물 한 잔을 단숨에 다 마셨다. 얼음물 덕분인지 끊임없이 떠들어댄 덕분인지 거침없이 오르던 술기운이 좀 가라앉는 느낌이었다.

"이제 좀 괜찮아요?"

"네."

말리는 자상하게 챙겨주는 리안이 정말 고마웠다. 아니, 그에게 정말 미안했다. 바람둥이 9단이라고 그를 경계하던 마음도 슬그머니 사라져버렸다.

"이러면 안 되는데, 아주 위험해지는데……."

리안이 눈썹을 들어올렸다.

"제 친구가 이사님을 경계하라고 신신당부했거든요. 이사님도 아시죠? 자신이 플레이보이로 소문났다는 거."

지금까지 리안이 만난 여자들은 국적을 불문하고 모두 하나같이 왕 내숭에 노골적인 찰거머리였다. 그는 말리처럼 솔직하고 유머 넘치는 여자는 처음이었다. 그가 싱긋이 웃었다.

"글쎄요. 매력적이고 친절한 게 죄라면……."

말리가 리안의 말을 싹둑 잘랐다.

"노!"

그리고 검지를 그의 코앞에 대고 흔들었다.

"저는 작업 거는 거 사양할래요. 이사님과 그냥 친구 하고 싶어요. 지금까지처럼. 그럼 안 되나요?"

리안이 환하게 웃었다. 그의 미소는 확실히 살인적이었다. 가만히 앉아 있어도 저절로 그에게 빨려 들어갈 것 같았다. 말리는 세상의 모든 여자들이 간절히 원하는 그가 수요공급의 법칙상 바람둥이가 될 수밖에 없을 거라고 생각했다.

"좋아요! 우린 지금부터 친구예요. 컬렉션도 끝났으니까 이제 난 광고주도 아니에요."

두 사람은 금방 의기투합했다. 그동안 하루도 빠짐없이 이메일을 주고

받던 사이라서 그런지 금방 스스럼이 없어지고 오래된 친구처럼 느껴졌
다.

"그럼 우리 지금부터 잠깐 야자 타임 해도 돼요?"

"야자 타임?"

"서로 반말하는 거예요. 야, 너, 그렇게."

"아하, 어려운 존댓말 빼고? 진짜 친구처럼?"

"바로 그거…… 야!"

"그거…… 야?"

"하하하…… 호호호…….."

두 사람이 서로를 가리키며 한참 동안 웃었다.

리안이 정색을 하며 말했다.

"리, 로브노카 한국 매장을 맡아줄래?"

말리는 너무 놀라서 말까지 더듬었다.

"모, 모, 못해요!"

리안이 장난스럽게 말했다.

"계속 반말해!"

"야, 야자 타임은 이제 끝났어요. 아무튼 난 크리스털에 대해서 잘 몰
라요. 정말 못해요."

"크리스털에 대한 열정이 없었다면 그런 훌륭한 카피가 나올 수 없었
을 거예요. 리라면 충분히 할 수 있어요."

말리는 욕심이 났지만 자신이 없었다. 책임자가 되면 늘 일에 치여 살
수밖에 없었고, 자신처럼 잠 많고 게으른 여자는 오래 버티기 힘들었다.

"정말 감사한 제안이지만…… 전 지금 일에 만족해요."

"당장 대답하지 않아도 돼요. 시간을 가지고 충분히 생각해봐요."

잠시 어색한 침묵이 흘렀다.

리안이 화려하게 포장된 작은 상자 하나를 말리 앞으로 밀어놓았다.

말리는 또 지난번처럼 멀뚱멀뚱 쳐다보기만 했다. 그는 손수 포장을 풀고 뚜껑을 열어 고급스러워 보이는 작은 알갱이들을 꺼내들었다.

"로브노카 100주년 기념으로 한정 제작한 크리스털 타투예요. 사용 후 다시 브로치로 리폼할 수 있게 특별히 신경 썼어요."

리안이 자리에서 일어나더니 말리의 의자 옆에 무릎을 꿇었다. 말리가 놀란 눈으로 내려다보았다. 그의 손가락은 타투를 문지르며 말리의 피부 위에서 계속 움직였지만 눈동자는 그녀와 마주한 채 미동도 하지 않았다.

'기회는 이때야. 어서 말해! 옥도 투자 얘기를 꺼내보라고. 뭐? 미쳤냐? 싸가지 수탉은 지금 천국에서 해롱거리고 있을 텐데 이런 로맨틱한 순간에 고작 그런 멍청한 생각이나 하다니. 정말 한심해 죽겠네. 이제부터는 수탉이 촌닭 노릇을 하든 장 닭 흉내를 내든 신경 끊어! 다 자업자득이라고!'

말리는 팔에 붙어 있는 타투를 한참 동안 내려다보았다.

"너무 예뻐요. 전 선물도 준비하지 못했는데…… 자꾸 받기만 해서 어떡하죠?"

"감사한 내 마음이에요. 미안함의 표시이기도 하고요."

리안이 자리에 앉으며 시간을 확인했다.

"리와 데이트를 더 즐기고 싶지만 급한 약속이 잡혀 있어요. 내일 비행기 타기 전에 데이트를 한 번 더 하고 싶은데…… 시간 내줄 수 있어요?"

말리는 두 번 생각해보지도 않고 무조건 고개를 끄덕였다. 왠지 그러고 싶었다. 수탁 때문에 리안이 밤을 같이 보내자고 해도 승낙하고 싶은 마음이었다.

"저도 감사함의 표시로 내일 하루 이사님의 기사 노릇을 하고 싶은데, 안 될까요?"

리안의 눈썹이 이마 위로 치켜 올라갔다.

"제가 공항까지 모셔다드리고 싶어요."

리안이 고개를 끄덕였다.

"그럼 내일 아침도 내가 사는 거예요."

이번에는 말리가 고개를 끄덕였다.

"궁금한 게 있는데, 물어봐도 돼요?"

다시 리안이 고개를 끄덕였다.

"이사님 정도 되면 세계를 내 집처럼 돌아다니느라 정신없이 바쁘잖아요. 스케줄을 조정하는 비서만 해도 여럿 있어야 할 거 같은데, 늘 그렇게 혼자 다니세요?"

"20년 가까이 된 비서가 있어요. 가족보다 더 가까운 관계죠. 지금 그의 가족에게 슬픈 일이 생겼거든요. 그는 당분간 휴가 중이에요. 그동안 다른 사람을 쓰고 싶지 않아서요. 조금 불편하지만 자유를 만끽하고 있으니까 괜찮아요."

리안은 정말 괜찮다는 듯 환하게 웃었다. 말리는 그가 푸른 눈의 돌연변이 한국인처럼 느껴졌다.

대표 이사 사무실은 호텔의 VIP룸처럼 고급스럽게 꾸며져 있었다.

예진은 수탁 앞에 화려한 청사진을 펼쳐 보였다.

"아시아 최고 아니, 세계에서 최고의 호텔로 키울 거야. 자신 있어."

"대단하구나. 넌 할 수 있을 거야."

"틈틈이 경영자 과정도 이수했고, 재작년에는 유럽 쪽 호텔들도 돌아보았어."

예진은 갑자기 벌떡 일어나더니 창문 쪽으로 다가갔다.

"내 호텔인데 빼앗으려고 해."

수탁이 찻잔을 내려놓으며 말했다.

"나도 소문 들었어. 잠잠하기에 해결된 줄 알았는데, 아닌가 보구나."

예진은 돌아서며 입술을 야무지게 깨물었다.

"자기들은 충분히 가졌으면서…… 나도 절대 빼앗기지 않을 거야."

수탁은 탐욕스러워 보이는 예진이 아주 낯설었다. 옛날에 그가 알던 어린 예진의 모습은 한구석도 남아 있지 않았다.

"작은 시동생과 막내 시동생의 지분을 합쳐도 내 지분보다 작아서 경영권 방어에는 문제없을 거라고들 그랬어. 근데 며칠 전 이사회에서 유상증자를 결정하는 바람에 일이 복잡해졌어. 말은 적대적 M&A 의도가 전혀 없고 주주 이익을 고려한 것일 뿐이라고 둘러대고 있지만, 그들이 증자 후 우리 지분 7퍼센트를 갖고 있는 아마란 호텔을 인수하게 되면 난 속수무책으로 우리 호텔을 빼앗길 수밖에 없어. 이 호텔을 신축하느라 자금을 총동원해서 현재는 아마란 호텔을 인수할 형편도 못 돼. 우호 지분을 전부 동원한다고 해도 아직 10퍼센트 정도가 부족하고."

"음……"

"오빠, 도와줄 거지?"

수탁이 멍한 표정으로 바라보았다.

"믿을 사람이라고는 오빠밖에 없어. 오빠가 도와줘야 해. 그래 줄 거지?"

"글쎄, 나도 돕고 싶지만. 무슨 방법으로 어떻게 도와야 할지……."

"아버님께 부탁드려!"

예진의 목소리는 얄미울 정도로 단호했다.

"응? 아버님이라니?"

"창대 건설이 우리 호텔 지분의 10퍼센트를 갖고 있어. 내일 모레 이사회에서 나를 밀어주라고 해!"

수탁은 어이가 없었다. 지분 얘기도 금시초문이었지만 완전히 아랫사람에게 명령하는 듯한 그녀의 안하무인격 태도 때문에 더욱 그랬다. 그녀가 변한 것인지 아니면 예전에 그가 그녀를 잘못 판단했던 것인지 알 수 없었지만 아무튼 몹시 불쾌했다.

"돌아가서 아버님께 말씀드려볼게."

"고마워. 오빠만 믿고 기다릴게."

수탁은 서둘러 그녀의 사무실을 나왔다. 차라리 좋은 추억으로 묻어두었어야 하는데, 되돌릴 수만 있다면 그러고 싶었다. 5년 전 이별이 순수한 아픔이었다면 지금은 아주 구역질이 날 만큼 후회스러웠다.

말리는 리안과 나란히 레스토랑을 나서다가 엘리베이터에서 내리는 수탁을 발견했다. 여자는 아직 객실에 남아 있는지 그는 혼자였다. 순간 좌의정의 시어머니 환갑잔치에 간다고 거짓말 시킨 일이 떠올랐다. 리안과 나란히 있는 모습으로 마주쳤다가는 뻔뻔한 그의 거짓말까지 면죄부를 주게 될 게 뻔했다. 수탁의 눈에 띄기 전에 어딘가로 몸을 숨겨야 하는데 마땅한 장소도 없었고, 시간적 여유도 없었다. 허둥대던 말리가 갑자기 어지러운 듯 몸을 휘청거렸다. 옆에 있던 리안이 깜짝 놀라며 그녀를 부축했다.

"리, 리?"

말리는 손바닥으로 이마를 짚는 척하며 슬그머니 얼굴을 가렸다.

"왜요? 어디 불편해요?"

"아니, 잠깐 어지러워서……."

"자, 나한테 어깨를 기대요. 저기 로비 라운지까지 걸을 수 있겠어요?"

"이제 괜찮아요. 조금 나아졌어요."

지금쯤이면 로비를 나갔겠지? 말리가 눈을 가리고 있던 손가락을 살며시 벌리며 주위를 살폈다. 아뿔싸! 사람들 몇 명이 걱정스런 모습으로 쳐다보고 있고, 수탁이 그들 너머에서 복잡한 표정으로 지켜보고 있었다.

이번에는 진짜로 쓰러질 것 같았다. 몸의 어딘가가 정말 다급하게 불편했다. 말리는 뒤늦게 방광이 터질 듯하다는 걸 깨달았다. 술을 희석시킬 속셈으로 물을 미련하게 마셔댄 탓이었다.

말리가 화장실을 가리키며 말했다.

"잠깐 찬물에 세수라도 하고 올게요."

"혼자 갈 수 있겠어요?"

"네, 괜찮아요."

말리는 걱정하는 리안을 안심시키고 화장실을 향해 천천히 걸어갔다. 수탁 쪽으로는 눈길도 한 번 주지 않았다. 어차피 마주친 거 더 이상 전전긍긍하고 싶지 않았다.

말리는 물을 내리고 나오자마자 거울 속의 자신을 향해 마구 주먹질을 했다.

"최말리! 너 미쳤니? 무슨 추태냐고! 그깟 수탁 때문에 리안까지 돌아서게 하려고 그래? 평생에 한 번 일어날까 말까 한 기적 같은 일인데, 그걸 도로아미타불로 만들 속셈이냐고!"

거울 속에서 벌건 얼굴을 한 말리가 희미하게 고개를 저었다.

"젠장, 평생을 기다리던 푸른 눈의 왕자인데 왜 필 같은 게 꽂히지 않는 거냐고! 왜 그따위 재수 없는 수탁한테만 자꾸 맘이 가는 거냐고!"

말리가 거울을 보며 웅변하듯 소리치고 있는데 화장실 문이 열리더니 작은 여자가 주춤거리며 걸어 나왔다. 소리를 질러대는 말리가 무서운지 잔뜩 긴장한 표정이었다.

"히히, 연극 연습 좀 하느라고요. 발성이 자꾸 엉켜서요."

말리는 두 손에 물을 듬뿍 묻혀 자신의 얼굴에 대고 탁탁 뿌렸다.

"정신 차려! 정신 좀 차리자고!"

그리고 멍하게 서 있는 여자에게 살짝 목례를 하고 화장실을 빠져나왔다.

수탁과 리안은 로비에 나란히 서서 무언가를 열심히 얘기하고 있었다. 리안은 진지한 표정으로 주로 듣는 편이었고 제스처까지 써가며 열심히 설명하는 수탁은 흥분한 티가 역력했다.

말리는 핑퐁 경기를 관전하는 것처럼 두 사람의 말을 따라 고개를 이쪽저쪽으로 부지런히 움직였다. 무언가 설전이 오고가는 건 분명한데 말리는 그들의 말을 하나도 알아들을 수가 없었다. 수탁의 말도 원어민 못지않게 빨랐기 때문이다.

그래도 간간이 말리에게 미소를 건네며 아는 체하는 리안과 달리 수탁은 눈길조차 주지 않았다.

말리는 가라앉아가던 얼굴이 다시 달아올랐다. 이렇게 억울하고 분할 수가 없었다. 과거의 여자와 대낮부터 호텔이나 들락거리는 속물, 수탁을 무슨 특별한 봉황이라도 되는 것처럼 바라본 자신이 정말 한심했다. 자신이 그를 속인 건 어디까지나 선의의 거짓말이었다. 단순히 여자와 즐기기 위해 자신을 속인 그와는 격이 달라도 한참 달랐다. 자신의 거짓말이 숭고한 플래티넘 급이라면 그의 거짓말은 실버도 아니고, 브론즈도 아니고 사기 급이었다.

마침내 리안이 수탁과 악수를 하더니 말리에게도 손을 내밀었다.

“Good bay, Lee. See you again.”(안녕, 리. 또 봐요.)

“Bay. See you later.”(안녕, 다음에 봐요.)

말리도 엉겁결에 그의 손을 맞잡으며 대답했다.

리안이 객실로 올라가자 말리가 이를 갈며 소리쳤다.

“도대체 또 무슨 거짓말로 그를 쫓았어요!”

수탁은 벌건 얼굴로 달콤한 와인 냄새까지 풀풀 풍기고 있는 말리를 잡아먹을 듯 노려보았다. 말리가 리안과 데이트를 즐기고 있는 모습을 발견한 순간 그는 피가 거꾸로 솟아오르는 느낌이었다. 로비를 나가다가 진을 치고 있는 취재진을 발견하지 않았다면 다시 들어오지도 않았을 것이다. 그는 그들의 목표가 말리 커플이라는 걸 직감적으로 눈치 챘고, 망설

196

임 없이 바로 되돌아왔다. 리안과 만나기 위해 거짓말까지 한 말리가 가증스러웠지만 그녀가 가십의 소용돌이에 빠지도록 내버려둘 수는 없었다. 그는 자신이 예진과 나란히 서 있던 모습을 말리가 보았을 거라는 걸 꿈에도 생각하지 못한 채 그녀가 흥분하는 건 자기 거짓말을 들켰기 때문이라고만 생각했다.

수탁과 말리 두 사람은 모두 자신들이 떳떳하다고 생각했기에 상대가 오해할 수도 있다는 건 꿈에도 생각하지 못했다.

수탁이 이를 문 채 비아냥거렸다.

"여기서 리안 이사와 단둘이 환갑잔치 했나 보죠?"

말리도 기다렸다는 듯 쏘아붙였다.

"아버님 병원은 언제 이리로 옮겼어요?"

말리는 뻔뻔한 수탁의 얼굴에 손톱자국이라도 내야 직성이 풀릴 것 같았다. 옥도 프로젝트를 위해, 수탁을 위해 리안 이사를 설득하려고 했던 자신이 참 바보 등신이라고 생각했다. 그는 과거의 여자하고 객실에 함께 있었던 주제에 적반하장 엉뚱한 오해까지 하고 있었다.

"가요. 데려다 줄게요."

수탁은 싸늘한 목소리로 말한 후 주차장 쪽으로 걸어갔다.

'리는 내가 리무진으로 데려다 주겠어요.'

'바깥에 취재진이 죽치고 있는 데도요?'

'어떻게 하면 되죠? 리를 보호할 방법이 없을까요?'

'경험도 많으신 분이 이런 일이 생길 줄 정말 몰랐단 말예요?'

'리를 내가 묵고 있는 Q호텔로 데리고 온 것도 파파라치들을 따돌리기 위해서였어요. 그러면 안전할 거라 믿었는데…….'

리안과의 대화를 곱씹던 수탁이 발을 쾅 굴렀다. 말리의 목에서 영롱하게 빛나는 크리스털 목걸이도, 그녀의 팔에서 반짝이고 있는 크리스털 타투도 그를 못 견디게 자극했다.

“선배는 다를 줄 알았는데, 정말 특별하다고 생각했는데 똑같…….”

수탁은 식식거리며 뒤를 돌아보았다. 말리는 곁에 없었다. 그녀는 저 멀리 로비에서 망부석처럼 꼼짝 않고 서 있었다.

“젠장!”

수탁은 성큼성큼 되돌아와서 말리에게 소리를 꽥 질렀다.

“안 갈 거예요!”

말리도 지지 않고 소리쳤다.

“혼자 가요! 난 택시 탈 거예요!”

“왜요! 리안 이사가 아니라서 그래요?”

“나 참, 뭐 눈에는 뭐만 보인다더니. 쟁점을 흐리지 말아요!”

“쟁점이라고요? 그럼 어디 한번 따져보죠. 거짓말을 한 사람은 선배 아니에요? 선배만은 절대 안 그럴 줄 알았는데…….”

“그, 그거야…….”

‘난 선의의 거짓말이었다고! 독고수탁 널 위해서! 옥도 프로젝트를 위해서! 물론 내 특별 보너스를 위해서! 근데 넌 과거의 여자랑 호텔방이나 드나들었잖아!’

“난 누구처럼 그런 뻔뻔한 짓 안했어요! 내 거짓말이 플래티넘 급이라면 그쪽은 사기 급인 주제에.”

그때 택시 한 대가 들어와 섰다. 말리는 말하다 말고 쌕 소리 나게 달려가 올라탔다. 그러나 곧 수탁의 우악스런 손이 그녀를 끌어내렸다. 도어맨과, 주변을 지나치던 사람들이 둘의 실랑이를 흘끔거리며 구경했다. 우이씨, 뭐 이런 야만스런 인간이 다 있나? 아무리 산전수전 다 겪은 천하의 못 말리였지만 이런 경우는 처음이었다. 말리는 너무 분하고 창피해서 엉엉 울고 싶었다.

“이거 놔요! 무슨 이런 무례한 행동이 다 있어요? 나 혼자서 택시 타고 갈 거라고요!”

말리는 수탁에게 팔꿈치를 잡혀 끌려가면서도 계속 꽥꽥거렸다. 다리만 후들거리지 않았다면, 아니 이가 조금만 더 튼튼했더라도 말리는 그의 손목을 물어뜯었을 것이다. 그러나 자꾸 풀어지는 다리로는 멀리 도망 갈 수도 없었고, 온통 땜질 자국투성이인 이는 잘못 힘쓰다가 통째로 빠져 버릴까 봐 함부로 쓸 수도 없었다.

"나도 좋아서 이러는 거 아니니까 조용히 좀 해요!"

"그럼 이 손 놔요! 싫으면 그만두면 되잖아요. 이게 도대체 무슨 짓이냐고요!"

"리안 이사하고 약속했다고요!"

"뭘요! 날 이렇게 끌고 가겠다고 약속했어요?"

마침내 그의 차 앞까지 오자 수탁이 말리의 팔목을 풀어주었다.

"타요!"

"싫어요!"

말리는 다시 엉덩이를 빼며 버텼다. 수탁은 말리를 가볍게 들어올려 조수석에 태우더니 벨트까지 채우고 나서 문을 닫았다.

둘 다 입을 대발처럼 내민 채 한마디도 하지 않았다. 차 속의 공기는 고드름이 매달릴 지경으로 냉랭했다.

수탁이 이를 물고 쏘아붙였다.

"지금 제정신이에요? 무슨 여자가 자기 몸 상태도 몰라요? 어떻게 그렇게 둔할 수가 있어요?"

"무슨 얘기예요? 지금 무슨 소리하는 거냐고요. 난 하나도 못 알아듣겠으니까 쉽게 설명해봐요!"

수탁은 답답해 미치겠다는 듯 머리를 시트에 쾅 박더니 한숨을 크게 내쉬었다.

"자기가 홀몸이 아닐지도 모른다는 건 한 번도 생각해보지 않았어요? 그렇게 함부로 구는 건 두 생명을 학대하는 거라고요!"

말리는 멍하게 입을 벌린 채 한동안 아무 말도 하지 못했다. 너무 황당한 얘기인 데다가 너무 흥분한 탓에 생각 시스템마저 제 기능을 하지 못했다.

"진단서를 끊었으면, 당연히 임신 가능성도 생각해야 하는 거 아니에요?"

말리가 벅벅거리며 대꾸했다.

"지, 지금 내, 내가 이, 임신이라도 했다는 거예요? 나 참 미치겠네. 도대체 뭘 믿고 그렇게 확신하는 거예요?"

"둔한 선배만 모르는 거죠! 토하고 엄청 먹고 틈만 나면 졸고 혈액이 묽어지고! 증거가 어디 한두 가지입니까?"

말리는 오늘 충격을 여러 번 받았지만 이번 게 제일 강력했다. 홍두깨로 뒤통수를 가격당한 것처럼 온몸에 힘이 빠졌다. 말리는 자신이 세상에서 가장 불쌍한 여자처럼 느껴졌다. 수탁이 갑자기 친절해진 것도, 사랑이 넘쳐 주체할 수 없어하던 것도 모두 임신했을 거라고 오해한 때문이었다. 말리는 그런 줄도 모르고 사랑이 찾아온 거라고 김칫국물을 벌컥벌컥 마셔댔던 것이다. 그는 다른 여자를 사랑하고 있지만 말리가 임신했다는 사실 때문에 어쩔 수 없이 이중 플레이를 하고 있었던 것이다.

"책임감 때문에 연극까지 할 필요 없어요. 바람둥이 아빠를 구걸할 생각은 눈곱만큼도 없으니까!"

"선배야말로 무책임하게 그러면 안 되죠! 이제 그만 현실을 인정하라고요!"

"현실이 뭔데요? 내가 그렇게 걱정돼서 거짓말하고 과거의 여자랑 호텔이나 들락거려요? 연극을 하려면 그럴 듯하게 하던지, 영웅 노릇을 하려면 제대로 해요!"

영웅이라는 말을 듣는 순간 수탁은 갑자기 머리가 띵해왔다. 그녀의 말처럼 자신이 예진에게 영웅 노릇을 하려 했다는 걸 깨달았다. 우습게 꼬여버렸지만 그는 배신하고 떠난 그녀에게 역설적인 복수를 하고 싶었던 것이다.

"그건 오해예요. 예진이는 그냥 대학 후배고 그 호텔의 대표이사예요."

"흥! 누가 또 속아줄 줄 알고?"

"오해하는 건 선배 마음이지만 진실은 언제든 밝혀져요!"

바깥은 길게 늘어선 차에서 내뿜는 열기와 헤드라이트의 불빛까지 더해져 후텁지근한 초여름 밤이었다. 꽤 늦은 시간인데도 강변도로에는 차가 밀려서 가다 서다를 반복하고 있었다. 끼어들 공간을 찾아 두리번거리던 수탁이 신경질적으로 창문을 내렸다. 후끈한 밤공기가 밀려들었다.

수탁은 계속 말리를 곁눈질하더니 한풀 꺾인 목소리로 말했다.

"속상해하고 흥분하고 그러면…… 나쁘대요. 명 이사와는 정말 아무 일도 없었어요. 사업상 도움을 요청해서 잠깐 만났던 것뿐이라고요."

말리는 바람에 흩날리는 머리카락이 얼굴을 덮어도 그냥 내버려둔 채 꼬리를 물고 이어지는 차들의 전조등만 뚫어져라 쳐다보고 있었다. 하루 종일 극도로 예민하게 곤두세웠던 신경이 이젠 갈가리 찢어져 너덜거리는 기분이었다. 이제는 될 대로 되라는 자포자기 심정이었다. 무엇보다 힘든 건 수탁이 자신을 사랑하지 않는다는 사실이었다.

"아마 내가 끼어들지 않았다면 지금쯤 카메라 플래시 때문에 눈부셔서 쩔쩔매고 있었을 거예요. 언론사 취재진들이 아까부터 호텔 근방에 쫙 깔려 있었다고요. 내가 함께 있으니까 사업상의 만남으로 결론 내리고 철수한 거라고요. 리안도 그래서 먼저 올라간 거고요. 그는 이미 하이에나 같은 파파라치들한테 질리도록 당해봐서 어떻게 처신해야 하는지 판단이 빠르더군요."

말리는 그런 설명을 들어도 아무 느낌이 없었다. 그냥 슬프고 우울해서 죽고만 싶었다.

"아까 무례하게 굴어서 미안해요. 너무 화가 나서 미칠 것 같았어요 홀몸도 아닌데 선배가 너무 함부로…….”

“나 임신하지 않았어요, 절대로!”

말리가 말을 자르며 쏘아붙이자 수탁이 달래듯 조용히 말했다.

“초기에는 그렇게 예민하고 날카로워진다고…….”

“글쎄, 나 임신 안했다니까요! 진리 언니가 분명히 그랬어요! 사정은 안했다고!”

동시에 두 사람의 눈이 마주쳤다. 말리는 미친 듯 후회하며 입술을 깨물었고 수탁은 경악한 표정으로 입을 벌렸다.

젠장, 젠장! 말리는 자기 혀를 잘라버리고 싶었다. 그러나 이미 물은 엎질러진 뒤였다.

수탁은 말리의 집에 도착할 때까지 한마디도 하지 않았다.

말리가 벨트를 풀고 내리려고 하자 수탁이 자신 없는 목소리로 물었다.

“설마 그 의사분이…… 언니는 아니죠?”

말리는 차라리 후련한 감도 없지 않았다. 될 대로 되라는 심정으로 말했다.

“맞아요. 우리 큰언니네 병원이에요.”

“그럼…….”

수탁은 뭔가 더 말하려다가 그냥 입을 다물더니 차를 출발시켰다.

말리는 멀어져가는 수탁의 차를 멍하게 바라보고 있다가 바보처럼 중얼거렸다.

“진단서는 거짓말 아닌데.”

말리는 집에 들어오자마자 직속 상사인 좌의정에게 전화를 걸어 하루 휴가를 얻어냈다. 혹시 오늘 리안과의 데이트를 눈치 채고 추궁이라도 하면 어쩌나 걱정했는데 다행히 좌의정은 별다른 의심 없이 오케이를 했다. 얼씨구나, 전화를 끊으려던 말리가 조심스럽게 물었다.

"의정아, 너 우 기자한테 주워들은 정보 부스러기들 많지?"

―그렇지, 뭐. 왜?

"너 혹시 Q호텔 대표이사가 누군지 알아?"

―Q호텔? 얼마 전에 새로 생긴 별 여섯 개짜리 호텔이잖아. 왜?

"모르지? 하긴 네가 그걸 어떻게 알겠어. 그만 끊을게. 잘 자.

―애, 최말리! 누가 모른댔어? 아무튼 성질 급한 건 알아줘야 한다니까.

"누군지 알아?"

―정확한 이름은 잘 모르지만 명씨였던가? 아무튼 여자라는 건 알아. 희성이라서 기억해.

"명예진?"

―그래, 맞아! 근데 왜?

당연한 질문인데도 말리는 말문이 막혔다. 대책 없이 불쑥 물어본 걸 후회하다가 순발력 있게 둘러댔다.

"아니, 그냥. 그 여자가 그렇게 미인이라며?"

―에이 휴, 미인이면 뭐 하고, 대표이사면 뭐 하니?

"왜?"

―그 여자도 참 안됐어. 나이도 우리보다 한참 어리던데 벌써 미망인이 되었잖아. Q호텔 경영권도 곧 빼앗기게 생겼대. 시동생들이 그 호텔을 빼앗으려고 지금 지분 확보에 혈안이 되어 있다더라고. 아무튼 있는 사람들이 더 무섭다니까.

전화를 끊고 나서 말리는 머리가 더 복잡해졌다. 최소한 수탁이 호텔 객실에 있지 않았다는 건 확인한 셈이었다. 보는 눈도 한둘이 아닐 텐데 대표이사라는 여자가 남편도 아닌 남자와 자기네 객실을 들락거릴 리는 없을 테니까 말이다.

그래도 말리는 콤플렉스에서 헤어날 수가 없었다. 미모인 그녀가 아직도 수탁의 마음을 점령하고 있다는 게 가슴 아팠다. 차라리 몰랐으면 좋

있을걸.

말리는 수탁이 선물한 손수건 초상화를 펼쳐서 들여다보다가 얼른 접어버렸다. 처음 받았을 때는 르노아르의 소녀처럼 아름답게 보이더니 지금은 혐오스러울 정도로 못나 보였다. 진작 성형수술이라도 하는 건데 잘못 했다는 후회가 들었다. 시간이 흐를수록 말리의 기분은 점점 더 가라앉았다.

말리가 식탁에 앉아서 아이스크림을 정신없이 퍼 먹고 있는데 엄마와 아빠가 들어오는 기척이 들렸다. 말리는 부리나케 치우고 입술을 훔쳤지만 이미 천리안인 할머니에게 딱 걸린 뒤였다. 할머니는 아들며느리가 약국 문을 닫고 들어오기 전에는 절대 먼저 잠드는 법이 없었다.

"수고들 했네. 어서 푹 쉬게나."

할머니는 서둘러 아들며느리를 들여보내더니 말리에게 다가왔다. 말리는 마루 밑으로 꺼져버리든가 냉동실 안으로 들어가 꽁꽁 얼어버리고 싶었다. 오늘은 정말 할머니의 초강력 잔소리를 듣고도 멀쩡할 만큼 온전한 심신 상태가 아니었다.

"하이고, 아무리 봐도 꽃띠인 기라. 누가 우리 말리를 서른 넘은 중닭으로 보겠노. 그래 차려입으이까네 10년은 어리 보인다 아이가."

눈치가 9단인 할머니가 먼저 선수를 쳤다. 낮에 살며시 들어와 원피스로 갈아입고 간 것부터 풀죽은 모습으로 돌아와 아이스크림을 퍼 먹는 것까지 어느 것 하나 할머니의 안테나에 걸리지 않은 건 없었다. 할머니는 이미 말리의 순탄치 못한 연애사업까지 훤하게 들여다보고 있었던 것이다.

평소 같으면 중닭이란 말을 꼬투리 잡아 팔팔 뛰었을 말리지만 허를 찔려 아무 말도 할 수 없었다.

"말리야, 니는 절대로 곤치믄 안 된데이."

뜨끔해진 말리가 희미하게 얼버무렸다.

"할 거면 벌~써 했죠. 이 나이에 뭐 하러."

"맞다! 할라믄 진작 했어야지. 앞으로는 안한 얼굴이 경쟁력 있다 아이가. 개나 소나 다 뜯어곤치가 개성 있는 얼굴이 한나도 없는 기라."

할머니가 열 내는 걸 보니 말리는 슬그머니 스토리가 궁금해졌다.

"왜요? 누가 또 성형수술했대요?"

"니도 본 적 있제? 저기 분당 사는 윤 여사네 손녀딸 말이다. 와 그 머리도 크고 입도 커서 니가 대두라꼬 놀리던 아 안 있나."

"그게 먼저 나보고 눈 찢어진 들창코라고 놀리니까 그랬지, 뭐. 왜요? 개도 성형수술했대요?"

"하이고 말도 말그라. 그 할망구가 지 손녀딸이 겁나게 이뻐가 대단한 집안 손녀사위 봤다꼬 으찌나 자랑을 해쌓던지 내가 똥물까지 다 올라올 뻔했다 아이가. 모르긴 몰라도 바위산 하나 깎는 폭의 난공사였을 끼다. 우째 그래 멍청할꼬. 알라만 하나 딱 낳으면 금방 뽀롱날 일 아이가. 두고 봐라. 가 시집 식구들이 모두 디배질 끼다. 가 인물이 어디 보통이었 드나? 씨도둑 누명이나 안 쓰믄 다행인 기지."

말리는 언제 우울했었나 싶게 한참을 키들거리며 웃었다. 할머니는 갈구고 약 올릴 때도 많지만 이렇게 손녀의 아픈 곳을 만져주는 센스도 정말 뛰어난 분이었다.

"할머니, 우리 라면 하나 잡을까?"

"그라고 보이 쪼매 출출하네. 묵고 자면 아침에 퉁퉁 불을 낀데? 내일 모임도 있고…… 에라이, 우짜든 묵고 보자. 한 개만 잡아서 둘이 노나 묵자."

할머니와 말리는 파 송송 썰어 넣고 계란까지 풀어 넣은 특제 라면을 국물 한 방울 남기지 않고 알뜰하게 먹었다.

"하이고, 배가 빵빵하이 기분이 삼삼하네."

말리는 기회를 놓칠세라 얼른 로비를 시작했다.

"나 내일 아빠 차 좀 빌려야 하는데, 할머니가 힘 좀 써줘요."

"와! 니 차는 우짜고?"

"특별 손님을 모시고 출장 가야 하는데 내 차는 너무 낡고 작아서 그래요. 그리고 승리가 기말고사라고 징징거려서 빌려줬단 말예요. 아빠는 내일 차 쓸 일도 없을 텐데, 뭘."

"알았다. 대신 니도 죽어라 애쓰는 기다."

"뭘?"

"야가, 야가 또 라면 잡아묵고 오리발 내민데이. 니가 죽어라 애쓸 일이 뭐가 있겠노! 눈 크게 뜨고 괜찮은 사나를 찾아가 꽉 무는 기지."

"네, 알겠습니다! 안녕히 주무세요."

말리가 씩씩하게 대답하고 돌아서는데 할머니가 조용히 불렀다.

"말리야, 아무리 힘들어도 품위를 지켜야 하는 거 알제?"

말리가 돌아선 채 자신 없는 목소리로 대답했다.

"네."

"어떤 상황에서도 절대 기죽지 말고! 잉?"

"네!"

말리는 씩씩하게 대답한 후 빳빳하고 절도 있게 걸어서 이층으로 올라왔다. 그래, 품위를 지켜야지. 말리는 그동안 애써 잊고 지냈던 왕후의 꿈을 떠올렸다. 리안이야말로 바로 그렇게 찾아 헤매던 왕자 아니던가. 그까짓 수탉 때문에 이렇게 초라하게 굴어서는 안 되지. 말리는 후다닥 옷을 벗어던진 후 목욕 가운으로 갈아입고 얼굴에 클렌징 폼을 정성껏 펴 발랐다. 그러다가 휴지로 얼굴을 박박 닦아내며 투덜거렸다.

"리안처럼 친절하고, 멋지고, 매력 넘치는 남자가 어디 흔해? 근데 왜 수탉처럼 간절하게 갖고 싶지가 않은 거야? 왜 욕심나지가 않느냐고!"

08 87일

약속 장소인 Q호텔 근처의 브런치 카페에 먼저 도착한 사람은 말리였다. 아빠 차를 빌리는 바람에 여러모로 신경이 쓰여서 여유 있게 집을 나섰던 것이다. 말리가 바깥 테라스에 앉아서 10여 분 기다리자 커다란 선글라스로 얼굴을 가린 리안이 호텔 쪽에서 부지런히 걸어왔다.

"좀 늦었죠? 미안해요."

리안은 주위를 살피며 자리에 앉더니 선글라스를 벗었다.

"파파라치들 때문에 호텔 주위를 여러 바퀴 돌았어요."

"하도 많이 겪어서 이젠 따돌리는 데도 명수겠어요."

"이번에는 성공했지만 언제 또 당할지 몰라요."

그때 에티켓 모드로 바꿔놓은 말리의 휴대폰이 부르르 몸을 떨었다. 살짝 들여다봤더니 수탁의 번호가 떠 있었다.

"잠깐 실례할게요."

말리는 리안에게 양해를 구하고 화장실로 달려갔다.

"네."

―지금 그쪽으로 가려고요.

수탁의 목소리는 평소하고 똑같았다. 홍분하던 어제의 흔적은 전혀 남아 있지 않았다.

"나 오늘 하루 쉬기로 했어요."

―아픈 건 아니죠?

"아니에요. 나중에 연락할게요."

―잠깐만요…….

수탁이 무슨 말을 더 하려고 소리쳤지만 말리는 그대로 폴더를 덮어버렸다. 금방 수탁의 번호가 다시 떴지만 말리는 무시하고 아예 휴대폰을 꺼버렸다.

자리로 돌아온 말리가 대수롭지 않다는 듯 말했다.

"파트너인데 오늘 쉰다는 얘기를 깜박했지 뭐예요."

"미스터 독?"

"독…… 이요?"

"호텔 로비에서 만났던…….."

"맞아요! 그가 바로 마음에 안 드는 제 파트너예요."

"어제 미스터 독이 리 걱정을 많이 했어요."

"제 걱정을요?"

"혹시 와인에 알레르기가 있어요?"

말리가 어이없다는 표정으로 고개를 흔들었다.

"나 어제 미스터 독에게 많이 혼났어요."

"혼났다고요? 무엇 때문에요?"

"리에게 술을 먹였다고요. 미스터 독, 아주 무서운 사람이에요."

리안은 목까지 잔뜩 움츠리며 엄살을 떨었다.

"술에 알레르기가 있는 건 내가 아니고 바로 그 사람이에요! 술만 들어가면 인사불성인 게 누군데.”

“미스터 독, 자기를 통제하지 못하는 사람 같지는 않았어요.”

“그거야 뭐…….”

그의 말은 분명히 칭찬처럼 들렸다. 말리가 어떤 반응을 보여야 할지 머뭇거리고 있는데 마침 주문한 브런치가 나왔다. 갓 구운 와플에 아이스크림과 과일 등의 화려한 토핑이 올려져 있었다. 바삭하기도 하고 푹신하기도 한 와플이 새콤달콤한 과일 아이스크림과 절묘하게 어울렸다.

“음, 진짜 맛있다. 어때요?”

리안도 엄지손가락을 들어 보였다.

“훌륭해요.”

맛있게 먹던 리안이 커피를 한 모금 마시고 나서 불쑥 물었다.

“궁녀들이 많이 떨어져 죽은 곳, 거기가 어딘지 알아요?”

“궁녀들이 죽은 곳? 아, 부여의 낙화암! 옛날 백제라는 왕국의 수도였는데, 적에게 함락되면서 삼천 궁녀가 강물로 뛰어들었다는 전설이 전해지는 곳이에요.”

“맞아요, 부여! 거기 가보고 싶어요.”

“그 얘기는 또 어디서 들었어요? 설마 옛날 왕국의 수도인 그곳을 통째로 사버리려는 건 아니죠?”

리안은 대답 대신 빙글빙글 웃으며 목에 걸린 펜던트를 만지작거렸다.

“어? 대답을 못하는 걸 보니 정말 그런가 봐요?”

리안이 목걸이를 천천히 풀더니 말리에게 내밀었다. 말리가 의아하게 쳐다보자 그가 펜던트 뚜껑을 열었다. 비록 엄지손톱만큼 작은 사진이었지만 말리와 많이 닮은 여자였다.

“어머! 한국사람?”

리안이 고개를 끄덕였다.

“15년 전에 돌아가신 어머니예요. 리를 처음 보았을 때 숨이 막히는 줄 알았어요. 이 세상 사람이 아닌 어머니가 다시 환생한 것 같았어요. 우리가 오래전부터 알고 있던 사람처럼 가깝게 느껴졌고, 정말 말로 설명할 수 없는 이상한 느낌이었어요."

말리는 그동안 이상했던 그의 행동들을 비로소 이해할 수 있었다. 수십 년 동안 이방인들 틈에서 이방인으로 살아온 그는 같은 동양 여자라는 공통점만으로도 똑같다고 착각할 수도 있었다.

"어쩌면 동양 사람이 낯설어서 더욱 비슷하게 느끼는 건지도 몰라요. 우리도 외국 사람들은 다 비슷비슷해 보여서 잘 구분하기 힘들거든요. 그럼 부여가 어머니의 고향이에요?"

리안이 고개를 끄덕였다. 그는 파독 간호사였던 어머니가 아버지인 제롬 로브노카를 만나게 된 얘기와 향수병으로 외로워하다가 일찍 세상을 뜬 사연들을 담담하게 풀어놓았다.

"한국말을 들으면 어머니의 체취가 느껴지는 것 같았어요. 대학 때 룸메이트인 한국 친구도 나하고 있을 때는 한국말만 했어요."

"혹시 어머니의 친척분들은 아무도 몰라요?"

"부모님이 일찍 돌아가셔서 먼 친척집에서 외롭고 힘들게 컸다고 들었어요."

"언제 갈 건지 알려주면 제가 안내할게요."

"정말이죠? 고마워요."

"천만에요. 친구인데 그 정도도 못해줄까요."

리안이 환하게 웃었다. 그의 푸른 눈이 더욱 짙어졌다.

"친구 입장에서 한 가지만 더 물어봐도 돼요?"

리안이 고개를 끄덕였다.

"로브노카에서 양해 각서까지 교환하고 보류 결정을 내린 이유를 알고 싶어요. 제가 옥도 프로젝트에 컨설턴트로 참여하고 있거든요."

"내가 담당하지 않아서 자세한 이유는 잘 모르지만, 로버트가 저울질

210

하다가 마지막에 중국 쪽으로 기운 거 같아요.”

리안은 실질적인 후계자나 다름없는 두 살 터울인 형, 로버트에게 알게 모르게 스트레스를 받고 있었다. 로버트는 자랄 때부터 동생을 굉장한 라이벌로 의식했고, 리안이 워커홀릭으로 불리면서 둘 사이는 더욱 악화되었다. 로버트가 중국 쪽으로 기운 것도 어쩌면 동생 리안에게 한국인의 피가 섞여 있다는 걸 의식한 때문인지도 몰랐다.

“한 번 보류 결정이 나면 희망이 전혀 없는 건가요?”

“글쎄요.”

리안은 잘생긴 턱을 만지작거리며 생각에 잠겼다.

하긴 동네 구멍가게에서 물건 사라고 권하는 것도 아니고, 큰 회사에서 어마어마한 액수를 투자하는 건데 들어줄 게 따로 있지. 그런 거 보면 나도 참 어리석어. 나이를 헛먹었다니까. 아니! 그래도 얘기해보는 건데 어때? 밑져야 본전이잖아. 말리는 그의 대답을 기다리는 동안 자기도 모르게 손톱을 물어뜯었다.

“꼭 그렇지는 않아요. 나도 옥도가 럭셔리 크리스털 이미지와 잘 맞는 곳이라고 생각해요.”

“그럼 로브노카에서 옥도를 재평가할 수도 있다는 얘기예요?”

“그렇죠.”

말리가 한껏 으스대는 표정으로 말했다.

“놓치지 마세요. 옥도처럼 좋은 조건을. 친구니까 충고해주는 거예요.”

“네, 알겠습니다.”

“아참! 비행기 시간이 어떻게 돼요?”

리안이 시간을 확인하더니 서두르며 일어섰다.

“벌써 시간이 이렇게 되었군요. 리하고 있으면 시간이 너무 빨리 가요.”

"자, 안전벨트 매세요. 출발합니다!"

말리는 외곽 도로로 접어들자 내비게이션만 믿고, 있는 힘껏 가속 페달을 밟았다. 부웅, 역시 대형차는 소리부터가 달랐다. 말리가 흐뭇해하고 있는데 다급한 기계음이 들렸다.

―감속하세요! 감속하세요! 전방 300미터 앞에 감시 카메라! 전방 300미터 앞에 감시 카메라!

"이크, 땡큐!"

말리가 급브레이크를 두어 번 밟았다.

비슷한 일을 두세 번쯤 겪고 난 리안이 빙그레 웃으며 말했다.

"리가 스피드 마니아일 줄은 몰랐어요."

"스피드 마니아요? 아, 아니에요. 난 그냥 이사님이 비행기 못 타실까 봐 걱정돼서 그러는 걸요."

"시간은 충분해요."

"후훗, 그래요? 그럼 천천히 갈게요."

"리, 혹시 모터사이클 탈 줄 알아요?"

"아뇨, 타보고는 싶었는데 기회가 없었어요."

"하하, 그럼 언제 내가 친구, 할리 한번 타게 해줄게요."

"좋아요. 우후, 신난다."

리안은 공항에 내리자마자 자신의 휴대폰에 말리의 번호를 입력하더니 곧 그녀의 휴대폰도 달라고 해서 자신의 번호를 입력했다.

"리, 곧 다시 만날 거예요."

말리는 그가 얼마나 바쁜 사람인지 잘 알고 있었다.

"건강하세요."

말리의 표정에서 무언가를 읽었는지 그가 다시 다짐했다.

"정말이에요. 금방 올게요. 리도 건강해요."

리안은 말리의 양 볼에 진한 키스를 남기고 아쉬운 표정으로 돌아섰다.

그리고는 수도 없이 뒤돌아보며 게이트를 빠져나갔다.

　말리가 집에 돌아와 느긋하게 샤워를 하고 나왔더니 휴대폰에 부재중 전화가 여러 통 찍혀 있었다. 전부 진리 언니였다.
　"나야, 언니. 전화 여러 번 했네? 무슨 일 있어?"
　ㅡ너 지금 어디야? 누구랑 같이 있어, 혼자 있어?
　"집. 혼자 있지. 왜?"
　ㅡ도대체 무슨 일이 있었던 거니?
　"뭐가?"
　말리가 지친 목소리로 말했다.
　ㅡ그 남자한테 전화 왔었어, 얘.
　"그 남자? 누구?"
　ㅡ지난번에 왜 그 진단서 끊게 만든 그 남자 말이야.
　"수탁? 왜!"
　ㅡ정말 임신이 아닌지 그걸 확인하고 싶었대. 다행히 다른 건 별로 의심하지 않는 눈치여서 내가 대충 둘러대고 끊었어. 너희들 무슨 일 있었던 거야?
　"아니, 일은 무슨 일……."
　말리가 얼버무리자 진리 언니는 갑자기 목소리를 높였다.
　ㅡ정말 별일 없었어? 그럼 너 그가 무슨 말로 자극해도 다른 데 가서 확인해보자고 설치면 안 돼! 알았지?
　순간 말리는 불길한 예감에 ·머리카락이 다 쭈뼛 섰다.
　"무슨 소리야? 설마 언니 처녀막 검사한 거……."
　ㅡ그래, 아무래도 언니가 괜한 일을 한 거 같다. 정말 죄 짓고는 못 살겠다, 얘.
　"설마 언니가 나한테 거짓말을 했던 거야? 그렇구나! 그랬어! 왜~!"

―의정이 전화 받고 그렇게 하는 게 너한테 도움이 될 거라고 생각했지 뭐니. 인연이란 게 뭐 별 거니? 100년 전에는 사진 하나 달랑 들고 태평양을 건너기도 했잖아. 하기야 일이 꼬이려면 이렇게 황당한 일도 생기지만. 근데 그 남자 말이야. 사실을 알게 되더라도 널 죽이겠다고 덤벼들거나 그러지는 않겠지? 아니라면 자기한테는 더 잘 된 일이잖아. 아무튼 걱정돼서 전화했어. 너한테는 진실을 알려줘야 할 거 같아서.

말리는 머릿속에 토네이도가 몰아치는 것 같았다. 아니, 뱃속의 창자가 마구 엉켜드는 것 같았다.

"전화 온 게 언제야?"

―조금 전에, 한 시간도 안 됐어. 그래도 예의 바르고 목소리는 좋더라, 애.

'아까 나한테 전화했던 것도 그걸 확인하려던 거였구나.'

말리는 짐짓 큰소리로 언니를 안심시켰다.

"맞아! 언니 말처럼 사실이 아니라는 걸 알게 되면 그는 아마 만세 삼창이라도 부를걸? 언니, 걱정하지 마. 내가 나중에 다시 연락할게."

전화를 끊자마자 말리의 얼굴은 순식간에 일그러졌다. 거짓말쟁이에 사기꾼으로 매도되는 것도 시간 문제였다.

'무슨 변명도 통하지 않을 거야. 차라리 입 다물고 모른 척하는 게 나을까.'

말리가 초조하게 방을 서성거리고 있는데 수탁의 번호가 떴다.

"여보세요?"

―언제쯤 시간 있어요?

말리는 잠깐 망설였다. 지금부터 다시 안 본다면 모를까 어차피 결자해지는 자신의 몫이었다.

"어디서 볼래요?"

―시간 돼요?

말리가 만나겠다고 하자 수탁의 목소리가 확 밝아졌다.

―지금 어딘데요? 내가 그곳으로 갈게요.

"방금 집에 들어왔어요. 그냥 중간에서 만나요."

먼저 와서 기다리던 수탁이 말리를 보자마자 대뜸 말했다.

"미안해요."

말리는 자리에 앉으려다 말고 어정쩡한 자세로 그를 쳐다보았다. 오히려 자기가 해야 할 말인데 그의 입에서 먼저 나왔기 때문이다.

"아까 언니한테 전화했었어요. 오해하지 말아요. 선배하고 통화도 안 되고 답답해서 그냥……."

사실 그가 병원으로 전화했던 건 말리의 말을 믿을 수 없었기 때문이다. 말리가 뭔가 잘못 알고 있거나, 명 이사와의 관계를 오해해서 어깃장을 놓느라 그런 걸지도 모른다고 생각했다. 더구나 말리가 결근하고 전화까지 꺼놓고 피하는 바람에 그는 더욱 초조했다.

수탁은 계속 미안한 표정으로 말을 이었다.

"어제 밤새도록 생각했어요. 선배 기분이 어땠을지……. 내가 생각이 짧았어요. 언니 병원으로 간 것도, 그걸 숨긴 것도 다 이해해요. 내가 여자가 아니라서 잘 몰랐어요. 낯선 곳에서 그런 검사를 받는다는 게 얼마나 내키지 않는 일인지. 그리고 또, 선배가 리안 이사와 만난 것도 내가 화낼 일이 아니었어요. 걱정하는 거하고 강요하는 건 정말 다른 건데…… 내가 경솔했어요. 정말 미안해요."

바싹 곤두서 있던 말리의 신경이 스르르 풀어졌다. 상황이 전혀 예상치 못한 방향으로 묘하게 돌아가고 있었다. 사실 창대 리조트에서 방을 잘못 찾아 들어온 것 한 가지만 빼면 그는 잘못한 게 아무것도 없었다.

"아니, 나도 잘못했어요. 의도야 어찌 되었든 리안 이사를 만난다는 걸 숨겼잖아요. 오해를 살 만했어요. 또 잠들면 인사불성 되는 것도 그렇고,

언니 병원이라는 걸 숨긴 것도 그렇고…….”

 ‘이왕 이렇게 된 거 가짜 진단서까지도 깡그리 털어놓을까? 안 돼! 그
걸 밝히면 언니는 또 뭐가 돼?’

 말리는 점점 기분이 이상했다. 그를 속이고 있다는 사실보다 아무 일
도 없었다는 게 더 견디기 힘들었다. 이제는 정말 그가 자신에게 아무것
도 빚진 게 없다는 사실을 떠올리자 가슴까지 다 먹먹했다. 그를 붙잡을
수만 있다면 거짓말이든 연극이든 닥치는 대로 다 하고 싶은 게 말리의
솔직한 마음이었다.

 “어제 리안 이사를 만난다는 걸 숨긴 이유는…… 그에게 보류된 옥도
투자를 재검토해달라고 부탁해볼 생각이었어요. 사실 그는…….”

 말리는 리안이 담당 여직원인 줄 알고 메일 친구가 되었던 일부터 시
작해서 오늘 그와 만났던 얘기만 쏙 빼놓고 전부 털어놓았다.

 말리가 미주알고주알 얘기하는 동안 수탁은 몹시 혼란스러운 표정으로
앉아 있었다.

 “왜 나한테 이렇게 다 얘기하는 거예요?”

 “뭐 그냥, 그러고 싶었어요.”

 리안이라는 든든한 존재가 없었어도, 그의 적극적인 대시가 없었어도
이렇게 당당하고 솔직할 수 있었을까? 당연히 아니었다. 말리는 지금 은
근히 수탁의 질투를 유도하고 있었다.

 “옥도 투자를 보류시킨 사람은 로버트 부사장이래요. 그가 막판에 중
국 쪽으로 확 기울어버렸나 봐요.”

 수탁은 그냥 묵묵히 듣고만 있었다.

 “리안 이사는 럭셔리 크리스털과 옥도의 이미지가 잘 어울리는 거 같
다고 했어요.”

 말리의 입에서 리안이 한 번씩 언급될 때마다 수탁의 표정은 점점 더
일그러졌다.

216

"보류 결정이 내려졌다고 실망할 필요는 없을 거 같아요. 어쩌면 뒤집힐 수도 있겠다는 느낌을 받았거든요. 참! 리안 이사의 어머니가 한국 사람이라는 거 몰랐죠? 파독 간호사였대요. 그가 돌아가신 어머니의 사진을 보여주는데 정말……."

신나게 얘기하던 말리가 자기하고 많이 닮았더라는 말은 꿀꺽 삼켰다. 질투 유발에 성공했다는 확신도 없는데 너무 지나친 자극은 오히려 역효과를 낼 수도 있었다.

"리안 이사의 한국말이 얼마나 유창한지 모르죠? 미국에서 대학 다닐 때 룸메이트가 한국인이었다는데……."

"선배는 리안 이사가 형 핑계 대는 걸 정말 믿어요?"

"……?"

"리안도 홍보 이사예요. 그의 파워도 부사장 못지않다고요. 내가 말했잖아요. 로브노카 남자들은 모두 플레이보이라고. 리안 이사도 로브노카 남자라고요!"

이힛! 드디어 노골적인 질투를 시작한 게야? 말리는 어깨춤이라도 덩실덩실 추고 싶었다. 무언가 불안하고 찜찜했는데 다 해결된 기분이었다.

"선배! 그의 입에서 나오는 말은 백 퍼센트 걸러서 들어야 한다고요. 그가 여러 나라 말에 능통하다는 건 모르는 사람이 없어요. 제발 앞으로는 절대로 그를 혼자 만나지 말아요!"

수탁은 얼음물을 청하더니 단숨에 벌컥벌컥 다 마셨다.

말리는 그가 지금처럼 흥분하는 모습을 본 적이 없었다. 그냥 한번 질러본 질투 유발 검사에 이렇게 맥없이 넘어오다니! 그렇다면 적어도 자신이 그에게 의미 없는 존재는 아니라는 뜻인가? 임신한 줄 알고 잘해준 게 아니라 진심이었던 걸까? 다시 희망을 품어도 되는 걸까? 말리는 혼자서 만리장성을 한참 쌓고 있다가 불쑥 물었다.

"내가 문제 하나 낼 테니까 맞춰볼래요?"

흥분을 삭이던 수탁이 고개를 끄덕였다.

"장소는 호텔이에요. 만약 어떤 남자가 미모의 여자와 함께 나란히 엘리베이터에 타는 걸 목격했다면 어떤 생각이 들 거 같아요?"

잔뜩 긴장해 있던 수탁의 눈꼬리에 천천히 주름이 잡혔다.

"보기 없어요? 주관식이에요?"

"1번, 불륜관계로 함께 객실로 가는 거다. 2번, 여자친구인데 함께 밥 먹으러 온 거다. 3번, 여동생과 함께 객실에 묵고 있는 친지를 방문하러 온 거다. 4번, 비즈니스 파트너인데 칵테일 바에 술 마시러 가는 길이다."

"정답이 없잖아요. 보기 더 없어요?"

"5번, 대학 후배인데 사업상 긴히 의논할 게 있어서 함께 그녀의 사무실로 가는 거다."

"빙고! 5번!"

수탁이 정색을 하며 바로 앉았다.

"어제 연지 로비에서 선배 만났을 때 명 이사 전화 받고 나가던 길이었어요. 명 이사는 결혼까지 생각했던 대학 후배예요. 인연이 아니어서 다른 사람과 결혼했죠. 남이섬의 창대 리조트에서 워크숍이 있던 날, 명 이사가 미망인이 되었다는 걸 처음 알았어요. 궁지에 몰렸다고 도움을 청하는데 차마 거절할 수가 없었어요."

말리는 입을 꼭 다문 채 얌전히 앉아서 듣기만 했다.

"어제 선배가 그랬죠? 난 수탁이지 영웅이 아니라고. 그 말을 듣는 순간 정신이 번쩍 났어요. 내가 그동안 명 이사한테 어떤 식으로든 복수를 별렀던 게 아닌가 하고요."

수탁이 입을 다물었다. 말리 역시 더 이상 할 말이 없었다. 어제 그렇게 오해하고 한바탕 싸우고 났더니, 또 서로에게 한 발자국 더 다가간 느낌이었다.

"우린 진짜 바보들이에요."

"왜요?"

"아까운 시간을 오해하고 싸우느라 다 허비하고 있잖아요."

말리가 피식 웃자 수탁이 덧붙였다.

"고약한 술버릇에, 고약한 잠버릇. 우린 둘 다 왜 이렇게 비정상이죠?"

"고약한 술버릇은 의지로 감당이 되는 거지만 고약한 잠버릇은 구제불능이에요."

"하긴, 술이야 안 마시면 간단하죠. 선배 잠버릇은 도대체 언제부터 그런 거예요?"

"오래됐어요. 얘기하자면 아주 길어요."

"궁금해요. 얘기해줘요."

말리는 잠깐 고민하고 나서 말했다.

"좋아요! 듣고 나서 재미없었다는 말이나 하지 말아요."

할머니와의 애증관계부터 시작해서 승리가 태어난 후 있었던 물그릇 사건까지, 꺼내놓고 보니까 얘기가 아주 길어졌다. 말리가 얘기하다가 가끔 그를 건너다보면 진지한 표정과 흥미로운 표정을 번갈아 짓고 있었다.

"하하, 재밌는데요."

"남의 얘기니까 재밌죠. 나한테는 상처고 아픔이라고요."

"결과적으로 할머니의 애정을 되돌렸으니 사랑을 쟁취하는 데 성공한 셈이네요?"

그의 말을 듣자 말리는 커다란 가시가 목구멍에 턱 박히는 느낌이었다.

"그때처럼 계속 그렇게 치열하게 살았더라면 지금 이렇게……."

노처녀로 남아 있지도 않을 거라는 말은 그냥 꿀꺽 삼켰다.

다음 날 아침, 전략 팀과 CR 팀의 기획 회의가 끝난 직후였다. 부스스한 모습으로 파일을 주섬주섬 챙기던 서 팀장이 갑자기 생각났다는 듯 말했다.

“로브노카 이사가 아주 위독하다면서요?”

말리는 느긋하게 앉아 있다가 기절할 듯 놀랐다. 어제까지도 멀쩡하던 리안 이사가 갑자기 위독하다니!

“왜요?”

“아침에 출근하다 얼핏 들었는데 비행기가 이륙하다 추락했대요.”

말리는 머리가 띵했다. 그러고 보니 어제 게이트를 빠져나가며 수도 없이 되돌아보던 그의 행동도 예사롭지는 않았다.

“어, 언제, 어디서요?”

독고 이사가 대신 대답했다.

“아니, 서 팀장이 잘못 안 거예요. 리안 이사가 아니고 로버트 부사장이 다쳤대요. 그가 탄 전용기가 어젯밤에 중국 남단에 있는 섬에서 이륙하다 추락했대요.”

말리는 벌렁거리는 가슴을 진정시키느라 한참 동안 조용히 앉아 있었다.

“아이고, 어떡하냐? 비행기가 추락했다면 최소 사망 내지는 시신 수습 불가 아닌가요?”

“그러게요. 컬렉션 멀쩡히 잘 끝내고 안됐네요.”

“글쎄 말이야. 비즈니스 하는 사람들한테는 그런 게 제일 무서운 일이에요. 이동이 잦으니까 사고 당할 확률도 상대적으로 높고. 자, 그만 해산들 하죠. 가만!”

독고 이사는 일어서다 말고 갑자기 이마를 짚으며 주저앉았다.

“내가 무슨 말인지 더 할 게 있었는데…… 아, 그거! 최 대리는 오늘부터 당분간 창대로 출근하기로 했어요. 물론 옥도 프로젝트가 끝날 때까지만.”

“어머! 섭섭해요. 그럼 오늘 최 대리님 약식 송별회라도 해야 하는 거 아닌가요?”

"최 대리는 당분간 정신없을 거예요. 곧 새로운 프로젝트 하나를 더 맡게 될 거 같더라고. 모두들 이번 주말에 옥도 가기로 했다면서? 바쁜 사람 번거롭게 할 거 없이 그때 야유회 겸 함께 다녀오면 되겠네."

"하긴, 그러면 되겠네요. 최 대리는 몸만 준비하면 돼. 나머지는 우리가 다 준비할게."

"독고 팀장이 유람선 티켓 예약하는 것부터 옥도 안내하는 것까지 다 준비한다고 그랬다면서, 뭘?"

"에이, 얌체같이 어떻게 그래요? 먹을거리만이라도 우리가 준비하려고요."

모두들 즐거운 표정으로 손뼉 치며 좋아하는데 이상하게 놀기 좋아하는 좌의정은 조용하게 앉아 있었다.

말리가 동료들과 나란히 회의실을 나서는데 독고 이사가 불렀다.

"최 대리!"

"네, 이사님."

"잠깐 나 좀 보고 가지."

"네."

"회장님께서 '선택과 집중'이라는 새로운 프로젝트를 시작하신 건 알고 있지?"

"네, 창대 홈페이지에 뜬 걸 봤어요."

이번에 회사가 휘청거리면서 여러 가지 느낀 게 많았던 독고 회장이 새롭게 시도하는 전략적 프로젝트였다. 아파트나 업무용 빌딩같이 경기에 민감한 분야에서 손을 떼고, 직접 소비자와 대면할 수 있는 사업을 선택해서 집중 투자해 그룹의 성장 동력으로 삼겠다는 야심찬 프로젝트였다.

"듣기에는 벌써 테마파크나 골프장, 소규모 물놀이 공원과 연계된 해외 리조트를 지분 인수 팀이 실사 중이라던데요?"

독고 이사가 고개를 끄덕였다.

"잘하면 옥도가 '선택과 집중'의 파일럿 프로젝트가 될 수도 있지."

"팀장님한테는 좀 부담이 될 거 같아요. 로브노카 투자 건도 원점이고, 자금 문제 때문에 굉장히 고전중이거든요."

"안 그래도 회장님과 내가 계속 주시하고 있어. 독고 팀장 혼자서도 잘해낼 거라 믿지만 최 대리가 곁에 있으니 한결 마음이 놓여."

말리는 창대로 출근하라는 수탁의 말이 다 이유가 있었다는 걸 깨달았다. 이미 윗선에서 결정된 일 같았다.

"최 대리, 마라톤 해본 적 있나?"

"아뇨, 전 성질이 급해서 단거리밖에 못해요. 하프 코스는 한 번 시도 해봤는데 초반에 오버페이스 하는 바람에 바로 뻗어……."

"하하! 언제 나하고 같이 달려보자고. 짧은 시간에 전력 질주하는 것도 나름대로 의미가 있지만 페이스 조절을 하며 목표 코스를 완주하고 나면 세상을 정복한 거 같은 기분이거든. 자기의 한계를 넘어섰다는 자신감이 마약처럼 금방 또 도전하고 싶게 만들지. 아마 독고 팀장하고 최 대리도 이번 일 끝나면 비슷한 느낌일 거야."

독고 이사가 짓궂게 웃었다.

말리가 사무실로 돌아오자 기다리고 있던 좌의정이 곧바로 심문을 시작했다.

"어제 얘기 좀 해봐. 독고 팀장하고 어디 갔었어? 단둘이 데이트한 거 맞지?"

"그게 궁금해서 아까 옥도 가자는데도 별로 신나 하지 않은 거니? 못 말리겠다. 못 말리랑 다니더니 너도 전염되었나 봐."

말리도 좌의정에게 지난 이틀 사이에 있었던 일을 자세히 설명하고 싶었지만 시간이 없었다. 아침에 잠깐 사무실에 들렀다가 창대로 가겠다고 말했는데 회의가 늦어지는 바람에 벌써 11시가 넘어가고 있었다. 말리는 엉망으로 어지럽혀져 있는 책상 위를 대충 쓸어모아 한쪽 구석에 바벨탑처럼 쌓아놓고 서둘렀다.

"뭐, 그냥 근사한 브런치 먹고 드라이브 좀 했어. 나 빨리 창대로 건너가야 돼. 조만간 자세한 보고서 올릴게."

"와우! 최말리와 독고수탁이 바야흐로 본격적인 연애 시대로 돌입하는구나!"

두 손을 모아쥐고 황홀해하던 좌의정이 갑자기 창백해지며 사무실을 뛰쳐나갔다. 말리가 깜짝 놀라 따라갔더니 좌의정은 화장실로 뛰어 들어가 세면대를 붙들고 서서 꽥꽥 헛구역질을 하고 있었다.

"또 체했어? 약 사올까? 아니지. 넌 손 따주는 거 더 좋아하지. 잠깐 있어봐. 빨리 가서 바늘 찾아올게."

"안 그래도 돼."

"왜? 얼굴도 창백한 게 아주 꼭 체했나 본데. 그럼 나가서 약 사올까?"

"아냐, 아는 병인데 뭘."

"아는 병? 야……! 너……!"

좌의정은 말리와 친자매나 다름없는 친구였다. 그녀가 아기 엄마가 된다는 건 말리가 이모가 된다는 뜻이었다. 언니가 많은 말리였지만 그래도 조카가 하나 더 늘 때면 한결같이 감격스러웠다.

"예정일이 언제야? 얼마나 됐어?"

"내년 초쯤."

"가만 있어봐. 그럼 너희들 지난번 남이섬 차 속에서…… 그때 만든 거지! 그치?"

좌의정이 핼쑥해진 얼굴을 끄덕였다.

"우상도 알아? 병원에는 가본 거야?"

"응."

"축하해, 의정아. 정말 축하해."

"근데 좀 걱정이야."

"왜? 뭐가?"

"두 녀석이나 자리 잡아서 그런지 입덧도 장난 아냐."

"두 녀석? 야! 그럼 쌍둥이? 와우! 두 배로 축하해야겠네. 그나저나 입덧이 심해서 어쩌냐? 고 녀석들, 나오기도 전에 엄마 군기부터 잡네. 그래서 아까 놀러가는 얘기할 때도 네 표정이 그렇게 심드렁했구나."

"안 그래도 입덧이 심해서 힘든데 배 멀미까지 하면 난 죽을 거야."

"당근이지. 넌 아예 갈 생각도 하지 마! 몸도 약한데 조심해야지."

말리가 좌의정을 부축하며 코맹맹이 소리를 했다.

"그럼 독고 팀장 만나면 네가 말해줘. 내 표는 끊지 말라고."

"알았어, 걱정 마."

말리는 창대로 가기 전에 수탁에게 어디냐고 문자를 보냈다. 아침 일찍 밖에 나와 있다는 그의 메시지를 받았었기 때문이다. 수탁에게서 금방 전화가 걸려왔다.

―창대예요?

"아뇨. 지금 막 가려고요."

―그럼 거기 있어요. 점심시간도 다 되었는데 같이 밥 먹어요.

점심을 먹은 후 수탁이 차에 타며 말했다.

"오후에 몇 군데 더 들를 곳이 있어요. 선배는 사무실로 데려다 줄게요."

"나도 같이 가요."

"선배는 사무실에서 할 일이 있어요. 이사님한테 들었는지 모르지만 새로운 프로젝트 기안을 짜는 중인데 자료가 많이 필요해요."

"노트북 있잖아요. 난 운전 안하니까 차 타고 이동하면서도 얼마든지 일할 수 있어요."

말리가 계속 조르자 수탁이 마지못한 듯 허락했다.

"좋아요. 대신 선배, 각오는 단단히 해요."

"무슨 각오요?"

"그런 게 있어요."

첫 번째로 방문한 곳은 창업투자사였다. 대출 담당자는 머리가 벗겨지고 도수 높은 뿔테 안경을 쓴 40대 초반의 남자로 전형적인 금융인처럼 보였다.

"글쎄, 팀장님이 창대의 독고 회장님 자제분이라는 건 잘 알지만, 옥도 프로젝트는 팀장님 개인이 하는 사업으로 되어 있으니 우리로서도 어쩔 수가 없네요. 요즘 부동산 대출 제한 지침이 내려와서요. 개인에게는 더욱 엄격하게 제한하라고 하거든요. 창대에서 하는 거라면 지금 당장이라도 지급 보증이 가능하지만, 이거 정말 미안합니다. 회사의 규정이 이러니 어쩌겠습니까. 이해해주십시오."

말리가 사무실을 나서면서 투덜거렸다.

"에이, 신문에서는 요즘 지점장들이 돈 싸들고 다니면서 대출받아가라고 굽실거린다던데 전부 뻥이잖아요."

수탁은 아무 말도 하지 않았다. 그렇다고 표정이 굳은 것도 아니었다. 하도 여러 번 겪어서 그런지 그냥 담담해 보였다.

"지난번 중국 투자 설명회는 별 수확이 없었나 보죠?"

"처음에는 반응이 화끈하더니. 워낙 그쪽 사람들이 만만디잖아요. 예상했던 일이에요."

"마하 속도로 돌아가는 살벌한 비즈니스 세계에 만만디가 어디 있어요?"

"로브노카처럼 금방 양해 가서까지 교환하고 나서 나중에 보류 결정을 내리는 것보다는 낫죠."

그 얘기가 나오면 말리도 열이 올랐다. 지금 이렇게 고생하는 게 모두 로브노카 때문인 것만 같았다.

다음 약속 장소로 향하던 수탁이 갑자기 차를 돌렸다.

"선배는 그냥 사무실로 들어가요. 나 혼자 갈게요."

"왜요?"

"선배까지 우스워질 필요 뭐 있어요."

"아니, 난 아무렇지도 않아요. 진짜예요."

말리는 마구 손사래를 치며 수탁의 눈치를 살폈다. 맞선보기부터 취직까지, 거절이라면 산전수전 다 겪은 자신도 넌더리가 나는데 부잣집 막내아들로 세상물정 모르고 살아온 귀공자 수탁은 훨씬 더 할 거라는 생각이 들었다. 게다가 오늘은 혼자가 아니라 둘이 당한 거라 더욱 자존심이 상한 건지도 모른다. 툴툴거리지 말았어야 하는 건데, 은근히 후회하던 말리가 갑자기 흠, 음, 목청을 가다듬었다.

"이 정도는 우리 옌벤에서는 거절 축에도 못 낌다. 고저 백만 원만 대출받을라치믄 우선 은행 문턱이 닳도록 찾아가서 눈도장부터 찍어야 함다. 고거이 기본이 3년임다. 그리구 나문 일가친척 사돈의 팔촌까지, 재산세 내는 친척은 모조리 찾아댕김서 보증서에다 손도장까지 받아 와야 함다. 고거이 기본이 3톤 트럭 한 대 분임다. 이거이 다가 아임다. 또 있슴다. 꼬박 3년을 기둘리다 보문 어느 날 전화 한 통이 걸려옴다……."

"하하하, 선배! 제발 그만 좀 해요."

핸들 쥔 손을 부들부들 떨며 웃음을 참던 수탁이 마침내 눈물까지 찔끔거릴 정도로 웃어젖혔다.

일사천리로 쏟아내느라 숨이 찼던 말리도 그가 웃는 걸 구경하면서 잠깐 숨을 돌렸다.

"팀장님! 비록 오래전에 유행하던 거지만 진짜 우스울라문 적어도 이 정도는 돼야 함다!"

"알았어요, 알았어요. 내가 잘못했어요. 사실은 지금 인천에 갈 거거든

226

요.”

“인천이요? 맞다! 옥도니까 인천 금융권을 뚫어보는 게 더 나을지도
모르겠네요.”

수탁이 고개를 흔들었다.

“아뇨. 그래서가 아니고 인천시청의 투자 개발 팀장한테 전화가 왔어
요. 의논할 게 있다고 잠깐 보자고 하네요. 무슨 좋은 정보라도 있는지
좀 만나보려고요.”

“나도 같이 가면 안 돼요?”

“선배 덕분에 엔도르핀이 막 솟아나요. 끄떡업슴다!”

수탁은 기어이 말리를 사무실로 들여보내고 혼자 갔다.

“아, 아아아~.”

넓고 쾌적한 사무실에서 열심히 서류 작업을 하던 말리가 갑자기 타잔
처럼 소리를 질렀다. 손가락이 근질거리고 마음이 급해서 더 이상 참을
수가 없었다. 결국 말리는 하던 일을 밀쳐두고 서둘러 S-diary 파일을 열
었다. 그리고 키보드를 신들린 듯 두드리기 시작했다. 그동안은 쓰는 양
보다 지워버리는 양이 훨씬 많았고, 요즘처럼 필 받아 신바람 나게 썼던
적은 한 번도 없었다. 오늘처럼 업무 시간인 대낮에 필 받아 써보는 것도
또 생전 처음이었다.

말리는 몇 시간이나 꼼짝 않고 앉아 있었는데도 엉덩이가 아픈 것도
몰랐다. 휴대폰 음악 소리를 듣고 고개를 들었더니 어느새 바깥이 어둑했
다.

말리는 당연히 수탁일 거라 생각하고 번호도 확인하지 않고 폴더를 열
었다.

“지금 끝났어요?”

―…….

“여보세요?”

―리?

“어? 이사님!”

―잘 있었어요?

“네. 이사님은요? 참, 형님은 어떠세요?”

―위험한 고비는 넘겼어요. 대신 병원 신세를 좀 오래 져야 한대요.

“그 정도인 게 정말 다행이네요. 덕분에 이사님은 몇 배 더 바빠지겠네요? 이 전화도 빨리 끊어야죠?”

―맞아요. 지금 리한테 도와달라고 SOS를 타전하는 거예요.

“어쩌죠? 저도 지금 파견 근무 나와 있거든요. 낯설고 정신없어요.”

―파견 근무? 미스터 독?

“네.”

―…….

“여보세요?”

―리 덕분에 즐거웠어요. 도움도 많이 받았고요. 고마워요.

“별 말씀을…… 도움이 되었다니 기쁘네요.”

―오늘 인터뷰가 잡혀 있는데…… 리 생각이 많이 나요.

“…….”

―리?

“네.”

―옥도 투자 재검토 들어갔어요.

“정말요? 그럼 좋은 소식 기대해도 되는 거죠? 아무튼 이사님께 감사드려요.”

말리는 폴더를 덮자마자 장국영이 트렁크만 입고 추던 엉덩이춤을 실룩거리며 사무실을 뱅뱅 돌았다. 글이 잘 나가서 기분이 좋은 데다 리안에게 희망적인 소식까지 들었더니 날아갈 것 같았다.

바로 그때 수탁이 문을 열고 들어섰다. 말리는 체조라도 하고 있었던 것처럼 얼른 허리를 붙잡고 상체를 좌우로 돌렸다.

"꼬박 앉아서 서류 작업만 했더니, 허리가 막 뒤틀려서……."

수탁은 벌겋게 상기된 말리를 제법 오래 쳐다보고 나서 짓궂게 물었다.

"선배, 어디 아파요?"

"아뇨. 왜요?"

"열나는 거 같아 보여서요."

말리가 양 손으로 얼른 볼을 감싸쥐었다.

"사실은 좋은……."

'아차! 확정된 것도 아니고 검토 중이라는데 괜히 미리 얘기했다가 잘 안 되면 두 번 실망하게 되잖아. 입 다물자. 좀 더 지켜보다가 확실하게 결정 나면 그때 가서 말하는 게 낫지.'

"아우! 이상하게 배가 고프네. 배 안 고파요?"

얼떨결에 둘러댔지만 사실이었다. 말리가 오늘 하루 종일 한 일이라고 는 키보드를 열심히 두드린 것밖에 없는데 다른 날보다 유난히 배가 고 팠다. 두뇌노동도 육체노동만큼이나 에너지를 소모하는 모양이었다.

"나도 배고파요. 가죠."

"앗! 잠깐만요. 컴퓨터를 안 껐어요."

말리가 호들갑을 떨며 책상으로 달려갔다. 허둥지둥 저장을 클릭하고 나서 워드를 닫으려는데 갑자기 네모 박스 안에 영어 문구가 장황하게 떠올랐다. 말리는 아까 바이러스 체크 경고가 자주 뜨더니 또 그건가 보 다 무시하고 그대로 컴퓨터를 꺼버렸다.

수탁이 말리를 데려간 곳은 한강변에 우아하게 떠 있는 신상 레스토랑 이었다.

그가 미리 예약해둔 2층의 퓨전 레스토랑으로 들어섰다. 한강이 바라보이는 쪽이 모두 통 유리창으로 되어 있어서 어디에 앉아도 환상적인 야경을 감상할 수 있었다. 빛 가루를 흩뿌린 듯 반짝반짝 일렁이는 강물, 병풍처럼 둘러선 아파트에서 새어나오는 오렌지색의 따스한 불빛, 반딧불처럼 긴 빛 꼬리를 달고 질주하는 강변도로의 자동차들……. 감탄을 터뜨릴 만큼 아름다웠다.

테이블마다 밝혀놓은 촛불이 더욱 로맨틱한 분위기를 자아냈다. 주위에는 온통 머리를 맞댄 채 황홀한 표정을 짓고 있는 연인들뿐이었다.

수탁이 지나가는 말처럼 대수롭지 않게 말했다.

"오면서 계산해보니까 87일이에요."

"뭐가요?"

말리는 부드럽고 고소한 파스타를 부지런히 감아올리다가 무심코 대꾸했다. 그러나 아무런 대답이 없어 고개를 들었더니 사선으로 기울어진 그의 큰 눈이 자신에게 고정되어 있었다.

"뭐가요!"

"87일이라고요."

"그러게 뭐가요. 여기 개업한 날짜인가?"

그래놓고 또 포크로 파스타를 감아올리는데 아무래도 분위기가 영 이상했다. 말리가 힐끗 그의 눈치를 살폈다. 도대체 뭐가 87일이라는 건지, 원.

"우리가 처음 만난 지 87일째더라고요."

"맙소사! 그런 걸 뭐 하러……."

굳어지는 그의 표정을 발견한 순간 말리는 '계산해요'를 다시 입속으로 꿀꺽 삼켰다. 그러나 고작 87일밖에 되지 않았다는 건 말리에게도 좀 의외였다. 그동안 많은 일들을 함께 겪었기 때문인지 훨씬 오래된 것 같았다.

"에게게, 고작 그렇게밖에 안 됐어요? 마음은 벌써 870일쯤 된 거 같은데.”

“그렇죠? 나도 그래요.”

굳어 있던 그의 표정이 오븐에 넣었다 꺼낸 치즈처럼 풀어졌다. 그의 미소에서도 고소한 냄새가 풍기는 것 같았다.

“그만큼 서로에게 익숙해졌다는 뜻으로 해석하는 게 순서죠?”

“하긴 그동안 우리가 보통 싸웠어야죠. 진짜 미운정이 무섭긴 무서운가 봐요.”

말리가 짓궂게 이죽거리자 수탁이 엉뚱한 질문을 했다.

“남이섬에서 그날 밤, 정말 기억나는 게 아무것도 없어요?”

헐! 마침내 일급비밀을 알아버린 게야? 말리는 뜨끔해서 수탁의 눈치를 살폈다. 그러나 그의 얼굴은 아주 평온해 보였다.

“영원한 미스터리라는 거 아닙니까. 그러는 팀장님은요?”

“나도 마찬가지예요. 우리 집 남자들 모두에게 유전병 같은 거죠. 선천적으로 알코올 분해 효소가 희박한 체질이래요.”

“우린 정말 희한한 게 다 일치한다니까요.”

“이럴 때는 그냥 간단하게 천생연분이라고 하는 거예요.”

‘물론 눈 내려간 남자와 눈 올라간 여자야말로 천생연분이지.’

“그러면 뭐 해요? 옥도 프로젝트 끝나면 바로 미국으로 날라버릴 생각이면서.”

“설마 내가 그러길 바라는 건 아니죠?”

“그럼 아니란 말예요?”

“못 가요! 일이 재밌어졌거든요. 근사한 성을 하나 지을 장소도 물색해야 하고요.”

“웬 성이요?”

“선배…….”

수탁은 대답 대신 말리를 부르더니 한참 동안 뜸을 들였다.

“어떻게 지금까지 순결을 지켰어요?”

‘우이씨, 별 게 다 궁금하네.’

말리가 퉁명스럽게 대꾸했다.

“재수가 없었던 거죠.”

“재수 없었던 얘기 좀 해줘요.”

“우욱, 정말 짓궂다.”

말리가 수탁에게 살짝 눈을 흘겼다.

“좋아요! 대신 오늘은 여기까지, 이제 더 이상 질문 안 받아요! 그냥 뭐 막연히 가치 없게 던져버리지 말자는 생각은 했었죠. 근데 어쩌다 보니 기회가 닿지 않았어요. 툭하면 백조 신세라서 거저 따먹으려는 인간들이 많았거든요. 나중에는 조금 거추장스럽기도 했지만 그렇다고 멍석 깔고 아무한테나 ‘뎀벼!’ 할 수도…… 읍!”

수탁이 또 기습 키스를 했다. 말리가 그를 후다닥 밀어내며 주위를 살폈다. 다행히 주변의 아베크 커플들도 나름대로 바쁜 탓에 두 사람한테 신경 쓸 만큼 한가하지 않았다.

“뭐예요? 사람들도 많은 데서 번번이.”

말리가 눈을 하얗게 흘겼다.

“어때요? 좋아서 그러는데.”

“앞으로는 절대로 방심하지 말아야지. 조용한 곳일수록 긴장하고 경계해야지.”

말리가 무안해서 횡설수설하는 동안 수탁은 창밖의 야경 쪽으로 시선을 돌린 채 못 들은 척하고 앉아 있었다.

“있잖아요…….”

수탁은 뭔가 심각한 말을 시작할 듯하더니 또 한동안 바라보기만 했다.

‘뭐가 있는데? 그만 좀 뜸들이고 빨리 말해봐! 성질 급한 말리 숨넘어 간다고!’

"아름다운 경치를 볼 때도 그렇고요. 멋진 음악을 들어도 그래요. 맛있는 음식을 먹을 때는 더 하고요."

"……?"

"왜 항상 선배 생각이 나는 거죠?"

"……!"

그 어떤 고백보다 로맨틱했다. 말리가 사람의 말에 감전되어보기는 또 생애 처음이었다. 아! 나 혼자만 수탁에게 잠식당한 게 아니었구나. 기특하게도 최말리 역시 독고수탁을 야금야금 점령해나가고 있었구나. 말리는 가슴이 벅차올랐다.

"선배도 그래요? 선배는 어떨 때 내 생각해요?"

"그게 그러니까……."

바로 그때 한 떼거리의 마리아치가 우르르 몰려왔다. 순간 말리는 수탁이 한 말도 있고, 그가 프러포즈하기 위해 모든 걸 완벽하게 연출한 거라고 확신했다. 아! 드디어 내게도 소원하던 기적이 일어나는구나. 말리는 가슴이 콩닥콩닥 뛰었다. 한 번에 승낙해도 될까? 말리는 붉어진 뺨을 감싸 쥔 채 노심초사 수탁의 청혼을 기다렸다. 그러나 주인공은 말리가 아니었다. 화려한 차로 복장에 솜브레로를 쓴 마리아치들은 바로 옆 테이블에 앉은 남녀를 에워싸고 있었다. 감미롭고 로맨틱한 그들의 노래를 들으면서 말리는 너무 창피해 쥐구멍이라도 들어가고 싶었다. 대실망은 둘째치고라도 하마터면 프러포즈도 하기 전에 주책 맞게 승낙부터 할 뻔했다.

실내에 있는 모든 커플들의 시선이 순식간에 그쪽으로 쏠렸다. 남자들은 하나같이 앞날이 걱정스러운 듯한 표정이었고, 여자들은 부러워 깔딱 넘어가는 눈빛들이었다.

말리는 포크로 남은 파스타를 마구 짓이겼다.

"선배는 어떤 프러포즈를 받고 싶어요?"

"난 저런 흔한 건 별로예요. 뭔가 천지개벽할 만큼 특별한……."

심술궂게 말하던 말리가 뜨끔한 표정으로 입을 다물었다. 소박해도 상관없고, 흔해도 괜찮고, 특별할 필요도 전혀 없었다. 오로지 프러포즈 받아보는 게 소원이었다. 에고, 이러다가 쌍춘년이고 뭐고 올해도 또 그냥 지나가는 거 아냐? 말리의 입에서 작은 한숨이 흘러나왔다.

"고민 많이 해야…… 아참, 왜 안 물어봐요?"

말리가 뚱해서 쳐다보았다.

"뭘요?"

"그러지 말고 물어봐요. 지금 굉장히 궁금한 거 한 가지 있잖아요."

'있긴 있지. 도대체 나한테 프러포즈할 마음은 있는 거야?'

"그게 뭔데요?"

"오늘 인천에 갔던 일이요. 어떻게 됐는지 정말 궁금하지 않아요?"

"에이, 그거요? 그냥 안 물어보기로 했어요. 세상에 널린 게 기회고 시간이잖아요. 곧 좋은 일이 생길 것 같은 예감도 들고 말씀이죠."

"좀 서운한데요? 난 오늘 기분 좋아서 선배가 물어주길 기다렸는데."

"왕왕! 가까이 와요. 물어줄 테니까!"

말리는 짓궂게 장난부터 치고 나서 정색을 했다.

"부담 가질까 봐 일부러 안 물어본 거예요."

수탁이 고개를 끄덕였다.

"그럴 거 같았어요."

"빨리 말해봐요. 갑자기 궁금해 죽겠네."

"투자 유치 설명회가 슬슬 가시적인 성과를 내고 있나 봐요."

"어떻게요?"

"중국 투자단이 컨소시엄을 구성했대요. 며칠 내로 곧 방문하겠다는 연락도 왔다고 하고요."

"와우! 진짜 잘됐다!"

말리가 먼저 하이파이브를 제안하자 수탁도 거리낌 없이 호응했다.
딱! 딱! 딱!
잔잔한 음악과 은은한 조명 아래서 한껏 분위기에 취해 있던 커플들이
느닷없는 소음에 곱지 않은 시선으로 쏘아보았다. 그러나 두 사람은 개의
치 않고 기어이 삼세번을 채웠다.

출근하던 말리가 화려한 꽃바구니와 함께 놓여 있는 커다란 선물상자를 발견했다. 푸짐한 꽃바구니는 일단 창가에 얹어놓고 나서 선물상자를 부리나케 열었다.

"어머, 세상에!"

선물상자 속에는 크리스털로 장식한 명품 가방들이 가득 들어 있었다. 루이비통, 프라다, 샤넬 등의 명품 가방이 자그마치 일곱 개나 쏟아져나왔다. 하나같이 세련되고 말리의 마음에 쏙 드는 디자인이었다. 꽃바구니에 들어 있던 카드를 살펴보니 역시나 리안이 보내온 것들이었다. 형 때문에 정신없이 바쁠 텐데……. 말리는 리안의 마음 씀에 완전히 감격했다. 아니, 솔직히 말하자면 명품 가방에 눈이 뒤집혀버린 것이다.

말리는 당장 리안에게 감사인사를 하기 위해 폴더를 열었다. 그러나 가만히 생각해보니 동에 번쩍 서에 번쩍 바쁜 그가 지금 어디 있는지도 모르고, 그곳이 밤인지 낮인지도 알 수 없었다. 말리가 다시 폴더를 덮었다.

 말리는 거울 앞에 서서 가방을 숫자대로 다 들어보며 온갖 폼을 다 잡고 나서 우아하게 컴퓨터를 켰다.

 "아악~!"

 기분 좋게 파일을 열던 말리가 벌떡 일어서며 비명을 질렀다. 이중삼중의 비밀 잠금장치까지 해두고 애지중지하던 특별 파일이 사라지고 없었다. 진작부터 CD에 저장해둬야지, 생각은 하고 있었지만 워낙 자주 수정하던 파일이라서 차일피일 미루며 게으름을 피우다가 이런 엄청난 사태가 벌어진 것이다. 말리는 혼비백산해서 여기저기 전화를 걸었다.

 "네, 백업 파일까지 통째로 다 날아갔다고요! 네. 계속 수정하면서 쓰던 거라 CD에 복사해두는 걸 미루는 바람에…… 정말 복구할 방법이 없는 건가요? 그렇죠. 네, 네. 어제 그런 일이 있긴 있었어요. 전 그게 바이러스 체크하라는 소린 줄 알고 그냥…… 그렇게 날아가면 복구하기 어렵다고요? 네, 네. 알겠습니다."

 마침 출근하던 수탁이 아는 체를 했다.

 "뭐가 날아갔어요?"

 끊긴 수화기를 들고 멍하게 서 있던 말리가 기절할 듯 놀라며 돌아보았다.

 "아, 아니 그냥. 괜찮아요, 별로 중요한 건 아니거든요."

 말리가 얼렁뚱땅 둘러댔다. 수탁이 컴퓨터 도사라는 건 진작부터 알고 있었지만 이건 그에게 맡길 수 있는 게 아니었다. 그가 보면 절대로 안 되는 내용이었기 때문이다. 만약에 혹시라도 그가 복구시켜 확인하게 되면 본 궤도에 진입하기 시작한 연애사업이 한순간에 곤두박질칠 수도 있었다.

 "웬 꽃바구니예요?"

 수탁이 창턱에 놓인 꽃바구니를 발견하고 다가갔다.

"아, 예 그게 저기……."

"이런! 창대로 출근하는 기념으로 내가 먼저 선물해야 하는 건데, 선배가 산 거예요?"

"아니 그게…… 예쁘죠?"

말리가 진땀을 흘리며 슬쩍 넘어가려는 순간 누가 사무실을 노크했다.

"네, 들어오세요."

문이 열리더니 젊은 청년이 고개를 들이밀었다.

"여기 최말리님 계시죠?"

"네, 전데요."

"어젯밤에 경비실에 맡겨놓고 갔었는데, 잘 받으셨어요?"

'아뿔싸! 진작 올 일이지.'

"네."

"그럼 여기에다 사인 좀 해주세요. 꼭 본인이 받았는지 확인해달라고 하셨거든요."

말리는 수탁의 눈치를 살피며 얼른 사인을 해주고 나서 배달 청년의 등을 떠다밀었다. 그런데 그가 나가다 말고 다시 돌아섰다.

"아참! 선물박스도 잘 받으셨죠?"

'으이그, 내가 못 살아!'

"그럼요. 잘 받았어요."

배달 청년이 사라지자 말리는 수탁을 외면하며 조그맣게 투덜거렸다.

"친구가 어떻게 알고 이곳으로 소포를 보냈네요. 아무튼 무서운 애라니까."

수탁이 궁금한 표정으로 무언가 질문할 낌새를 보이자 말리는 얼른 선수를 치고 도망쳤다.

"저, 잠깐 화장실 좀 갔다 올게요."

말리는 사무실에서 나오자마자 좌의정에게 전화부터 걸었다. 그러나 연결되지 않았다. 몇 번을 다시 걸어도 그때마다 통화 중이었다.

"잠깐 기획실에 좀 올라갔다 올게요."

말리가 돌아오자 이번에는 수탁이 사무실을 나갔다.

말리가 얼씨구나 다시 폴더를 열려는데 익숙한 음악이 들렸다. 좌의정이었다.

"너 아침부터 어디에다 그렇게 전화하는 거야?"

—무슨 소리야? 내가 하고 싶은 말인데.

"엉?"

—내가 아까부터 계속 전화했는데 통화 중이더라고. 그럼 너도 나한테 전화했던 거야?

"너도? 왜!"

—독고 팀장 옆에 있어?

"아니, 잠깐 나갔어."

—그럼 너 당장 이리로 건너와.

"왜?"

—오면 알아. 빨리 와!

전화를 끊으려던 좌의정이 다시 말리를 다급하게 불렀다.

—말리야, 최말리!

"왜? 숨넘어가겠다."

—너 혹시 아침에 신문 봤어?

"아니?"

—그럼 독고 팀장은?

"그건 나도 모르지."

—한 사무실에 같이 있으면서 그것도 몰라!

"말도 마라. 아침부터 이것저것 때문에 내가 지금 제정신이 아니라고."

말리가 신문을 확인하며 말했다.

"배달된 상태 그대로 있는 걸 보니까 아직 안 봤나 봐."

─그럼 사무실에 있는 신문 전부 치워놓고 와. 아니면 몽땅 챙겨들고 오던지.

"갑자기 신문은 왜?"

─그냥 시키는 대로 하고 빨리 와!

좌의정이 하도 서두르며 윽박지르는 통에 말리는 파일이 날아가 버린 것도, 선물박스를 차에 실어놓으려던 것도 전부 잊어버렸다. 좌의정이 시키는 대로 허겁지겁 신문을 감춰놓고 나서 수탁에게 문자를 날리고 있는데 그가 사무실로 들어섰다.

"어? 연지에 잠깐 갔다 오려고 문자를 날리던 중인데."

"무슨 일인데요?"

뭐라고 둘러대지? 허둥대던 말리가 탁상 달력에 그려진 커다란 동그라미를 발견하고 얼른 둘러댔다.

"오, 옥도 야유회 때문에요. 내일 모레 옥도 야유회 준비하는 거 때문에 의논할 게 있다고 잠깐 오라네요."

"내가 전부 준비하기로 했는데, 특별히 더 준비할 게 있대요?"

"글쎄요. 가보면 알겠죠, 뭐. 오래 걸리지는 않을 거예요. 금방 다녀올게요."

수탁은 말리가 나가자마자 당장 그녀의 컴퓨터를 고치기 시작했다. 감쪽같이 고쳐놓고 시침 뚝 뗄 참이었다. 그는 말리가 깜짝 놀라는 모습을 상상하는 것만으로도 신바람이 났다. 다행히 그의 실력에 비해 그리 심각한 상황이 아니어서 파일을 복구시키는 데 채 10분도 걸리지 않았다. 복구시킨 파일을 여유 있게 점검하던 수탁이 책상을 쾅 내리쳤다.

"이런, 젠장!"

이중삼중으로 걸어놓은 비밀번호 때문이었다. 결국 날아간 파일을 복구시키는 데 들어간 시간보다 몇 배나 많은 시간을 잡아먹고 나서야 비로소 파일을 열 수 있었다. 땀을 닦던 수탁이 'S-diary'라는 커다란 제목을 발견하고 중얼거렸다.

"에스 다이어리? 에스가 뭐지? 섹스(sex)? 시크릿(secrete)? 스페셜(special)? 설마 진짜 일기는 아니……!"

수탁은 무언가를 발견하고 얼어붙었다.

****

○월 ○일
리안, 그가 한국에 왔다.
나, 리를 찾아서.

****

○월 ○일
미국에 있는 선리 언니가 전화를 했다.
─뭐 해?
"그냥 있어."
─그럼 건너와. 다음 주에는 할리우드에서 전시회가 있고, 다음 달에는 영국에서 박람회가 있어. 네가 미래 보모 노릇 좀 해줘야겠다.
"……알았어."
잘됐다. 어떻게든 콧구멍에 바람을 넣지 않으면 숨구멍이 막혀버릴 지경이었는데. 어차피 유럽 쪽 배낭여행을 계획하고 있던 중이었다. 이번에는 꼭 내 처녀를 바겐세일 할 테다. 어제 만난 그 삼류 편집자의 조인트를 깐 것만으로는 아직도 분이 풀리지 않는다. 뭐? 베드신이 바람 빠진 풍선처럼 힘이 없다고? 리얼리티가 없고 뜬구름 잡는 식이라고? 경험이 없다면 자기가 제공할 용의가 있다고? 조인트 대신 거기를 차주는 건데 후회막급이다.

****

○월 ○일

언니가 나를 멋지게 성장시켰다. 인조 진주 알이 촘촘하게 박히고 어깨가 드러난 이브닝드레스였다. 언니는 내 머리를 심슨 부인처럼 부풀렸다가 마음에 들지 않는다며 고대기로 펴기 시작했다.

"뭐 하는 거야? 나 선봐?"

"너 유명한 영화배우들 사인 받고 싶지 않니?"

"내가 뭐 사춘기 애야? 싫어! 언니나 다녀와. 난 미래하고 집에 있을래."

"난 오늘 형부하고 가족 모임이 있거든. 가서 바람이라도 쏘이고 와."

언니는 기어이 나를 태워다주고 돌아갔다.

시상식 후 행사로 스타들이 참석한 리셉션 행사장은 휘황찬란했다. 붉은 융단이 깔린 유명한 로비도 내 발로 직접 밟아보았다. 공작처럼 화려하게 치장한 여배우들이 리셉션 행사장 한쪽에 마련된 로브노카의 홍보 부스에 모여 있었다.

긴장한 탓인지 목이 말랐다. 서빙하던 웨이터에게 펀치 볼을 한 잔 받아 단숨에 들이켰다. 한 잔을 더 청하려고 몸을 돌리다가 어떤 남자와 눈길이 마주쳤다.

순간, 심장이 펑 터지는 줄 알았다. 펀치 볼까지 손에서 놓칠 뻔했다. 훌쩍 큰 키와 떡 벌어진 어깨에서 기품이 느껴졌다. 완벽하게 잘생긴 남자였다. 사파이어 빛깔의 눈동자가 나를 똑바로 쳐다보고 있었다. 야릇한 생각이 퍼뜩 들었다. 그에게 섹스 테크닉을 한 수 배우고 싶다는…….

그가 사람들을 헤치며 성큼성큼 다가왔다. 구슬 백을 쥔 손바닥에서 땀이 배어 나왔다. 어깨가 드러난 이브닝드레스의 앞섶을 잠깐 다독이며 침을 삼켰다.

그는 내 앞에 와서 우뚝 섰다.

"안녕하십니까? 리안 로브노카입니다."

그는 홍보를 겸한 파티를 주관할 호스티스를 물색 중이라고 했다. 관계는 단 이틀로 끝낼, 유머러스하고 지적인 여자를 원한다고 했다. 구미가 당기는 제안이었다. 이틀간의 계약이라니! 아는 눈이 전혀 없는 낯선 곳에서의 이틀, 성적 해방감을 만끽하고 싶었다. 그는 아담이고 나는 이브가 되어 에덴의 동산에서 보내게 될 이틀, 두려움인지 희열인지 가늠할 수 없는 느낌으로 몸이 후드득 떨려왔다.

"조건이 있어요. 성병 검사, 에이즈 검사 확인서하고 그 밖에 다른 지병이 있는지도 확인할 수 있는 소견서를 원해요."

"혹시 총각 딱지도 확인해야 하나?"

"가능하다면요."

'아니, 총각 따위는 사절이다. 능수능란한 프로여야 한다. 내게 여러 가지 섹스 테크닉을 펼쳐 보여줄 노련한 남자!'

"혹시 충치 있어요?"

"응……?"

"키스 도중에도 충치 균이 옮는다는 걸 읽은 적이 있어요."

그가 싱긋이 웃었다. 입술 꼬리를 카누처럼 길게 늘이며.

"당신, 일본 여자요?"

내가 고개를 흔들었다.

"중국?"

나는 다시 고개를 흔들었다. 내가 그에게 알려주고 싶은 것은 말리, 단 두 음절밖에 없었다. 그냥 신비한 여인으로 남고 싶다.

"내 이름은 말리예요."

"마…… 리?"

"노! 말리!"

"음, 리!"

그가 한 음절만 경쾌하게 발음했다.

'그래, 앞으로 이틀 동안 난 섹스의 여신, 리다!'

그가 투덜거리며 벌떡 일어났다.

"젠장!"

나는 잔뜩 긴장해 있다가 눈을 번쩍 떴다.

"일어나!"

왜 마음이 바뀐 거지? 그의 표정은 사무적이고 냉랭했다. 힘들군, 처녀 떼어버리는 거.

"왜 말 안했지?"

"뭘요?"

"처녀라는 거."

'내 참 기막혀.'

"여기는 섹스하기 전에 그런 것까지 밝혀야 하는 관습이 있는지 몰랐군요."

"이러면 계약 위반이야."

웃기셔. 나도 김샜다고. 나는 후다닥 옷을 걸치고 침대에서 뛰어내렸다. 그리고 가방 속에서 계약서를 꺼내 쫙쫙 찢어버렸다.

"뭐 하는 거야?"

"바이, 바이."

나는 뒤도 돌아보지 않고 쌩하게 달려나왔다.

****

○월 ○일

배낭여행을 시작한 지 이주일째다. 드디어 오스트리아에 도착했다. 저녁 노을이 참 아름답다. 서늘한 날씨가 우리의 늦가을 같다. 유스호스텔에 여장을 풀고 근처의 공원으로 산책을 나갔다.

"하이!"

누덕누덕 기운 옷에 때 국물이 졸졸 흐르는 거지 아저씨가 싯누런 미소로 아는 체를 했다. 굶지는 않는지 목소리가 아주 기름졌다.

"아저씨, 이나 좀 닦으세요."

그가 황금 이를 완전히 다 드러내며 다가왔다. 으악! 잽싸게 도망쳤다.

내일은 티롤에 있는 크리스털 테마 궁전을 돌아볼 예정이다.

****

○월 ○일

티롤 행 열차를 타기 위해 숙소를 나설 때부터 검은 머리에 부리부리한 눈의 이탈리아 남자가 계속 따라왔다. 삼십육계 줄행랑을 치다가 구불구불한 구시가지 골목길에서 길을 잃었다. 한참을 헤매다가 겨우 큰 도로를 발견하고 달려나갔다.

끼이익!

내 몸이 점프대를 밟은 것처럼 붕 날아올랐다.

****

○월 ○일

낯선 곳에서 눈을 떴다. 따스하고 푸른 눈이 나를 내려다보고 있었다.

"얼마나 찾았는데…… 여기서 이렇게 만나는군."

그는 바로 리안이었다.

****

○월 ○일

갈망이 그의 푸른 눈을 심해의 바다빛깔처럼 검푸르게 바꾼다.

"아름다워, 당신이 한 마리 영양 같소."

내 목을 부드럽게 스치던 그의 손가락이 등허리를 타고 내려와 엉덩이를 쓰다듬는다. 아! 달리고 싶어진다. 내 다리 근육이 영양처럼 펄쩍 뛰어오른다. 등은 활처럼 휘고 눈은 저절로 감긴다. 입에서는 휘파람 소리 같은 신음이 흘러나온다.

그가 나를 번쩍 안아 올린다. 내 다리는 이제 탄력 있는 뿌리가 된다. 순식간에 그의 골반을 챙챙 감는다.

그가 내 안에 들어온다. 손끝 발끝이 간지럽다. 자잘한 해초가 하늘하늘 뚫고 나온다. 내가 허공으로 둥실 떠오른다.

석양에 물든 금빛 초원에서 그가 포효하는 소리가 들려온다.

****
○월 ○일

온갖 꽃들이 만발하고 꽃향기가 자욱한 정원에는 우리 둘밖에 없다. 우리는 에덴동산의 아담과 이브다. 나는 그의 갈비뼈에서 나왔고 그는 내 자궁에서 태어났다. 우리는 지금 이 세상에 처음 나올 때의 모습 그대로다. 부끄러움 같은 건 없다.

그의 무릎을 베고 누워 나른하게 몸을 편다. 그가 내 몸 구석구석을 핥아준다. 까슬거리는 감촉이 온몸에 자잘한 소름을 불러낸다. 내 목에서 가르릉거리는 소리가 흘러나온다.

우리는 마주보고 있다. 아니 가끔은 바다빛깔 그의 눈이 하늘을 가리고, 내 머리카락이 그의 얼굴에 커튼처럼 드리운다.

그가 잠깐 숨을 멈출 때, 혹은 격렬하게 움직일 때, 혹은 전율하며 힐떡거릴 때…….

****
○월 ○일

우리는 매직 퍼즐이다. 수많은 방법으로 서로를 맞출 수 있다.

"당신은 내 보석이오."

"내 보석은 당신이에요."

그는 속이 훤히 들여다보이는 투명한 보석이다. 그 안에 내가 들어 있다. 그 안의 내가 밖의 나보다 더 아름답다.

내 안에는 그가 헤아릴 수 없을 만큼 많이 들어 있다. 마르지 않는 샘처럼 그는 계속 분열 중이다.

우리는 수많은 방법으로 서로를 커팅한다. 나를 변화시키는 그의 커팅 기교는 우아하다.

아! 그의 몸에서 새로운 커팅 기구가 솟아난다. 눈을 감고 가만히 기다린다. 사각사각 내가 갈아지는 소리가 들려온다. 내 감각이 새롭게 연마되는 소리가…….

단숨에 읽어버린 수탁이 주먹을 불끈 쥐며 일어섰다. 그의 얼굴은 벌겋게 상기되어 있었다. 열기를 가라앉히기 위해 사무실을 왔다 갔다 하던 수탁이 말리의 책상 밑에 있던 선물상자를 발견했다. 허술하게 덮인 뚜껑을 열어젖히자 화려한 명품 가방들이 차곡차곡 쌓여 있었다. 모두 다른 상표였지만 하나같이 크리스털로 장식되어 있었다. 가방을 양 손에 들고 뚫어질 듯 노려보던 수탁이 의자에 가만히 주저앉았다.

좌의정은 말리를 휴게실로 끌고 가더니 둘둘 말아 쥐고 있던 신문을 코앞에 대고 흔들었다.

"이거 봤어?"

말리가 고개를 흔들었다.

"아니?"

"봐봐. 누군가!"

도무지 영문을 모르겠다는 표정으로 신문을 펼치던 말리가 낯익은 모습을 발견하고 코를 박았다.

"너지? 너 맞지?"

로브노카의 오프닝 컬렉션 기사였는데, 말리가 Q호텔에서 어지러운

척할 때 리안이 잠깐 부축했던 바로 그 순간을 절묘하게 포착한 사진이었다. 비록 뒷모습이었지만 제법 심각한 사이인 듯 오해하기 딱 좋아 보였다.

"너 도대체 리안 이사하고 무슨 일이 있었던 거야? 내가 바람둥이라고 그렇게 경고했건만, 어쩌다가 이런 사진까지 찍힌 거냐고! 아후, 내가 정말 못 살아."

말리는 두근거리는 가슴을 진정시키며 처음부터 끝까지 꼼꼼하게 읽었다. 다행히 특별한 내용은 아니었고 그냥 찔러보기 수준의 추측성 기사였다.

"그냥 가십 기사야. 뒷모습이라서 초상권 침해에 걸리지도 않겠고. 입 다물고 있으면 그냥 넘어가겠지, 뭐."

"얘가 아직 심각성을 모르네. 이거하고 비교도 안 될 기사가 내일이면 모든 일간지에 줄줄이 뜰 거라고!"

"응?"

"우 기자가 그러는데 리안 이사가 오스트리아 현지 언론과 인터뷰한 걸 연합통신사에서 받아 왔대. 일간지들이 그 소스 다 퍼다 쓸 텐데, 당연히 내일이면 온통 도배가 될 거라고!"

말리는 얼른 이해가 되지 않았다.

"아니, 가십을 모르는 사람도 아니면서 그 작자는 무슨 생각으로 그 따위 소릴 함부로 지껄인 거라니?"

"무슨 소리? 어제 나하고 통화할 때만 해도 별말 없었는데…… 그냥 인터뷰할 거라는 말만 하던데…… 어떻게 24시간도 지나지 않아서…… 오늘 미리 뜬 건 또 뭐지?"

"사진도 확보했겠다, 냄새 맡고 미리 질러본 거겠지. 근데 리안 이사하고 통화도 했었다고? 그가 뭐라 그랬는데? 자세히 좀 말해봐."

"너부터 말해봐! 넌 뭔가 더 알고 있나 본데 빨리 얘기해봐. 내 얘기는 그 다음에 듣고.”

“리안 이사가 인터뷰 도중에 그랬대. 33년을 찾아 헤매던 피앙세를 마침내 한국에서 찾아냈다고!”

“뭐, 뭐? 피앙세?”

말리는 황당한 말 펀치에 맞아 기절할 것 같았다.

“그래, 피앙세! 리안 이사야 한국 지점도 오픈하고 했으니까 홍보도 되고 마케팅에 도움이 되라고 실없이 한 소리겠지만 그 한마디 때문에 넌 즉사할 수도 있다고! 아니지. 자칫 잘못하면 생매장될 수도 있다고!”

물론 친구를 걱정해서 그러는 것이겠지만 좌의정의 표현은 점점 과격해지고 있었다.

“괜찮을 거야. 피앙세가 나일 거라고 누가 상상이나 하겠어?”

“야! 이 신문을 보고도 그런 소리가 나오니? 벌써 저기 저렇게 Y기획의 카피라이터 C씨라고 나와 있잖아! 밥 먹고 그런 것만 뒤지는 인간들이 좀 많냐? 최말리 프로필 뜨는 것도 시간문제라고!”

말리는 침착하기 위해 애썼다. 그가 첫눈에 홀딱 반한 것처럼 굴 때부터 예측 못한 바는 아니었다. 그 뒤로도 계속 이어진 꽃다발과 선물 공세에 사실 순간순간 흔들렸던 것도 사실이었다. 그러나 언론에 피앙세라고 직접 언급했다는 건 확실히 충격파가 컸다.

그러나 우선은 길길이 뛰는 좌의정을 진정시키는 일이 더 급했다. 말리는 홀몸도 아닌 친구가 저러다 잘못되기라도 하면 어쩌나 걱정스러웠다.

“의정아, 진정해. 지금 너 무섭게 흥분하고 있다는 거 아니? 제발 뱃속의 내 조카 생각도 좀 해줘. 자, 우선 얼음물부터 한 잔 마시고 열부터 좀 식히자.”

좌의정은 말리가 가져다준 얼음물을 단숨에 다 마시더니 한 손으로 자신의 배를 쓰다듬으며 중얼거렸다.

"아가들아, 칠칠치 못한 너희 이모 때문에 엄마가 잠깐 흥분했구나. 불쾌했지? 미안해."

그러더니 다시 말리를 닦달하기 시작했다.

"자, 이제 나한테 다 얘기해봐."

"알았어. 안 그래도 너한테 조만간 보고서 올릴 생각이었단 말이야."

좌의정이 눈을 세모꼴로 뜨며 경고했다.

"개미 눈곱만큼도 숨기는 거 있으면 알지?"

말리는 그동안 리안과 세 번씩이나 데이트한 일이며, 계속되는 그의 선물 공세까지 빠짐없이 다 보고했다.

"세상에! 그럼 그날도 독고 팀장하고의 데이트 때문에 집에 가서 옷 갈아입고 온 줄 알았더니, 리안 이사에게 초대 받아서 그런 거야? 독고 팀장과 데이트한 게 아니라 리안 이사와 데이트한 거였어? 좋아! 그건 그럴 수 있다고 쳐! 근데 매일 꽃다발에, 전화에, 선물까지 받았으면서도 어쩜 나한테는 일언반구 내색도 안할 수가 있냐? 그렇게 시침 뚝 뗄 수 있는 거냐고!"

좌의정은 완전히 입에 거품까지 물고 아까보다 더 흥분했다. 말리가 두 손이 발이 되도록 싹싹 빌었지만 소용없었다.

"처음부터 속일 생각은 없었다고. 네가 입덧 때문에 계속 몸이 안 좋았잖아. 괜히 신경 쓰게 하고 싶지도 않고, 그래서 나중에 한꺼번에 얘기하려고 그랬던 거라고."

그러나 둘러대는 말리도, 식식거리며 듣고 있던 좌의정도 그게 진실이 아니라는 걸 잘 알고 있었다. 수탁을 편애하는 좌의정이 둘 사이를 훼방 놓을 게 뻔하니까 말할 수 없었던 것이다. 더구나 좌의정은 이미 처음부터 리안을 국제 표 바람둥이로 선고한 상태였다.

"내가 리안 이사한테 넘어가면 안 된다고 얼마나 여러 번 강조했니? 응? 그는 국제 신사가 아니라 국제 난봉꾼이라고!"

"그렇지 않아! 그가 얼마나 젠틀한 남자인데. 나한테 로브노카……."

말리가 지점장 제의까지 받았다는 말은 얼른 삼켰다.

"뭐? 벌써 그 바람둥이한테 반은 넘어갔구나! 그럼 독고 팀장은 어떡하고? 설마 지금 너 양다리 걸치고 있는 거니?"

"양다리는 무슨. 아휴, 나도 적응이 안 돼. 골치가 아파 죽겠다고. 곁에서 늘 보는 수탁이 생생한 현실이라면 리안은 꿈꾸는 것처럼 비현실적인 느낌이야. 그래서 처음에는 모든 게 그냥 실감이 안 나더라고. 근데 말이야. 사람 마음이라는 게 참 간사한가 봐. 한가한 사람도 아닌데 꼬박꼬박 꽃 배달시키고, 안부 전화도 꼭 챙기고, 크리스털 액세서리와 명품 가방들까지 무더기로 선물하고 막 그러니까 뭐랄까…… 내가 특별히 사랑 받고 있다는 느낌이 막 드는 거 있지. 내가 점점 굉장한 여자처럼 느껴지고 공주라도 된 것처럼 어깨가 막 으쓱거려지더라고!"

"쯧쯧, 완전히 넘어갔구먼. 그까짓 명품 가방에 눈이 뒤집혀가지고 어떻게 그럴 수가 있는 거니? 남이섬에서의 일도 있고 수탁은 이미 남도 아니……."

팔짱을 낀 채 노려보고 있는 말리와 눈이 마주치자 좌의정이 슬그머니 말꼬리를 흐렸다. 그러나 곧 다시 반격했다.

"왜! 내가 틀린 말 했어? 네가 독고 팀장 몰래 배신을 꿈꾸고 있는 건 맞잖아."

"글쎄. 마음으로만 간음한 거라면 인정할 수도 있겠지. 아무튼 그건 좌팀장님이 더 잘 아실 텐데요?"

말리가 비아냥거리자 좌의정은 눈치 빠르게 화제를 돌리며 달아났다.

"하긴 그런 완벽한 조건의 남자에게 안 끌리는 여자가 어디 있겠어? 공식적인 작위만 없다 뿐이지 완전히 왕자님 조건인데 말이야. 나도 네 입장이라면 흔들렸을 거야. 근데 그가 그렇게 적극적으로 대시하는 이유가 뭘까? 정말 너한테 뿅 가서 그러는 걸까? 아니면 그냥 세계적인 바람둥이의 습관적인 행동일까?”

말리는 아무 대꾸도 하지 않았다. 그냥 꼼짝 않고 선 채 좌의정을 무표정하게 쳐다보기만 했다.

“왜? 내 얼굴에 뭐라도 묻었어?”

말리가 고개를 저었다.

“말 돌리지 마! 난 네가 한 일을 알고 있다고!”

“뭘?”

“남이섬의 진실!”

“어, 어떻게 알았어?”

결과론이지만 말리는 그런 일이 없었으면 오히려 수탁과의 관계가 좀 더 순조롭게 풀렸을지도 모른다는 생각이 들었다.

“설마 독고 팀장까지 알아버린 거야?”

“그건 나도 모르지. 속으로야 의심하는지 모르지만 겉으로는 별 내색을 안해.”

“휴, 다행이다. 그는 끝까지 몰라야 돼!”

그때 진동모드로 돌려놓은 말리의 휴대폰이 몸을 떨었다. 표시 창을 보니 수탁이었다. 말리가 얼른 시간을 확인하며 폴더를 열었다.

“네.”

—언제 와요?

“지금 가려고…….”

눈치 빠른 좌의정이 고개를 마구 흔들었다.

“지금 막 가려던 참인데 의논할 게 더 남았다네요. 곧 끝날 거예요. 금방 갈게요.”

—알았어요. 끝나는 대로 빨리 와요.

말리가 폴더를 덮으려다 말고 다급하게 물었다.

“왜요? 무슨 급한 일이라도.”

―옥도 들어가야 해요.

"갑자기 옥도는 왜요?"

―어제 말했던 그 중국 투자단이 예고도 없이 들이닥쳤어요. 섬 투어를
시작하는데 나도 합류하려고요.

"오래 걸려요?"

―적어도 이틀은 걸릴 거예요. 옥도만 둘러보는 게 아니거든요.

"지금 갈게요. 배웅은 해야죠. 결과는 이따가 전화로 물어보면 되고
요."

말리가 폴더를 덮자마자 좌의정이 들뜬 목소리로 물었다.

"왜? 독고 팀장이 어디 간대?"

좌의정은 말리의 설명을 듣더니 뛸 듯이 기뻐했다.

"하늘이 도왔네. 잘됐어. 그가 없는 틈에 조용히 덮으면 되겠다. 응?"

"그건 나중에 다시 얘기하자. 나, 간다."

말리가 거의 뛰다시피 로비를 나서는데 뒤에서 누군가 부르는 소리가
들렸다.

"어이, 최 대리!"

돌아보았더니 전략 팀의 서 팀장이었다.

"어머, 안녕하세요?"

"창대 가더니 더 예뻐졌네? 거기 미남이 그렇게 많아?"

그는 너스레를 떨고 나서 미안한 듯 뒷머리를 긁적였다.

"이번 주말에 말이야. 섭섭해서 어떡하지?"

"왜요? 혹시 못 가신다는 얘기는 아니죠?"

"좌 팀장한테 얘기 못 들었어? 깜박했나 보군. 이사님하고 나, 갑자기
영국 로드쇼에 초청 받아서 못 가게 됐어."

"에이, 팀장님도 없이 무슨 재미로 가요. 다음으로 미룰까 봐요."

"그래도 계획했던 거니까 일단 갔다 와. 이러다 바빠지면 휴가고 뭐고

또 어떻게 될지 모르는 거잖아.”

“하긴, 찾아 먹을 수 있을 때 부지런히 챙겨 먹는 게 수이긴 하지만. 그럼 팀장님이랑은 다음을 기약해야겠네요. 건강 조심하시고 잘 다녀오세요.”

“그래, 재밌게 잘 놀다 와. 너무 태우진 말고.”

“네, 네. 안전하기만 하다면 크기는 상관없습니다. 네. 감사합니다.”

말리가 헐레벌떡 사무실로 들어서자 수탁은 무슨 부탁이라도 하는 것인지 허공에 대고 인사까지 하며 전화를 끊었다.

“야유회 계획 알차게 잘 짰어요?”

“다들 미안해하더라고요. 배편 구하는 것부터 안내까지 전부 팀장님한테 다 맡기고 얌체처럼 몸만 가는 거 같다고요. 그래서 먹을거리라도 야무지게 준비하자고…….”

“기대되는데요? 나도 가능하면 내일 일찍 돌아오도록 노력해볼게요.”

수탁이 시간을 확인하고 서둘렀다.

“다녀올게요. 선배도 일찍 퇴근해요.”

“조심해서 잘 다녀와요.”

“네, 내일 봐요.”

문을 나서던 수탁이 갑자기 돌아섰다.

“전화 못할지도 몰라요. 바다에 나가면 상황이 어떻게 될지 예측할 수 없거든요. 이런! 그리고 보니 오늘은 아침부터 신문 볼 짬도 없었네요. 중국 투자단 투어인데 우리 신문을 비치해놓을 리가 없겠죠? 인터넷 뉴스라도 검색할 틈이 있었으면 좋겠는데.”

말리가 자기도 모르게 침을 꿀꺽 삼켰다. 그는 별 의미 없이 하는 말일지도 모르는데 도둑이 제 발 저리다고, 리안과의 스캔들을 눈치 채고 떠보는 건 아닌가 바짝 긴장했다.

"중요한 기사가 있으면 챙겨놓을까요?"

"에이, 그럴 것까지는 없고요. 그냥 해본 소리예요. 설마 인터넷 검색할 짬도 없을라고요."

수탁은 한쪽 눈을 찡긋하더니 다시 짓궂게 덧붙였다.

"선배, 나하고 통화 안 된다고 괜히 눈물 흘리고 그러기 없기예요."

"안 그래요. 그저 좋은 소식만 눈 빠지게 기다리고 있을게요."

마침내 넓은 사무실에 말리 혼자 남았다. 아까 연지에서는 별로 실감도 나지 않고 오히려 약간은 기분 좋기까지 하던 스캔들이 갑자기 걱정스러웠다. 수탁과의 사이가 이스트 넣은 밀가루반죽처럼 말랑말랑하게 발효되려고만 하면 엉뚱한 훼방꾼이 나타나는 통에 다시 뻣뻣해져버린 게 이번이 처음은 아니었다. 남이섬 사건 전에도 그랬고, 호텔에서 맞닥뜨리기 전에도 역시 그랬었다. 혹시 그와 인연이 아니라서 그런 건 아닐까?

말리가 혼자서 이런저런 생각을 하고 있는데 좌의정의 전화가 걸려왔다.

"응, 나야."

말리가 착 가라앉은 목소리로 대답하자 좌의정이 찌르듯 물었다.

─너 얘기했지!

"뭘?"

─독고 팀장한테 그 스캔들 이실직고한 거 맞지?

"미쳤니! 그걸 뭐 하러 말해? 그것도 내 입으로."

좌의정의 목에서 거친 숨소리가 흘러나왔다.

"왜? 걱정하지 마. 독고 팀장은 벌써 옥도로 출발했어. 어쩌면 지금쯤 배 위에 있을지도 몰라. 다행히 오늘 신문은 아직 못 봤대. 잘하면 내일도 못 볼지도 모르고."

─이상하다. 아무래도 이상해.

"또 뭐가!"

신경이 날 서 있던 말리가 자기도 모르게 짜증을 냈다.

―방금 우리 로비에서 나가는 걸 내가 분명히 봤거든?

"누굴?"

―누군 누구야, 독고 팀장이지.

급하다고 서둘러 나간 수탁이 왜 연지로 갔을까, 지금까지 거기서 뭘 한 것일까, 벌써 스캔들을 알아내고 진상을 파악하기 위해 연지에 갔던 건 아닐까, 단순히 중국 투자 유치 가능성을 독고 이사와 의논하기 위해 들른 것일까……, 두 사람은 한동안 숨소리만 교환하며 온갖 경우의 수를 다 떠올려보았다.

"내가 보기에는 전혀 모르는 눈치였는데. 아휴, 도대체 뭐가 어떻게 돌아가는지 모르겠네. 의정아, 넌 항상 해결책 내놓는 데는 선수잖아. 속 시원히 대책을 좀 말해봐봐. 응?"

말리는 금방이라도 울어버릴 것처럼 하소연하다가 갑자기 흥분해서 소리쳤다.

"몰라, 몰라. 나도 이젠 모르겠어. 그가 모든 걸 알았다고 해도 할 수 없고, 오해해도 할 수 없지, 뭐. 뭔가 될 거 같아서 욕심을 좀 부리면 꼭 이렇게 어그러지더라. 아니, 막말로 마음만 조금 흔들렸을 뿐인데 그것도 죄가 되는 거니? 웨딩드레스와 웨딩 케이크, 부케 고르고 그러는 거, 남들 다 하는 그걸 나도 좀 해보고 싶을 뿐인데 왜 이렇게 힘든 거냐고! 왜 괜찮은 남자들이 한꺼번에 등장하는 거냐고! 이건 기회가 아니라 날 약올리는 거라고! 아주 미치겠어. 머리가 터져버릴 것 같다고!"

―워, 워. 말리야, 진정해. 우리가 괜히 예민하게 오버하는 건지도 몰라. 그냥 개인적인 일 때문에 독고 이사한테 들렀던 건지도 모르잖아. 넌 그가 없는 동안 마음이나 잘 탐사해봐.

"머리가 지끈거려 죽겠다는데 무슨 마음 탐사야. 차라리 참선을 하는 게 낫지."

　―참선? 그것도 괜찮겠네. 우선 마음을 고요하게 가라앉히고 두 남자 중에 누구를 떠올릴 때 네 심장이 더 미칠 듯이 뛰는지 검사해봐.

　"둘 다 똑같으면?"

　―그럼 둘 다 데리고 살던지! 누구 약 올려? 배부른 아줌마 질투 나게 스리!

　말리는 전화를 끊자마자 그 참선이란 것을 시도해보았다. 사무실 바닥에 신문지를 깔고 앉아서 가부좌를 틀고 눈을 감은 후 먼저 리안을 떠올려보려고 노력했다. 그런데 엉뚱하게 명품 가방과 화려한 크리스털이 계속 훼방을 놓는 통에 아무것도 집중할 수가 없었다. 결국 포기하고 일어서는데 리안에게서 전화가 걸려왔다.

　―리?

　"아, 이사님."

　―정신없어요. 내 곁에 와서 좀 도와주지 않을래요? 아니면 리의 분신이라도 만들어 보내줘요.

　"……."

　―하하, 농담이에요. 놀랐어요?

　"안 그래도 가방 잘 받았다고 전화하려던 참이었어요. 너무 예뻐요. 하나같이 다 맘에 들어요."

　―함께 다니며 직접 고르게 해주고 싶었는데…… 미안해요.

　"꽃도 그렇고, 가방도 그렇고 전 보통 특별한 날에만 선물하거든요. 생일이라든가, 기념일이라든가. 근데……."

　―리를 처음 만난 그날 이후 난 매일매일이 기념일이고 특별한 날인데요? 지금 당장이라도 리한테 달려가고 싶은 마음을 겨우 참으며 일하고 있어요. 꽃들이, 가방들이 내 분신이고 내 마음이에요.

　말리는 혹 떼려다 혹 붙인 기분이었다. 꽃은 이제 더 이상 보내지 말아

달라는 얘기를 할 생각이었는데 꺼내지도 못한 채 슬그머니 화제를 돌렸다.

"어제…… 인터뷰 때문에……."

말리는 그가 기분 나쁘지 않게 최대한 완곡한 표현으로 정말 그런 말을 했는지부터 물었다.

─피앙세 때문에 그래요? 미스터 독이 또 무섭게 화냈어요?

말리는 지금 머리가 터질 만큼 복잡하고 심각한데 리안의 목소리에는 장난기가 잔뜩 섞여 있었다.

"농담이었죠? 그렇죠? 그럴 거라고 생각했어요."

─농담 아니었어요. 리는 정말 내 피앙세예요.

"이사님, 우리…… 그냥 친구하기로 했었잖아요."

─리! 난 당신이 미스터 독 사무실에 있는 거 맘에 안 들어요!

예의 바른 젠틀맨과 전혀 어울리지 않는 노골적인 표현이었다.

말리는 전화를 끊고 나서도 한동안 멍하게 앉아 있었다. 옛날 같았으면 분명히 부러워하던 상황인데 하나도 행복하지가 않았다. 한 사람을 선택해야 하고, 어쩔 수 없이 포기해야 할 한 사람이 가슴 저리게 안타까웠다.

말리는 오후 늦게 파일이 복구된 것을 발견했지만 그냥 무덤덤할 뿐 아무 느낌도 없었다.

10 푸딩 섬

수탁은 예정보다 일찍 돌아왔다. 그는 사무실로 들어서자마자 늘어난 꽃들에 오랫동안 눈길을 보냈다. 말리는 오늘 퇴근할 때 꽃들을 몽땅 챙겨가야겠다고 생각했다.

"예정보다 빨리 끝났나 봐요?"

"네."

"반응은 어땠어요?"

"……."

"좋았어요?"

"네."

"투자 결정 날 거 같아요?"

"네."

수탁은 묻는 말에만 대답하더니 곧 기획실에 간다며 사무실을 나갔다. 자료를 챙겨가느라 몇 번 사무실로 돌아오기도 했지만 애써 말리와 마주치는 걸 피하는 눈치였다. 그는 평온한 표정으로 포커페이스를 유지했지만 말리는 등에서 식은땀이 흐를 지경으로 불안했다.

퇴근 무렵 연지에서 들려온 소식이 다시 한 번 말리를 고민에 빠뜨렸다. 내일 동행할 예정이던 디자인 팀장과 촬영 편집 팀장, 우선정까지 모두 개인 사정으로 낙오하게 되었다는 것이다.

"내일 옥도 가는 거 다음으로 미뤄야겠어요."

수탁이 무슨 소리냐는 듯 쳐다보았다. 말리는 괜히 그의 눈빛이 전에 없이 서늘하게 느껴졌다.

"좌 팀장님은 몸이 안 좋아서 못 가고, 이사님하고 서 팀장님은 출장 때문에 못 가신다는 건 알고 있었죠?"

그가 시선은 그대로 둔 채 고개만 끄덕였다.

"좀 전에 연락 받았는데 디자인 팀장님하고 촬영 편집 팀장님, 우선정까지 갑자기 사정이 생겨서 못 간대요. 다들 빠지고 우리 둘만 가서 뭘 해요? 팀원끼리 단합대회 겸 가는 건데, 아무 의미도 없잖아요."

"우리끼리 단합대회 하면 되죠."

"둘이서 1박 2일씩이나 단합대회를 하자고요?"

말리가 눈을 동그랗게 떴다.

"1박 하는 게 부담스러우면 아침 일찍 들어갔다가 저녁에 나오면 되잖아요."

"뭐 부담스러울 거까진 없지만, 일행이 하나 둘 전부 낙오되고 나만 남으니까 기분이 이상해서 그래요."

"선배는 예감 따위 믿지 않죠?"

욕하는 거야, 칭찬하는 거야? 말리는 그의 한마디 한마디에 모든 신경이 곤두섰다.

"그런 건 아니지만. 아주 무시할 수도 없는 일이잖아요."

사실 말리가 망설이는 이유는 한두 가지가 아니었다. 모두가 낙오되고

자기만 남은 것도 찜찜했고, 뭔가 낌새가 수상쩍은 수탁과 단둘이 가야
한다는 것도 별로 내키지 않았다. 가장 결정적인 것은 바로 그녀가 세상
에서 가장 무서워하는 괴물, 물 때문이었다. 어릴 때 할머니와 함께 목욕
탕에 갔다가 배수구에 머리카락이 끼는 바람에 죽을 뻔한 일이 있었다.
다행히 할머니가 일찍 발견해서 건져낸 덕분에 목숨은 구했지만 머리카
락이 한 주먹이나 빠졌었다. 그날 이후 말리는 목욕탕, 수영장, 바다같이
물 많은 곳은 아주 질색이었다.
　"한 시간도 채 안 걸리는 거리인데요, 뭐."
　말리에게 제일 악몽은 바다가 나오는 꿈이었다.
　"태풍 예보도 없고 파도도 잔잔할 거래요."
　배라고는 한 번도 타본 적이 없는데 멀미가 얼마나 심할지 그것도 걱
정이었다.
　"내일 아침 일찍 들어갔다가 저녁에 나오면 돼요."
　"몇 시에요?"
　"6시까지 집 앞으로 갈게요."
　말리는 결국 수탁의 집요함에 넘어가 고개를 끄덕였다.

　그날 저녁, 말리는 거의 덜어내고 한 숟가락 정도 남긴 밥알을 젓가락
으로 세어 넣고 있었다. 내일 옥도에 갈 일이 아무래도 걱정이었다. 바다
와 만날 생각을 하면 심난하기만 했다.
　"왜 이렇게 밥맛이 없지? 남편이나 함께 입덧하는 줄 알았더니, 친구
가 입덧하는 경우도 있나 봐."
　밥 먹던 가족들이 무슨 소린가 하고 말리를 쳐다보았다.
　"좌의정이 곧 엄마 된대요."
　"친구들 중에 결혼 안한 아는 인제 니밖에 읁제?"
　으윽, 할머니 앞에서 또 방심하다니. 말리는 못 들은 척 남은 밥을 박

박 긁어 한입에 넣었다. 혀까지 씹어버릴 것처럼 살벌한 기세로 쩝쩝거렸
더니 맨밥의 달착지근함이 입 안에 가득 퍼졌다. 기분이 한결 좋아졌다.

"좌의정과 우상 사이에서 도대체 어떤 녀석이 나올까?"

할머니가 기다렸다는 듯 대답했다.

"것도 모리나? 두 정승이 쌍으로 나오것제."

"헐! 어떻게…… 할머니, 자리 깔고 나가 앉아도 되겠어요."

엄마가 궁금한 듯 물었다.

"예정일이 언제래?"

"내년 초라는데 입덧이 좀 심한가 봐. 가뜩이나 몸도 약한 앤데 걱정
이야."

"지 코가 석 잔 기 벨 걱정을 다한다. 그래 삐쩍 가물어도 알라만 잘
들어서는 거 보그라. 것도 쌍으루다. 잉?"

말리의 콧구멍을 후빌 것처럼 삿대질을 해대던 할머니가 끙, 소리를
내며 무겁게 몸을 일으켰다.

"그만 드시게요? 입맛이 없으세요? 내일은 삼계탕이라도 끓일까요?"

엄마가 따라 일어서며 걱정했다.

"야 보고 고마 시집 좀 가라 케라. 그카믄 입맛이 펄펄 날따. 보약이
뭐 별 거라?"

할머니는 또 그렇게 불편한 심기를 드러내며 식탁을 벗어났다.

'휴, 우리 할머니가 원하는 게 거창하고 대단한 것도 아닌데 난 왜 그
걸 하나 못 들어드리는 거지. 참 나쁜 손녀야.'

죄송한 마음이 서러운 식욕을 불러온 건지 갑자기 오이냉국이 향긋하
게 느껴졌다. 말리는 덜어낸 밥을 다시 푸러 밥통 곁으로 갔다.

"나 내일 출장 가요."

"며칠이나?"

"새벽에 출발했다가 밤늦게 돌아올 거예요. 원래는 1박 2일 예정이었

262

는데 갑자기 사정이 생기는 바람에 하루만 갔다 오기로 했어요."

밥을 수북하게 퍼서 돌아서던 말리가 헉, 소리를 삼켰다. 다시 돌아온 할머니가 황혼의 건 맨처럼 허리를 짚고 서 있었다.

"말리야, 니 그 수탉은 잘 기르고 있나?"

말리는 너무 놀라서 하마터면 밥공기를 엎을 뻔했다.

"무, 무슨 수탉이요?"

"뭐라 카더라. 섬에다 집 짓는 놈이라 카던가. 니가 요새 만날 늦는 것도 다 가를 도와주느라꼬 그러는 거라믄서?"

'이런! 좌의정 때문에 내가 못 살아. 왜 쓸데없는 나팔을 불고 다니는 거야. 도대체 어디까지 일러바친 거지?'

말리는 슬그머니 할머니의 눈치를 살폈다. 그러나 워낙 표정관리를 잘하는 분이라 아무런 꼬투리도 잡을 수 없었다.

"내가 무슨 보모야? 수탉을 기르게. 함께 일하다 보면 서로 도와주기도 하고 그런 거죠, 뭐."

"보모 해갖고는 택도 읎다. 니가 조련사가 되야제. 박박 긁고 쌈닭처럼 설치기만 하문 말짱 도루묵이다. 사나는 길들이기 나름인 기라. 밤낮 그래 승질만 부리지 말고 가끔은 궁디도 투닥투닥 두드리줌서 살살 길들여 보그라. 잉?"

말리는 퍼 담았던 밥을 다시 밥통에 쏟아부었다. 길들여보라는 할머니의 말이 앙금처럼 남아 말리의 속을 길들이려고 했다.

수탁이 아침 일찍 말리를 안내한 곳은 정박해 있는 커다란 유람선이 아니라 부두 구석진 곳에 장난감처럼 붙어 있던 모터보트였다.

"에게게? 요렇게 조그만 배를 타고 간다고요? 저기 저거 안 타고요?"

말리는 내키지 않는 표정으로 계속 유람선 쪽을 돌아보았다.

"한꺼번에 전부 취소했다가 다시 예약하려고 했더니 대기자들이 순식간에 끝내버렸더라고요.”

“이런 건 유원지에서나 타는 배 아니에요? 이렇게 작은 배를 타고 바다에 나가도 괜찮아요? 위험하지 않아요?”

망망대해에서 최소한 유람선 크기는 되어야 고래가 나타나도 기죽지 않을 텐데, 이건 너무 작았다. 얼핏 보기에 한 뼘도 안 될 것 같으니 속도는 보나마나 굼벵이 수준일 게 분명했다. 말리는 겨우 진정시켰던 불안이 다시 살아나는 것 같았다.

“이거도 겨우 구했어요. 아직도 휴가시즌이 끝나지 않아서 배편 구하기가 정말 힘들더라고요. 안전하니까 걱정 말아요. 저기 지나가는 거 좀 봐요. 똑같은 모델인데 생각보다 빠르죠?”

수탁이 물살을 가르며 지나가는 모터보트를 가리켰다. 멀리서 볼 때는 거의 움직이지 않는 것처럼 얌전하더니 가까이에서 보니 상당한 속도로 달린다는 걸 알 수 있었다. 그러나 말리는 넓은 바다에서 속도보다 더 중요한 게 크기라고 믿었다.

“그러지 말고 우리 그냥 다음에 가면 안 돼요?”

수탁은 들은 척도 않고 선체로 훌쩍 올라가더니 말리에게 손을 내밀었다.

“괜찮으니까 겁내지 말고 올라와요. 어서요.”

말리는 이러지도 저러지도 못하며 망설이다가 결국은 그의 손을 잡고 배에 올랐다.

수탁은 말리에게 배의 여기저기를 꼼꼼하게 설명했다.

“여긴 조타실 역할을 하는 곳이고요. 이건 해양 내비게이션과 레이더예요. 배의 앞뒤에 있는 이건 스윙 플랫폼이고, 저기 간이 싱크대 옆의 작은 문을 열면 접이식 식탁이 있어요. 그 뒤쪽이 문 달린 화장실이고요.”

떨떠름한 표정으로 듣고 서 있던 말리가 운전석 뒤에 있는 창고 같은 곳을 가리켰다.

"이건 뭔데요?"

"어, 그건……."

"위치로 보나 모양으로 보나 딱 창고같이 생겼는데."

"맞아요, 창고예요. 온갖 잡동사니들이 잔뜩 들어 있어요."

"그럼 아예 열지를 말아야겠네요. 빗자루같이 잡다한 연장들이 와르르 쏟아질지도 모르니까."

"그렇죠. 역시 선배는 현명해요."

수탁이 안도한 표정으로 대답했다.

"이런 배도 운전하려면 면허증 있어야 되죠?"

"그럼요."

"그럼 면허증이 있다는 얘기네요?"

"기본이죠."

"이것도 취미였어요? 도대체 안해본 게 뭐예요?"

"거의 없어요. 움직이는 기계는 다 운전할 줄 알아요. 비행기, 모터보트, 자동차, 모터사이클. 기계는 아니지만 말도 타요."

'그래, 잘났다. 온갖 호사를 다 누리고 살았네. 나도 돈 있고 시간 있으면 할 수 있다고!'

"돈 있고 시간 있다고 아무나 할 수 있는 거 아니에요. 열정도 있어야 하고 용기도 있어야 한다고요."

'헐! 독심술도 하나?'

"이런 거 배우고 익히느라고 그동안 아주 바빴겠네요."

"하하! 원래 제대로 놀려면 바쁜 법이에요."

"면허 딴 지 얼마나 됐어요? 혹시 왕 초보 아니에요? 설마 이번이 처음은 아니겠죠?"

"안심해요. 물에 가라앉는 일은 없을 거예요."

말리는 여전히 마음이 놓이지가 않았다. 바다도 무섭고, 배도 안전해 보이지 않고, 운전할 사람도 그리 믿음직해 보이지 않았다.

그때 엔진을 작동시키는 소리가 들렸다.

"어? 뭐예요! 벌써 출발하려는 거 아니죠?"

"서둘러야죠. 저녁때까지는 돌아와야 하잖아요. 어서 앉아서 벨트 매요. 곧 출발해요."

수탁이 돌아보며 소리치는 것과 동시에 배가 울컥 움직였다.

"떠나기 전에 마음의 준비라도…… 아후, 미치겠네."

말리는 살겠다는 본능으로 의자에 몸을 던진 후 벨트를 찾아 맸다. 운전석 앞 툭 터진 시야로 온통 바다만 보이자 말리는 본격적으로 겁나기 시작했다.

"한 시간밖에 안 걸린다고 그랬죠?"

"대충이요. 바닷바람을 느끼다 보면 금방 도착할 거예요."

배에 속도가 붙을수록 말리의 간은 참외 크기에서 금방 강낭콩으로, 다시 깨알 크기로 졸아붙었다. 뱃속의 내장들은 제멋대로 움직이다가 갑자기 목구멍 밖으로 튀어나오려고 난리였다. 멀미약까지 붙이고 왔건만 아무 소용도 없었다. 말리는 토하지 않겠다는 일념으로 손잡이를 꽉 움켜쥔 채 온몸에 힘을 주고 버텼다. 이제는 수탁이 배 운전을 잘 하는지 못하는지 관심조차 없었다. 아니, 배가 가라앉든지 말든지 그것도 마찬가지였다. 말리는 오로지 배 멀미 때문에 뒤집어지는 자기 속이 가라앉기만을 두 손 모아 기도했다.

꿀럭, 크르릉, 꿀럭.

배가 갑자기 이상한 신음을 토해내더니 계기판의 속도계가 슬금슬금 떨어지다가 아예 제로 상태에서 멈추었다. 배가 파도에 까불림을 당하고 있다는 걸 정신없는 말리도 느낄 정도였다.

"다 온 거예요?"

"거의 다 왔어요. 스크류에 뭐가 감겼나? 엔진이 저절로 꺼졌어요."

"에, 엔진이 꺼져요? 그, 그럼 고장 났다는 거잖아요!"

불길한 예감이 어이없게 적중하자 계속 조마조마하던 말리의 속도 기다렸다는 듯 뒤집어졌다.

"우욱!"

말리는 뱃전으로 달려나가 허리를 굽혔다. 다행히 어제 저녁도 거의 먹지 않은 데다 아침도 굶고, 멀미약까지 붙인 덕분인지 헛구역질만 몇 번 하고 말았다. 말리는 후들거리는 다리로 벽을 짚으며 조심조심 들어와 앉았다.

계기판 아래를 들여다보던 수탁이 복잡한 표정으로 돌아보았다.

"괜찮아요?"

말리는 말할 기운도 없어서 고개를 한 번 끄덕이고 말았다.

"걱정 말아요. 큰 고장은 아닐 거예요."

수탁은 배 안팎을 들락거리며 열심히 퉁탕거렸지만 멈춘 배는 움직일 생각도 하지 않았다. 축 늘어진 채 앉아 있던 말리가 휴대폰을 꺼내들었다.

"뭐 하게요?"

"구조해달라고 신고하려고요."

그가 소용없다는 듯 고개를 저었다.

"통화 불능 지역이에요. 걱정 말고 조금만 더 기다려요. 고칠 수 있을 거예요. 아마 엔진이 과열돼서 그런지도 몰라요. 언젠가 대여했던 배에서도 이런 경우를 당한 적이 있거든요."

갈수록 태산이라더니! 겨우 이삼십 분 달리고 엔진이 과열되었다면 문제가 심각해도 보통 심각한 게 아니었다. 까딱 잘못하다가는 폭발이 일어날지도 몰랐다.

말리는 다시 하얗게 질렸다.

“배 운전할 줄 안다는 거…… 정말이에요?”

“그럴…… 걸요.”

수탁은 엔진 속을 들여다보며 심드렁하게 대꾸했다.

“근처에 지나가는 배가 있는지 좀 알아봐요. SOS를 타전해보던지. 배에 무전시설도 있을 거 아니에요.”

“그것도 안 돼요. 정비 불량인가? 아까 출발 전에는 분명히 작동했었는데.”

마침내 말리는 머리 뚜껑이 열려버렸다. 안락한 유람선 타고 간다고 선글라스에 명품 가방에, 온갖 치장은 다 하고 왔는데. 장난감 같은 배에 태워 흔들어대는 통에 죽을 것 같은 멀미 고생을 시키더니, 엔진이 과열되어 멈추지를 않나, 이번에는 배의 무전시설까지 고장 났다고?

“기막혀! 완전히 멍텅구리 배를 안전하다고요? 안심하라고요? 도대체 지금 뭐 하자는 거예요!”

공포에 질릴수록 말리의 목에서는 쇳소리가 났다. 두려움이 목소리를 키우고, 커진 목소리가 다시 두려움을 키웠다. 말리가 비칠거리며 의자에서 일어섰다.

“또 멀미할지 모르니까 벨트 매고 앉아 있어요!”

“지금 멀미가 문제예요? 지나가는 배에 소리라도 지를 거예요!”

“지나가는 배도 없어요. 그냥 좀 기다려요!”

“뱃길에 배가 왜 없어요?”

“배가 많이 다니는 데가 아니거든요.”

“그래도 찾아볼 거예요!”

한 고집 하는 말리가 벽을 붙잡으며 발을 떼어놓았다.

“앉아요!”

배가 먼저 그의 말을 듣고 울컥 움직였다. 말리는 저절로 의자에 쑤셔박혔다.

"어떡해. 이러다가 배에 물이라도 들어오면 어떡해요!"

"그런 일 없어요!"

수탁의 말이 거짓말이라는 건 금방 입증되었다. 파도가 배를 후려치더니 순식간에 바닷물이 뿜어져 들어왔다.

"조심해요!"

수탁이 후다닥 달려왔지만 말리는 이미 물을 옴팡 뒤집어쓴 뒤였다. 물방울을 매단 머리카락이 입속으로 날아 들어오자 짭짤한 맛이 느껴졌다. 처음에는 멀미 때문에 미칠 지경이다가, 다음에는 공포로 죽을 것 같더니, 이번에는 물벼락까지 맞자 말리는 눈에 아무것도 보이지 않았다.

"순 거짓말쟁이!"

"창문 닫았으니까 이젠 괜찮을 거예요."

"못 느껴요? 흔들리는 게 점점 심해지고 있잖아요!"

"이 정도는 심하다고 할 수도 없어요."

"이렇게 흔들리다가는 배가 뒤집히고 말겠어요. 어떡해요!"

"가만히 좀 있어요! 혼자 죽지 않는다고요. 나도 아직 죽기 싫어요. 혼자도 아니고 내가 곁에 있는데 무슨 걱정이에요?"

"운전도 잘 못하면서 안전하다고 뻥치고, 날 물귀신 만들려고 작정한 거잖아요!"

말리는 점점 공황상태에 빠져들고 있었다. 눈물과 콧물로 뒤범벅이 된 얼굴에 젖은 머리카락까지 부채 살처럼 달라붙어 아주 가관이었다.

기계를 열심히 두드리고 쑤셔보던 수탁이 악쓰는 말리를 돌아보았다.

"정말…… 그렇게 무서워요?"

"그럼 이 상황에서 안 무서워할 사람이 어딨어요! 난 배도 처음 타보는 거란 말이에요. 내가 세상에서 제일 무서워하는 게 물이라고요. 난 수영도 잘 못하는데, 잉잉……."

"심호흡을 깊게 해봐요! 그리고 다른 곳을 생각해요. 산이나 놀이공원

같은 곳이요.”

그런 말 같지 않은 위로가 공황상태에 빠진 말리의 귀에 들어올 리가 없었다. 그저 공포가 계속 자기복제를 하며 기하급수적으로 커지고 있었다.

중병 환자처럼 쿨럭거리던 배에서 드디어 엔진 걸리는 소리가 들려왔다.

“됐어요! 이젠 걱정 말아요. 일단 가까운 아무 섬에라도 대도록 해볼게요.”

배가 움직이기 시작하자 말리는 그 짧은 시간 동안 미친 듯 흥분하며 온갖 얕은 밑천을 다 내보인 자신에게 막 화가 났다. 조금만 참을걸. 그러다가 화살이 엉뚱하게도 수탁에게 향했다. 자신을 한심한 여자로 전락시킨 그가 못 견디게 미웠다.

“잠깐 귀 좀 막아요!”

수탁은 엔진 소리 때문에 제대로 알아듣지 못하고 돌아보았다.

“뭐라고요?”

“귀 좀 막으라고요!”

수탁은 말리를 힐끗 보더니 양쪽 귀를 꽉 틀어막았다.

“$#%%$#*&&#@%&*……!”

말리는 자기가 아는 욕이란 욕은 몽땅 동원해서 고래고래 소리쳤다. 그리고 배를 움켜잡으며 무릎 위에 엎드렸다. 가뜩이나 빈속에 소리까지 지르고 났더니 어질어질하고 머리가 빙빙 돌았다.

조마조마하게 움직여 가던 배가 드디어 작은 섬에 닿았다. 섬에는 백사장도 없이 바위만 듬성듬성 있고, 나무도 몇 그루 없는 정상은 모래 언덕처럼 평평해 보였다.

“무인도예요?”

“아마도요.”

"꼭 푸딩처럼 생겼네."

그 순간 배가 쿵, 소리를 내며 뒤로 울컥 밀렸다. 수탁과 나란히 서서 섬을 내다보던 말리가 그대로 엉덩방아를 찧으며 나동그라졌다.

"괜찮아요?"

수탁이 얼른 손을 내밀어 그녀를 일으켰다.

"배가 물속에 있던 암초에 부딪쳤나 봐요."

"환영 인사치고는 참 고약하네. 못된 푸딩 섬!"

말리가 엉덩이를 주물럭거리며 투덜거리는 동안 수탁이 배에서 훌쩍 뛰어내렸다. 그가 말리에게 손을 내밀었다.

"자, 내 손 잡아요."

말리가 고개를 흔들었다. 조금 전의 창피함도 만회할 겸 혼자서도 얼마든지 잘할 수 있다는 걸 보여주고 싶었다.

"나 혼자서도 할 수 있어요."

"어, 어? 조심해요!"

"으악!"

넓이 계산은 잘했는데 물에 젖은 바위가 미끄러울 거라는 걸 계산에 넣지 않은 게 실수였다. 뛰어내리는 것까지는 날렵하게 잘했는데 착지 동작에서 쭈르륵 미끄러져 물속으로 풍덩 빠졌다. 다행히 바위가 섬에서부터 이어져 있어 물이 별로 깊지는 않았다. 금방 일어나긴 했지만 완전히 물에 빠진 생쥐 꼴이었다.

"괜찮아요?"

말리가 물을 푸푸거리며 고개를 끄덕였다.

수탁이 손으로 푸딩 섬의 정상을 가리켰다.

"저기 위로 올라가요. 바위가 뜨거울 거예요. 우선 겉옷부터 벗어서 말려요."

겉옷과 속옷을 구분할 것도 없었다. 7부 바지를 벗으면 바로 팬티고,

면 셔츠를 벗으면 바로 브래지어였다. 강렬한 햇빛은 아직 한여름이었지
만 물을 싫어하는 말리는 금방 온몸에 소름이 오소소 돋았다.

"나 혼자요?"

"난 할 일이 있으니까 먼저 올라가요."

"무슨 일인데요?"

"가까운 데 나무도 없고, 바위에라도 닻을 단단하게 고정시켜야겠어요.
비실대는 배라도 없어지면 큰일이잖아요."

"내가 도와주지 않아도 돼요?"

말리가 몸에 찰싹 달라붙은 셔츠를 부지런히 떼어내며 말했다.

"도와주면 훨씬 낫겠지만 그냥 혼자 해볼게요. 어서 가요."

"알았어요. 그럼 나 먼저 올라가요."

말리는 우선 물이 들어와 찌걱거리는 신발부터 벗어 들었다. 그리고
맨발로 미끄러운 바위를 엉금엉금 기어 올라갔다.

정상에는 나무도 두어 그루 있고 제법 평평한 모래 바닥도 보였다. 그
러나 앞뒤를 봐도 옆을 봐도 온통 바다밖에 보이지 않았다. 한 바퀴를 다
돌아봤자 30분도 채 걸리지 않을 것같이 작은 섬이었다.

말리는 나무 아래에 쪼그려 앉아 옷을 벗은 후 있는 힘껏 비틀어 짠
다음 탈탈 털어 다시 입었다. 그리고 나서 펑퍼짐한 바위 위에 옷과 몸을
같이 널었다. 햇살에 달구어진 바위가 제법 뜨거웠지만 찜질방이려니 하
고 참았다. 솔솔 졸음이 몰려올 즈음 얼굴에 그늘이 느껴졌다. 말리가 눈
을 뜨니 수탁이 벌겋게 익은 얼굴로 내려다보고 있었다.

"좀 말랐어요?"

"뽀송할 정도는 아니지만 그런대로 괜찮아요. 잘 고정시켰어요?"

수탁이 고개를 끄덕였다.

"배 안 고파요?"

그리고 보니 멀미하고, 흥분하고, 물에 빠지고, 총천연색으로 나댄 탓

에 말리도 속이 헛헛했다.

"먹을 게 있어요?"

말리가 미안한 표정으로 말했다. 온통 멀미와 바다 걱정만 하느라 먹을거리를 챙겨오는 것도 깜박한 것이다.

"점심만 챙겨왔어요."

"배가 고픈 건지 아픈 건지 모를 정도예요."

말리는 허겁지겁 허기진 속을 채우고 나서 노곤하게 늘어졌다.

"아참!"

말리는 갑자기 물이 줄줄 흘러나오는 가방 속에서 휴대폰을 꺼내 들었다.

"뭐 하게요?"

"말리려고요."

수탁은 가만히 보고 있다가 말리가 휴대폰 배터리를 분리하려고 하자 얼른 빼앗았다.

"분리하면 안 돼요."

"왜요? 그럼 더 빨리 마를 텐데."

"그대로 말려야 해요. 손대면 휴대폰을 못 쓰게 돼요."

말리는 그가 시키는 대로 고분고분 따랐다.

"전화 한 번 더 해보면 좋을 텐데. 여기서는 터질지도 모르잖아요."

"안 그래도 여러 번 해봤어요."

"여전히 먹통이에요?"

수탁이 고개를 끄덕였다.

실망하며 고개를 외로 꼬던 말리가 이번에는 물이 뚝뚝 떨어지는 가방을 집어들었다.

"이런! 가죽은 물하고 상극인데, 왜 멍청하게 그 생각을 못했을까."

말리는 손바닥으로 가방을 꾹꾹 눌러 물을 짜내면서도 연신 안타까워했다.

"에이, 아까워서 어떡해."

말리의 걱정은 어느새 불통인 전화에서 물에 젖은 명품 가방으로 옮겨 가 있었다.

수탁이 퉁명스럽게 말했다.

"우리 아담과 이브 하면 어때요?"

가방 때문에 안달하던 말리는 잘못 들은 줄 알고 대꾸도 하지 않았다.

"여기가 에덴동산이에요."

말리가 어이없다는 표정으로 그를 쳐다보았다.

"재미있을 거 같지 않아요?"

"그럼 혼자 실컷 아담 해요. 난 이브 노릇할 만큼 한가한 마음 아니니까!"

"왜요? 내가 푸른 눈이 아니라서 그래요? 도저히 오르가슴에 닿을 것 같지 않아요?"

오르가슴이라니, 이건 또 무슨 소리? 말리가 도끼눈을 뜨고 그를 노려보았다.

"이런! 내 말이 또 비린내를 풍겼어요? 미안해요, 세상물정에 밝은 척하고 중후하게 무게도 잡아야 하는 건데."

"무슨 남자가 그렇게 소심해요? 어쩌다 지나가는 말로 한 걸, 아주 평생 달달 외우고 다녀요?"

"소심이 아니라 세심이에요. 그러니까 이런 것도 미리 준비하잖아요."

수탁은 부스럭거리더니 바지 주머니에서 뭔가를 꺼냈다. 숟가락 크기의 작은 플라스틱 케이스였다. 그는 뚜껑을 열더니 검지로 조심스럽게 찍어 올린 뭔가를 양쪽 눈에 차례대로 넣었다. 그리고 자신의 행동을 유심히 지켜보고 있는 말리의 눈앞에 얼굴을 확 들이밀었다.

"지금 장난칠 기분이에요?"

"장난 아니에요. 잘 봐요! 내 두 눈을."

푸른 눈이 말리를 쳐다보고 있었다. 그가 눈에 넣은 건 칼라렌즈였던 것이다.

"이럴 때는 감격한 표정을 지어줘야죠."

"그건 뭐 하러 해요? 혹시 선글라스처럼 햇빛을 차단시키는 특수효과라도 있는 렌즈예요?"

말리는 머리를 절레절레 흔들며 키득거렸다.

"선배를 위한 거잖아요."

"날 위한 거라고요? 왜요?"

"선배가 푸른 눈을 좋아한다면서요."

"누가 그래요?"

"……."

"누가 그랬냐고요!"

수탁은 여전히 꿀 먹은 벙어리처럼 눈만 껌벅거렸다.

'아이고 속 터져!'

말리는 낭떠러지 끝으로 걸어갔다. 끝이 보이지 않는 수평선을 샅샅이 살피며 혹시라도 지나가는 배가 있는지 보았다. 하늘과 바다, 소금기가 섞인 바람도 너무 평온하고 무심했다. 파란 바다에 잘게 부서지는 햇살이 크리스털 조각을 흩뿌려놓은 것처럼 반짝거렸다.

"어? 이상하다?"

정박된 배 주위의 바다는 다른 곳처럼 반짝이지 않았다. 대신 온통 무지개 빛깔이었다.

말리가 계속 고개를 갸웃거리고 서 있자 수탁이 다가왔다.

"왜요?"

"저기 좀 봐요. 바다 색깔이 왜 저기만 달라요?"

"이런 젠장!"

수탁이 바람처럼 달려 내려갔다. 말리도 얼른 그의 뒤를 쫓아갔다. 말리가 중간도 못 내려갔을 때 수탁은 벌써 상의를 훌러덩 벗어던지고 물속으로 텀벙 뛰어들었다.

물에 들어간 수탁은 한참이 지나도 밖으로 나오지 않았다. 혹시 심장마비? 어떡해! 난 수영도 못하는데. 미우나 고우나 이제 그는 말리와 공동운명체였다.

"어딨어요? 그만 나와요!"

말리가 고래고래 소리치자 배의 반대편에서 그의 머리가 불쑥 올라왔다.

걱정하던 말리가 막 화를 냈다.

"숨도 안 차요? 물속에서 뭐 했어요!"

"문제가 좀…… 배에서 기름이 새요. 아까 암초에 부딪치면서 연료통이 깨진 거 같아요."

말리는 오늘 하도 여러 번 놀라서 이젠 놀랄 기운도 없었다.

"그럼 이제…… 어떡해요?"

"새는 곳을 찾아냈으니까 막으면 돼요. 일단 기름이 어느 정도 남았는지부터 확인해보고요."

수탁은 곧 배로 올라가더니 이것저것을 챙겨서 내려왔다.

"다행히 반 정도는 남아 있네요. 그 정도면 충분할 거예요."

물속을 들락거리며 한참 동안 작업하던 수탁이 다시 물 밖으로 머리를 내밀고 소리쳤다.

"혹시 고무줄 비슷한 거 없어요?"

말리가 반사적으로 자신의 머리를 더듬거렸다. 그러나 짧은 머리에 고무줄 같은 게 있을 리가 없었다.

"그런 거 없는데…… 아! 잠깐만요. 저 위에 가방 쏟아놓은 데 좀 가보고 올게요."

말리는 숨이 턱에 닿을 정도로 달려 올라가서 말리려고 펼쳐놓은 가방 속 물건들을 헤집었다. 정말 별의별 게 다 있었다. 이렇게 많은 물건이 도대체 어느 구석에 어떻게 들어앉아 있었는지 신기할 정도였다. 마침내 말리가 고무줄 비슷한 핸드폰 줄을 하나 발견했다. 언젠가 사은품으로 받아서 넣어둔 모양이었다.

"이거 어때요? 고무줄은 아니지만 그나마 비슷한 건 이거밖에 없어요."

"일단 던져봐요."

말리가 까치발을 딛고 던져주자 수탁은 다시 물속으로 곤두박질해 들어갔다.

잠시 후, 수탁이 물을 박차고 올라왔다. 그는 말리가 앉아 있는 바위에 드러눕더니 가쁜 숨을 몰아쉬었다. 그의 탱탱한 근육마다 자잘한 물방울이 맺혀 있었다.

"힘들었죠? 이제 다 고친 거예요?"

고개를 끄덕이던 수탁이 갑자기 사레들린 것처럼 웃었다.

"하하하……."

바닷물을 너무 많이 마셨나? 혹시 해파리 알레르기라도 있는 건가? 겉으로는 태연한 척했지만 사실은 그도 두려웠던 걸까? 그가 그치지 않고 계속 웃자 말리는 별의별 생각이 다 들었다.

"그만 좀 웃어요! 왜 그래요? 힘들어서 그래요? 무서워서 그래요?"

둘이 있는데 하나가 제정신이 아니라면 그건 식인종과 단둘이 있는 것만큼이나 끔찍했다.

"선배는 확실히 센스 있어요."

"……?"

"눈에는 눈 이에는 이, 나도 행동으로 보여줄게요."

계속 알 수 없는 말만 늘어놓던 수탁이 갑자기 벌떡 일어나서 말리한테 달려들었다. 그는 두 손으로 말리의 머리를 꽉 붙잡더니 입술을 허겁지겁 빨았다. 말리는 수탁이 정말 식인종으로 돌변한 줄 알았다.

"지, 지금 뭐 하는 거예요!"

한참 만에 수탁에게서 놓여난 말리가 숨을 헐떡거리며 그를 노려보았다. 입술이 붙어 있는지 떨어져 나갔는지 아무 감각이 없을 정도로 얼얼했다.

"아무도 없다고 막가파처럼 굴지 마요! 나도 보는 사람 없으면 못 말리게 용감해지는 여자라고요!"

"이렇게 단둘이 있는 것도 로맨틱하지 않아요?"

"점점, 정말 왜 그래요? 왜 자꾸 헛소리해서 가뜩이나 불안해 죽겠는 사람 더 겁나게 만드냐고요!"

"뭐가 겁나요? 난 좋아 죽겠는데. 에덴동산의 아담과 이브처럼!"

"또 에덴동산 타령!"

말리는 그가 진짜로 미쳐가는 거라고 생각했다. 얼른 뒤로 엉덩이를 쏙 빼며 그의 곁에서 멀찌감치 떨어져 앉았다.

"나한테서 도망치지 마요. 이리 가까이 와요."

수탁의 푸른 눈동자가 알 수 없는 뭔가로 번들거렸다.

"어서 그 렌즈나 빼요! 잘못하면 염증 생기니까!"

"선배도 이제 가면을 벗어요!"

"정신 차려요! 난 가면 안 썼어요. 이거 최말리 얼굴 맞다고요. 자, 봐요!"

말리는 잔뜩 겁먹은 목소리로 소리쳤다. 그러면서 자기 얼굴 가죽이란 걸 확인시키듯 볼 살을 길게 잡아당겼다.

"하하, 그만 좀 웃겨요. 나한테 키스해달라고 했잖아요."

"내가 언제요!"

말리는 수탁이 드디어 환각상태에 빠져드나 보다고 생각했다.

"아까요. 메시지까지 보내놓고."

"무슨 메시지요? 휴대폰도 다 먹통인데!"

"아까 던져준 그 휴대폰……."

말리는 미친 듯이 고개를 흔들었다. 그가 점점 더 무서웠다.

"휴대폰 줄에 분명히 'kiss me!'라고 써 있었어요."

"거짓말!"

그러나 가만히 생각해보니 그것을 받고 재밌어하던 기억이 났다.

"일부러 준 거 아니에요?"

"미쳤어요?"

"실망인데요. 난 기분 좋았는데."

"아무리 그래도 그렇지. 다짜고짜 이런 법이 어디 있어요? 놀랐잖아
요."

"일단 올라가서 얘기해요."

수탁은 벌떡 일어서더니 말리의 손을 잡아끌었다.

"배는 이제 확실히 안전한 거예요?"

"일단은요."

그의 손에 이끌려 단숨에 정상까지 올라온 말리가 숨이 넘어갈 듯 헉
헉거렸다.

"도대체 무슨 얘기를 하자고 사람을 이렇게 급하게 끌고 올라오는 거
예요?"

"아까 하던 얘기요."

"아까 하던 얘기가 뭔데……."

'가만! 에덴동산이 어떻고, 아담과 이브가 어떻고, 오르가슴이 어떻고.
그리고 보니 이상한 게 한두 가지가 아니었다. 일행이 모두 낙오하지를
않나, 유람선을 취소한 후 모터보트를 빌리지를 않나, 고장이 나지를 않
나, 거기다가 무인도라니. 혹시 이게 모두 수탁의 계획적인 음모는 아닐

까? 일부러 조난당하게 만들어서 날 골탕먹이려고?'

하나 둘 의혹을 부풀려가던 말리의 눈에 불이 번쩍 들어왔다.

"당장 사실대로 말해요!"

말리는 후다닥 달려들며 수탁을 뒤로 확 떠다밀었다. 갑작스런 기습에 그는 무방비 상태로 벌러덩 넘어졌다. 그러더니 죽은 듯 꼼짝도 안했다.

'흥! 죽은 척한다고 내가 속을 줄 알고?'

"일어나요! 엄살이라는 거 다 아니까!"

수탁은 여전히 꿈쩍도 하지 않았다. 자세히 보니 얼굴도 좀 창백해 보였다. 주위를 둘러보니 주먹만한 돌도 몇 개 눈에 띄었다.

'혹시 뇌진탕? 아악, 안 돼! 혼자는 더 싫어!'

말리는 얼른 그의 가슴에 납작 엎드리며 귀를 가져다 댔다. 쿵, 심장소리를 확인하는 순간 그의 양팔이 말리를 휘감았다.

"정말 나 죽었으면 좋겠어요? 그렇게 무지막지하게 떠미는 사람이 어디 있어요?"

"진짜 사기꾼!"

"피장파장이잖아요. 선배는 리안과 온갖 성의 향연을 다 펼쳐놓고……."

황당한 말에 이번에는 말리가 진짜 뇌진탕에 걸렸다.

"그건 또 무슨 소리예요?"

"그 가면 언제까지 쓰고 있을 거예요? 계획에 차질이 생겼어요? 어쩌다 즐겼던 남자가 선배를 찾아올 거라고는 꿈에도 생각하지 못했나요? 난 뭐였죠? 보험용? 심심풀이 땅콩?"

"말조심해요!"

"몸조심이 먼저죠!"

"내가 리안하고…… 누가 그래요?"

너무 기가 막혀서 말리는 오히려 차분하게 가라앉았다.

"일기를 봤어요."

"일기……?"

"날아갔던 파일…… 저절로 복구된 파일……!"

"세상에!"

"리안이라는 이름을 발견한 순간…… 정말 그러면 안 되는 거지만 끝까지 다 읽고 말았어요."

수탁은 말리의 습작 소설인 S-diary를 일기라고 철석같이 믿고 있는 눈치였다. 어쩜 이렇게 말도 안 되는 오해를 할 수가 있지? 어디서부터 어떻게 풀어야 하는 거지? 말리는 가슴만 답답할 뿐 아무 해결책도 떠오르지 않았다.

"원한다면 하루 종일이라도 렌즈를 끼고 있어줄 수 있어요. 선배의 성감대가 푸른 눈에만 반응한다면요."

말리는 참기 위해 이를 악물었다.

"왕 내숭! 성에 대해서 그렇게 해박한 줄 몰랐어요."

마침내 말리의 입에서 삐딱한 소리가 튀어나왔다.

"좋아요! 즐겨보자고요. 내가 이브 할게요. 됐어요?"

수탁의 푸른 눈이 분노로 번들거렸다. 말리를 금방이라도 삼켜버릴 것처럼 뜨겁게 노려보았다.

"그 대신 돌아가면 서로 다시는 안 보는 거예요. 구차하게 이러니저러니 뒷말하기도 없고요!"

수탁은 미간을 잔뜩 찌푸린 채 가는 시선으로 말리를 노려보기만 할 뿐 아무 말도 하지 않았다.

"벗어요?"

말리는 자포자기한 심정으로 그러면서도 행운의 반전을 기대하며 셔츠의 단추를 풀기 시작했다.

말려! 어서 나를 좀 말리라고! 그러나 수탁은 꼼짝 않고 서서 노려보기만 했다. 말리는 반발하듯 셔츠를 벗고 나서 브래지어까지 단숨에 풀어 던졌다. 그러나 금방 후회하며 두 팔로 절벽 가슴을 감싸 안았다.

"안 벗고 뭐 하는 거예요! 에덴동산의 아담과 이브처럼 즐겨보자면서 요!"

수탁이 바닥에 떨어진 말리의 셔츠를 천천히 주워들었다.

"입어요."

그는 외면한 채 셔츠를 펼쳐 말리의 가슴을 가려주더니 도망치듯 사라졌다.

한동안 세상이 정지한 듯 고요했다. 그러나 눈을 질끈 감고 선 말리의 심장은 미친 듯이 팔딱거렸다. 자신이 아주 불쌍하고 초라하게 느껴졌다. 어쩌다 환상을 그에게 들켜버린 것도 그렇고, 토플리스 차림으로 행패 부린 것도 죽고 싶을 만큼 창피했다. 한때는 리안과 수탁을 저울질하기도 했지만 막상 이렇게 꼬여버리자 모든 게 부질없게 느껴졌다. 비로소 알 것 같았다. 자신에게는 수탁이 리안과 비교도 할 수 없을 정도로 소중하고 소중한 사람이었다는 것을…….

감겨 있던 말리의 눈에서 눈물이 주르륵 흘러내렸다. 말리는 날 것처럼 드러난 절벽 가슴을 그대로 내버려둔 채 두 손으로 얼굴을 가리고 엉엉 울었다.

말리는 실컷 울고 나서 꺼이꺼이 흐느끼며 옷을 입다가 바다와 싸우고 있는 수탁을 발견했다. 그는 상체를 벗은 채 바다에 주먹질을 하고 발길질을 하며 화를 퍼붓고 있었다. 푸른 바다가 그의 하얀 몸뚱이에 얻어맞아 흰 포말로 부서져 내렸다.

제법 시간이 흐른 후, 수탁은 물고기 한 마리를 들고 다시 돌아왔다.

목놓아 울고 났더니 말리도 속이 출출하던 참이었다. 말리는 그의 행동을 말없이 지켜보았다.

그는 묵묵히 다른 손에 쥐고 온 나뭇가지를 얼기설기 펼쳐놓더니 주머니에서 라이터를 꺼내 불을 붙였다. 어디서 젖지 않은 나무를 용케도 주워왔는지 불이 한 번에 잘도 붙었다.

생선에서 기름이 지글지글 떨어질 때마다 불꽃이 화를 내듯 한 번씩 용틀임을 했다. 둘 다 아무 말 없이 생선만 쳐다보았다. 냄새가 참을 수 없어졌을 때쯤 그가 커다란 나뭇잎으로 생선을 반 토막 냈다.

"자요!"

수탁은 반 토막 난 생선을 건네며 반 토막 같은 말을 했다. 그래도 말리는 평생 이렇게 맛난 생선은 처음 먹어보는 것 같았다. 가시까지 쪽쪽 빨아먹은 후 배알도 없이 그가 건네는 생수도 덥석 받아 마셨다.

두 사람은 거의 말을 하지 않았다. 눈길도 마주치지 않으려고 고개까지 외면했다. 그래도 서로의 시야 밖으로 벗어나지는 않았다. 어쩌면 두 사람 모두 서로에게서 멀어지는 순간 다시는 보지 못할 거라는 위기감을 똑같이 느끼고 있었는지도 모른다.

어둠이 내리자 파도소리도 더욱 잦아드는 느낌이었다. 누가 먼저 제안이라도 한 것처럼 두 사람 모두 앞서거니 뒤서거니 배 위로 올라왔다.

수탁은 선실 안에 담요를 깔아주고 나가더니 뱃전에 기대서서 바다만 바라보고 있었다.

나이를 한 살이라도 더 먹은 내가 먼저 너그럽게 손을 내밀어야 하는 거 아닐까? 말리는 몇 번이나 망설였지만 결국 용기가 나지 않았다. 유치찬란한 오해나 하는 그가 어떤 진실이든 믿으려고 할지 그것도 의심스러웠다.

'그렇게 엄청난 오해를 했으면서도 왜 날 이곳으로 유인한 걸까? 나 같으면 그 꼴 두 번 다시 안 보고 말았을 텐데. 아니지. 만약 내가 그를 엄청나게 좋아해서 포기하기 힘들다면? 미련 때문에라도 실컷 괴롭히지

절대로 그냥 놔주고 싶지 않았을 거야…….'

말리는 갑자기 마음이 조급해졌다. 기회를 놓치기 싫었다. 어떻게든 그에게 말을 걸고, 오해를 풀고 싶은데 눈도 마주치지 않으려는 그에게 뭘 어떻게 해야 할지 막막하기만 했다. 말리는 한동안 끙끙거리며 고민하다가 퍼뜩 할머니의 말씀을 떠올렸다.

'자고로 독은 독으로 푸는 기라!'

그래! 글로 시작된 오해니까 글로 푸는 거야. 수탁에게 편지를 쓰자. 그래서 그가 자연스럽게 발견할 수 있도록 하는 거야. 말리는 당장 선실에 있던 메모지 몇 장을 챙겨두었다.

마침내 수탁이 배 밖으로 산책을 나가자 말리는 요람처럼 흔들리는 배에 배를 깔고 엎드려 편지를 쓰기 시작했다.

수탁에게,

아니 뭔가 낯설다. 그냥 봉황이라고 부를래. 어차피 나한테 당신은 늘 대단한 봉황이었으니까.

봉황 씨!

당신은 절대로 이 편지를 볼 수 없을 거야. 왜냐하면 난 이걸 쓰자마자 바다 멀리멀리 띄워버릴 거거든. 당신한테 내 마음을 전하기에는 이미 우리 사이가 너무 많이 꼬여들었어. 난 도저히 당신을 붙잡을 용기가 안 나. 그런데 이렇게라도 고백하지 않으면 정리가 안 될 거 같아. 아참, 반말을 용서해. 내가 더 오래 살았으니까 그 정도는 이해해주리라 믿어. 할 말이 많은데 존대까지 신경 쓰다 보면 이 밤을 새워도 모자랄 거 같거든. 종이도 부족하고, 불빛도, 시간도 그리 넉넉한 편이라고는 못하겠어.

봉황 씨!

처음 당신을 보았을 때 난 별로 기분이 좋지 않았어. 왜냐하면 난 잘생긴 남자를 보면 물어뜯고 싶은 오래된 강박증세가 있거든. 사실 그건 내가 잘생긴 남자에게 아직도 면역이 되지 않았다는 역설이기도 해. 조건반사적으로 쏠리는 나를 지키기 위한 위장 분노쯤으로 이해해주면 좋겠어. 아무튼 당신은 내게 요주의 인물로 분류되었고, 관심을 차단시키기 위해 내가 사사건건 공세적으로 굴었던 거 당신도 기억할 거야.

33년 동안 숱하게 다양한 남자들을 겪어봤지만 당신만큼 어수룩하고 순도 백 퍼센트짜리 순수한 남자는 본 적이 없어. 당신만큼 많이 배우고, 집안 좋고, 잘생긴 남자가 티를 내지 않는 건 정말 충격이었어. 어딘가 허술해 보이는 당신을 내가 챙겨야 할 거 같았어. 그래서 물불 가리지 않고 설쳤던 거야. 물론 당신의 그 잘생긴 외모에 홀딱 반했다는 걸 숨길 생각은 없어. 어느 정도는 사실이니까. 그렇지만 여자는 몸보다 마음이 먼저 끌리는 법이야. 진짜 처음부터 난 속수무책으로 당신이 좋았어.

봉황 씨!

그렇게 보이지 않는다는 거 잘 알지만…… 사실 나는 누구보다 로맨틱한 여자야. 내 꿈은 앞으로 로맨스 작가가 되는 거고. 나 자신의 환상을 적나라하게 펼쳐보고 싶었어. 상상만으로도 행복했던 로맨스, 현실에서 이루지 못하는 로맨스를 소설 속에서 풀어놓기로 했어.

그래, 맞아! 당신이 내 일기라고 흥분했던 S-diary도 사실은 습작 중인 로맨스 소설이야. 난 습작하면서 항상 고집하는 게 한 가지 있어. 바로 남주가 잘생겨야 한다는 거야. 그래야 몰입이 가능하거든. 내 방에는 잘생긴 배우들이 수두룩하게 붙어 있어. 다음 작품의 주인공은 누가 될지 모르지만 잘생긴 남자일 거라는 사실은 변함없어.

이제 오해가 풀렸어? 그렇게 된 거야. 이 모든 오해의 발단은 내 소설이 일기 형식을 취했다는 것과 실명을 사용한 때문이겠지. 그래도 아주 불쾌한 것만은 아냐. 뭐랄까, 내 소설이 그렇게 현실과 혼동할 정도로 리얼했다는 의미니까.

아무튼 내 습작 소설은 특별한 비밀 일기이기도 하고, 내 욕망이기도 해.

봉황 씨!

아까 배에서 약 먹고 눈 뒤집힌 치킨처럼 굴어서 정말 미안해. 모두 욱하는 내 성질머리 때문이야. 한 번 열 받으면 뒷감당 같은 건 생각하지도 못하는 단세포라서 그래. 그래서 항상 손해를 곱빼기로 보고 사는데도 고치기가 힘들어. 그냥 이렇게 살다 죽어야 할 슬픈 운명인가 봐.

아까도 당신한테 그러는 게 아닌데…… 정말 미안해. 그렇지만 오해하는 당신한테 미주알고주알 설명하기는 죽기보다 싫었어. 그러면 당신을 붙잡기 위해 내가 비굴하게 매달려 구걸하는 거 같았거든.

봉황 씨!

솔직하게 말하자면 난 운명적인 사랑 같은 걸 믿지 않은 지 꽤 됐어. 서른이 넘어가면서부터 주제 파악도 지나치게 잘하고 있고. 근데 당신을 처음 본 순간 난 강렬한 운명을 예감했었어. 당신은 너무 욕심나는 사람이야. 내 마음을 온통 차지해서 한눈 팔 수 없게 만들어.

당신은 내 첫 남자야! 하지만 내가 아직도 처녀라는 사실!

이왕 이렇게 된 거 솔직하게 다 털어놓을게. 내가 아직도 처녀라는 건 지난번 당신이 진리 언니한테 전화했던 바로 그날 알았어. 그래, 결국 남이섬에서 우리는 아무 일도 저지르지 않았다는 거지. 당신한테 사실대로 밝히려고 했지만 용기가 안 났어. 언니 입장도 고려해야 했고. 아니! 솔직히 당신을 놓치기 싫었어. 당신을 붙잡을 수만 있다면 거짓말이든, 미끼 노릇이든 못할 게 없다고 생각했어. 이제 더 이상 내 말을 믿지 않겠지만 그래도 당신이 홀딱 벗은 내 몸을 본 첫 남자라는 건 하늘에 맹세코 사실이야. 물론 전신이 아니라 토플리스였지만 말이야.

리안이 나한테 아무리 지극정성이어도 당신을 향한 내 마음은 요지부동이야. 당신은 날 겨우 그런 여자로 오해하기나 하고, 리안은 날 성녀처럼 특별대우 해주는데도…… 나도 이런 내가 마음에 안 들어!

그거 알아? 더 많이 사랑한 사람이 항상 패자가 된다는 거……. 난 그러기 싫어! 절대 그러지 않을 거야!

봉황 씨!

이제 내일이면 이 바다하고도 안녕이겠지. 또 당신하고도 안녕일 테고.

여기, 내가 푸딩 섬이라고 이름 지은 이 무인도에서 난 또 한 번의 마침표를 찍기로 했어.

286

인생이란 언제 되돌이표를 만나게 될지 모른다지만 다시는 이런 똑같은, 특별한 감정을 느낄 수 없을 거야.

봉황 씨!

당신을 포기한 걸 후회하지 않아야 할 텐데…….

하지만 앞으로 로맨스 소설을 쓰는 데는 훌륭한 체험이 되겠지. 지금 내게는 그것만이 유일한 위안이야.

추신: 불아구는 한 번 물면 절대로 놓지 않아……. 당신을 영원히 잊지 못할 거야…….

11 치맛자락, 날다

웅크린 채 잠들었다 깨어났더니 어느새 아침이었다. 수탁은 옷만 말리의 몸 위에 덮어놓은 채 어디 갔는지 보이지 않았다. 말리는 일어나자마자 지난밤에 써놓은 편지부터 찾았다. 일부러 수탁이 발견하기 쉽게 잘 보이는 곳에 펼쳐놓고 잤는데, 없는 걸 보니 그가 들고 나간 것 같았다.

말리는 기분이 좋아서 엉덩이춤까지 실룩거리며 바닥에 깔고 잔 담요를 개켰다. 아뿔싸! 수탁이 들고 나간 줄 알았던 그 편지가 담요 밑에서 나왔다. 잠버릇이 험한 그녀가 얼마나 요동을 쳐댔던지 머리맡에 얌전히 펼쳐놓았던 편지가 담요 밑으로 딸려 들어와 꾸깃꾸깃하게 구겨져 있었다.

"어떡해, 어떡해! 이젠 정말 다 끝났어."

말리는 구겨진 편지를 손바닥으로 열심히 펴면서 징징거렸다. 그러다가 오래전에 보았던 영화의 한 장면을 퍼뜩 떠올렸다.

"그래, 바로 그거야! 이대로 포기하면 불아구 체면 안 서지!"

말리는 편지를 가늘게 돌돌 말아서 빈 생수 병에 넣고 뚜껑을 닫았다. 다행히 수탉도 섬의 뒤쪽에 있는지 보이지 않았다. 말리는 병 속의 편지를 바닷가의 바위틈에 살짝 끼워놓고 부리나케 배로 돌아왔다. 이 방법마저 불발로 끝나면 이젠 정말 희망이 없었다.

한참이 지나도록 수탉이 돌아오지 않자 말리는 다시 배 밖으로 나왔다. 바위틈에 끼워놓았던 병 속의 편지가 사라진 걸 확인했지만 마음이 놓이지 않았다. 혹시 파도에 휩쓸려 정말 바다로 간 건 아닐까? 그럴까 봐 꼭 끼워놓긴 했지만 섣불리 안심할 수가 없었다.

말리는 불안한 마음을 가라앉히기 위해 따가운 햇살과 짭짤한 바다 냄새를 온몸으로 음미하며 바위 사이를 서성거렸다. 말리는 예쁜 조가비와 매끄러운 조약돌을 하나 둘, 주워들다가 서둘러 다가오는 수탉을 발견했다. 그는 무언가 아주 다급한 분위기로 바위 사이를 경중경중 내딛고 있었다.

마침내 헐레벌떡 다가온 수탉이 아무 말 없이 말리를 끌어안았다. 말리는 양 손에 가득 움켜쥔 조가비와 조약돌을 수평저울처럼 펼친 채 어정쩡하게 안겨 있었다.

"고마워요."

"……?"

"먼저 손 내밀어줘서."

수탉이 말리를 가슴에서 떼어냈다. 그리고 그녀의 얼굴 구석구석을 훑으며 바라보았다.

"왜 얘기 안했어요?"

"뭘요?"

"소설 쓴다는 거."

"어떻게 알았어요?"

"누가 알려줬어요."

“누가?”

수탉이 다시 말리를 왈칵 당겨 안았다.

“바다 우체부요.”

우후, 봤구나, 봤어! 그러나 말리는 시침 뚝 떼고 잔뜩 의아한 목소리로 물었다.

“바다 우체부?”

“병 속에 담긴 편지요. 수취인이 나라는 걸 바다가 용케도 알았더라고요.”

“세상에! 지금쯤 멀리멀리 갔을 줄 알았는데…… 아직 섬 근처도 못 벗어났단 말이에요?”

“수취인을 찾아 다시 돌아온 거죠.”

“설마 읽었어요?”

말리는 희열이 배어나오는 목소리로 조심스럽게 물었다.

“저기 섬의 정상에 올라가서 열 번도 넘게 읽은 걸요.”

수탉이 말리를 안은 팔에 더욱 힘을 주었다. 포근히 감싸여 행복해하던 말리가 그의 허리 뒤에서 한쪽 주먹을 불끈 쥐었다. 말리는 자신이 아주 교활한 악녀처럼 느껴졌지만 기분은 더할 수 없이 좋았다. 에고, 그놈의 사랑이 뭔지.

“처음부터 그럴 생각은 아니었는데, 엉뚱하게 꼬여버렸어요. 얼마나 후회했는지 몰라요. 어떻게 사과해야 할지도 모르겠고…….”

말하는 내내 말리를 타는 듯한 시선으로 내려다보던 수탉이 두 손으로 그녀의 귀를 꽉 틀어막더니 입으로는 그녀의 입까지 빈틈없이 막아버렸다. 그러더니 혀를 풀무처럼 움직여 바람을 불어넣기 시작했다. 말리는 황홀해서 저절로 눈이 감겼다. 양손에 들려 있던 조가비와 조약돌도 발치로 투두둑, 떨어져 내렸다.

수탉은 말리를 번쩍 안아 들고 배로 올라왔다.

사랑이 그들을 서로에게 밀어붙였다. 그러나 말리의 몸은 마음과 다르게 뻣뻣하게 굳어 있었다. 수탁은 서두르지 않았다. 말리의 입술을 지칠 만큼 애무하고 그녀 안에 자신의 향기를 가득 채웠다. 처음이기에 말리는 안팎이 완벽하게 준비되는 데 오랜 시간이 필요했다. 마침내 수탁이 들어왔고 말리는 조금 아팠지만 견딜 만했다. 쾌감보다는 하나가 되었다는 소중한 느낌이 포만감을 안겨주었다.

나란히 누워 숨을 헐떡거리던 수탁이 애원하는 눈길로 말리를 쳐다보았다.

"우리 여기서 며칠만 더 있다 가요."

말리가 나른한 눈길로 마주보았다.

"제발, 이대로는 돌아가기 싫어요."

"어차피 지금 갈 수도 없잖아요. 연락이 되어야 가든지 말든지 하죠. 이 배로는 불안해서 돌아갈 수도 없고……!"

말리가 말하다 말고 수탁을 노려보았다. 수탁은 재깍 이실직고하겠다는 표정으로 고개를 끄덕였다.

"내 휴대폰은 멀쩡해요. 위치 추적이 될까 봐 꺼두었어요."

"휴대폰이 멀쩡해요? 먹통이 아니라고요? 그럼 어제 일어난 일이 모두 계획적인 거였단 말예요?"

"처음 계획은 일단 섬에 단둘이 있는 것까지였어요. 그 다음은 생각할 여유도 없었고요."

"그럼 배도 고장 안 났고, 무전시설도 멀쩡하고……, 설마 기름이 샌 것도 꾸민 거예요?"

"아뇨. 그건 정말 돌발 상황이었어요. 그땐 나도 잠깐 아찔했다고요."

"그럼 여기도 우연히 닿은 게 아니었죠!"

수탁이 짓궂은 눈웃음을 흘렸다.

"답사는 딱 한 번밖에 못했어요. 그때는 접안에 실패해서 기름 탱크를 깨뜨리는 일도 없었는데."

"기막혀라. 준비한 게 가상해서 화도 못 내겠네. 도대체 무슨 생각으로 그런 겁 없는 계획을 세운 거예요?"

수탁은 대답 대신 말리의 눈만 뚫어져라 들여다보았다. 쑥스러워하는 것도 같고 은근히 자랑스러워하는 것도 같고, 종잡을 수 없는 표정이었다.

"선배를 데리고 어디로든 도망치고 싶었어요. 리안이 연락할 수 없는 곳으로요. 절대로 찾지 못할 곳으로요."

'진작 말을 하지. 그럼 기꺼이 내 발로 따라나섰을 텐데.'

"배 멀미 할 때는 얼마나 괴롭던지…… 계획을 포기할까, 한참 갈등했어요."

"그럼 동료들이 전부 낙오한 것도 모두 누구 때문이겠네요?"

수탁이 한쪽 눈을 찡긋했다.

"애걸복걸까지는 아니어도 공작하느라 좀 힘들었죠."

"마지막에 세 사람이 한꺼번에 빠질 때는 나도 좀 이상하다고 생각했어요. 한집에 사는 것도 아닌……, 아참! 집에 연락도 못했네. 걱정할 거예요. 어제 돌아갈 거라고 했거든요."

"전화드리면 돼요. 내 휴대폰 줄게요."

"아침에는 어디 가서 그렇게 오래 있었어요?"

수탁도 집요했다.

"먼저 집에 전화부터 해요. 할 거죠?"

"알았어요. 조금 있다가 할게요. 아침까지는 돌아갈 생각이었죠?"

"반반이었어요. 이대로 돌아가기도 싫고 어떻게 풀어야 할지도 모르겠고. 섬 뒤쪽에서 오래 생각해봤어요. 마침내 선배한테 고백하려고 돌아오다가 병 속의 편지를 발견했죠."

"근데 정말 며칠 더 있어도 돼요? 사람들한테는 뭐라고 그럴 거예요?"

"난 미리 다 얘기해놓고 왔어요. 아마 이틀 정도는 찾지도 않을 거예요."

말리가 눈을 부라리자 그가 뒤통수를 긁적였다.

할머니가 전화를 바꾸기 전에 얼른 엄마한테만 몇 마디 하고 끊었다. 좌의정에게는 아예 문자 메시지만 날렸다. 그 다음 골치 아픈 일은 가서 부딪치기로 했다.

"배고프지 않아요? 벌써 점심때가 다 되었는데 아직 아침도 못 먹었잖아요."

"먹을 게 뭐가 있긴 있어요?"

안 그래도 말리의 뱃속에서는 아까부터 신나게 콘서트를 여는 중이었다.

"네!"

수탉은 벌떡 일어나더니 창고 문 앞에 가서 섰다.

"거긴 창고잖아요. 빗자루라도 삶아 먹으려고요? 아니면 낚싯대라도 넣어뒀어요?"

"먼저 약속부터 해요. 놀라지도 않고 화내지도 않겠다고!"

말리가 고개를 끄덕였다.

"열려라, 참깨!"

수탉이 창고 문을 활짝 열었다. 온갖 과일부터 시작해서 와인과 맥주, 갖가지 밑반찬, 햇반 수십 개, 생수 수십 병, 빵, 과자 등 두 사람이 한 달쯤을 먹어도 끄떡없을 식량이 빼곡하게 쟁여져 있었다.

"와우! 창고가 아니라 냉장고였잖아요. 어쩐지. 이 많은 걸 언제 다 준비했어요? 이거 못 먹고 돌아갔으면 억울해서 병날 뻔했네."

두 사람은 호텔 뷔페가 부럽지 않을 정도로 화려하고 푸짐한 아점을 먹었다.

"그럼 어제 물고기도 잡은 게 아니라 여기서 꺼내온 거였어요?"

"아뇨. 파도에 휩쓸려 와서 바위틈에 갇혀 있던 거 주웠어요."

"진작 좀 알려주지. 괜히 쫄쫄이 굶었잖아요."

"어제는 아무것도 주고 싶지 않았거든요."

"왜요? 내 소설 때문에? 내가 미워서?"

수탉이 어린애처럼 고개를 끄덕였다.

"바보! 그렇다고 자기까지 굶어요? 혹시 몰래 혼자 먹었던 거 아니에요?"

"당연하죠. 틈틈이 와서 꺼내먹었죠."

"뭐예요?"

말리가 두 주먹을 불끈 쥐고 달려들자 그가 선실 밖으로 달려나가 배에서 펄쩍 뛰어내렸다.

"자요, 이리 와요. 이번에도 거절할 거예요?"

수탉은 두 팔을 활짝 벌린 채 빙글거렸다.

"노! 또 물에 빠지는 건 싫다고요."

이번에는 말리도 기꺼이 그의 도움을 받아들였다.

둘 다 약속이나 한 듯 거의 반나체로 푸딩 섬을 뛰어다녔다. 그는 미리 준비해온 수영 팬티를 입고 지냈고, 말리도 처음에는 바지만 벗고 면 셔츠는 입고 있다가 나중에는 브래지어와 팬티, 비키니 차림이 됐다. 물이 무서워 수영은 엄두도 못 내던 말리가 그의 등에 업혀 바다 속까지 들락거리게 되었다.

격렬하게 사랑하고 하염없이 서로를 바라보다가 다시 바다와 하늘을 감상했다.

바닷물과 햇살 속을 번갈아 들락거린 탓에 저녁때가 되자 온몸이 벌겋게 익어 따가웠다. 수탉이 수시로 선크림을 두둑하게 발라주었지만 역부족이었다. 엎드린 말리의 등에 또 선크림을 발라주던 수탉의 손이 엉덩이

294

근처, 넓적다리 부근에서 자꾸 제자리를 맴돌았다.

"왜요?"

"몽고반점이 아직도 남아 있는 어른이 있네요?"

"헤, 몽고반점 아닌데. 그건 어제 배에서 넘어질 때 생긴 멍이잖아요!"

"아하! 푸딩 섬이 선물한 멍군!"

"아아, 살살 좀 만져요. 아직도 건드리면 아프단 말예요."

"등 좀 더 하고요. 벌써 허물이 벗겨지려고 해요. 따갑죠?"

"조금요."

"이 허물 벗겨내면 이제는 수탁의 여자로 다시 태어나는 거예요."

"킥."

수탁의 여자라니, 마치 소꿉놀이 할 때의 유치한 대사 같았다.

"지금 웃었어요?"

"히히."

"어어? 분명히 웃었어요!"

"크크."

"이래도?"

그가 말리를 간질였다.

"으흐흐, 항복!"

말리는 그의 손길을 피하다가 다시 뒤집어 누웠다. 기다렸다는 듯 그가 말리의 위로 넘어졌고 두 사람은 다시 하나가 되었다.

저녁을 먹은 후 수탁이 푸딩 섬의 정상에 돌을 둥그렇게 모아놓고 나뭇가지를 주워다가 모닥불을 피웠다. 환상적인 색깔로 물든 저녁놀과 해초 냄새 섞인 바닷바람, 타다닥 소리를 내며 타는 나무냄새가 아주 좋았다. 두 사람 모두 맥주 캔을 하나씩 들고 모닥불 앞에 나란히 앉았다. 서로의 얼굴에 불빛이 어룽거렸다.

“저기 저 노을 좀 봐요. 육지에서는 볼 수 없는 거잖아요. 멋지죠?”
“내 눈에는 선배밖에 안 보여요.”
“으으, 썰렁!”
말리는 그에게 눈을 흘기며 하늘을 올려다보았다. 새까만 밤하늘에 별이 하나도 없었다.
“별이 하나도 없네?”
“우리가 샘나서 안 나오나 봐요.”
“그럼 다행이지만, 별이 하나도 없으면 비가 온댔는데.”
“며칠 동안 날씨 좋댔어요.”
수탁은 맥주로 입술만 살짝 축였다.
“우리 왜 이렇게 늦게 만난 거죠? 도대체 그동안 어디에 있었어요?”
“나야 늘 여기 있었죠. 엉뚱한 데서 열심히 헤매고 돌아다닌 사람은 바로 그대죠.”
“우리 당장 결혼해요!”
확실히 섬은 청혼하기에 환상적인 장소였다.
“난 환상이 많은 여자예요. 피곤할 텐데 그래도 괜찮아요?”
“그래도 좋아요.”
“잠은 또 얼마나 많은데요. 그래도요?”
“그게 바로 내가 선배를 보호해야 할 가장 확실한 이유죠. 내가 선배 곁에서 불침번 설게요. 든든하게요.”
말리는 그의 눈동자에 자신의 얼굴이 말갛게 비치는 걸 보고 있었다.
“잘생긴 남자는 아무래도 좀 부담스러운데, 평생 간수하려면 엄청나게 피곤할 거 같기도 하고.”
“월등감? 열등감? 헷갈려요.”
“둘 다 섞여서 아주 복잡해요. 내가 그랬잖아요. 나 아주 피곤한 여자라고.”

수탉이 말리의 어깨를 감싸 안았다.

"언제부터인데요?"

"뭐가요?"

"내가 여자로 보이기 시작한 거요."

"자다 깨서 구둣주걱 들고 핀치히터처럼 엉덩이 흔들 때부터요. 그 오리 궁둥이에 홀딱 반했다고요. 처녀 잃어버렸다고 징징거리는 모습은 또 얼마나 귀여웠는지 알아요? 쥐 잡아먹은 것처럼 새빨갛게 칠한 립스틱은 또 어땠고요."

둘이 소리 내며 웃었다. 불과 몇 달 전에 있었던 일인데도 한 십 년 전쯤 일어났던 일 같았다.

"근데 어쩜 그렇게 말도 안 되는 오해를 할 수가 있어요? 그게 일기가 아니라는 건 초등학생이라도 단번에 감 잡았을 거예요."

"질투해봤어요?"

"질투?"

"눈에 뭐가 씌면 이성에 브레이크가 걸려요. 물론 이상하다는 생각도 좀 들긴 했지만 선배가 돌아올까 봐 서둘러 읽느라 불안해서 성급한 판단을 내린 건지도 모르죠. 리안 이사가 선배를 보던 눈빛과, 선배한테 지나치게 잘해준 것들이 모두 이성을 마비시키는 데 일조를 한 셈이고요."

"그럼 에라, 이 세상에 여자가 너 하나뿐이냐, 잘 먹고 잘 살아라. 침까지 탁 뱉어주고 돌아설 일이지 뭐 하러 이런 생고생까지 해요?"

말리는 그 이유를 충분히 알고 있었지만 한 번 더 확인하고 싶었다.

"미웠어요, 정말. 근데 어떻게든 선배를 놓치면 안 된다는 생각밖에 안 들었어요."

수탉은 모닥불만 뚫어질 듯 바라보며 더듬더듬 덧붙였다.

"선배를…… 왕후로 만들어줄 수는…… 없, 아! 있어요. 왕후로 만들어줄 수 있겠어요!"

수탉은 벌떡 일어서더니 셔츠를 훌러덩 벗고 배에 왕(王)자를 새겨 보였다.

"봐요! 나도 왕이에요. 자, 왕(王)이라고 써 있잖아요! 그러니까 선배는 왕후가 되는 거예요. 성이 뭐 별 거예요? 성에서 살게 해줄게요. 선배, 나하고 결혼해줘요."

말리는 너무 가슴이 벅차서 숨쉬기도 힘들었다. 귀까지 벅차올라 뒤채는 파도소리와 바람소리도 들리지 않았다. 완전히 무슨 영화 찍고 있는 기분이었다. 최말리가 푸딩 섬에서 봉, 아니 봉황을 잡았다! 꿈이라면 평생 깨지 말아라!!

말리는 평생을 학수고대하던 특별한 프러포즈를 받았지만 어떻게 반응해야 할지 당황스러웠다. 받기만 소원했지 어떻게 대답할지는 한 번도 생각해보지 않았던 것이다.

말리의 입에서 엉뚱한 소리가 튀어나왔다.

"내일 하루 더 있다 가면 안 돼요?"

수탉이 환하게 웃으며 말리를 껴안았다.

"좋아요. 내일까지는 대답해줄 거죠?"

두 사람이 배로 돌아와 행복한 표정으로 잠든 후, 갑자기 비바람이 몰아치더니 파도까지 높아졌다. 배의 요동이 심해지자 수탉이 먼저 잠에서 깨어 뱃전으로 나왔다. 금방이라도 바다 속으로 뒤집힐 것 같은 배 위에서 수탉의 표정은 완전히 괴기 영화에 나오는 사람처럼 얼어붙었다. 그는 이제 혼자가 아니어서 더 불안했다. 걱정도 두 배로 늘어났다. 배가 안전한 장소가 아니라는 결론을 내리는 데 1분도 걸리지 않았다. 최소한 섬 위에서는 바닥이 흔들리는 일 같은 건 없을 것 같았다.

수탉이 말리를 흔들어 깨웠다.

"일어나요. 빨리 내려야 돼요. 선배! 일어나요!"

그가 아무리 고래고래 소리쳐도 한 번 잠들면 자기가 깨고 싶을 때만 깨어나는 말리였다. 더구나 하루 종일 신나게 놀아서 고단했던 터라 더욱 깰 생각도 안했다.

배의 까불림은 점점 더 심해지고 위험도 시시각각으로 다가오고 있었다. 한시가 급했다. 마침내 수탁은 말리가 깔고 자던 담요로 멍석말이 하듯 그녀를 둘둘 말았다. 그리고 미라처럼 말린 그녀를 어깨에 들쳐메고 몸도 가누기 힘든 배에서 탈출했다.

수탁은 비바람을 뚫고 푸딩 섬의 정상까지 달려 올라가 말리를 내려놓고 나서 다시 몸을 돌렸다. 배에서 물건 몇 가지를 더 꺼내오기 위해서였다. 그러나 배는 벌써 저만큼 멀어져가고 있었다. 조금만 늦었더라면 배와 함께 파도에 끌려갈 뻔한 아찔한 순간이었다.

한편, 말리는 온몸이 결박당해 통속에 갇혀 굴림을 당하는 꿈을 꾸고 있었다. 숨쉬기가 힘들어 잠에서 깨어나 보니 현실도 꿈과 비슷했다. 말리가 온몸을 버둥거리며 겨우 담요 밖으로 나와 보니 비바람이 몰아치는 푸딩 섬 정상이었다. 말리는 두리번거리며 수탁을 찾다가, 물마루에 얹혔다, 가라앉았다, 파도에 속수무책으로 끌려가는 배를 발견했다. 말리는 콩닥콩닥 뛰면서 수탁을 소리쳐 불렀다.

"팀장님! 독고수탁! 봉황! 엉엉, 난 몰라."

말리는 수탁이 자신을 대피시켜놓고 물건을 꺼내러 갔다가 배와 함께 조난당한 거라고 생각했다.

바위틈에 쪼그리고 앉아서 멀어져가는 배를 하염없이 바라보고 있던 수탁이 말리가 있는 섬의 정상으로 올라왔다.

말리는 수탁을 보자마자 목을 끌어안고 서럽게 울었다.

"어디 갔었어요. 배에 타고 있는 줄 알았잖아요, 엉엉."

"놀랐어요? 괜찮아요."

말리가 하도 서럽게 울자 달래던 수탁도 울컥해졌다. 눈물인지 빗물인지, 따스한 물기가 그의 뺨을 타고 흘렀다.

"다행히 휴대폰은 챙겨 나왔어요. 날이 밝는 대로 구조 요청을 하면 돼요."

두 사람은 나무 아래에 자리를 잡고 나란히 기대앉았다. 바람에 섞여 나부끼는 비를 피하기에 나무는 아무 도움도 되지 않았다. 물 먹은 담요도 말리의 어깨를 무겁게 짓누르기만 할 뿐 마찬가지였다.

"지금부터 두세 시간만 버티면 돼요. 날이 밝으면 구조대가 올 거예요."

윙윙 울어대는 바닷바람과 철퍼덕거리며 바위를 두들기는 파도소리 때문에 귀가 멍멍할 지경이었다. 어제까지만 해도 에덴동산이었고, 아담과 이브였는데 지금 그들 주위에는 온통 혀를 날름거리는 뱀들로 가득했다.

수탁은 목청을 높여 말하기 시작했다. 가족들 얘기, 학창시절 얘기, 유학시절 여행하던 얘기……. 말리는 지금까지 그가 그렇게 말 많은 남자인 줄 정말 몰랐다. 두 사람에게 쏟아지는 추위와 졸음을 물리치기 위해 그는 그렇게 이야기 우산을 펼쳤다.

말리는 오슬오슬 오한과 함께 한두 번 잔기침처럼 시작하더니 금방 숨 쉬기가 곤란해졌다. 20년이 넘게 잠잠하던 천식이 하필이면 지금 다시 찾아온 것이다.

"헉, 헉……."

"왜요? 숨차요?"

"나, 헉헉, 천식이……."

수탁이 후다닥 휴대폰 폴더를 열었지만 연결되지 않았다. 숱하게 시도해도 여전히 먹통이었다. 날이 밝기 시작했지만 말리의 호흡곤란은 점점 더 심해졌다. 몸이 단 수탁은 말리를 껴안은 채 끊임없이 얘기했다.

말리의 귀에는 그의 얘기가 점점 자장가처럼 들렸다. 한동안은 추위

미치겠다가, 또 숨이 차 미치겠더니, 이젠 졸려 미칠 것 같았다.

"자면 안 돼요! 눈 떠요!"

그의 목소리가 저 멀리서 가물거렸다. 스르르 감긴 눈꺼풀이 1톤쯤은 되는 것 같았다. 잠 속으로 빠져드는 말리의 어깨를 수탁이 모질게 흔들었다.

"안 돼요! 나하고 얘기해요. 이제 비도 그쳐가요. 저기 봐요. 서서히 밝아오고 있잖아요. 구조대가 곧 올 거예요."

말리는 수탁에게 안겨 그의 심장 박동 소리를 들을수록 더 견딜 수가 없었다. 두 다리 쭉 뻗고 잘 수만 있다면 영혼이라도 팔 것 같았다.

"조금만 더 참아요."

"딱 1분만…… 잘게…… 요."

수탁은 잠 귀신에 붙들린 말리를 나무쪽으로 기대앉히더니 벌떡 일어섰다. 그가 말리 앞에 두 다리를 벌리고 섰다.

"잘 봐요. 마오리족 전사를 데려왔어요. 오호호호!"

그는 입술을 동그랗게 오므리고 손바닥을 두드리며 이상한 소리를 냈다.

힘겹게 밀려 올라갔던 말리의 눈꺼풀이 다시 감기려고 하자 그가 또 소리쳤다.

"잘 봐요! 전사 춤이에요."

그가 이번에는 마오리족 특유의 춤을 경중경중 추었다. 그러나 말리는 그의 모습이 점점 슬로우 비디오처럼 느려지더니 흐릿해지기 시작했다.

수탁이 깜짝 놀라며 소리쳤다.

"휴대폰이 터졌어요! 재난 문자가 들어왔다고요!"

가물가물 정신을 놓으려던 말리의 귓속으로 수탁이 누군가에게 고래고래 악쓰는 소리가 들렸다.

"빨리 좀 보내줘요. 여기 위급한 환자가 있다고요!"

"미안해요. 정신 좀 차려요. 내가 잘못했어요. 죽으면 안 돼요!"

수탁이 울부짖는 소리가 멀리서 들려오는 것 같았다. 말리는 뭔가가 양쪽 귀를 꽉 막고 있는 것처럼 답답했다.

"내가 잘못했어요. 어제 돌아갔어야 했는데. 함께 있고 싶었단 말예요. 죽으면 안 돼요. 선배! 선배! 사랑한다고요! 제발 눈 좀 떠봐요!"

소리가 조금 희미하기는 했지만 말리의 귀는 멀쩡했다. 그의 말을 한 마디도 놓치지 않고 똑똑히 다 들었다.

'수탁이 나를 사랑한대…… 설마 내가 벌써 죽은 건 아니겠지?'

몇 시간 후 구조대의 헬기가 도착했다. 섬 주위를 몇 바퀴 선회하며 애걸했지만 푸딩 섬은 끄떡도 하지 않았다. 착륙을 허가하지 않는 푸딩 섬에 무리해서 엉덩이를 부렸다가는 어떤 멍군을 선물 받을지 알 수 없는 상황이었다. 결국 허공에 낮게 뜬 비행기에서 구명대 하나가 덜렁덜렁 내려왔다.

말리의 몸은 축 늘어진 상태로 구명대에 실려 하늘로 끌려 올라갔다. 말리는 뒤따라 올라온 수탁을 확인한 순간 희미하게 붙잡고 있던 모든 걸 놓아버렸다. 말리가 다시 정신을 차렸을 때 그들은 안전하게 하늘을 날고 있었다.

천식처럼 변덕스런 병도 없었다. 곧 숨넘어가 죽을 것 같더니, 산소 호흡기를 연결하고 응급처치를 받자마자 언제 그랬나 싶게 금방 멀쩡해졌다.

미리 연락을 받은 가족들이 병원 옥상에서 기다리고 있었다. 말리가 들것에 실린 채 헬기에서 내리자 모두들 달려들어 눈물바람을 했다. 말리는 그러니까 정말 자신이 죽었다가 부활한 것 같은 이상한 기분이 들었다.

"아이고, 말리야. 이기 무신 일이고. 엊그제 멀쩡하게 걸어갔던 아가 와 이래 눕어서 돌아오나 말이다. 야야, 눈 좀 떠보그라. 할매가 여 있 다."

할머니는 응급 카트로 옮겨진 말리한테 슬금슬금 기대오더니 어느새 냉큼 올라앉아 있었다. 1인용 카트에 둘이 올라타자 바퀴가 꿈쩍도 하지 않았고, 응급실 직원은 진땀을 흘리며 쩔쩔매고 있었다.

다행히 아빠와 승리가 나서서 무거운 할머니를 떼어냈다. 그런다고 포 기할 할머니가 아니었다. 이번에는 말리의 손을 꼭 잡은 채 카트 옆에 바 싹 붙어 서서 응급실까지 동행했다.

"거 앞에 얼쩡대지 말고 비키소. 여는 중환자라꼬! ……스돕뿌! 여 턱 이 있다이까네. 살살 좀 움직이소. 그래 울컥거리른 아가 얼마나 힘들겄 소!"

할머니는 엘리베이터에서든 복도에서든 사람들을 마구 쥐잡듯했다.

다행히 헬기에서 내린 후 수탁의 모습은 어디에서도 보이지 않았다. 말리는 그가 제발 할머니의 눈에 띄지 않는 구석에서 얌전히 있어주기를 기도했다. 그게 말리와 주변의 모두를 도와주는 것이었다.

응급실 팻말이 보이더니 가운데를 가르고 들어선 카트에 양쪽 문이 우 당탕 부딪쳤다. 그 순간 카트 곁에 꼭 붙어 서 있던 할머니가 사라져버렸 다. 어떡해, 우리 할머니가 문짝에 부딪쳐 날아갔나 봐.

말리는 사라진 할머니를 찾기 위해 두리번거리다가 자신을 향해 달려 드는 제복 인간들을 발견하고 그대로 누워버렸다.

"호흡곤란이 시작된 게 언제부터입니까?"

"어젯밤부터요. 아니, 오늘 새벽이요."

"그전에 기침을 많이 했었나요?"

"아뇨. 그냥 잔기침처럼 몇 번 했어요."

"그런 게 언제부터죠?"

"어젯밤 비 맞은 후요."

"열나기 시작한 건요?"

"지금 나 열나요?"

"네, 심하진 않지만요."

말리의 주위로 몰려든 의사와 간호사가 채혈하고, 질문하고, 체온과 혈압을 재고, 가운을 갈아입히고, 링거액을 바꿔달고, 일사분란하게 움직였다.

말리는 순식간에 환자로 조립되어 얼떨떨하게 누워 있다가 엄마와 승리가 문을 열고 들어서는 걸 발견했다. 그때 열린 문틈으로 낯익은 목소리가 들려왔다. 분명히 누군가를 윽박지르는 할머니의 목소리였다.

"댁이 우리 말리를 속씩이고 골탕맥이딱 하는 그 치요? 어이? 세상에 둘또 읎는 내 손녀딸을⋯⋯."

목이 멘 듯 잠시 할머니의 목소리가 끊겼다.

"세상에 귀한 우리 손녀딸을, 우리 말리가 잘못 된다 카믄 댁도 숨 쉴 생각 마소. 어이? 내가 가마이 안 둘 끼요."

'우리 할머니 화이팅! 아니야, 가만있어 봐. 지금 당하는 사람은 수탁이잖아!'

"승리야! 엄마! 할머니 좀 말려! 빨리 모시고 들어와. 어서!"

"아빠가 곁에 계시니까 걱정 마. 말씀은 저렇게 하셔도 아주 맘에 들어하는 눈치시던데, 뭘."

"맞아, 누나. 걱정 안해도 돼. 할머니는 아까부터 그 사람과 단둘이 있을 기회를 호시탐탐 노리고 계셨다고."

젠장, 할머니한테는 기회겠지만 수탁에게는 위기일 게 분명했다. 여유 부리는 엄마와 승리 때문에 말리는 더 속이 탔다.

말리는 당장 퇴원해도 상관없는데 병원에서는 검사 결과도 봐야 하니 하루나 이틀쯤 더 지켜보자고 했다.

입원 수속을 마치고 병실로 올라오자마자 할머니는 가장 먼저 가족들부터 돌려보냈다.

"아픈 아 곁에 복작거릴 기 뭐 있노. 나 하나만 지키고 있으믄 되는 기지. 마침 심부름시킬 사람도 하나 더 있꼬"

할머니는 점령군처럼 진두지휘하며 수탁 역시 말리의 근처에 얼씬도 못하게 했다. 그러나 아쉬울 때마다 그를 불러들여 종처럼 부려먹었다. 침대를 바로 세우라는 둥, 물을 떠오라는 둥, 주사약이 다 됐으니 간호사를 불러오라는 둥. 그래도 수탁은 고분고분 그 시늉을 다 받아내고 있었다. 보다 못한 말리가 몇 번이나 일어나 말하려고 했지만 그때마다 수탁이 눈짓으로 만류했다.

"야가 인제 열 떨어지믄 뭐를 좀 믹이야 될 낀데. 뭐가 좋을라나?"

"제가 나가서 뭐 좀 사올까요?"

"야가 입이 좀 짧아. 버릇이 그래 들어갖고 신경을 좀 써조야 먹어."

고단수 할머니한테 넘어가지 말라고 그렇게 눈치를 주었건만 수탁은 메모까지 하며 굽실거렸다.

"먼저 죽부터 좀 종류대로 사오고. 과일도 물 마이 있는 거로 좀 사오고. 부드럽고 소화 잘 되는…… 카스텔라나 뭐 그딴 거도 좀 사와보믄 좋겠는데."

"생과일주스는 어떨까요?"

"뭐 그거도 나쁘지 않을 거 같고."

"그럼 다녀오겠습니다."

꾸벅 허리를 굽히고 병실을 나가던 수탁이 할머니의 눈치를 살피며 말리의 곁으로 다가왔다.

"먹고 싶은 거 또 생각나면 전화해요. 금방 갔다 올게요."

그리고 한쪽 눈을 찡긋하더니 시트를 다독여주고 나갔다.

수탁이 나가자마자 할머니가 말리 곁으로 바싹 다가앉았다.

“니 자 어디서 주섰노?”

말리는 입을 꼭 다문 채 말똥말똥 쳐다보기만 했다.

“고분고분한 거 한 가지는 맘에 드네. 니 곁에 있을라 카믄 저래 버들가지처럼 낭창낭창한 사나야지. 암. 니도 참나무맹키로 뻣뻣한데 사나까지 그딴 거 만나믄 고마 순식간에 박살 날 끼다.”

“할머니! 버들가지든 참나무든 나하고는 아무 상관없어. 난 왕자 아니면 시집 안 갈 거라고요!”

말리는 할머니가 수탁을 부려먹은 것 때문에 괜히 심통을 부렸다.

“아 따따따? 내숭은. 내가 보이까네 그기 아인데, 뭘.”

“할머니!”

무슨 말인지 더 하려던 할머니가 말리의 퀭한 눈을 보더니 입맛을 다시며 일어섰다.

“그래. 니가 은제 본심을 말한 적 있드나. 뭐든 반대로 해야 직성이 풀리는 아 아이드노. 에미는 와 빨리 안 오노. 속옷 좀 갖고 오라 그랬디마는 아예 만들어 오는갑다.”

소식을 듣고 가장 먼저 달려온 건 좌의정 부부였다. 좌의정은 말리가 멀쩡한 걸 확인하고 조용히 돌아갔지만, 아마 곁에 남편 우상이 없었다면 고문해서라도 이틀간의 스토리를 듣고야 돌아갔을 것이다. 퇴근시간에 맞춰 우르르 다녀간 회사 동료들이라고 예외는 아니었다. 두 사람이 섬에서 무얼 했는지 궁금해 미치려고 하는 눈빛이었다. 다행히 말리는 환자복 덕분에 그들의 호기심으로부터 비껴났지만, 병실 밖에 있던 수탁은 그녀의 몫까지 이중고를 겪어야 했다.

간간이 보이던 수탁의 모습이 사라진 것은 공교롭게도 독고 이사가 마지막으로 다녀간 직후였다. 말리는 병실 문이 열릴 때마다 할머니의 눈치를 보며 수탁을 찾았지만 복도에도 없는 것 같았다. 너무 시달려서 돌아갔나? 하긴 할머니의 통제가 오죽 심해야지. 인사도 없이? 할머니한테는 말씀드리고 갔겠지. 처음에는 그냥 궁금하기만 하더니 그가 돌아갔다는 확신이 들자 말리는 갑자기 눈물이 날 정도로 서러웠다.

"크르릉, 컥……!"

말리는 잠들기 위해 필사적으로 노력하다가 마침내 덮어쓰고 있던 침대 시트를 확 젖히며 일어나 앉았다. 아까부터 계속 병실을 들었다 놨다 하는 할머니의 코고는 소리 때문에 도저히 잠을 잘 수가 없었다. 곤히 잠든 할머니의 베개를 움직여보기도 하고, 코도 살짝 비틀어보았지만 그때 잠시뿐이었다.

말리는 잠자는 걸 포기하고 살그머니 병실을 빠져나왔다. 자판기 커피라도 뽑아 마실 생각이었다.

말리가 휴게실로 가기 위해 어두컴컴한 복도를 지나가고 있는데 나란히 붙어 있는 의자 위에서 희끄무레한 물체가 꿈틀거렸다. 움찔 물러섰다가 다시 보니 왠지 분위기가 낯설지 않았다. 설마 하고 다가가 보니 역시 잔뜩 웅크리고 잠든 수탁이었다.

"일어나봐요. 왜 여기서 자요?"

살짝 흔들었을 뿐인데 그가 너무 발딱 일어나 앉는 바람에 깨운 말리까지 무안할 지경이었다. 그는 그만큼 긴장한 채 선잠이 들어 있었던 것이다.

"어? 괜찮아요? 이렇게 돌아다녀도 돼요?"

수탁의 눈은 칼라렌즈 덕분인지, 피로 때문인지 벌겋게 충혈되어 있었다.

"난 이제 아무렇지도 않아요. 열도 떨어지고, 기침도 안하고, 숨 쉬는 것도 멀쩡해요. 안과에는 가봤어요? 눈이 많이 충혈되었어요. 안 아파요?"

"내 눈은 괜찮아요. 안약도 넣고 있고요. 선배는 당분간 조심해야죠.

발열의 원인이 있을 텐데."

"원인은 무슨. 한꺼번에 너무 과로하는 바람에……."

말리는 말꼬리를 흐리며 어둠 속을 둘러보았다. 과로의 의미는 그들
둘만 아는 얘기지만 혹시라도 누가 엿듣기라도 하면 골치 아파지니까.

"왜 여기서 이러고 있어요? 집에 가서 편히 자야죠."

"새벽에 옥도 들어가요. 여기서 잠깐 눈 좀 붙였다가 보고 가려고요."

찌르르……. 벌써 가을인가? 말리의 가슴속에서 귀뚜라미 우는 소리
가 들렸다.

"안 보고 가면 어때요? 이러다가 누구도…… 쓰러지겠어요."

"자, 이리로 앉아요."

수탁이 자기 옆자리를 손바닥으로 두드렸다. 그리고 덮고 자던 자기
옷을 말리의 어깨에 둘러주었다.

"할머님은요?"

"코 열심히 골고 잘 주무세요."

"잘됐네요. 그럼 여기서 나랑 아침까지 있어요."

"여기서요?"

"춥지는 않죠?"

말리가 고개를 끄덕이자 수탁이 그녀의 어깨에 팔을 둘렀다.

"이젠 혼자 있기 싫어요."

동의한다는 뜻으로 말리도 고개를 한 번 끄덕여주었다. 사지를 함께
통과한 동지 같은 친밀감이 두 사람을 포근히 감쌌다.

그렇게 두어 시간을, 새벽빛이 창틈으로 스며들 때까지 몸을 붙이고
앉아 있었다. 별 말이 필요 없었다. 함께 있다는 자체만으로도 백만 마디
의 말이 오고갔다. 말리의 안에 가득한 수탁과 그 안에 가득한 그녀…….
격렬하게 몸을 섞을 때보다도 더 큰 일체감이 느껴졌다.

"이틀씩이나 잠을 하나도 못 자고, 힘들어서 어떡해요?"

“괜찮아요. 충분히 충전시켜주었잖아요.”

정말 따스했던 건 그의 가슴이었고, 기는 말리가 충전 받았는데…….
두 사람의 시선이 자연스레 얽혔다. 서로가 똑같은 마음이라는 걸 알았
다.

“조심해서 다녀와요.”

“내일 오후까지는 돌아올 수 있을 거예요.”

“무리하지 말아요. 어쩌면 나 오늘 퇴원할지도 몰라요. 이젠 멀쩡한데
요, 뭐.”

“가서 전화할게요.”

말리는 새벽 속으로 떠나는 그를 배웅하고 다시 병실로 돌아왔다. 할
머니의 코고는 소리는 완전히 그쳐 있었다. 말리는 살금살금 침대 위로
올라가 시트를 끌어다 덮었다.

퇴원은 저녁 늦게 하기로 했다. 아직은 불안하다고, 병원에서 지켜봐야
한다고 할머니가 부득부득 우긴 탓이었다. 아침 회진을 끝낸 의사들이 썰
물처럼 빠져나간 후 할머니가 불쑥 말했다.

“하이고, 딱 사이좋은 바퀴벌레 한 쌍이대?”

말리가 무슨 소리냐는 듯 할머니를 쳐다보았다.

“둘이 그래 부둥켜안고 있으이 짝은 짝인 거 같기도 허고.”

“이, 언제……?”

“그건 알 거 없고. 니, 그쪽 집안에도 인사했드나?”

할머니가 너무 빨리 앞서가자 말리가 어깃장을 놓았다.

“아니. 그는 왕자도 아닌데, 뭐. 할머니가 분명히 그랬잖아요. 나 왕후
될 귀한 몸이라고.”

“야가, 야가! 이 대목에서 그 얘기가 와 또 나오노?”

“그냥. 할머니의 해몽이 맞으면 그는 내 짝이 아닌 거고, 정말 내 짝이

면 할머니가 해몽을 잘못한 거잖아요."

"말리에이……."

할머니가 갑자기 다정하게 불렀다. 그건 지금 무지 심각하다는 뜻이었
다.

"왜…… 요?"

"가가 어디가 그래 좋노?"

"누구…… 요?"

"누군 누구겠노. 니를 섬에 델꼬 가서 생고생시킨 그놈아 말이제. 수탁
인지 수컷인지 가 말이다. 밤새 니를 꼬여내서 부둥켜안고 있던 그놈아
말이다!"

비로소 평소의 할머니 같았다.

"내가 언제 좋다 그랬나 뭐?"

"시끄럽다. 니 지금 나를 쏙일라 카나. 눈만 마주치믄 불이 번쩍번쩍하
던고마. 둘이서 잠도 잤드나?"

"아, 아냐, 아냐! 할머니는 참."

말리는 손사래를 치고 말까지 더듬으며 강하게 부정했다. 강한 부정은
강한 긍정과 똑같다는 걸 천하의 강또순 여사가 모를 리 없었다.

"으잉? 둘이만 있었는데도 잠을 안 잤다꼬? 참말로? 그랬다 카믄 가는
니를 좋아하는 기 아이다. 니 혼자 몸 달구지 말고 일찌감치 냉수 묵고
속 차리그라!"

"……?"

"사나가 누굴 좋아하믄 하늘이 두 쪼가리 나도 우선 지 여자로 만들고
보는 기다. 오죽 못났으믄 이틀씩이나 델꼬 있음서 손끝 한나도 건드리지
몬하나. 치와뿌라. 가는 그만 이자뿌라 말이다."

"내가 언제 손끝 하나도 안 건드렸다고 했어? 그냥 잠만 같이 자지 않
았다는……."

“그라믄 뽀뽀는 했드나? 기양 이참에 처녀도 확 떼줘 버리지 그랬드나. 함 솔직하게 말해보그라. 니…… 줬제?”

말리는 자기도 모르게 고개를 끄덕였다. 바보 말리가 할머니의 유도심문에 또 보기 좋게 넘어가고 만 것이다.

“잘했다카이. 하이고마, 십년 묵은 체증이 쑥 내리가는 거 같고마는. 그래, 사나는 쪼매 쓸 만하드나? 덩치로 보나 인물로 보나 그만하믄 니 짝으로도 손색이 읎어 보이기는 하던고마. 쏙은 어떻드노?”

“속은 무슨 속, 내가 뭐 투시 안인가? 사람 속까지 어떻게 알아? 겉이 멀쩡하면 속도 건강하겠죠, 뭐.”

“이런 맹추 좀 보그라. 할매가 지금 내장이 어떻냐고 물어보는 기가? 승질머리 쓰는 거 말이다, 승질!”

“아하, 그 속? 뭐 그냥저냥 무난하게 참아줄 만해요.”

“그라믄 됐다! 인제는 서둘러서 식만 올리믄 되겠구마.”

“할머니! 그건 너무 과속이야. 아직 거기까지는 생각을 안해…….”

“야가 지금 무신 소리 하노! 니 지금 장난치나? 갈 데까지 갔으마 인제는 꽉 물어야제!”

아후! 나도 모르겠다. 일이 어떻게 요상하게 돌아간다. 언제쯤 할머니의 페이스에 말려들지 않으려나. 말리가 한숨을 폭 내쉬었다.

할머니의 목소리가 다시 나긋해졌다.

“말리야, 니도 이제 사랑하는 짝이 생깄으이 말해도 되겠제?”

“뭘…… 요?”

말리는 할머니의 목소리가 부드러워지면 오금이 저렸다. 그녀는 할머니가 쥐어뜯는 목소리로 빈정거려야 마음이 편했다.

“그런 꿈 같은 거는 애시당초 꾸지도 않았다카이.”

“무슨 꿈?”

“야가 사나 맛을 보드이 더 얼빵해져삐렸네. 무신 꿈이겠노. 태몽 말이다, 태몽!"

"태몽이라면…… 내가 왕후 될 거라는 꿈? 그럼 뭐 하러 그런 거짓말을 했어요?"

"니가 세상 밖에 나왔을 때, 할매가 니를 첨 봤을 때 말이다. 할매 심장이 툭 떨어져 내렸다 아이가. 조막만한 기, 뻘거뻘건 기, 딱 깨구락지 엎어놓은 거 같았다 아이가."

할머니는 주먹을 불끈 쥐더니 말리 앞으로 불쑥 들이밀었다. 마치 쑥떡을 먹이는 것처럼.

"진리도 그렇고, 선리도, 미리도, 아무도 니 겉은 아는 읎었다. 가들은 알라 때부터도 아주 이뻤다 아이가. 니를 탁 보자마자 단박에 알았다. 니가 나하고 똑같이 닮아삐렸다는 거를."

말리가 아무 말 없이 쳐다보자 오히려 할머니가 그녀의 눈치를 슬쩍 살폈다.

"말리야, 니 인제는 이런 말 들어도 서운치 않제? 지금은 우리 말리가 이 세상 그 누구보다도 이쁘다 아이가."

"할머니도 이제 늙었나 봐요. 생전 안하던 칭찬을 하지 않나, 나를 배려하기까지 하고. 괜찮아요. 이젠 그런 말에 흔들릴 나이도 아닌데, 뭐."

"거 봐라. 니를 세상에서 최고로 생각해주는 사람이 곁에 딱 버티고 있으이 그런 여유도 생기는 기다. 그래 자신감도 붙는 기고."

"가만있어 봐. 그럼 할머니가 나 기죽지 말고 살라고 왕후 태몽이 어떻고, 귀한 몸이 어떻고 거짓말을 계속한 거구나!"

할머니의 거짓 태몽, 그 영롱한 꿈이 탄소덩어리 말리를 다이아몬드로 담금질한 것이다.

"물론 시작은 그런 뜻으로 했지만서도. 하기사 뭐 틀린 말도 아이다. 니가 니 남편을 왕처럼 생각하믄 니도 왕후가 되는 거 아이겠나. 유태인 엄마들은 딸을 시집보낼 때에 그칸다카더라. '니가 남편을 왕처럼 섬기믄

니도 여왕이 될 끼다'라고. 니가 상대를 왕으로 대접하믄 니도 여왕 대접을 받는 기다. 대접 받기를 원하믄 먼저 대접해야 하는 기다. 알긋제?"

말리는 머리털 나고 오늘처럼 할머니가 존경스러운 적이 없었다. 와락 끌어안고 뽀뽀라도 하고 싶었지만 꾹 참았다.

"그동안 니가 결혼 안 할라 캐서 할매가 얼마나 애가 탔었는지 아나? 씨잘데기읎는 소리를 지껄여갖고 멀쩡한 손녀딸 처녀 귀신 맹그는 거 아인가 하고 내 혼자서 고민 마이 했다 아이가."

똑똑.

말리가 울컥해져서 눈시울을 붉히고 있는데 누군가 병실 문을 노크했다.

"네!"

무심하게 문 쪽을 쳐다보던 말리가 후다닥 일어서자 할머니도 엉거주춤 따라 일어섰다. 독고 회장 내외가 꽃과 과일 바구니를 든 기사를 앞세우고 들어섰다. 말리가 옷차림을 수습하며 침대 아래로 내려서려고 하자 눈치 빠른 할머니가 그녀의 어깨를 꽉 눌러 앉혔다.

"아서라! 그러다 또 씨러진다!"

들어서던 회장 내외도 손사래를 치며 말리를 만류했다.

"그래요, 그냥 누워 있어요."

말리가 이러지도 저러지도 못한 채 엉거주춤 앉아 있는 사이에 할머니는 회장 내외를 자리에 앉게 하고 음료수를 권하며 수인사까지 마쳤다.

회장이 걱정스럽게 물었다.

"좀 어떤가? 얼굴이 핼쑥해졌구먼."

"이제 괜……."

그 순간 곁에 서 있던 할머니가 갑자기 밀리의 귀를 확 잡아당겼다. 얼마나 세게 당겼던지 말리는 귀가 떨어져 나가는 줄 알았다. 말리는 눈물까지 그렁그렁해져서 얼른 고개를 숙였다.

“말도 몬하게 고생했다 아입니까. 밤새도록 열이 펄펄 끓고 헛소리하느라 한숨도 몬 자고요. 아가 얼굴이 반쪽이 돼삐렀다 아입니까. 그래도 아침에 열이 잡혀갖고 얼마나 다행인지.”

“할머님께서 걱정 많이 하셨겠습니다. 정말 면목이 없습니다. 우리 아이 때문에……”

“무신 말씀을요. 우리 아가 부실한 탓이지요. 제가 송구스럽어서 몸 둘 바를 모리겠습니다.”

할머니! 도대체 무슨 횡설수설이에요? 말리는 얼굴이 화끈거리다 못해서 이젠 머리까지 지끈지끈 아팠다.

“별말씀을요. 이래저래 예쁜 손녀 따님 신세 많이 지고 있습니다.”

“하이고, 또 제가 드릴 말씀을요. 그래도 곁에서 든든하게 지켜주는 사람이 있었으이 이 정도였지요. 천만다행이라 아입니까.”

할머니의 얼렁뚱땅 사교성은 타의 추종을 불허했다. 할머니와 회장은 금세 의기투합해서 상견례 날짜까지 일사천리로 잡아버렸다.

“이번 기회에 한 일주일 푹 쉬게. 독고 이사한테 들으니 요즘 양쪽 일을 하느라 과로가 겹친 거 같다고 하더구먼.”

독고 회장이 다녀간 후 말리도 퇴원해서 집으로 돌아왔다.

말리는 집에 오자마자 승리를 시켜 맡겨두었던 휴대폰부터 찾아왔다. 리안이 걱정하더라는 말을 독고 이사에게 전해 듣고 내내 마음이 불편했었다.

전화했더니 리안이 반갑게 받았다.

─리? 정말 리 맞아요?

“네. 안녕하셨어요?”

─메시지를 여러 번 보냈어요.

“이사님……”

314

─그냥 리안이라고 불러요.

"리안, 걱정하게 해서 정말 미안해요."

─지금은 어때요?

"잠시 쉬는 중이에요."

─많이 아픈 건 아니죠?

"네, 조금 탈진했었나 봐요."

─다행이에요. 걱정 많이 했어요.

"리안, 우리…… 아직 친구예요?"

─리가 원한다면 앞으로도 계속 그럴 거예요.

"그럼 친구에게 소개시키고 싶은 사람이 있는데……."

─미스터 독?

"네…… 리안?"

─으흠?

"여러 가지 전부 고마워요."

─나도요. 리?

"네."

─리는 리안에게 항상 특별한 사람이라는 걸 잊지 말아요.

말리는 폴더를 덮고 나서도 한동안 멍하게 앉아 있었다.

퇴원하고 사흘이 지났다. 다른 일이 겹치는 바람에 옥도에 발이 묶인 수탁에게서는 문자 몇 통과 전화 몇 번 걸려온 게 전부였다. 회사는 며칠 더 쉬기로 했지만, 말리는 수탁도 볼 수 없고 아주 좀이 쑤셔 미칠 지경 이었다. 내일부터 슬슬 출근해볼까 궁리하고 있는데 수탁이 피곤에 절은 모습으로 찾아왔다. 며칠 농땡이 부린 대가를 톡톡히 치르고 있는지 얼굴 은 새카맣게 타고 수염까지 텁수룩했다.

"약속을 못 지켜서 미안해요."

“뭐 하러 왔어요? 곧장 집에 가서 좀 쉴 일이지. 아주 힘들어 보여요.”

“이틀 밤이나 샜거든요.”

“히힛, 잠깐 아담 노릇한 죄로 마당쇠가 되어 몇 곱절로 갚고 있나 봐요.”

“네! 죽겠어요.”

수탁이 무심코 팔뚝의 피부를 벗겨내다가 말했다.

“선배는 어때요? 벗겨지고 난리도 아니죠?”

“집에서 할 일 없이 빈둥거릴 동안 뭐 했겠어요? 벌써 진작 다 벗겨냈지. 완전히 한 허물 벗었다니까요.”

“난 지금 몇 번째 허물을 벗는지도 몰라요.”

그리고 보니 그의 콧잔등도 군데군데 버짐 핀 것처럼 벗겨지고 있었다.

“선크림이라도 바르지 그랬어요? 에구, 얼굴도 벗겨지네.”

“그럴 시간도 없었어요. 다들 눈코 뜰 새 없이 바쁜데 놀다 간 죄로 더 열심히 일하는 척하느라고요.”

좀 피곤해 보여서 마음이 아팠지만 그래도 말리는 건강해 보이는 그가 무작정 든든하고 좋았다.

“몸은 어때요? 이젠 정말 괜찮은 거죠?”

“그럼요. 안 그래도 내일 당장 출근할까 생각 중이었어요.”

“에이, 푹 쉬어요. 흔치 않은 기회잖아요.”

수탁은 말리와 갈 데가 있다며 허락을 구했다. 그의 일거수일투족을 지켜보던 할머니가 당장 말리의 등을 떠밀었다.

“그래, 어서 나가보그라. 인제 몸도 그만 하제? 데이트라도 하고 온나.”

말리가 안 나가겠다고 뻗대면 엉덩이라도 걷어차서 내쫓을 기세였다.

저녁을 먹고 난 후 수탁은 말리를 잠실 선착장 헬기장으로 데려갔다.

그곳에는 두 사람을 실어 갈 헬기가 미리 대기하고 있었다.

"내가 직접 조종하고 싶은데요. 아직은 선배 상태가 안심할 수 없어서 포기했어요."

"어디 가는데 비행기까지 타요?"

"남이섬이요."

"지금 이 시간에 거긴 왜요?"

"가보면 알아요."

눈높이를 달리하자 야경은 또 다른 감상을 선물했다. 차 속에서 바라본 서울 야경이 아름다운 현실이었다면, 하늘에서 내려다보는 도시는 작은 왕국처럼 환상적이었다. 점점이 보석을 박아놓은 것 같은 건물, 꼬리를 물고 이어지는 자동차 행렬, 나지막하게 엎드린 산자락, 전설이 담긴 것 같은 숲……. 말리는 거인처럼 손을 뻗어 그 모두를 한 번 쓰다듬어 보고 싶었다.

"어때요? 위에서 내려다보는 것도 괜찮죠?"

프로펠러 소음 때문에 수탁이 목소리를 높였다. 말리가 엄지와 검지를 동그랗게 말아 '오케이'라는 사인을 보내자 그가 이를 드러내며 웃었다.

말리는 내심 천천히 가주길 기대했는데 헬기는 눈 깜짝할 사이에 남이섬 상공에 도착했다. 공중에 뜬 채 제자리를 선회하는 헬기 밖을 내려다보니 창대 리조트 마당이 보였다.

"아!"

말리의 입에서 탄성이 터져 나왔다. 조명이란 조명은 다 동원된 듯 마당에 있는 오래된 떡갈나무 주위가 대낮처럼 환했다. 더욱 놀라운 건 나뭇가지마다 잔뜩 매달린 색색의 리본이었다.

"어? 어……!"

같은 곳을 바라보던 수탁의 입에서 말리와는 정반대의 탄식이 터져 나왔다.

그의 반응이 너무 의외라서 말리가 다시 아래를 자세히 살펴보았다. 아까는 분명히 색색의 리본으로 보였는데, 다시 보니 그건 리본이 아니라 바람 빠진 풍선이었다.

'평생…… 당신 곁…… 결혼…… 요!'

나무 둘레에 설치해둔 현수막은 빨래 줄처럼 돌돌 말려 글씨를 제대로 알아볼 수도 없었다.

"밤새워 직접 준비한 건데……."

수탁이 허탈한 표정으로 중얼거렸다. 원래의 계획은 오전이었는데 일 때문에 늦어지는 바람에 그 사이 헬륨 풍선의 바람이 다 빠져버린 것이다. 그러나 말리의 가슴은 이미 감동으로 팽팽했다.

"옥도에서도 고생했다면서 어떻게 이런 거까지."

"천지개벽할 만큼은 못 되지만 특별했어요? 지난번 푸딩 섬에서 했던 것도 아직 답을 못 들었는데……. 하늘만큼 땅만큼 사랑해요! 승낙하는 거죠?"

수탁의 목소리가 소음을 뚫고 쩌렁쩌렁 울렸다.

말리도 고래고래 소리쳤다.

"그럼요. 나도 사랑해요!"

에필로그

엉성하고 유치찬란한 말리의 첫 로맨스 소설 《S-diary》가 예상외로 대박을 터뜨렸고, 곧 영화화가 결정되었다.

수탁은 창대 건설에서 새롭게 분리 독립시킨 리조트 부문을 맡아 이끌게 되었다.

그러나 현재 그를 이끌고 있는 사람은 바로 최말리다.

그들은 지금 하늘과 맞닿은 라퓨타 성에 살고 있다. 바로 창대 건설에서 지은 마천루의 제일 꼭대기 층, 펜트하우스다. 여기서 말리는 퀸이고 수탁은 킹이다.

말리는 섬에서 속도위반을 하는 바람에 결혼식을 올리자마자 바로 입덧부터 시작했다. 메스껍고 울렁거려서 먹지 못하는 입덧이 아니라 무섭게 잘 먹어대는 유별난 입덧이었다.

한밤중에 일어나 냉장고 속에 머리 박고 남은 음식 모조리 먹어치우기, 밥 냄새가 역겹다고 유난떨다가도 앉은 자리에서 두 그릇씩 뚝딱 먹어치우기, 딱딱한 누룽지를 싸들고 다니며 시도 때도 없이 오도독오도독 씹어

먹기, 눈물까지 뚝뚝 흘리며 신 과일을 한 쟁반씩 먹어치우기…….

말리만 나타나면 모두들 엽기적인 임산부라고 혀를 찼다.

말리의 뱃속에 세 쌍둥이가 들어 있다는 사실을 모르는 할머니는 손녀의 배가 개월 수에 비해 심상치 않게 부른 것이 너무 먹어서 그런 거라고 오해했다.

"할매가 나서야지 고마 안 되겠다. 바쁜 독 서방한테만 맡기노이 아가 짜구나게 생깄다 아이가."

"할머니, 남들이 들어도 그렇고 독 서방이 뭐예요?"

"와! 그라믄 단지 서방?"

"할머니!"

"닭 서방?"

"할머니!"

"그라믄 모라꼬 부르라는 말이고?"

할머니는 머리카락이 하나도 없는 정수리의 맨살을 벅벅 긁으며 한참 동안 고민했다. 그러다가 마침내 손뼉을 딱 쳤다.

"맞다! 그기다. 그기 좋겠다!"

"……?"

"도꾸 서방! 어떻노? 부르기도 쉽고 듣기도 좋제?"

"아이 참, 할머니!"

말리는 결혼을 했어도 조금도 달라지지 않았고, 그건 할머니도 마찬가지였다.

"빨리 준비나 해라. 할매하고 갈 데가 있다."

"어디요?"

"따라오믄 안다."

할머니는 그 길로 말리를 산전 운동 센터에 등록시켰다. 그리고는 다음 날부터 하루도 빠짐없이 손녀와 함께 산전 운동 센터로 출근했다.

320

마침내 닥쳐온 말리의 출산일.

말리는 진통도 별로 없이 분만대에 오르면서 아기 하나를 쏨풍 낳았다. 분만실 간호사가 첫째를 돌볼 시간 동안 기다렸다가 또 아기 하나를 쏨풍 낳았다. 마지막 아기는 헐레벌떡 달려온 수탁의 손을 잡고 예의상 힘한 번 준 후 세상 밖에 내났다.

"아니, 돼지도 아니고 사람이 어떻게 한꺼번에 셋씩이나 낳는대요? 어떻게 먹이고 가르치려고."

대기실에서 나란히 기다리고 있던 다른 산모의 보호자가 부러움 반 시샘 반으로 주책없이 떠들었다.

"거 무신 소리요? 요즘 출산율이 떨어져가 난리라 카든데. 한꺼번에 셋씩이나 낳았으이 나라에서 큰상을 줘도 모자랄 판국에! 허고, 우리 손녀사위가 큰 빌딩을 짓는 능력 많은 사람이라서 세 쌍둥이 아니라 삼백 쌍둥이를 낳아도 걱정 없다끼!"

할머니는 일장 연설을 늘어놓고 나서 다시 가족들을 향해 돌아섰다.

"하이고, 하도 무섭게 묵어서 알라 대신 엄한 기 나오믄 우짜나 은근히 걱정했디마는 용타 아이가. 자, 자 모두들 일나그라. 우리 말리가 알라를 셋씩이나 낳느라 얼마나 욕봤겠노. 우리가 이래 가마이 앉아 있어가 되겠나."

모두들 할머니와 옆 사람의 눈치를 번갈아 살피며 일어섰다. 사돈 내외도 예외가 아니었다.

"하이고, 사돈 어르신은 몸도 불편하신데 기양 앉아 계시고요."

할머니는 한사코 사양하는 두 사람을 억지로 자리에 앉혔다. 그러더니 갑자기 만세 삼창을 제안했다. 다들 황당한 표정으로 머뭇거리자 할머니가 먼저 선창했다.

"최말리 만세! 뭣들 하노? 따라하지 않고! 말리 만만세!"

바로 그때 수탁이 얼굴이 벌겋게 상기된 채 세 쌍둥이와 함께 분만실 밖으로 나왔다.

할머니는 더욱 신바람이 나서 소리쳤다.

"우리 도꾸 서방도 만세다!"

말리가 창대 리조트 사보에 익명으로 기고한 글 ;

♠ 세상에 단 하나밖에 없는 보석

첫째, 질 좋은 원석을 확보한다.

길에서든 회사에서든 지하철 안에서든 항상 두 눈을 크게 뜨고 다니며 가치가 숨겨진 원석을 찾아내는 게 핵심이다.

둘째, 원석에 자기가 원하는 밑그림을 그린다.

좋아하는 것, 싫어하는 것, 자기가 원하는 모든 조건을 하나 둘 각인시킨다.

단, 명심할 것은 가능하면 또 하나의 질 좋은 원석을 준비하여 마음에 들지 않으면 언제라도 바꿔버릴 수 있다는 걸 수시로 암시해 원석이 마음 놓을 수 없게 만든다.

셋째, 밑그림에 따라 조심스럽게 자르고 깎는다.

처음부터 완벽하길 기대하지 마라. 울퉁불퉁 희미한 형태라도 너무 실망하지 마라. 원석에 대한 확신만 있다면 연마 과정이 아무리 힘들더라도 절대 포기하지 마라. 고통 없이는 얻는 것도 없다!

반드시 유의할 점, 원석이 점점 아름답게 변신해갈수록 감시를 소홀히 하면 안 된다. 눈독 들이는 도둑도 많고, 원석 스스로도 제 가치를 과대평가하기 때문에 한눈 팔 염려가 있다.

마지막, 밑그림대로 완벽하게 연마한 원석에 광택을 낸다.

햇빛, 물, 바람에 담금질하는 것이 최고의 방법인데 그 모든 것이 완벽하게 구비된 곳이 바로 섬이다. 강렬한 햇빛과 깨끗한 바닷물과 소금기를 머금은 바람이 광택 내는 최고급 사포다!

감히 청춘 남녀들에게 말하고 싶다.
당신의 보석과 함께 섬으로 떠나라고!
모쪼록 세상의 섬이 무궁무진하기를!
환상의 섬, 옥도가 영원하기를!

—옥도 크리스털 테마 궁전의 완공을 축하하며.

<끝>

　글을 쓸 때는 넘치는 자부심으로 흥분상태지만 책이 나올 때면 미흡한 글에 대한 불안감으로 안절부절못한다. 갈수록 덜해야 할 텐데 점점 더 심해지니, 역시 뭘 모를 때가 편하고 좋았다.

　현실적인 부분에 포커스를 맞추면 지루하거나 진부해져버리고, 그래서 좀 더 상상력을 발휘하면 너무 과장되어버리는 통에 혼자 땅 파고 드러누운 게 부지기수다. 쓸 때는 인물에 몰입해서 찧고 까불지만, 막상 수정 단계를 거치다 보니 어느새 생명력이 날아가고 작위적이 되어버려서, 또 땅이 꺼져라 한숨을 쉰다.

　네 번째 책인 《내게는 너무나 특별한 그녀》를 마무리할 무렵에 늦바람처럼 찾아온 《말리 만만세》 때문에 아주 생 쇼를 하며 지냈다. 아침에는 《내게는 너무나 특별한 그녀》와 함께 우울하다가 저녁나절이면 천방지축 말리와 함께 방방 뛰느라 마치 조울증 환자처럼 굴곡이 심했다.

　아직도 철 안 나고 단순무지한 말리가 내 안에 여럿 들어앉아 있다는 걸 알았다. 그 때문일까? 쓰다 보면 어느새 1인칭 시점이고, 부랴부랴 다시 3인칭으로 고쳐 쓰다가 어느 순간 정신 차려 보면 다시 1인칭으로 돌아가 있곤 해서 애를 좀 먹었다.

강또순 여사가 없었으면 난 이 세상에 태어나지 못할 뻔했다. 그분 안에는 외할머니와, 부모님을 중매하신 산호 할머니—산호 아파트에 사셔서 별명이 산호 할머니였다—가 두루뭉술 섞여 있다.

"조막만한 기, 뻘거뻘건 기, 딱 깨구락지 같았다 아이가……."

우리 외할머니도 내가 형제 중 인물이 가장 빠진다고 늘 노심초사하셨다. 대학 때 남편하고 연애할 때는 괜히 그에게 고마워하고 미안해하는 외할머니 때문에 은근히 짜증이 날 정도였다. 남편이 한결같은 건 어쩌면 외할머니의 은덕인지도 모르겠다.

산호 할머니는 광주리 장사로 아들딸을 대학까지 공부시켰고, 비록 소갈머리가 없어 훤한 정수리였지만 늘 낙천적이고 유머도 넘치셨다. 어쩌다가 우리 부모님이 싸운 낌새라도 보이면 화해시키기 위해 안달하실 정도로 애프터서비스에도 철저한 중매쟁이셨다.

우리 외할머니도 산호 할머니도 지금은 모두 돌아가셨지만, 두 분이 내 소설에 등장한 걸 아시면 아마 하늘나라가 한동안은 시끌벅적할 것이다.

지금까지 내 책들의 여주가 속 깊고, 당차고, 희생적인 캔디 형이라면 말리는 이기적이고, 허영기 넘치고, 나이 값도 못하는 천방지축이다. 어쩌면 요즘 인터넷을 달구는 된장녀 과(科)인지도 모르겠다.

나의 세대가 착한 여자 노릇을 강요당하는 캔디 선호 분위기였다면, 요즘 세대야말로 말리처럼 자신이 욕망하는 대로 당당하게 제 목소리 내면서 영악하게 즐기며 사는 것 같다. 그게 뭐 어떻다는 말인가. 헉! 짱돌이 날아올지도…….

리안은 한 유명한 크리스털 기업의 홍보이사를 염두에 두고 썼다. 내가 묘사한 그대로 착해 보이는 그의 모습이 마음에 쏙 들어서 신문에 난 사진을 오려서 자료 노트 앞장에 끼워놓고 글을 썼다.

사실 이 글의 플롯을 짤 때만 해도 그는 유럽 소국의 왕자 신분이었다. 당연히 남주도 그였다. 그런데 유창하지 못한 내 영어실력 때문에 그와 소통하는 데 문제가 좀 생겼다. 바로 그때 남조이던 독고수탁이 자기 배에 있는 임금 왕(王)자를 내보였고……, 결국 이렇게 되고 말았다.

언젠가 한 번은 꼭 써보고 싶었던 얘기여서 정말 신바람 나게 썼다. 그런데 오버한 탓인지 쓰고 보니 문장이 너무 거칠어졌다. 펄떡펄떡 생생한 느낌인 건 좋지만 너무 시끄럽고 과장되고 유치한 것 같아서 은근히 걱정된다.

내가 즐겁게 썼듯이 읽는 분들도 그랬으면 좋겠다. 책 읽는 동안만이라도 현실적인 고민을 잊을 수 있다면, 그것만으로도 난 대만족하겠다.

문득 외롭고 힘들다고 느낄 때마다, 크고 작은 흔적으로 나를 격려하고 지지해주신 독자 여러분들께 진심으로 감사드린다. 이야기가 끊이지 않고 샘솟는 것도, 출간이 거듭되는 것도 모두 여러분들의 사랑 덕분이다. 항상 따뜻하게 지켜봐주는 가족들, 정원님, 명옥님께도 감사하고 많은 도움 주신 큰나무 출판사 편집부에도 정말 감사의 말씀을 드리고 싶다.

지금부터 나와 우리 가족, 독자 여러분 모두에게 웃을 일이 많았으면 좋겠다.

2006년 10월, 청주에서 모결솔.

말리 만만세

초판 인쇄 | 2006년 11월 10일
초판 발행 | 2006년 11월 15일

지은이 | 모결솔
펴낸이 | 한익수
펴낸곳 | 도서출판 큰나무

등록 | 1993년 11월 30일(제5-396호)
주소 | 120-837 서울시 서대문구 충정로 3가 3-95 2층
전화 | 02)365-1845~6 팩스 02)365-1847
이메일 | btreepub@chol.com
홈페이지 | www.bigtreepub.co.kr

값 9,000원

ISBN   89-7891-228-1   03810

* 잘못 만들어진 책은 구입하신 서점에서 교환해드립니다.